大明英烈傳

楊宗瑩　校訂
繆天華　校閱

三民書局

大明英烈傳　總目

引言

楊宗瑩

元朝末年，順帝荒淫失德，民不聊生，以致各地群雄紛紛而起，反抗暴政。經過數十年的征戰，最後由明太祖朱元璋削平群雄，逐元而統一天下。這部大明英烈傳，就是敘述明太祖得天下的經過，以及諸開國英雄征戰的英勇事蹟。

本書的故事，大體上是依據歷史寫成。其中的許多人物事蹟，正史上皆斑斑可考，並非虛構，但故事的情節發展，與歷史則不盡相同。

朱元璋是本書的主角。作者為了強調他是真命天子，因而把他加上了神話色彩，說他和馬皇后本是玉皇大帝身邊的金童玉女，是玉帝派他下凡來到塵世間肅清世界，統一天下，拯救烝黎的。連他身邊的輔弼大臣，也都是天上的星宿降生凡間的。這類神話傳說，自古有之。大凡登上了九五尊位的人，為了鞏固自己的權益，禁止別人窺伺帝位，他左右的人，往往替他編造出不平凡的來歷。例如漢高祖的母親劉媼，「嘗息大澤之陂，夢與神遇，是時雷電晦冥，太公往視，則見蛟龍於其上。已而有身，遂產高祖。」（史記高祖本紀）後高祖因斬大蛇而知自己是赤帝子，他所居之地，上空常有五彩雲氣。又如東漢光武帝出生時，「有赤光照室中」，那年縣界有嘉禾生，一莖九穗，因名曰秀。

朱元璋沒有顯赫的家世，幼年父母雙亡，因貧窮而出家做和尚。這一段平凡的史實，在本書裡卻賦予了不平凡的意義：他的父母是玉帝命令天下的城隍、土地，從民間千挑萬選，選出來的仁德之家，是惟一修了三十三世的。皇覺寺的住持，是神和他家之間的橋梁，代替天神照顧他們的。他早已是住持的記名弟子，因貧而出家成了順理成章之事。

本書中說，朱元璋在廟裡受到別的和尚欺侮，卜了幾個大吉的卦後，有了做皇帝的雄心大志。離開皇覺寺去投靠姐夫，轉而跟隨舅父郭光卿在滁州起義，邁開了打天下的第一步。

事實上，朱元璋在皇覺寺接到朋友的信，勸他參加革命組織，他怕別的和尚知道檢舉他通匪，在卜了一個大吉的卦之後，投效了郭子興。郭子興是劉福通的屬下。

在本書裡，朱元璋一直擁戴滁陽王郭光卿，對他忠心耿耿；滁陽王死後，又扶他的兒子繼位為和陽王。任左右的人怎樣勸，也不肯自己稱王。甚至和陽王因忌恨曾設宴想毒殺他，他也寬宏大量不與計較。一直到和陽王死，他仍不肯正大位。

在歷史上，劉福通找到宋徽宗的後代韓林兒，奉他為大宋的皇帝「小明王」。朱元璋一直受劉的節制，打了勝仗向劉告捷，接受劉任命的官職，一直打著反元復宋的旗幟。在宋皇帝居住的安豐被圍，劉福通戰死後，朱元璋帶兵救援，把韓林兒接到滁州，自己回應天府。照理他應當把韓林兒接到應天府，對他北面稱臣的，大概這時已受了劉基的影響，有意為自己開創一個新的局面。三年後，派廖永忠去滁州接韓林兒來應天府，途中所乘的船翻身，韓林兒落水而死。韓林兒一死，「宋朝」也就結束了。

在本書裡，說郭光卿最初是投在劉福通的旗下，朱元璋勸他除去紅巾，自稱滁陽王後，劉福通派人來問，何以去了紅巾，稱了王號？朱元璋對來人說：「方今天下豪傑並起，各據一方，不必相問。若日後你們有厄，我當與你解圍，以報起兵之義。」劉福通之事就如此輕巧地略過。後來安豐被張士誠圍攻，劉福通向朱元璋求救，朱元璋親自率兵前往，才到泗州界上，傳令安營，就有人來報告說：張士誠已攻下安豐，殺害了韓林兒及劉福通。

歷史上，劉福通是失敗的英雄，在元朝末年，是個大有作為，響噹噹的革命領袖，曾經風馳電掣地橫掃北方，直逼大都，打到汴梁，摧毀元朝的內蒙中心都邑，幾乎把元朝真正推倒，並且始終對韓林兒盡忠竭智，了無私心。而本書寫他的事，只輕描淡寫的一筆帶過，可能是因為在明史上把他稱為寇，即使作者對他有相當的尊敬，又怎敢犯忌諱加以頌揚呢？不貶抑，已經等於褒揚了。

至於攻打陳友諒，消滅張士誠，本書則不厭其詳地敘述。陳友諒是個不擇手段，爭功爭利，害友弒君，妄自尊大的小人。張士誠一生惟利是圖，反元之後又投降元，投降之後又再度反元，這些劣跡，書中敘述唯恐不詳。其他如征討方國珍、陳友定，北伐中原，趕走順帝，攻取西川，平定雲南，都有趣味化的敘述，大事和史實相彷彿。

因為有神話色彩，全書從頭至尾，都穿插了許多神異的故事。除了開頭朱元璋降生的神話之外，還有如第七回販烏梅風留龍駕；第十三回朱元璋乘的船，有烏雲繞轉如飛，從澗中穿過，進入大江；第十七回劉基在山中得到兵書的奇遇；第二十五回朱元璋將五條花蛇盛在頭巾內，戴在頭上的奇異事；第四十回朱元璋誤入廬山；第四十二回朱亮祖魂返天堂；第五十六回二城隍夢告行藏；第六十回啞鐘鳴瘋僧顛狂；第七十八回歷代功臣廟內的神異之事等等，都是極富趣味的神話。另外還有幾位異人，如鐵冠道人、周顛、赤腳僧等穿梭其間，因此朱元璋的軍隊遇到任何情況，都能逢凶化吉，而所向無敵。這些神話故事，都在烘托朱元璋真命天子的身分。無論他身在何處，隨時有天神保護他，幫助他。書裡也一再有：「此真天子出世」，「王氣應在金陵」，「致意大明皇帝」等語。

作者處處頌揚朱元璋的美德，說他具有仁德，戰爭不多殺傷，不擾民，一切皆為天下蒼生著想。對上盡忠，始終事奉滁陽王、和陽王，不肯自己取而代之。能知人善任，禮下賢德之士，每克服一地，必先拜訪當地的賢能之士，或得降將死力，因而有劉基、宋濂、常遇春、李善長等文臣武將。他又驍勇善戰，指揮若定，好謀而成。他的美德真是不勝枚舉，總之是集知、仁、勇於一身。

在頌揚之外，有時候也透露了一點朱元璋的兇殘。如第三十一回不惹庵太祖留句中，說朱元璋私行打探民情，走到不惹庵中。有一個老和尚問他居處姓名，他不應。老僧說：「尊官何以不說居處姓名，莫不是做些什麼歹事？」朱元璋看見桌上有筆硯，便題詩一首道：

> 殺盡江南百萬兵，腰間寶劍血猶腥。山僧不識英雄漢，只顧嘵嘵問姓名。

詩裡充滿血腥的殺氣。第四十回太祖誤入廬山，老僧拿出緣簿向他化緣，朱元璋不得已寫了五千兩，而心中即發嗔念道：「和尚不是好惹的，見面就要化緣。我本無心到此，被他將茶誆住，寫上許多銀子，若我日後登了大位，當殺此貪僧，滅盡佛教。」並在門上題詩一首道：

> 手握乾坤殺伐機，威名遠鎮楚江西。青鋒起處妖氛淨，鐵馬鳴時夜月移。

有志掃除平亂世，無心參悟學菩提。陰陰古木空留意，三嘯長歌過虎溪。

老僧看見詩句，責備他殺氣太重，叫沙彌洗去字跡。他自覺慚愧，即便辭回。這兩個故事表現出他本性中的兇狠。有時候也透露出朱元璋的自大狂妄。如第六十回，孝陵城西門之內，掘出吳大帝孫權之墓，朱元璋微笑說：「孫權亦是個漢子，便留著他守門也好，其餘墓墳，都要毀移。」第七十八回朱元璋在歷代功臣廟內，看見張良的塑像，烈火生心，手指張良罵道：「朕想當日漢稱三傑，你何不直諫漢王，不使韓信封王？那躡足封信之時，你即有陰謀不軌，不能致君為堯、舜，又不能保救功臣，使彼死不瞑目，千載遺恨。你又棄職歸山，來何意去何意也？」這番狂妄的話，使劉基聽了內心躊躇不安，因而萌生退隱之志。同一回裡又稱讚太祖登基後的仁政，說他「仁政多端，說不盡洪恩大惠。」接著敘述數年來功臣之凋零，提到劉基、宋濂、鄧愈、廖永忠之死，雖與歷史稍有出入，但這裡似乎有兔死狗烹之哀嘆。「將軍戰馬今何在？野草閒花滿地愁。」這兩句詩裡，有深意在焉。

本書文字淺顯，內容精彩，文筆生動，讀來趣味無窮。在每一頁後，都有詳細的注解，把這一頁中比較難懂的詞語加以解釋，或徵引各書之記載，與本書內容相印證，以備讀者查閱。

民國七十三年十一月

大明英烈傳考證

楊宗瑩

在明代的小說中，講史十分盛行。最早的一部講史，便是大明英烈傳，演朱元璋得天下的經過。它有皇明英烈傳、英武傳、雲合奇蹤、皇明開運英武傳、皇明開運名世英烈傳、英烈傳等不同的名稱。

早在唐朝，民間即風行「說書」，但還不登大雅之堂。到了宋朝，成為皇帝御前供奉的一種娛樂；士大夫家以說話人教忠教孝，用來感化頑劣兒童，而成為一種教育方法。因為受到朝野的重視，於是說話的技巧日益進步，內容也有了種類的分別。有專講小說的，有專講三國、五代史的。後兩種即是「講史」。

「講史之體，在歷敘史實而雜以虛辭。」（中國小說發達史）所以講史書是以一個朝代或一個皇帝為中心，那是有根據的。講三國，即是根據三國的史實；講五代，即根據五代的史實，不能離題太遠。但如果完全依照歷史來講，就會太嚴肅，缺乏趣味，誰喜歡聽呢？所以要雜以虛辭。這些虛辭，就看說話人的智慧，怎麼來安排、表現了。

大明英烈傳是以朱元璋為主角，講他得天下的經過。這一部分，大體上和史實相彷彿。所雜的虛辭，即是神話傳說，這一部分把全書烘托得花團錦簇，活潑生動，充滿趣味，甚至比史實的部分更引人入勝。

本書作者是誰，有兩種不同的說法：根據蔣瑞藻小說考證，英烈傳條云「明沈德符野獲編云：武定侯郭勳，在世宗朝號好文，多藝能技數，今新安所刻水滸傳善本，即其家所傳。前有汪大函序，託名天都外臣者。勳以議大禮得上寵，謀進爵上公，乃自譔開國通俗紀傳名英烈傳者，內稱其始祖郭英戰功，幾埒開平、中山；而鄱陽之戰，友諒中流矢死，當時本不知何人，乃云郭英所射，令內官之職平話者，日唱衍於上前。按英烈傳今尚有之，不知為郭勳作也。」（茶香室續鈔）

七修類稿云：「鄱陽之戰，郭英子興兄弟侍上側，友諒啟窗視師，英望見異常，開弓射之，箭貫其顱及眼而死。至今人知友諒死於流矢，不知郭所發也。太祖聞友諒死，喜甚，曰：『郭四兄弟一箭，勝十萬師。』蓋子興乃英之兄，行二，而英行四。太祖每稱郭四者英也。英不居功，故人不知，獨英烈傳中明載。按此，則郎氏以此箭真屬郭英。」（茶香室續鈔）

鄭振鐸也認為是郭勳所作。他在插圖本中國文學史中說：「（郭勳）他之作英烈傳，為的是要表彰郭英的功績。後又有真英烈傳，則有意反對之，把郭英的地位縮小得很多。」

按大明英烈傳中，從第七回販烏梅風留龍駕，郭英兄弟開始登場，直到最後攻取西川，平定雲南，郭英參與了大大小小的許多戰役，因功而受封為武定侯。但他在書中的地位，僅屬於跑龍套的次等角色，萬萬趕不上徐達、常遇春、李文忠、湯和、鄧愈、沐英等人。當然這些人都是朱元璋的驍將，左右手，可以說沒有他們，就沒有明朝，郭英的地位，自然遠在他們之下。但如果說本書是郭英的後人為表彰乃祖之功績而作，則所表揚的功績，實在不多。第三十九回郭英一箭射死陳友諒，得到朱元璋的稱讚，說：「郭英一箭勝百萬甲兵。」第四十回陳英傑直入太祖帳中，想殺朱元璋，郭英一鎗把英傑槊死，太祖即解所御赤戰袍賜與郭英，說：「真是唐之尉遲敬德。」其他只是具名陪襯而已。

另一說是徐文長編。根據譚正璧中國小說發達史：「雲合奇蹤八十回，亦題英烈傳，署徐渭文長甫編，即今通行本之英烈傳。渭（一五二一——一五九三）字文長，一字文清，又字天池，自號青藤山人。山陰人。詩、文、戲曲、書、畫皆工，知兵，不遇，佯狂以終。」

插圖本中國文學史在注釋裡說：「雲合奇蹤，題徐文長編，係英烈傳之改本。」如此看來，可以推定，本書為郭勳所作，後經徐文長改編。現今通行本，即徐文長的改編本。今刊本上皆不載作者或改編者之姓氏。

英烈傳有明刊本（北京圖書館藏），雲合奇蹤亦有明刊本（西諦藏），此二本均有清代仿刊本。福建建安書賈余象斗及其家族在萬曆到崇禎間，刊行的小說最多，其中有皇明開運名世英烈傳（見插圖本中國文學史）。

今世面上刊本僅一種，已經過整理並加注釋。明代尚有續英烈傳五卷三十四回，一本作二十回，題「空谷老人編次」，內容敘述建文帝遜國之事。

明代的講史著作甚多，到清代，作品更多，但內容比較接近史實，文字也呆板不生動，不能與明代的講史並觀，其文學成就距離大明英烈傳也就更遠了。

伯溫計破陳友諒

明刻本插圖
明崇禎元年
《玉茗堂批點皇明開運輯略武功名世英烈傳》

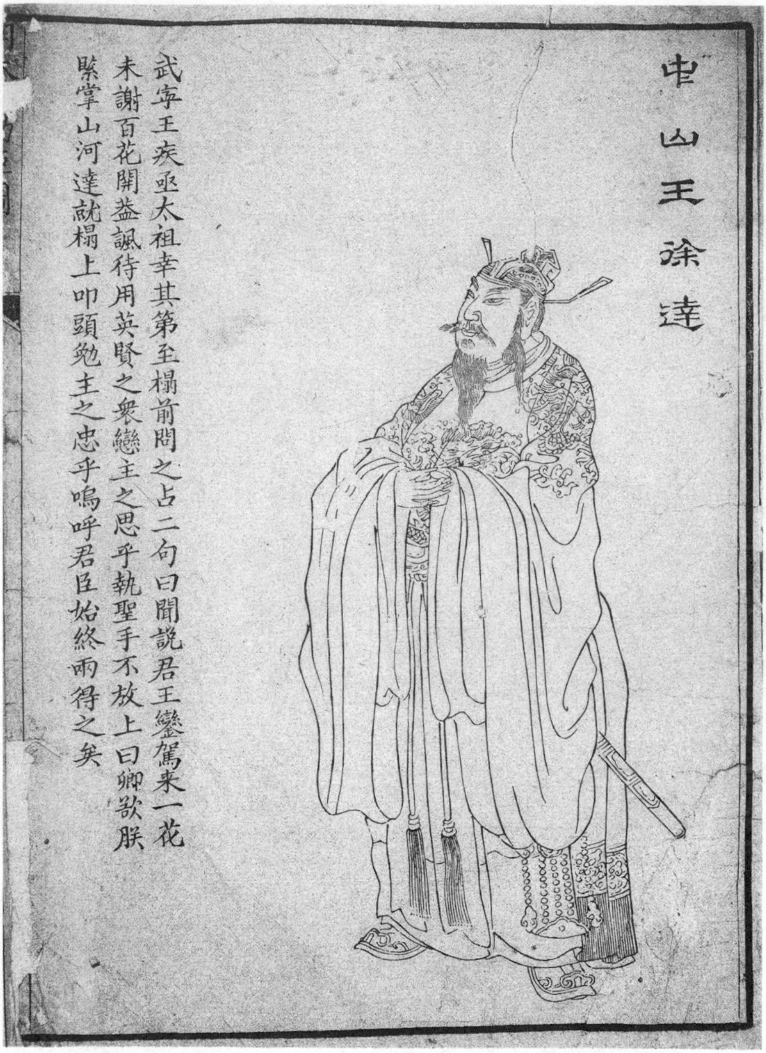
中山王徐達
武寧王疾亟太祖幸其第至榻前問之占二句曰聞說君王鑾駕來一花
未謝百花開益諷待用英賢之衆戀主之思乎執聖手不放上曰卿歆朕
緊掌山河達就榻上叩頭勉主之忠乎嗚呼君臣始終兩得之矣

徐達畫像

明太祖功臣圖
清乾隆六年
《晚笑堂畫傳》

回目

第一回　元順帝荒淫失政

卻說從古到今，萬千餘年，變更不一。三皇五帝而後，秦為漢所除，赤手開基，天下平定。乃有王莽自稱皇帝，敢行篡逆。幸有光武中興，迨及靈、獻之朝，又有三分鼎足之事。五代之間，朝君暮仇，甫至唐高祖混一❶天下，歷世三百八十餘年，卻有朱、李、石、劉、郭；國號：梁、唐、晉、漢、周。皇天厭亂，於洛陽夾馬營中，生出宋太祖來；姓趙名匡胤。那時赤光滿室，異香襲人；人就叫他做「香孩兒」。大來削平僭國❷，建都汴梁❸。傳至徽、欽二宗，俱被金人❹所擄。徽宗第九子封為康王。金兵洶湧，直逼至揚子江邊，一望長江天塹❺，無楫無舟，忽有二人牽馬一匹，說道：「此馬可以渡江。」康王見勢急，就說：「你二人如果渡得我時，重重賞你！」那二人竟將康王推上馬鞍，那馬竟往水中，若履平地。康王低著頭，閉著眼，但聽得耳邊風響，倏忽之間，便過長江。那二人說：「陛下此去，尚

❶ 混一：猶言統一。
❷ 僭國：僭，假的意思。古代凡諸侯或人臣，奪取王位，自稱帝王，人們就叫這個國家為僭國。
❸ 汴梁：即現在的河南開封。
❹ 金人：指宋時女真族，姓完顏氏。居黑龍江上游。
❺ 長江天塹：天塹，天然形成的水坑。長江天塹，說長江形勢險要，足以防禦敵人。

延宋祚❻有二百五十餘年，但休忘我二人！」便請下馬。康王開眼一看，人與馬俱是泥做的。正在驚疑，遠遠望見一簇旌旂，俱是來迎王駕的，便即位於應天府。這叫做「泥馬渡康王」故事。

話分兩頭，卻說韃靼❼國王曾孫，名喚忽必烈，居於烏桓之地。後來伐荊蠻，蹙❽西夏，併了赤烏的部落，僭稱王號。在斡難河邊，破了白登，過了狐嶺，直至居庸關。金人因而逃遁。忽必烈遂渡江淮，逼宋主於臨安。宋祚以亡，他遂登了寶位，國號大元。傳至十世，叫做順帝。以脫脫為左丞相，撒敦為右丞相。一日，早朝已畢，帝說：「朕自登基以來，於今五載。因見朝事紛紛，晝夜不安，未得一樂，卿等可能致朕一樂乎？」撒敦奏道：「當今天下，莫非王土；衛土之士，莫非王臣；主上位居九五❾之尊，為萬乘❿之主，身衣錦繡，口飫珍饈，耳聽管絃之聲，目覩燕齊之色，神仙遊客，沈湎酣歌⓫，惟陛下所為，有何不樂？徒自晝夜勞神！」正是：

春花秋月休辜負，綠鬢朱顏不再來！

---

❻ 宋祚：祚，可作福運或年歲解。宋祚，即宋朝福運。
❼ 韃靼：就是蒙古。
❽ 蹙：迫。
❾ 九五：易經乾卦，用第五爻（九五）表示君位。
❿ 萬乘：周朝制度：天子地方千里，出兵車萬乘；諸侯地方百里，出兵車千乘。後世因指稱天子為萬乘。
⓫ 沈湎酣歌：過度地貪迷酒色、歌舞。

順帝大喜道：「卿言最當。」左丞相脫脫進言道：「乞陛下傳旨，速誅撒敦，以杜淫亂！」帝說：「撒敦何罪？」脫脫說：「昔費仲迷紂王，無忌惑平王；今撒敦誘君敗國，罪在不赦！望陛下聽臣講個『樂』字：昔周文王有靈臺之樂，與民同樂，後來便有賢君之稱；商紂有鹿臺之樂，恣酒荒淫，竟遭牧野之誅。陛下若能任賢脩德，和氣恰於兩間，樂莫大焉！倘效近世之樂，必致人心怨離，國祚難保，願陛下察之！」順帝聽了大喜道：「宰相之言極是！」令近侍取金十錠、蜀錦十疋賜之。脫脫辭謝道：「臣受天祿，當盡心報國，非圖利也。」順帝說：「昔日唐太宗賜臣，亦無不受，卿何辭焉？」脫脫再拜而受。撒敦惶恐下殿，自思煩惱：「這廝⓬與俺作對，須要驅除得他，方遂吾之意！」正出朝門，恰遇知心好友，現做太尉，叫做哈麻，領著一班女樂，都穿著絕樣簇錦團花白壽衣，都帶著七星搖拽墮馬粧角髻，都履著絨扣錦幫三寸鳳頭鞋；如芝如蘭一陣異品的清香，如柳如花一樣動人的嬝娜⓭；叮叮咚咚，悠悠揚揚，約有五十餘人，領進宮來。兩下作揖纔罷，哈麻便問：「仁兄顏色不善，卻是為何？」撒敦將前情備細說了一遍。哈麻勸慰道：「且請息怒！後來乘個機會，如此如此。」撒敦說：「若得如教，自當銘刻！」撒敦別過，憤憤回家不題。且說哈麻帶了女樂，轉過宮牆，撞見守宮內監，問道：「爺爺、娘娘，今在那裡？」內監回說：「正在百花亭上筵宴哩。」哈麻竟到亭前，俯伏說：「臣受厚恩，無可孝順，今演習一班女樂，進上服御，伏乞鑒臣犬馬之報，留宮聽用！」順帝納之。哈麻謝恩退出。且說順帝凡朝散回宮，女樂則盛妝華飾，細樂嬌歌，迎接入內，每日如此，不在話下。

⓬ 廝：對男子的賤稱，猶言傢伙、小子。

⓭ 嬝娜：形容身材細長，弱不禁風的樣子。

一日，順帝退朝，皇后伯牙吳氏，設宴於長樂宮中，遂命女樂吹的吹，彈的彈，歌的歌，舞的舞，彩袖殷勤，交杯換盞，作盡溫柔旖旎⑭之態。飲至更深方散。是夜順帝宿於正宮，忽夢見滿宮皆是螻蟻毒蜂，令左右掃除不去。只見正南上一人身著紅衣，左肩架日，右肩架月，手執掃箒，將螻蟻毒蜂，盡皆掃淨。帝急問道：「爾何人也？」其人不語，即拔劍砍來。帝急避出宮外，紅衣人將宮門緊閉。帝速呼左右擒捉，忽然驚醒，乃是南柯一夢。順帝冷汗遍體，便問內侍：「是什麼時候？」近臣奏道：「三更三點。」皇后聽得，近前問道：「陛下所夢何事？」順帝將夢中細事說明。皇后說：「夢由心生，焉知吉凶，陛下來日可宣臺官，便知端的。」言未畢，只聽得一聲響亮，恰是春雷。正是：

天開雷動陽春轉，地裂山崩倒泰華。

順帝驚問：「何事響亮？」內侍忙去看視，回來奏道：「是清德殿塌了一角，地陷一穴。」順帝聽罷，心中暗思：「朕方得異夢，今地又陷一穴，大是不祥！」五鼓急出早朝。眾臣朝畢，乃宣臺官林志沖上殿。帝說：「朕夜來得一奇夢，卿可細詳，主何吉凶？」志沖說：「請陛下試說，待臣圓之。」帝即說夢中事體。志沖聽罷，奏道：「此夢甚是不祥！滿宮螻蟻毒蜂者，乃兵馬蜂屯蟻聚也；在禁宮不能掃者，乃朝中無將也；穿紅衣人掃盡者，此人若不姓朱必姓赤也；肩架日月者，乃掌乾坤之人也。昔日秦始皇夢青衣子、赤衣子，奪日之驗，與此相符。望吾皇脩德省身，大赦天下，以弭⑮災患！」帝聞言不悅，

⑭ 旖旎：委宛柔弱貌。古時候多以這類詞句，來形容女子的儀態。
⑮ 弭：平息的意思。

又說：「昨夜清德殿塌了一角，地陷一穴，主何吉凶？」志沖說：「天地不和，陰陽不順，故致天傾地陷之應，待臣試看，便知吉凶。」帝即同志沖及群臣往看，只見地穴長約一尺，闊約五尺，穴內黑氣沖天，志沖奏道：「陛下可令一人，往下探之，看有何物。」脫脫說：「須在獄中取一死囚探之，方可。」當即令有司官，取出一個殺人囚犯，姓田名豐。上說：「你有殺人之罪，若探穴內無事，便赦汝死。」田豐應旨。手持短刀，坐在筐中，鈴索弔下，深約十餘丈，俱是黑氣。默坐良久，見一石碣⑯高有尺許。田豐取入筐內，再看四方無物，乃搖動鈴索，使眾拽起。順帝看時，只見石碣上面，現有刻成二十四字：

天蒼蒼，地茫茫；干戈振，未角芳。元重改，日月旁；混一統，東南方。

順帝看罷，問脫脫道：「除非改元，莫不是重建年號，天下方保無事麼？」脫脫奏道：「自古帝王皆有改元之理，如遇不祥，便當改之。此乃上天垂兆，使陛下日新之道也！」帝說：「卿等且散，明日再議。」言畢，一陣風過，地穴自閉。帝見大懼，群臣失色，遂將石碣藏過，赦放田豐，駕退還宮。

翌日設朝，頒詔⑰改元統為至正元年。如此不覺五年。有太尉哈麻，及禿魯、帖木兒等，引進西番僧，誘帝行房中運氣之術，號演揲兒法⑱。又進僧伽璘真，善授秘法。順帝習之，詔以番僧為司徒；伽

---

⑯ 石碣：刻有文字的圓形石碑。

⑰ 頒詔：頒，是公布的意思。詔，上命下的意思。古時候皇帝公布命令，叫做頒詔。

⑱ 演揲兒法：新元史：「哈麻嘗進西天僧運氣術媚帝，帝習之，號稱演揲兒法。」

璘真為大元國師。各取良家女子三四人，謂之供養。璘真嘗向順帝奏道：「陛下尊居九五，富有四海，不過保有現在而已，人生幾何？當授此術。」於是順帝日從其事，廣取女子入宮，以宮女一十六人，學天魔舞⑲，頭垂辮髮，戴象牙冠，身披纓絡，大紅銷金長裙，雲肩鶴袖，鑲嵌短襖，綬帶鞋襪，各執巴刺般器，內一人執鈴杵奏樂。又宮女十一人，練垂髻，勒手帕長服，或用唐巾，或用漢衫。所奏樂器，皆用龍笛、鳳管、小鼓、秦箏、琵琶、鸞笙、桐琴、響板。以內宦長壽拜布哈領之，宣揚佛號一遍，則按舞奏樂一回。受持秘密戒者，方許入內，餘人不得擅進。如順帝諸弟八郎，與哈麻、禿魯、帖木兒、老的沙等十人，號為「倚納」，皆有寵任。在帝前相與褻狎，甚至男女裸體。群僧出入禁中，醜聲外佈。皇太子深嫉之，力不能去。帝於內苑造龍舟，自製樣式，首尾長二百二尺，闊二丈，廊殿樓閣俱全，龍身用五彩金妝。前有兩爪，用水手一百二十名，紫衫金帶，頭戴紗巾，在兩旁撐篙，在前後宮海內往來遊戲。舟行頭尾眼爪皆動。又製宮漏⑳，高六七尺為木櫃，運水上下，櫃上設西方三聖殿，櫃腰設玉女捧時刻籌，時至即浮水面上。左右列兩金甲神人，一持鐘，一持鈴，夜則神人按更自敲，極其靈巧，皆前朝所未有。又於內苑起一樓，名叫「碧月樓」。朝夕與寵妃宴飲其上，縱慾奢淫，不脩德政，天怒人

---

⑲ 天魔舞：新元史：「以宮女三聖奴、妙樂奴、文殊奴等十六人按舞，名為十六天魔。首垂髮數辮，戴象皮佛冠，身披瓔珞，大紅銷金長裙、金雜襖、雲肩合袖、天衣綬帶鞋襪，各執葛布喇完之器，內一人執鈴鈸，奏樂。又宮女十一人，練垂髻，勒帕長服，或用唐帽窄衫。所奏樂用龍笛、鳳管、小鼓、秦箏、琵琶、笙、胡琴、響板、拍板，以宦者長壽拜布哈管領。遇宮中讚佛，則按舞奏樂。宦者受秘戒者得入，餘不得預。……選采女為十六天魔，甚至男女裸居，醜聲流播，雖市井之人亦惡聞之。」

⑳ 宮漏：古時候因無鐘，宮廷用銅壺滴漏來做計時的器具。

怨，盜賊四起。各處申奏似雪片的飛來，都被奸臣隱瞞不奏。順帝只知昏迷酒色，那裡曉得外面的災異。

要知後事如何，且看下回分解。

第二回　開濬河毀拆民房

卻說屢年之間，順帝晏安失德，各處災異多端，人心怨恨，盜賊蜂生。都被丞相撒敦、太尉哈麻、並這些番僧等，瞞住不奏。順帝那裡曉得，終日只在宮中戲耍不題。卻說潁州地方，有個白鹿莊：

樹木森陰，河流清淺。春初花放，萬紅千紫鬥芳菲；秋暮楓寒，哀雁悲蛩爭嘹喨。到夏來，修竹吾廬，裝點出一個不染塵埃的仙境；到冬來，古梅繞屋，安排起幾處遠離人世的蓬萊。對面忽起山岡，盡道像黃陵古渡，因聲聲叫岡做「黃陵」。幽村聚集珍奇，每常有白鹿成群，便個個喚村為「白鹿」。

不知那裡來個官兒，搖搖擺擺，走到林間，說道：「真是人間神仙府。」便吩咐跟隨的人：「你可去查此處是誰人家的，叫他將這個莊兒送了我老爺，做個吃酒行樂的所在。」跟隨的就到莊內問道：「是甚麼人家，做甚勾當❶的？如何我們賈老爺在此，茶也不送一盞出來？」卻見一人身長丈二，眼若銅鈴，出來應接道：「不要說是『假老爺』，就是『真老爺』，也休想一點水喝，快走！快走！」說罷，手持長

❶ 勾當：事情。

鎗，竟趕出來。那些跟隨的人，扯了這官兒，沒命的奔出林中。那人就也回去了。那官兒自言自語的說道：「我賈魯的聲名，那處不曉得？可惡這廝如此無禮，須略施小計，結果了這個地方。」不日，到了京師，朝見拜畢。帝問：「賢卿一路勞苦。且說你一向出朝，孤家甚覺寂寞。」又問：「賢卿回來，一路民情風景如何？」賈魯便奏說：「一路黃河淤塞❷，漕運❸不通，但聽得民間謠道：『石人一隻眼，不挑黃河天下反❹。』依臣愚見：須挑開沿河一帶，藉應民謠，且通漕運。」順帝應道：「我日前在勞宮中要開些小池沼，那些言官上本說道，民謠洶洶，盡說『石人一隻眼，挑動黃河天下反，不宜興工役。』照你今日說來，竟是不挑的不好了。」賈魯一向口舌利便，又奏說：「陛下若依言官不挑黃河，由他淤塞了，嗣後這些糧米，將從那路運來？南北不通，糧米不濟，不反何待！」順帝說：「極有理，極有理，只是當從何處開起？」賈魯說：「臣一路經過徐潁蘄黃，處處該開；至如潁州、白鹿莊、黃陵岡，俱被民房佔塞，上下四十里，更為淤壅，更宜急開。」順帝即刻傳旨差發河南、河北丁夫七十萬人，開濬黃河原路，限定一月之內完工，阻撓者斬。起駕回宮不題。

卻說潁州白鹿莊，日前提鎗來趕的，原來是漢高祖三十六代孫，姓劉名福通。全身膂力過人，且又深通妖術。家藏一面鏡子，有人要照，只須對鏡焚香，鏡中就現出官吏、庶民、軍士等模樣；如前來求

---

❷ 淤塞：水道被泥阻住不通。

❸ 漕運：古時候，各地由水道運米，供給京城的需要。

❹ 石人一隻眼二句：元史：「至元十年河南北童謠云：『石人有隻眼，挑動黃河天下反。』」這裡賈魯故意說作「不挑」，以便開濬黃河。

照的人心不虔誠，便現出諸般禽獸形像出來。又結識一個朋友，叫韓山童❺，假稱世界將要大亂，彌勒佛降生。造出一個「白蓮會❻」來。所有部下，皆繫紅巾為號，鼓動那些鄉民，如神如鬼的尊敬他。遇著些小事，便去照那鏡子問下落。這日，兩個人正在莊前哄騙眾人說：「佛力如此廣大，還怕不做皇帝麼？」忽聽得鑼聲連連響亮，兩人遠遠看去，認得是本州的知州，坐在馬上，帶領弓兵三百餘人，竟望莊前行來。說道：「今奉聖旨開濬黃河，拆去民房，先從白鹿莊與對面黃陵岡開起。」內有里正❼稟道：「民間謠說：『挑動黃河天下反。』只怕不便麼！」知州喝道：「這是奉旨的，誰敢違逆！況旨上載明，阻撓者斬。今日就借你這頭示眾。」說罷，喝令刀斧手，將里正梟首❽。知州吩咐將首級用木桶盛著，沿河四十里，號令前去。這些弓兵，便把劉福通住屋，霎時❾間拆去。婦孺雞犬，趕得雪花飛散一般。福通低著頭，只是搥胸叫苦。思想道：「青天白日，竟起這個霹靂，安排得我竟是無家可歸，無地可依。奈何！奈何！」大叫道：「事已如此，反了罷，反了罷！爾等肯隨我共成大事的，同享富貴；如不肯隨

---

❺ 韓山童：新元史：「至正初，山童倡言天下將大亂，彌勒佛出，以『白蓮社』燒香惑眾，愚民私相附從。潁州人劉福通與其黨杜遵道、羅文素、盛文郁、王顯忠、韓咬住等謂山童為宋徽宗八世孫，當為中國主。時河決而南，丞相脫脫從賈魯議，挽之北流，興大役。福通乃預埋一石人，鐫其背曰：『休道石人一隻眼，此物一出天下反。』開河者掘得之，轉相告語，人心益搖。至正十一年，福通殺黑牛白馬誓眾，謀作亂。」

❻ 白蓮會：中國的一個祕密教派，起於元代。

❼ 里正：地位相當於現在的村長。

❽ 梟首：古代刑法名，殺了人把人頭掛在木桿上示眾。

❾ 霎時：極短的時間。

我的，聽你們日夜開河，受官方苦楚去。」登時，聚會有五六百人，便向前把知州一刀，執頭在手。叫道：「胡元混亂中國，今日開河，拆去民居，你們既肯從我，便當進城，開獄放了無罪犯人，收了庫中財寶，包你們有個好處。」又往手中把那鏡子，在水中一照，說：「如心中尚有狐疑⑩的，可從河中掘下，自見分曉。」只見左邊一夥，也約有五六百人，竟向河中用力齊掘。不曾掘得一尺，只見掘出一個石頭人來，身長一丈，鬚眉口鼻都是完全的，當中鑿著一隻眼。福通大呼道：「眾位可曉得麼？一向謠言：『石人一隻眼，挑動黃河天下反。』今剛剛在此處掘得石人，這皇帝可不應在此處，你們心上如何？」這些人便合口說道：「敢不從命。」福通便帶了眾人，竟投州裡來。城中掌軍官朵兒只班，因殺了知州，便時刻飭備。一聲鑼響，即刻衝出一標人來，兩下廝殺。福通雖是力大，手下的兵，終是未曾習熟，被官軍趕殺十餘里。韓山童馬略落後，卻被官軍趕上一刀。福通便率杜遵道、盛文郁、羅文素等，勒馬回殺，救得後邊的人，竟到亳州立寨。因立山童的兒子韓林為王，國號大宋，建元龍鳳。以山童妻楊氏為皇太后。杜遵道、盛文郁為左右丞相。福通與羅文素為平章，同知樞密院事。招集無籍十餘萬人，攻破羅山、確陽、真陽、葉縣等處，直侵汴梁，不題。

　且說官軍依舊進城，堅閉城門。朵兒只班便星夜申奏京師，備陳事情；一邊又具揭帖⑪到中書省丞相處。脫脫見揭，便吩咐見齎本官：「明早隨我進奏。」次早，脫脫奏說：「近來僭號稱王者甚多。昨日接得各府州縣報說：『賊兵反了共一十四處。』」順帝大驚。問：「那十四處？」脫脫說：「潁州劉福

⑩ 狐疑：狐性多疑，故對人的疑惑，稱為狐疑。
⑪ 揭帖：就是文告。

通、台州方國珍、閩中陳友定、孟津毛貴、蘄州徐壽輝、徐州芝蔴李、童州崔德、池州趙普勝、道州周伯顏、汝南李武、泰州張士誠、四川明玉珍、山東田豐、沔州倪文俊。」順帝聞奏大驚，說：「如之奈何？」脫脫奏說：「請大兵先討平徐壽輝、劉福通、張士誠、芝蔴李四寇，庶無後患。」帝便說：「著罕察帖木兒討徐壽輝，李思齊討劉福通，蠻子海牙討張士誠，張良弼討芝蔴李。先除大寇，後勦小賊。」勑旨即下，脫脫叩頭下殿。那四將各點兵五萬，擇日辭朝。竟離了燕京，各自尋路攻取。畢竟勝負如何，且看下回分解。

第三回　專朝政群奸致亂

卻說諸官得旨，分討各處賊兵，誰知皆不能取勝，都帶些殘兵敗甲回來。順帝見了，日夜憂悶。一日設宴，對文武群臣商議說：「目今盜賊蜂生，各處征討的官兵，沒一個奏凱。卿等何策勦除，為朕分憂？」脫脫叩頭奏說：「黎庶❶不安，災傷時見。臣等不能為國除患，心實恥之。臣願竭駑駘❷之力，肅清江、淮，以報皇恩。」順帝聞奏，降座語脫脫道：「丞相若能為朕掃除賊寇，奏凱還京，朕當裂土❸，以酬心膂；但中書省是政事根本，不可一日離左右，賢卿若去，朕將誰依？」脫脫又叩頭說：「盡忠報國，乃臣子之責，豈敢忘恩！但微臣此去，全望陛下親賢遠佞❹，以調天和，以安黎庶。」順帝便敕脫脫為總兵大元帥，以龔伯遂為先鋒，哈喇答為副將，也先帖木兒為行臺御史，節制兵馬，大小官軍俱聽脫脫指揮，便宜行事。脫脫拜辭，即日領兵望南進發，竟到孟津。宋將毛貴率本部五千人納降。脫脫便驅兵渡黃河，從虎牢關至汴梁正北安營。宋韓林的探子報知，便集眾商議。只見杜遵道說：「水來

❶ 黎庶：老百姓。
❷ 駑駘：劣馬。這裡的意思是自謙才質庸劣。
❸ 裂土：分給土地。
❹ 佞：善於諂媚的人。

土壓，兵至將迎，殿下勿憂，臣當領眾迎敵。」宋主即令杜遵道、羅文素、盛文郁三將，急帶領五萬人馬與元軍對敵。遵道勒馬橫鎗，高叫道：「送死的出來！」脫脫大怒說：「反國賊子，敢出大言。」就縱馬橫刀，直取遵道。二將交馬，戰上五十餘合。遵道力怯，撥馬便回，脫脫趕上一刀，斬於馬下。元兵陣上，催兵奮殺，宋兵潰亂，生擒一千四百餘人，斬首一萬七千餘級。羅文素等，領兵入城，堅閉不出。龔伯遂請道：「乘此勢攻城，料可必破。」脫脫笑說：「我兵千里而來，勞力過多，還當息養，不宜倉卒。倘賊兵計窮，冒死血戰，不可支矣。」眾將唯唯。時韓林見殺了杜遵道，心甚驚恐，決策於福通。福通說：「脫脫智勇足備，鋒不可當，不若姑避其鋒，再圖恢復。」韓林依計，乘夜棄城而走。次早，元兵到城搦戰，只見城門大開，城中老幼，俱頂香迎接，備言賊兵懼威，引兵逃去等情。脫脫大喜，入城撫民。

一宿，明日倍道逕抵徐州西面外十里安營。打下戰書與芝蔴李說，明日交戰。脫脫到酉刻時候，密喚諸將受計，如此如此，各各依令去訖。且說芝蔴李對眾說：「元兵遠來疲乏，今夜未有準備。我當前行劫寨，爾眾隨後即來，兩下夾攻，必獲全勝。」二更時分，果然引兵出城，兵銜枚❺，馬勒轡，直抵元營，悄然無備。芝蔴李暗喜，併力領兵殺入，細看更無一人，心下大驚，速令退兵。忽聞炮響一聲，四面伏兵盡起，把芝蔴李團團圍住，兵卒也不十分來鬥，只是沒個隙❻路可逃，賊兵自相殘害，約折去大半。及至天明，只見一將傳令說：「你們可鬆一條路，放他逃去。」芝蔴李聽著，又驚又喜，心內暗

❺ 銜枚：古時行軍，兵士銜枚於口，以禁偶語。
❻ 隙：空間；縫隙。

道：「我且殺開一路回城，再作計議亦可。」只見元兵果然放開一條路，讓芝蔴李回城，將到城邊，急叫城上：「我被元兵混殺一夜，至今方得逃回，快開門，如遲，恐又被趕來也。」正叫之時，舉頭一望，看見兄弟李通的頭，懸掛在城，敵樓邊，立著一員人將，紫袍金甲，大喝道：「你這賊子，我元丞相已取得此城了，你還不認得？」芝蔴李驚得魂飛九霄雲外，抱頭鼠竄❼，逕往沔陽去了。天色大明，各將論功行賞，因問：「元帥為何曉得要來劫寨，預先吩咐埋伏，又離了中軍，獨去取城？」脫脫笑說：「此是乘虛搏將之法：昔日裴令公元宵夜，大張華燈，設宴待客，匹馬擒吳元濟，正是此樣機關，反看便是。他今日以我兵遠來，料來疲困，必帶雄兵劫寨，城中不過老弱守門耳。我令爾輩四下伏住，等他來時，便圍繞混殺一夜，此時我領精兵，乘虛攻取城門，自然垂手可得。」眾將又問：「圍住之時，元帥吩咐不可廝殺為何？」脫脫說：「黑夜誰知彼此？我兵只密圍數層，虛聲叫喊，任他自相殘殺，這又是以逸待勞。」眾將齊聲稱說：「元帥神機，非我等所及。」脫脫撫恤❽人民，一面遣牙將奏捷，不題。

且說右丞相撒敦與太尉哈麻，聞得脫脫得勝，上表中聞，計較說：「脫脫向來威振中外，使我們不得便宜行事，今又成大功，皇帝必加信用，我輩卻是怎生？」哈麻說：「這有何難，趁此捷表未上之時，令臺官劾❾他說：『出師三月，略無寸功，傾國家之財，以為己貲；半朝廷之官，以為己用。乞加廢斥，以儆官邪。』這個計策如何？」撒敦說道：「此計大妙！大妙！」遂將進表官邀入密房，除了他的性命。

---

❼ 竄：急忙逃走。
❽ 撫恤：安慰和救濟。
❾ 劾：告發人家的罪狀。

因而上個表章，說得脫脫十分不好。順帝說：「既如此，可勅月潤察兒為元帥，以樞密雪雪代他為將，令姚樞持詔赴徐州傳示。」不止一日，來到徐州，脫脫拜受了詔書，便對眾將說：「朝廷恩旨，釋⑩我兵權，即當權與諸將分別，諸將可各率所部聽新元帥節制。」只見哈喇答向前說：「元帥此行，我輩必死他人之手，不如今日先死丞相之前，以酬相許夙志⑪。」言罷，拔劍自刎而死。眾將撫慟如雷，將哈喇答以禮殯葬。脫脫單馬竟赴淮安安置。未及半月，臺臣又劾脫脫貶謫⑫太輕，該徙雲南。脫脫嘆道：「我不死，朝中也不肯放過我；倒不如一死，以免眾奸荼毒⑬。」遂服鴆⑭而死⑮。卻說劉福通、芝蔴李，聞脫脫身故，各統兵攻復前據城池，元軍陣上那個殺得他過。數日間，劉福通與芝蔴李自相殺拚，一箭射死了芝蔴李，復了徐州。毛貴仍歸部下。正是：「昏君信佞忠臣死，群鬼貪殘社稷⑯墟。」後來畢竟如何，且看下回分解。

---

⑩ 釋：解除。這裡的意思就是解除了兵權。

⑪ 夙志：久已懷抱的志向。

⑫ 貶謫：因罪降調官職。

⑬ 荼毒：荼，苦菜。荼毒，就是不堪忍受的苦虐。

⑭ 服鴆：鴆，鳥名，有毒，羽毛浸酒，能毒死人。飲毒酒而死，叫做服鴆。

⑮ 脫脫嘆道六句：新元史：「十四年秋，脫脫出師討高郵。尋詔數脫脫勞師費財之罪，即軍中奪其兵柄，安置淮安。十五年十二月哈麻矯詔鴆殺脫脫。」

⑯ 社稷：古時候帝王祭土地神和穀神的地方，古人常用社稷來代表國家。

第四回　真明主應瑞濠梁

卻說丞相脫脫，受了多少讒言❶，以身殉國。那時四海紛爭，八方擾攘：劉福通併了芝蔴李一部人馬，又收了毛貴一黨賊眾，縱橫洶湧，官兵莫擋。這也不在話下。

且說淮西濠州，就是而今鳳陽府，好一座城池。離城有一個地方，名喚做鍾離東鄉，據說是當初鍾離得道成仙的去處。那裡有個皇覺寺，原先是唐高祖建造的。那寺中住持的長老，喚做高彬，法名曇雲。這個長老，真是宿世種得了智果，今世又悟了大乘❷。一日冬景淒涼，彤雲密佈，洒下一天大雪，曇雲長老吩咐大眾說：「今日是臘月二十四，經裡面說：『天下的灶君，同天下的土地，今夜上天，奏知人間善惡。』我今早入定時節，見本寺伽藍，叫我也走一遭。我如今放了晚參，我自進房，你們或有事故，不可來動問我。」囑咐已畢，竟到房中打坐了。只覺頂門中一道毫光，直逐雲霄，本寺伽藍，早已在天門邊拱候著。長老二人交了手，竟至九天門外。卻好玉皇登座，三官玄聖併一切神祇❸，都一一講禮畢，長老也隨眾神施了禮，立在一邊。只聽得玉皇說：「方今世間混亂，黎庶遭殃，這些魑魅❹，將如何驅

❶ 讒言：說人壞話。
❷ 大乘：佛經中的派別名。
❸ 神祇：天神、地祇。
❹ 魑魅：木石的精怪。

遣？」忽然走出一個大臣，口稱說：「臣是明年戊辰年，值年太歲。以臣看來，連年戰伐，只因下界未生聖主，明歲辰年，應該真龍出世，混一乾坤，肅清世界。且今月今日，是天下土地、灶君申奏人間善惡，乞陛下細察。凡世脩行陰德的，付他聖胎，以便生降。特此奏聞。」玉皇說道：「朕也如此思量，但原先歷代皇帝降生，都是星宿。如今果要混一天下，定須星宿中，下去走一遭。你們那個肯去，宜直奏來。」問而又問，這些星宿都不作一聲。玉皇惱道：「而今下界如此昏蒙，你們難道忍得不管？我如今問了四五次，也只不作聲，卻是為何？雖然是墮入塵中，也須即還天上，何故十分推阻？」正說間，只見左邊的金童併右邊的玉女，兩下一笑，把那日月掌扇，混做一處，卻像個「明」字一般。玉皇便問：「你二人何故如此笑？我如今就著你二人脫生下世，一個做皇帝，一個做皇后，二人不許推阻。明年九月間，著送生太君，便送下去罷。」那金童玉女那裡肯應，玉皇又說：「恐怕下去吃苦麼？我便再撥些星宿輔弼❺你二人；你二人下去，便如方纔扇子一般，號了『大明』罷，不得違誤！」只見本寺伽藍輕輕的對長老說：「我寺中也覺有些彩色……」說猶未了，那些諸方的土地及各家灶君，一一過殿，遞❻了人間善惡的細單。玉皇便說：「今據戊辰太歲奏章，說明歲該生聖主，以定天下。我已囑咐金童、玉女，下生人世，但非世德的人家，那能容此聖胎！你們可從世間萬中選千，千中選百，百中選十，送到我案前，再行定奪。」吩咐纔了，那天下各省、各府、各縣的城隍，同那天下各省、各府、各縣、各里的土地，都出到九天門外，議來議去。不多時，有天下都城隍，手中持著十個摺子說：「揀選仁厚人家，

❺ 輔弼：輔佐幫助。
❻ 遞：傳寄。

萬中選成了十個，特送案前。」玉皇登時叫取衡善平施的秤來，當殿明秤，十家內看是誰人最重的。只見一代一代較過，止有一家脩了三十三世，仁德無比。玉皇即將摺子拆開，口中傳說：「可宣金陵郡滁州城隍進來聽旨。」那城隍就案前伏了。玉皇囑咐說道：「汝可接旨行事去。」便遞這摺子與他。城隍叩頭領訖，玉皇排駕回宮。長老也出了天門，與伽藍拱手而別，便迴光到自己身上，卻聽得殿上正打三更五點。長老開眼，見佛前琉璃燈內火光，急下禪床，拜了菩薩。說：「而今天下得一統了，但貧僧方纔不曾看得那摺子，姓張、姓李，誰是真龍，這是當面錯過了，也不必題。但方纔本寺伽藍說：『連我寺中有些彩色』，不知是何主意？待我再打坐去細細問他，便知端的。」長老從新入定，去見伽藍，問說：「方纔摺子內所開誰氏之子？想明神定知他的下落。」伽藍對說：「此去尚有半年之期，恐天機不可預洩。」長老唯唯。只見左邊順風耳跪下，報稱：「滁州城隍有使者到門，奉迎議事，立等神車。」伽藍便起身別了長老，出門不題。

時光荏苒，不覺又是戊辰中秋之夕。忽報山門下十分大火，長老急急出望，四下寂然，並無火焰。長老道：「甚是古怪！」便獨自從迴廊下過伽藍殿，到山門前來。只見伽藍說道：「真命天子來也，師父當救之。」長老迅步而往，惟見一男人同一婦女，睡在山門下。長老因叫行者推醒，問他來歷。那人說道：「姓朱名世珍，祖居金陵朱家巷人。因元兵下江南，便徙居江北長虹縣，後又徙滁州；也略略蓄些貲財。昨因失火，家業一空，有三子：朱鎮、朱鏜、朱釗又皆失散。今欲與妻陳氏，同上府城，投女壻李禎，織蓆生理。至此天晚，且妻子懷孕，不便行動，打攪禪門，望師父方便！」長老看朱公相貌不常，所娠的莫不是真主，因說：「懷孕人行路不便，不如就在此鄰側賃一間房子，與公居住何如？」朱公道：「難得師尊如此。」次日，長老到東鄉劉太秀家，賃一間房子，與朱公住了，又與些貲本過活。三個失散的兒子，也仍舊完聚了。但未知所生是男是女？正是：

今夜月明人盡望，不知瑞氣落誰家？

要知後事如何，且看下回分解。

第五回　眾牧童成群聚會

卻說曇雲長老賃下房子，與朱公夫妻安頓，又借些貲本與他生意。不止一日，卻是九月時候，不暖不寒，風清日朗，真好天色。長老心中轉念道：「去冬臘月二十四晚，入定之時，分明聽得是九月間真主降生。前月伽藍分明囑咐，好生救護天子。這幾時不曾往朱公處去探望，不知曾生得是男是女？我且出山門走一遭。」將到伽藍殿邊，忽見一人走來，長老把眼看了看，這人生得：

一雙碧眼，兩道修眉。一雙碧眼光炯炯，上逼層霄；兩道修眉虛飄飄，下過臍底。臞骨棱棱，真個是煙霞色相；丰神燁燁，偶然來地上神仙。行如風送殘雲，立似不動泰山。

那人卻對長老說道：「我有丸藥兒❶，可送去與前日那租房子住的朱公家下生產時用。」長老明知他是

❶ 丸藥兒：天潢玉牒：「陳太后在麥場，見西北有一道士，修髯，簪冠，紅服，象簡，來坐場中，以簡撥白丸置手中。太后問曰：『此何物也？』道人曰：『太丹。你若要時，將與你一丸。』不意吞之，忽然不知何往。及誕，白氣自東南貫室，異香經宿不散，後不能食。淳皇求醫歸，有一僧，奇偉。坐於門側曰：『翁何往？』淳皇曰：『新生一子，不食。』僧曰：『何妨！至子夜時，自能食。』淳皇謝，許為徒。入家取茶，不知何

神仙，便將手接了。說道：「曉得。」只見清風一陣，那人就不見了。長老竟把丸藥送與朱公，說道：「早晚婆婆生產可用。」朱公接藥說道：「難得到此，素齋了去！」說畢，進內打點素齋，供養長老。長老自在門首。不多時，只聽得一村人，是老是少，都說天上的日頭，何故比往日異樣光彩？長老同眾人抬頭齊看，但聞天上八音齊振，諸鳥飛繞，五色雲中，恍如十來個天娥彩女，抱著個孩兒，連白光一條，自東南方從空飛下，到朱公家裡來。眾人正要進內，只見朱公門首，兩條黃龍繞屋，裡邊大火沖天，煙塵亂捲。眾人沒一個抬得頭，開得眼，各自回家去了。長老也慌張起來。卻好朱公出來說：「蒙師父送藥來，我家婆婆便將去咽下，不覺異香遍體，方纔幸得生下一個孩兒，甚是光彩，且滿屋都覺香馥侵人。」長老說：「此時正是未牌，這命極貴，須到佛前寄名。」朱公許諾。長老回寺去了，不題。

卻說朱公自去河中取水沐浴，忽見紅羅浮來，遂取去做衣與孩子穿之；故所居地方，名叫紅羅港。古蹟至今猶存，不題。

且說生下的孩子，即是太祖❷。三日內不住啼哭，舉家不安，朱公只得走到寺中伽藍殿內，祈神保佑。長老對朱公說：「此事也非等閒，諒非藥餌❸可愈，公可急回安頓。」長老正送朱公出門，只見路上走過一個道人，頭頂鐵冠大叫道：「你們有希奇的病，不論大小可治。」長老便同朱公問說：「有個

往。至夜半信然。」

❷太祖：琅琊漫抄：「太祖高皇帝生於盱眙縣靈跡鄉土地廟。父老相傳云：生時夜晦，惟廟有火光。」龍興慈記：「聖祖始誕，屋上紅光燭天。皇覺寺僧望見之，驚疑回祿也。明發扣問，告以誕。」

❸餌：吃的東西。

孩子，生下方纔三日，只是啼哭，你可醫得麼？」那道人說：「我已曉得他哭了，故遠遠特來見他；我若見他，包你他便不哭。」朱公聽說，便辭了長老，即同道人到家，抱出新生孩子，來見道人。那道人把手一搖，口裡囑咐道：「莫叫莫叫，何不當初莫笑；前路非遙，日月並行便到；那時還你個呵呵笑。」拱手而別，出門去了。朱公抱了孩子進去，正要出來款待道人，四下裡找尋不見。此後，朱公的孩子，再也不哭，真是奇異。一日兩，兩日三，早已是滿月兒、百祿兒、拿週兒。朱公將孩子送到皇覺寺中佛前懺悔，保佑易長易大。因取個佛名叫做朱元龍，字廷瑞。四歲五歲，也時常到寺中頑耍。不覺長成十一歲了。朱公夫婦家中，忍飢受餓，難以度日，將三個大兒子俱雇與人家傭工去了，只有小兒子元龍在家。

一日，鄰舍汪婆走來，向朱公道：「何不將元龍雇與劉太秀家牧牛，強似在家忍餓。」朱公思想道：「也罷！」遂煩汪婆與劉太秀說明。太祖道：「我這個人豈肯與他人牧牛！」父母再三哄勸，他方肯。母親同汪婆送到劉家。且說太祖在劉家，一日一日漸漸熟了，每日與眾孩子頑耍，將土累成高臺。內有兩三個大的，要做皇帝頑耍，坐在上面，太祖下拜，只見大孩子骨碌碌跌的頭青臉腫。又一個孩子說：「等我上去坐著，你們來拜。」太祖同眾孩子又拜，這個孩子，將身撲地，更跌狠些，眾人嚇得皆不敢上臺。太祖說：「等我上去。」眾孩子朝上來拜，太祖端然正坐，一些不動。眾孩子只得聽他使令，每日玩耍不題。一日，皇覺寺做道場，太祖扯下些紙旛做旗，令眾孩子手執五方站立，又將所牧之牛，分成五對，排下陣圖，呼喝一聲，那牛跟定眾孩子旗旛串走，總不錯亂。忽一日，太祖心生一計，將小牛殺了一隻，同眾孩子洗剝乾淨，將一罈子盛了，架在山坡，尋些柴草煨爛，與眾孩子食之。先將牛尾割下，插在石縫內，恐怕劉太秀找牛，只說牛鑽入石縫內去了。到晚歸來，劉太秀果然查牛，少了一隻，便問。太祖回道：「因有一小牛鑽入石中去了，故少了一隻。」太秀不信，便說：「同你去看。」二人來至石邊，太祖默祝：「山神、土地，快來保護！」果見一牛尾搖動❹。太秀將手一扯，微聞似覺牛叫之聲，太秀只得信了。後又瞞太秀宰了一隻，也如前法。太秀又來看視，心中甚異，忽聞太祖身上有羶氣，暗地把眾孩子一拷，方知是太祖殺牛吃了。太秀無可奈何，隨將太祖打發回家。

光陰似箭，不覺已是元順帝至正甲申六月。太祖年已十七歲。誰想天災流行，疫癘大作，一月之間，朱公夫婦、並長子朱鎮，俱不幸辭世。家貧也備不得齊整棺木，只得草率將就，同兩個哥哥抬到九龍岡下，正將掘土埋葬，倏忽之間，大風暴起，走石飛沙❺，轟雷閃電，霖雨傾盆。太祖同那兩個阿哥，開了眼，閉不得；閉了眼，開不得。但聽得空中說：「玉皇昨夜宣旨，喚本府城隍、當方土地，押令我們四大龍神，將朱皇帝的父母，埋葬在神龍穴內，土封三尺。我們須要即刻完工，不得違旨。」太祖弟兄三人，只得在樹林叢蔚中躲雨。未及一刻，天清日出，三人走出林來，到原放棺木地方，俱不見了；但見土石壅蓋，巍然一座大墳。三人拜泣回家。長嫂孟氏同姪兒朱文正，仍在長虹縣地方過活。二兄、三兄，亦各自贅❻出，太祖獨自無依。鄰舍汪婆對太祖說：「如今年荒米貴，無處棲身，你父母向日，曾

---

❹ 牛尾搖動：龍興慈記：「聖祖幼時，與群牧兒戲，以車輻版作平天冠，以碎版作笏，令群兒朝之，望見儼然主者。殺小犢煮食之，犢尾插入地，誑主者曰：『陷地裂去矣。』主者拽尾，轉入地中，真以為陷也。」

❺ 大風暴起二句：龍興慈記：「仁祖崩，太祖舁至中途，風雨大作，索斷，土自壅為墳。」

❻ 贅：招女婿。

將你寄拜寺中，不如權且為僧如何？」太祖聽說，答應道：「也是也是。」自是託身皇覺寺中。不意曇雲長老，未及兩月，忽於一夕圓寂。寺中眾僧只因朱元龍長老最是愛重他，就十分沒禮。一日，將山門關上，不許太祖入內睡覺，太祖仰天歎息，只見銀河耿耿，玉露清清。遂口吟一絕❼：

天為羅帳地為氈，日月星辰伴我眠。夜間不敢長伸腳，恐踏山河社稷穿。

吟罷，驚動了伽藍。伽藍心中轉念：「這也是玉皇的金童，目下應該如此困苦。前者初生時，大哭不絕，玉皇喚我轉召鐵冠道人安慰他。但今受此迍邅❽，倘或道念不堅，聖躬有些啾唧，也是我們保護不週。不若權叫夢神打動他的睡魔，託與一夢❾，以安他的志氣。」此時，太祖不覺身體困倦，席地❿和衣⓫

❼ 遂口吟一絕：龍興慈記：「主僧禁縛之階下，口占一詩曰：『天為羅帳地為氈，日月星辰伴我眠。夜間不敢長伸腳，恐踏山河社稷穿。』」

❽ 迍邅：難行不進的樣子。

❾ 託與一夢：紀夢：「忽夢居寒微，仰觀見西北天上，群鳥如燕大小，數不可量，摩天而下。忽然自鳥中突一仙鶴者，徐翔東南，予回首以顧之所在。但見西北天上有一木為朱臺，前上立二人，如寺閣內金剛一體無二。極目視之，見二人口若宣揚之狀。不見二立上，卻見臺上中立三尊，若道家三清之狀。其中尊者，美貌修髯，人世罕見。」

❿ 席地：以地為席，睡在上面。

⓫ 和衣：不脫衣服睡覺。

而寢。眼中但見西北天上，群鳥爭飛，忽然仙鶴一隻，從東南飛來，啄開眾鳥，傾間仙鶴也就不見了。只有西北角起一個朱紅色的高臺，週迴欄杆上邊，立著兩個像金剛一般，口內念念有詞。再上有帶幞頭抹額的兩行立著，中間三尊天神，竟似三清上帝，玉貌長鬚，看著太祖。卻有幾個紫衣善士，送到絳紅袍一件，太祖將身來穿，只見雲生五彩。紫衣者說：「此文理真人之衣⓬」，旁邊又一道士，拿劍一口，跪送將來，口中稱說：「好異相，好異相！」因拱手而別。太祖醒來，卻是南柯一夢。細思量甚是奇怪。次早起來，卻有新當家的長老囑咐說：「此去廝湖約有三十餘里，湖邊野樹成林，任人採取，爾輩可各輪派取柴，以供寺用；如違，逐出山門，別處去吃飯。」輪到太祖，正是大風大雨，彼此不相照顧，卻又上得路遲，走到湖邊，早已野林中螢火相照，四下更無一人，只有蟲鳴草韻。太祖只得走下湖中砍取，那知淤泥深的深，淺的淺，不覺將身陷在大澤中，自分必遭淹溺，忽聽得湖內有人說：「皇帝被陷了，我們快去保護，庶免罪戾⓭。」太祖只見身邊許多蓬頭赤髮、圓眼獠牙、綠臉的人，近前來說：「待小鬼們扶你上岸。」岸上有小鬼，也替皇帝砍了柴，將柴也送至寺內。太祖把身一跳，卻已不在澤中，也不是廝湖，竟是皇覺寺山門首了。太祖挑著柴進香積廚來，前殿上鼓已三敲。眾僧卻已睡熟，未知長老埋怨如何，且看下回分解。

⓬ 文理真人之衣：紀夢：「余尚夢微寒，中途逢數紫衣道士者，以絳衣來授予，揭裡視之，但見五綵。問此何物也，內一道士隨問此何物也。又一道士叱彼道士曰：『此文理真人服。』予服之，忽然冠履俱備，旁有一道士授我一劍，忽然而夢覺。」

⓭ 罪戾：罪惡。

第六回　伽藍殿暗卜行藏

且說太祖陷在湖中，諸般的鬼怪，也有來攙腳的，也有來扶手的，也有將肩幫襯著太祖的，也有在水底下將背脊肩著太祖的，也有在岸上替太祖砍柴的，也有在路上替太祖挑擔的。不多時，已送到寺邊門首，說：「我們自去，皇帝請進內方便。」那時已有三更左右，太祖進內就睡，不題。卻說這些和尚說：「向來曇雲師父在時，只說他後來發跡，不意今朝至此不回，多分淹沒湖中了。」說說笑笑，各自歸房。次日天明，當家長老，叫行者起早燒湯做飯，那行者驀來驀去，都是柴堆塞的，那裡尋個進廚房的路去，口中不說，心中想道：「昨日臨睡時空空一個灶房，這柴那得許多，便是朱行者一個去湖中樵打，怎麼便有這山堆海積的柴草。」只得叫動大眾，挑的挑，抬的抬，出潔了半日，方纔清得條走路。太祖起來，自家也看得呆了。心中想說：「若是如此看來，莫不是我果有天子之分？但今日沒有一個可與計議的，我不如走到伽藍殿中，問個終身的凶吉❶，料想神明也有分曉。」將身竟到伽藍殿來，卻有

❶ 問個終身的凶吉：紀夢：「予禱於伽藍，祝曰：『若許出境以全生，以珓投於地，神當以陽報。若許以守舊，則以一陰一陽報我。』我祝畢，以珓投之於地，其珓雙陰之，前所禱者兩不許。予乃深思而再祝曰：『予出守咸聽命於神，篤志祈之，神不為決。既不出而不守舊，果何報耶？請報我陽珓，予備粮以往。』以珓擲於地，其珓仍陰之。就而祝曰：『莫不容予倡義否？若是，則復陰之。』以珓擲地，果陰之，方知神報如是。

珓❷經在側，太祖一一訴出心事，問說：「如我雲遊在外，另有好處，別創個庵院，不受這些腌臢閒氣，可還我三個陰珓；如我不戴禪冠，另做主意，將就做得個財主，可還我三個陽珓；如我趁此天下擾亂，去投奔他人，受得一官半職，可還我三個聖珓。」將珓望空擲下，那珓不仰不覆，三次都立著在地。太祖便打動做皇帝的念頭，暗暗向神訴說：「今我三樣禱告，神明一件也不依，莫不是許我做皇帝麼？如我果有此分，神明可再還我三個立珓。」望空再擲，只見又是三個立珓。太祖又禱告說：「這福分非同小可，且無一人幫扶，赤手空拳，如何圖得大事？倘或做到不伶不俐，倒不如做一個愚夫愚婦。再告神明，示以萬全。如或果成大事，當再是三個立珓。」那知擲去，又是三個立珓。太祖便深深拜謝，許說：「我若此去，一如神鑒，我當重新廟宇，再整金身。」拜告未已，只見這些和尚走來埋怨說：「你把這些柴亂堆亂塞，到要我們替你清楚，你獨自在此耍子。」太祖也只做不聽得，竟到房中，收拾了隨身衣服，出了寺門，別了鄰舍汪媽媽，竟投盱眙縣，尋姊夫李禎。

路上不止一日，來到盱眙，見了他姊姊。姊姊說道：「此處屢經旱荒，家業艱難，那裡留得你住。你不若竟往滁州去投母舅郭光卿，尋個生計，庶是久長。」太祖應諾。姊姊因安排些酒果相待，不意外

再祝曰：『倡義必凶。予心甚恐，願求陽珓以逃之。』珓落，仍陰之。更祝神：『必逃，神當決我以陽。』以珓投於地，神既不許，以珓不陰不陽，一珓卓然而立，予乃信之。白神曰：『果倡義而後昌乎？神不誤我，肯復以珓陰之？』以珓投於地，果陰之。』

❷珓：原本作「筊」，今改。占吉凶器具。古時問卜於神，以蚌殼投空擲地，觀其俯仰，以斷休咎。後人以竹木作成蛤形，中分為二。

邊走進一個孩兒來：

燕額虎頭，蛾眉鳳眼，丰儀秀爽。面如塗粉，口若凝朱，骨格清瑩。耳若垂珠，鼻如懸柱。光朗一個聲音，恍惚鶴鳴天表；端溶溶全身體度，儼然鳳舞高崗。不長不短，竟是觀音面前的善財；半瘦半肥，真是張仙抱來的龍種。

太祖便問：「此是誰家的小官？」姊姊說道：「此便是外甥李文忠。」便叫文忠：「你可拜了舅舅。」太祖十分歡喜，問他年紀。說道：「今年十歲。」席中談笑，甚是相投。當晚酒散。次日，太祖取路上了滁州，見了娘舅郭光卿，敘起寒溫❸。太祖將父母、兄弟的苦楚，訴說一遍。郭光卿說：「你既來此，正好相伴我兒子讀書。」次日，竟進館中。太祖性甚聰慧，郭氏五子，因遂惡之。假以別事哄至空房，以絕太祖飯食，郭氏因有育女馬氏，私將麵餅飼之。一日，忽被郭氏窺破，遂納懷中，馬氏❹胸前因有餅烙腐痕，此事不在話下。

光陰迅速，太祖卻已十八歲了。郭光卿收拾幾車梅子，同太祖上金陵販賣，進至和州，時適夏初天氣，路上炎熱。光卿說：「你可將車先行，我歇息片時便來。」太祖推車趕路不題。卻說光卿兩年前，

---

❸ 寒溫：應酬的話。賓主相見時，說天氣冷暖。

❹ 馬氏：《翦勝野聞》：「太祖微時，甚愛於郭子興。郭氏生男惡焉，乃以事幽之空室中，絕食漿，馬后竊以餅飼給之。一日炙餅釜中，將修供，為郭氏親信所竊，遂納懷中，肉有腐痕。」

曾與一個光棍爭執到官，那光棍理虧輸了，便出入衙門，做了一個聽差的公人。今卻同一夥公差，在途中撞見。那光棍睜開兩眼，叫道：「仇人相見，分外眼清，郭光卿今日那裡走，且吃我一拳！」光卿喝道：「你這廝還不學好，猶敢如此無禮。」那漢子劈面打來，光卿把手一格，那漢子見光卿把手格開，又趕過來一拳。光卿也只不來抵敵，把那身子一閃，那漢子想是虛張的氣力，眼中對日頭昏花，一交跌倒，卻好跌在一塊尖角的大石頭上，來得兇，跌得重，一個頭撞得粉碎，一命嗚呼。那些夥計叫道：「你何故打殺了公差，且送到官司，再作道理。」光卿逞❺著平生武藝，打開一條路，連夜逃奔去了。

太祖將車向前等待，多時不見光卿，轉來尋覓，路上人洶洶，只說，前面有一個人，被人打死了，那兇手逃走了。太祖心下思量：「大分是母舅做出這事了。」話未說完，來至三叉路口，正在沉吟，只見那柳陰之下，立著有四五個人：或是舞刀的，或是弄鎗的，或是耍棍的；演了一回，又坐息一回。太祖見他們四五個一個個都好手段，便將車子推在一邊，把眼睛注定來看。那些人又各演試了一回，從中一個人叫道：「好口渴也！那得茶吃，一口也好。」卻有一個便指著車子說：「你可望梅止渴麼？」太祖便從車中取出百十個梅子，送與四五個人吃。說道：「途中少盡寸情。」那些人那裡肯受。太祖說：「四海之內皆兄弟也，便收了罷。」再三送去，他們勉強收了。就將梅子勻勻的分做五處，各人遜受一處，便問太祖行徑。太祖一直說，這也是天結的緣，該在此處相逢。太祖也問他們姓名，只見一個最年少的，便指著說道：「這一個是我們鄧大哥，單名喚鄧愈❻，從來舞得好長鎗。」又指一個道：「這是

❺ 逞：自顯或自恃。
❻ 鄧愈：明史：「太祖起滁陽時，鄧愈自盱眙來歸。」

我們湯大哥，單名湯和❼，自幼兒慣舞兩把板斧。」側身扯過一個說：「這個是我們郭大哥，單名郭英❽，七八歲兒看見五臺山和尚在此抄化，那和尚使一條花棍，如風如電一般，郭大哥便從他學這棍法。而今力量甚大，用熟一條鐵棍，那個敢近他。」一夥兒正說得好，忽起一陣怪風，那風拔樹颺塵，對面不識去路。這四五個人都扯了太祖說：「我們且到家裡一避惡風，待等過了，你再推車上路如何？」太祖說：「邂逅❾之間，豈敢打攪。」這四五個人說：「不必過謙。」只見那後生，先把太祖的梅車，已是推去了，口叫道：「你們同到我家來。」正是：

燕趙悲歌士，相逢劇孟家。

不知太祖此去如何，且看下回分解。

---

❼ 湯和：明史：「湯和字鼎臣，濠人，與太祖同里閈。郭子興初起，和帥壯士十餘人歸之。」

❽ 郭英：明史：「郭英，鞏昌侯興弟也。年十八，與興同事太祖。親信。令值宿帳中，呼為郭四。」

❾ 邂逅：無意中不期而遇。

第七回　販烏梅風留龍駕

卻說那後生，趁著大風，先把太祖的梅車，如飛似水推著。口裡叫道：「你們都到我家權避一回，再作區處。」這些眾人，也把太祖扯了就走。不上半里，就到了那後生家裡。後生便將車子推進，叫道：「哥哥！我邀得義兄弟們到家避風，又有一個客人也到此，你可出來相見。」只見裡面走出一個人來，那後生說：「這是家兄。」太祖因與眾人一一分賓主坐了。那後生說道：「方才大風，路上不曾通得姓名完備。」因指著郭英肩上一個說：「他也姓郭，便是郭大哥同宗，雙名郭子興。專使得一把點鐵鋼叉，一向在神策營十八萬禁軍中做個教師，因見世道不寧，回家保護。」他又說：「我小可姓吳名禎，家兄名良❶，原是廬州合淝人。家兄也能使兩條鐵鞭，約三十餘觔❷，運得百般閃鑠。」

太祖便問：「長兄方纔在柳陰下也逞威風，幸得注目。看這兩把長劍，每把約有八尺餘長，長兄舞得如花輪兒一般，空中只見寶劍不見人，這方法從那裡學來，真是奇怪罕有，畢竟也有人讚歎，願聞願聞！」吳禎說：「小可年輕力少，那能如得這幾位義兄。」只見鄧愈對太祖說：「這個義弟的劍法，前

---

❶ 姓吳名良：即吳良。明史：「吳良，定遠人。雄偉剛直，與弟禎俱以勇略聞。從太祖起濠梁，並為帳前先鋒。」

❷ 觔：與斤字同。

者從雲中看見兩條白龍相鬥，別人都躲過了，不敢看他；他偏看得十分清楚，自後便把劍來舞動。幾次有俠客在此較量，再沒有一個勝得他的。人人都也道，此是鬼神所授。」

太祖應聲說：「列位果是武藝高強。但而今混亂世界，只恐怕埋沒了列位英雄。」四五個人都說：「正是如此。前者望氣的說：『金陵有天子氣。』我輩正在此打探，約同去投納，至今未有下落。只見昨日有一個道人，戴著鐵冠在此叫來叫去：『明日真命天子從此經過，你們好漢須要識得，不要當面錯過。』我們兄弟，所以今日清晨在此候了，直至如今，更不見有人來往。」正說時，只見吳良、吳禎托出一盤酒飯來，扯開桌子，說：「且請酌三杯。」太祖便起身告辭。吳良兄弟說：「那有此理！今日相逢，也是前生緣分；況外面惡風甚急，略請少停，待風寂好行。」這些義兄弟也說：「借花獻佛，尊客還請坐。」太祖只得坐了。酒至數巡。風越大了，天色漸漸將晚。吳禎開口說：「尊客今日不如在此荒宿一宵，明早風息，方纔可行。」太祖說：「如此攪擾，已覺難當，怎敢再在此住宿。」眾人又一齊說：「即今日色又將西落，此去過了五六十里，方有人家，我們眾兄弟，都各將一壺一格來，以伸寸敬，便明早去罷。」太祖見他們十分殷勤，且想此去若無人家，何處歇腳？便說：「既然承教，豈敢過辭，但是十分打攪。」說話之間，這些兄弟們，不多時，俱各整頓七八色果肴來，羅列了四五桌，攢頭聚面，都來恭敬著太祖。太祖一一酬飲了十數杯，不覺微醉，便說：「酒力不堪，少容憩❸息片時，再起來奉擾。」吳禎便舉燭照著太祖，轉彎抹角，到一所清靜的書房。說：「請小息，頃間便來再請。」便反手關了房門去了。太祖抬頭一看，真是清香爽朗，竟成別一洞天；和衣睡倒不題。

❸ 憩：休息。

卻說湯和開口對兄弟說：「列位看這梅子客人，生得如何？」眾人都說：「此人相貌異常，後來必有好處。」湯和點頭說道：「昨日的道人，也來得希奇，莫非應在此人身上？」正說間，只見外面多人簇擁進來，說：「吳家後面的書房起火了！」眾人流水跑到後面看，不見響動，止見一片紅光，罩著書房，旁人也都散了。湯和說：「此事不必疑矣。我們六弟兄，不如乘此夜間，請他出來，拜從他，為日後張本❹何如？」六個人一起走到書房。太祖也恰好醒來，六人納頭便拜。太祖措手不及，流水扶將起來。他六個把心事細說一遍。太祖說：「我也有志於此。」因說起投母舅郭光卿事情。是夜連太祖七個，都在書房中歇了。

次早，天清氣爽，太祖作謝了眾人起身。他們六個說：「我們都送一程。」路途上說說笑笑，眾兄弟輪流把梅車推趕，將近下午已到金陵。金陵地方，遍行瘟疫，烏梅湯服之即愈，因此梅子大貴，不多時都盡行發完，已獲大利。太祖對六人說：「我欲往武當進香。送君千里，終須一別，列位且各回家，待我轉來，再作區處。」眾人說：「我們也都往武當去走一遭。」是日登船渡江，不數日，同到武當。燒了香，回到店中，與六弟兄買酒，正吃間，忽有人來說：「滁州陳也先在此戲臺上比試。」太祖說：「我們也去看看。」只見陳也先身長丈八，相貌堂堂，在戲臺上說：「我年年在此演武，天下英雄，沒有敢來比試的。倘贏得我的，輸銀一千兩。」太祖大怒，便湧身躍上臺來，說：「我便與你比比如何？」兩人交手，各使了幾路有名的拳法。他先欺著太祖身材小巧，趁著太祖將身一低，便一跳將兩腳立在太祖肩膀上，喝采道：「這個喚作『金雞獨立形』。」眾人就也喝采。太祖趁勢卻把肩膀一縮，把兩手扭緊

❹ 張本：預先作後來的地步。

了也先的腳，在臺上旋了百十遭，喝聲道：「咤！」把也先從臺上空中丟下來。叫說：「這個喚作『大鵬攪海勢』。」眾人喊笑如雷。也先懷羞，連呼步兵數百人，一齊湧過動手。太祖跳下臺，望東便走，也先隨後飛也趕來。只見鄧愈、湯和在左邊，郭子興、吳良在右邊，兩邊迎著喊殺；吳禎、郭英，又保著太祖先走。也先併數百步兵，力怯而逃。這四人也不追趕。天晚走進一個玄帝廟後殿歇息。一更左右，只聽得前邊草殿鼓樂喧天，太祖同眾探望，卻正是陳也先飲酒散悶。太祖大怒，四下放起火來，焚了這草殿，也先逃去了，不題。

次日，太祖與眾人離了武當，返回金陵。只見途中一人，口裡問說：「足下莫非武當山臺上比試的豪傑麼？」太祖便應說：「不敢。」那人即同三個人攔路就拜。太祖慌忙扶起，問他來見的原由。正是：

不惜流膏助仙鼎，願將楨幹捧明君。

欲知後事如何，且看下回分解。

第八回　郭光卿起義滁陽

卻說太祖同眾人路取金陵而回，卻有一個人領著三個人，聞說武當山比試的朱公子，攔路便拜。太祖連忙扶起，看那人一表人材，年紀止約有十五六歲。便問：「尊姓大名？」那人對說：「小可姓花名雲❶。從小兒學得一條標鎗，也要圖些事業。因見足下臺上本事，且一毫沒有矜誇❷之色，後來必大有為。因同這三個結義兄弟：華雲龍❸、顧時❹、趙繼祖來投。伏乞不拒。」太祖不勝之喜，領四個見了鄧湯等眾，共到滁州。只見娘舅郭光卿已在家中，甚比常時不同。太祖便問說：「娘舅何以遽❺然顯赫？」光卿對說：「自那日壞了公人，不敢回家，逕到淮東安豐，投順了紅巾劉福通。他見我形表異常，因與兵一萬，掠淮西一帶郡縣。誰知兵到濠州，守將孫德崖聞風投降，我因進城招募豪傑，如今卻好回來，看看家眷。為何賢甥身邊，也有這些人歸附？」太祖也一一把事情說了一遍，因勸娘舅，何不去了

❶ 姓花名雲：即花雲。明史：「花雲，懷遠人，貌偉而黑，驍勇絕倫。至正十三年癸巳，仗劍謁太祖於臨濠，奇其才，俾將兵略地。」

❷ 矜誇：自己誇耀。

❸ 華雲龍：明史：「華雲龍，定遠人，聚眾居韭山。太祖起兵，來歸。」

❹ 顧時：明史：「顧時字時舉，濠人，倜儻好奇略，從太祖渡江。」

❺ 遽：忽然。

紅巾，自立王號。光卿依了太祖，自稱做滁陽王。令部下去了紅巾，以太祖為神策上將軍，便把所育的女兒，原姓馬氏配與太祖。太祖因感馬氏懷餅前情，遂即允諾。又立一個招賢館，把太祖招集天下英雄。

卻說劉福通聽了這個消息，便著人來問，何以去了紅巾，稱了王號？太祖對來人說：「方今天下豪傑並起，各據一方，不必相問。若日後你們有厄❻，我當與你解圍，以報起兵之義。」那人回覆，不題。

太祖在館，日夕招納四方英雋。卻已是至正十二年。忽一日，兩人走進館來拜說：「小可是定遠人，姓丁名德興❼；這個濠州人，姓趙名德勝❽，聞明公聲名，願歸麾❾下。」太祖看那丁德興：

> 面如黑棗，眼若金鈴。穿一領皁羅袍，立在旁卻是光黑漆的庭柱；杖一條生鐵棍，靠在後渾如久不掃的煙囪。真個是：黑夜又來人間布令，鐵哥哥到世上追魂。

太祖因喚他做黑丁。那個趙德勝膂力異常，魁梧出眾，馬上使一條花槊，運動如飛，百發百中，奮勇當先。太祖也命他為前鋒。丁德興即對太祖說：「我們定遠有一個喚做李善長❿，此人足智多謀，潛心博

---

❻ 厄：貧困；壞運氣。

❼ 姓丁名德興：即丁德興。明史：「丁德興，定遠人，歸太祖於濠，偉其狀貌，以黑丁呼之。」

❽ 姓趙名德勝：即趙德勝。明史：「趙德勝，濠人，為元義兵長。善馬槊。每戰先登，隸王忙哥麾下，察其必敗。太祖取滁陽，德勝母在軍中，乃棄其妻來從。太祖喜，賜之名，為帳前先鋒。」

❾ 麾：指揮。

❿ 李善長：明史：「李善長字百室，定遠人。少讀書，有智計。習法家，言策事多中。太祖略地滁陽，善長迎

古。當初他的母親懷著他時，夢見一個緋袍的神說道：『不久該真龍出世，我特把洞明左輔星君為汝子。長來做第一位文臣輔佐。』他後來生下此子，聰明異人。又有兄弟兩人，一個喚做馮國用、一個喚做馮勝⓫，他兩人一母所生，武藝高強。明公若好賢禮士，德興當去招他。」太祖說：「我一向聞李公的名，正愁無門可去通個信息，你當去走一遭。若馮家兄弟同來更好。」德興出館而去。不一日，請他們三個到館中，見了太祖。太祖下階迎接。說話之間，句句奇拔。馮家兄弟，亦各英偉。因說：「果然名下無虛。」遂任善長為參謀；馮家兄弟俱託腹心之任。正說話間，只見外甥李文忠、姪兒朱文正，領著三個人進來。太祖歷歷說了別來的事務。便指道：「這三位是誰？」文忠等說：「我們路上正走，不意撞著他父子二人。父親叫做耿再成；令郎喚做耿炳文⓬，俱膂力過人。路中商量無人引進，故我們把他帶來。這位姓孫名炎⓭，字伯容，金陵句容人。一足雖跛，無書不讀，善於詩歌，向有文學之名，今亦願在府中做個幕友。」太祖大笑道：「今日之會，叔、姪、甥、舅，文學干戈，都為畢集，亦是大快事！」席間便問李善長說：「我欲立一員大將，統領軍校，未知何人可用？」李善長道：「昔日漢高祖問蕭何，誰人可將？蕭何對說：『周勃敦厚少知，灌嬰愛欲不明，樊噲勇而無材，王陵氣小不大。凡為大將者：

⓫ 謁。知其為里中長，禮之，留掌書記。」

馮勝：明史：「馮勝，定遠人，初名國勝。生時黑氣滿室，經日不散。及長，雄勇多智略。與兄國用俱喜讀書，通兵法，元末結寨自保。太祖略地至妙山，國用偕勝來歸，甚見親信。」

⓬ 耿炳文：明史：「耿炳文，濠人，從太祖渡江。」

⓭ 姓孫名炎：即孫炎。明史：「孫炎字伯融，句容人。面鐵色，跛一足，談辨風生，雅負經濟。有詩名。太祖下集慶，召見。」

仁、智、信、勇、嚴，缺一不可。國君好賢，賢才必至。』高祖因聘募天下豪傑。不上二月，韓信棄楚投漢，遂設壇拜他為天下掌兵都元帥，後來撫有漢祚。今欲求大將，庶幾這人，可當此任。」太祖問說：「是誰？」善長說：「濠州城外永豐縣，有一人姓徐名達⑭，字國顯，祖貫鳳陽人。精通韜略，名振鄉關，如今也約有二十餘歲了。徐壽輝、劉福通、張士誠，常遣人來請，他說彼輩非可輔之人，堅意守己，待時而出。常說帝星自在本郡，我豈遠適他人！若得此人，大事可成。」太祖說：「煩公就與我招他如何？」李善長說：「昔湯聘伊尹，文王訪呂尚，漢得張良，光武求子陵，蜀主三顧諸葛，苻堅任王猛，此乃禮賢之效，還是明公自去迎他纔是。」太祖次日，因去對滁陽王說道：「麾下雖有數萬甲兵，惜無大將。今李善長薦舉徐達，特請命欲與李善長親去請他。」滁陽王依允。太祖即同善長策馬去請。正是：

欲圖一統山河業，先覓麒麟閣上人。

未知來否，且看下回分解。

---

⑭ 姓徐名達：即徐達。明史：「徐達字天德，濠人，世業農。達少有大志，長身高顴，剛毅武勇。太祖之為郭子興部帥也，達年二十二，往從之，一見語合。」

第九回　訪徐達禮賢下士

卻說太祖同李善長辭了滁陽王，前至永豐縣。太祖傳令三軍，不許擾動居民。兩人竟下馬步入村中，探到徐達門首，忽聽得門內將琴彈了幾下，作歌道：

萬丈英雄氣，懷抱凌霄志。田野埋祥麟，鹽車困良驥。何年龍虎逢？甚日風雲際？文種枉奇才，卞和屈真器。揮戈定太平，仗劍施忠義。蛟龍潛淺池，虎豹居閒地。傷哉時不通，未遇真明帝。

善長便向太祖說：「此歌便是徐達聲音。」太祖喜道：「未見其面，先聞其聲，只這歌中的意思，便知是個賢才。」善長叩門良久，只見徐達自來開門。太祖看了，果然儀表❶非常：又溫良，又軒朗，又謹密，又奇偉。三人共入草堂，講禮分賓主坐了，茶罷一巡，徐達問說：「二公何人，恁事下顧？」善長敘出原因。徐達俯謝說：「即蒙光召，焉敢不往？但未卜欲某何用。」太祖說：「群雄競起，四海流離，特請公共救生靈。」徐達便說：「欲救生靈，還須掃盡群雄，統一天下。但今元勢尚盛，諸雄割據，亦都富強。以濠州一郡之兵，欲成六合❷一統之業，不亦難乎？」太祖說：「昔周得太公而滅紂，漢得韓

❶ 儀表：指容貌。
❷ 六合：指宇宙。

信而楚亡；得賢公輩，仗義誅奸，且俟有德者，以繫民望，何慮其難？」徐達笑道：「從來定天下者，在德不在強。明公能以仁、德為心，不嗜殺為本，天下足可平也。」便安頓了家屬，與太祖、李善長三人，並馬齊至禮賓館中。太祖細問戰攻之術，徐達說：「臨時發謀，宜隨機轉變，豈有定著？但上勝以仁，中勝以智，下勝以勇；仁、智、勇三事，為將者缺一不可。」太祖又問：「為國者，有小而致大，有大而反亡者何故？」徐達說：「合天理，順人心，愛眾恤物，敬老尊賢，人自樂而從之，雖小可以致大；倘奢淫暴虐，或柔而無斷，或剛而少仁，或愚昧不明，或好殺不改，未有不亡者也。」太祖大喜。自後與李善長、徐達同眠共寢。次日，引見滁陽王，王授以鎮撫之職。

數日後，滁陽王以太祖為元帥，徐達為副將，趙德勝統前軍，鄧愈統後軍，耿再成統左軍，馮國用統右軍，李善長為參謀，耿炳文為前部先鋒，馮勝為五軍統制，李文忠為謀計使，率兵七萬，攻打滁、泗二州。刻日起兵，至泗州界上安營，議取泗州之計。大夫孫炎上前說：「泗州張天佑是不才故人，其人剛直忠厚，與我甚契，願往泗州，說他來降。」太祖吩咐大夫用心做事，孫炎辭了出帳，逕入泗州城來見天佑。二人敘禮畢。天佑問說：「仁兄何來？」孫炎說：「某因放志飄流，近投滁陽王帳下。他館中有個朱明公，才德英明，文武兼備。龍行虎步，必大有為。今提兵取泗州，炎知足下守此，特來相告，倘肯歸附，足見達權。」天佑說：「我也慕他是一時之英，有人君之度，但我受元爵祿，背之不忠。」孫炎說：「今元順帝以胡元而居中國，淫慾不仁，退賢任佞。君棄暗投明，有何不可？」天佑思量了一會說：「遵命！遵命！」即列儀仗鼓樂，出城迎降。孫炎先到營中，具說前事，便引天佑到帳中相見。太祖道：「將軍來歸，真達權知機之士。」遂授中軍校尉。太祖引兵入城，撫恤百姓，即留天佑守城。

次日起兵向滁州，以花雲為先鋒。那先鋒怎生打扮，但見：

頭頂一個晃朗朗金盔，身披一領密鱗鱗銀鎧。腰邊繫一條蠻獅錦帶，心前扣一個盤龍金環。弓弰斜掛魚囊，革錚錚絃鳴五色；箭羽橫裝象袋，鋼鑠鑠簇聚三稜。坐下千里馬，白若飛霜；襯著九雲裘，花如映日。手中綰七八條標鎗，運將來那管你心窩手腕；袋裡藏六七升鐵彈，拋將去決中著腦後胸前；喝一聲似霹靂捲風沙，舞幾回都鋒芒飛劍戟。正是，花貌卻如觀自在，追魂勝過大閻羅。

單騎在前，恰遇著賊兵整千，那時花雲盼著後軍未到，便抖擻精神，保了太祖橫衝直撞，如入無人之地，驚得那數千賊兵，沒有一個敢爭先抵擋。

元兵潰散，花雲因於滁州北門外屯兵。元將平章陳也先橫刀直殺過來，後軍左哨統制將軍郭英，卻好迎敵，戰了五十餘合，不分勝負。元陣上又閃出他兒子陳兆先與姚節、高來助戰，早有湯和、鄧愈、馮勝、趙德勝，一齊衝殺。只聽得東南角上，一支兵吶喊如雷，紅旗招展，繡帶飛翻。為首一將，坐在馬上，竟有五尺餘高，生得面如鐵片，鬢似鋼針。坐騎趕日黑棗騮，肩挑偃月宣花斧，從元兵陣後衝殺出來。

元兵三面受敵，陳也先大敗，不敢入城，竟棄了滁州向北路而走。太祖鳴金❸收兵駐紮城外。只見

❸ 鳴金：就是敲鑼。

那員大將，身長九尺，步到營前下拜。太祖急將手扶起，問說：「將軍何人？」那將說：「小可姓胡名大海❹，字通甫，泗州虹縣人。因芝蔴李亂，自集義兵，護持鄉閭。聞元帥德名，故來助陣納降。」太祖便授他軍前統制。是日，元將張玉獻出城投降。太祖入城撫民，將兵次於滁州，仍分兵取鐵佛岡寨，攻三汊河口，破了張家堡，收了全椒，並大柳諸寨，因分兵圍六合。裨將趙德勝，為流矢傷了左股❺，血染征袍，昏暈數次。太祖親為敷藥調治。隨令耿再成同守果壘。元兵急來攻打。太祖逐日設計備敵，探知事勢稍緩，欲暫回滁州，早有哨馬來報說：「元人又集大兵來攻滁州。」耿再成對太祖說：「他兵聚集而來，其勢盛大，如此如此何如？」太祖說：「甚好，依計而行。」眾將得令，各自整點軍馬行事。耿再成率了本部人馬，自來應敵。正是：「大將營中旗一豎，敵人惟有膽心寒！」欲知後事如何，且看下回分解。

---

❹ 姓胡名大海：即胡大海。明史：「胡大海字通甫，虹人。長身鐵面，膂力過人。太祖初起，大海走謁滁陽，命為前鋒。」

❺ 趙德勝為流矢傷了左股：明史：「趙德勝從太祖取鐵佛岡，攻三汊河，破張家寨，克全椒後河諸寨。援六合，中流矢，幾殆。」

第十回 定滁州神武威揚

卻說諸將各自得令，四下安頓去訖。將軍耿再成率了部伍，結束上馬，來到陣前一望，只見那元兵，浩浩蕩蕩，如雲如霧的打來。頭一員大將，掛著先鋒旗號，不通姓名，直殺過來。耿再成見他驍勇，便也不打話，兩馬相交，戰上二十餘合，不分勝負。再成便沿河勒馬而走，那個先鋒便乘機率了元兵，一齊趕來。再成見元兵緊趕便緊走，慢趕便慢走，約將二十里地面，只見那柳上插著紅旗一面，趁風長搖，再成勒轉馬來，大喝一聲說：「元兵陣上來送死也！」喝聲未已，火炮一聲響亮，左邊衝出一標白衣、白甲、白旗、白號，當先一員大將湯和，左邊鄧愈，右邊馮勝的人馬出來；右邊衝出那皂衣、皂甲、皂旗、皂號，當先一員大將胡大海，左邊趙德勝，右邊趙繼祖的人馬出來，把元兵截做三段。那先鋒看勢頭不好，急叫回軍，元軍那裡回得及。正驚之間，只見後面城中，又有赤衣、赤甲、赤旗、赤號，當先一員大將徐達，左有耿炳文，右有姚忠，鼓噪而出。殺得那元兵血染成河，屍橫遍野。那再成挺出夙昔威風，駕著那追雲的黑馬，向前把先鋒一刀，取了首級。有詩為證：

殺氣橫空下大荒，海天雄志兩茫茫。血痕染就芙蓉水，骸枕堆成薜荔牆。
樹列旌旗千里目，江開劍戟九迴腸。應知潭底蛟龍現，處處旗開戰勝場。

元兵大敗，滁州因得安駐軍糧。太祖一面差人報知滁陽王，會守滁州不題。

卻說鐵冠道人❶，已知太祖駐兵滁州，一日竟進帳前說：「道人善相，將軍要相麼？」太祖因記前柳蔭中鄧愈六人等說，遇見道人，戴個鐵冠等語。便迎入帳，問道：「道人高姓？」道人說：「我姓張字景和，江西方外之士。將軍若聽我，我替你說；若不聽我，說也無用。」太祖說：「君子問凶不問吉，正要師父直諫❷。」道人說：「聲音洪亮，貴不可言，但四圍滯氣，如雲行月出之狀。所喜者：準頭❸黃明，貫於天庭❹，直待神采煥發，如風掃陰翳，使是受命之日；然期也不遠，應在千日之內。但邊頭驛馬有驚氣，南行遇敵，切須戒慎。」太祖說：「師父肯在此軍中，時時看看氣色，以知休咎何如？」道人說：「我雖雲遊天下，卻時常可來，你既有盛情，便在此也可。」自此道人常在軍中聚首。

且說那滁陽王得了捷報，留都督孫德崖駐紮濠州，即日自率兵到滁州，因命設宴與太祖稱賀，且與眾官計功行賞。次日，設計攻取和州。卻命張天佑、耿再成、趙繼祖、姚忠四將，領兵三千，為游擊先鋒前進。四將得令，望和州進發，直抵北門搦戰。城中元將也先帖木兒，急領兵三萬迎敵，直取再成。再成舞刀，鬥上五十餘合，終是元兵勢大，兩翼衝殺，朱兵潰奔。姚忠接刃復戰，恨後隊不繼，被元兵

❶ 鐵冠道人：庚巳編：「鐵冠道人張景和者，江右方士也。太祖駐滁陽時，詣軍門言曰：『天下殽亂，非命之主，未易安也。今其在明公乎！』上問其說，曰：『明公龍瞳鳳目，貴不可言；若神采煥發，如風掃陰翳，即受命之日也。』上奇之，留於幕下。」

❷ 直諫：直言糾正過失。

❸ 準頭：鼻的下部。

❹ 天庭：兩眉中間的部位。

所殺。日暮，幸天佑等兵至，又大殺一場，元兵方纔敗走。再成等收兵屯於黃泥鎮，損了大將姚忠，折去兵一千餘人。二人憂悶，說：「必須元帥兵來，方得取勝。」且說滁陽王聞再成等敗績，因命太祖率徐達、李善長及驍勇數千人，來到黃泥鎮。二人見了太祖，備細說了一遍，伏地請死。太祖大怒，說：「元兵既盛，只宜堅守，取兵救應，何乃輕敵，以致敗誤？」喝令斬首示眾。李善長說：「罪固當誅❺，但今用人之際，望且姑容這番，待他將功贖罪。」二將叩謝出帳。太祖甚是憂惱。徐達向太祖身邊說：「如此如此，不怕和州不得。此事還須耿再成走一遭。」太祖即召再成同繼祖上帳，徐達便各與緘帖一紙，再三叮嚀說用心做事，再成等領計而行。徐達又喚鄧愈、湯和、郭英、胡大海，領兵二萬，去大道深林中埋伏，如此行事。分遣已定，又對太祖說：「末將自當領兵一萬，當先索戰，元帥宜與眾將將二萬兵殿後❻。」次日，兩軍對陣，元陣中也先帖木兒出馬，說：「若不急退，當以姚忠為例。」徐達說：「大兵壓境，爾還不識賢愚，尚自誇詡❼？」二人舉刀對殺。元陣上張國升、禿堅帖木兒，混兵直殺過來。徐達覷空轉馬便走，元兵隨後趕來，未及廿里，只見元兵探馬飛報說：「我們被趙繼祖劫了大寨，火燒了營帳。」那也先倒戈急走，只見兩邊伏兵並起，湯和、鄧愈、郭英、胡大海夾擊而來。後面太祖領了大軍，又直來攻殺，也先不敢回營，竟領兵奔至和州城邊。卻見城上都是赤色旗幟，敵樓上徐達大叫說：「也先帖木兒，我已取此城，少報前仇，你還來甚麼？」此是徐達先著耿再成，假扮元兵，待也

---

❺ 誅：殺戮罪人。

❻ 殿後：行軍時，在後路的部隊，就是殿軍。

❼ 誇詡：說大話。

先帖木兒出戰，乘夜賺開了城門，取了和州。正是：

計就月中擒玉兔，謀成日裡捉金烏。

那也先迴身逃命而走，太祖的兵正在追趕，只見當先閃出一彪兵來，勒馬橫鎗，問說：「來將何人？」也先帖木兒說：「吾乃元兵，被朱兵十分追急，若將軍救我，當有重報。」那將軍大喊一聲，將身一縱，在馬上活捉了也先帖木兒，綁縛直到太祖軍前，下馬便拜道：「小可濠州懷遠人，姓常名遇春❽，向聞將軍仁義，故來相投。特擒元將為進見之禮。」太祖舉眼一看，真個是：

豹頭猨眼，燕頷虎鬚。挺一把六十斤大刀，舞得如風似電；駕一匹捕日烏騅馬，殺來直撞橫衝。若動了殺人心，萬馬千軍渾如切菜；奮起那英雄志，銅牆鐵壁倒若摧枯。黑著一片鐵扇臉，咤一聲，那愁霸陵橋不斷；矗起兩隻銅鈴眼，眨幾眨，憂甚虎牢關難過。飛而食肉，世罕有封侯萬里威儀；義而有謀，天生成拓靖乾坤品格。

太祖說：「得足下棄暗投明，三生之幸也！」喝令斬了也先帖木兒，屯兵城外，單車入城，撫卹合城百

❽ 姓常名遇春：即常遇春。明史：「常遇春，字伯仁，懷遠人。貌奇偉，勇力絕人。初從劉聚為盜，察聚終無成，歸太祖於和陽。」

姓，歡天喜地。正是：「滁和有福仁先到，神武多謀世莫知。」是日，軍中筵宴稱賀。滁陽王傳令加太祖神策將軍之職。欲知後事如何，且看下回分解。

第十一回　興隆會吳禎保駕

卻說滁陽王立太祖為神策將軍，太祖便為各帥之主：掌文的有李善長、孫炎等；掌武的有徐達、胡大海、常遇春、花雲、鄧愈、湯和、李文忠等共約三十餘人。卻又有定遠人茅成❶，台山人仇成❷來投麾下。太祖總兵和陽，與張天佑等議築和陽城郭，以為守備之計，測限丈數，刻日完工，分兵拒守。因集眾計議，授常遇春總兵之職。常遇春叩頭謝說：「小將初至，未有寸功，不敢受爵，乞命為前部開路先鋒，庶或可以自效。」太祖正欲依允，忽帳下一人叫說：「我來數月，尚不得為先鋒，他有何能，敢來壓眾！」太祖急看，卻是胡大海。遇春怒說：「主帥有命，乃敢攙越。你欺我無能，敢來比試否？」二人各欲相逞。太祖說：「君等皆我手足，今欲相爭，便似我手足交鋒，有何利益！」因令胡大海為左先鋒，常遇春為右先鋒，待後得頭功的為正先鋒，二人各拜謝去；一邊令人到滁州報捷不題。此時正是新秋節候，和陽亦喜無事。

一日忽報濠州守備孫德崖，領兵到來。太祖驚疑，與徐達說：「濠州不得擅離，他來何意？多是欲分據和陽耳；不然必是濠州失守，故來歸附。且容入城，再當計之。」頃刻間，德崖進城，太祖與眾將

❶ 茅成：明史：「茅成，定遠人，自和州從軍，隸常遇春麾下。」
❷ 仇成：明史：「仇成，含山人，初從軍充萬戶。」

迎入。敘禮畢，因問：「何事到來？」德崖說：「緣無糧草，特來就食❸。」太祖便問：「如此，今令何人守之？」德崖說：「空城無用，守他無益。」太祖暗念：「濠城是我等本土，如若失守，取之甚難。德崖此行，是通穴鼠了。」因他同起義兵，且自忍耐。卻好滁陽王駕到，太祖將取和州原由，備說一遍。王看見旁邊立著孫德崖，大驚問說：「你何不守濠州，卻在此處？」德崖跪說：「為乏糧到此就食。」王大怒說：「濠州是吾鄉土，安得輕捨！」喝令推出斬首。太祖與李善長說：「孫德崖之罪，雖當斬首，還望念故鄉舊誼，饒他這次，仍令去守濠州，以贖前愆❹。」滁陽王即刻與兵一萬，前去鎮守。吩咐：「有失，決不饒恕！」德崖領命去訖。卻說滁陽王未及半月，偶因驚疑成疾，太祖日視湯藥，十分狼狽。因召太祖及李善長、徐達等至榻前，說：「某生民間，因見元綱解墜，群盜蜂起，吾奮臂一呼，得爾等賢能，共守濠梁，希成大業，救民塗炭❺，不意遇此篤疾❻。我死不足惜，所恨群雄未除，天下未定耳！朱將軍仁文英武，厚德寬洪，爾等可共謀翊❼運，以定天下。」太祖說：「愚昧不堪承大王之志，然敢不竭盡股肱❽，以報厚恩。」少頃，目瞑。後人因有詩詠道：

---

❸ 緣無糧草二句：明紀：「孫德崖饑，就食和州，太祖納之。太祖為德崖軍所執，子興遣徐達往代太祖。子興發病卒，歸葬滁州。」

❹ 愆：罪過。

❺ 塗炭：如陷在泥裡，墮入火中一樣的痛苦。

❻ 篤疾：重病。

❼ 翊：恭敬；擁戴。

❽ 股肱：股，大腿。肱，臂自肘至腕的部分。指臣子於帝王就像人體股肱對首腦的作用一樣。

和州境上見星飛，濠郡江邊掩義旗。岡上空垂千樹柳，年年春半子規啼。

太祖命軍中都易服舉哀，哀聲動地。葬於和陽城白馬岡上。眾人因議立太祖為王。太祖說：「我等受滁陽王大恩，今尚有子在，可共立為王，亦足見你我不背之心。」眾人都道：「是。」遂立王子為和陽王，改和州為和陽郡。即日封太祖為開基侯兵馬大元帥，徐達為副；眾官加爵有差。

卻說孫德崖對兒子孫和說：「滁陽既歿，兵權該統於我。今朱君輩外挾公義，立他的兒子，陰竊他的威權，甚可惱恨，我當率兵以正其罪。」孫和說：「朱公如此，亦為有名。況他們一班智勇足備，若與爭長，恐難取勝。不如在營中設起筵宴，名曰『興隆會』，假賀新王，請他赴會，席上須逼他引兵來歸。倘若見拒，就席中拿住。朱君一擒，權必歸父王矣。」德崖大喜，即修書遣人入和州來請。太祖正與諸將議事，卻報德崖有書來到，即拆開口念說：「都統孫德崖端肅，書奉碩德朱公臺下：茲者恭遇新王嗣位，繼統得人，下情不勝忻忭❾。特於營中設宴，名曰『興隆』，欲與公共慶雍熙❿。翌日掃營敬候。再拜。」太祖與李善長說：「此必德崖欲統眾軍，以我輩立其子，故設酒以挾我耳。不去則彼益疑；若去須不墮其計方好。」徐達說：「主帥所料極是。此會猶范增鴻門設宴之意，須文武兼備的輔從，方保無虞。」道未罷，帳前常遇春、胡大海俱願隨往。太祖不許。吳禎道：「不才單刀隨主帥走一遭。」太祖說：「公便可去。」胡大海忿忿不平。太祖說：「刀砧各用，鼎鼐不同，吾擇所宜而使之。」次日，

---

❾ 忻忭：欣喜的情緒。

❿ 雍熙：興盛、和樂的意思。

太祖遂單騎獨前，吳禎一身隨後逕至德崖營前。德崖見太祖並無甲士相隨，心中大喜，說：「這遭中吾計了。」密令吳通說：「你須如此如此。」便即出營迎朱公。

就席把盞，酒至數巡，德崖因說：「滁陽已薨，兵權無統，以義論之，應屬不才掌管，故借此酒相煩。」太祖說：「先王有子繼統，兵權還該彼掌握。今都統既欲掌時，某回城啟知和陽王，即當請任此事。」德崖大喜。孫和思量：「朱君才智過人，此言必詐。」把眼覷著吳通。吳通持杯劍在手，說道：「小將有杯劍二件，係周穆時西域獻來，名『昆吾割玉劍，夜光常滿杯』。此劍切玉如泥，這杯為白玉之精。向天比明，水注便滿，香美且甘，稱為『靈人之器』。小將願持杯為壽，舞劍佐歡。」說罷，便將杯獻在太祖面前，拔劍起舞，漸漸逼近太祖。吳禎看他勢頭不好，掣⓫開佩劍，大叫道：「我劍也不弱！」便飛舞過來。一劍砍去，把吳通砍做兩段。旁邊呂天壽見殺了吳通，也拔劍砍來。吳禎將身一跳，跳上二三人高，把那劍從空而下，呂天壽的頭，早已滾下來。

吳禎殺了二人，即一手提了劍，一手揺了德崖腰帶叫說：「德崖，你何故如此無禮，設計害我主帥？即須親送主帥出營，萬事全休；不然，以吳、呂二人為例！」德崖驚得魂飛天外，魄散九霄。便說：「將軍休怒，即刻送主帥策騎先行。」吳禎約太祖去遠，纔放了德崖的手，說：「暫且放你回去。」即追馬保著太祖而行。後人有詩歎讚：

⓫ 掣：抽取。

興隆會上凜如霜，此處吳禎武勇強。劍劈吳呂頭落地，雄名應與海天長。

畢竟後事如何，且看下回分解。

第十二回　孫德崖計敗身亡

卻說德崖自知計敗，便率精銳數千，四下裡從小路追趕。早有李善長傳令胡大海前來救應，恰好撞著德崖，便大叫道：「德崖那裡走？」德崖措手不及，被大海砍做肉醬，造次❶中逃走了孫和。大海、吳禎保了太祖入和陽，眾等迎接入帳，都說：「主帥受了驚恐。」太祖因說：「若非吳禎，幾乎不保。」備說了會上事情，眾將皆稱吳禎真是虎將。太祖賜吳禎白金三百兩，大海白金一百兩。大海不受，但說：「主帥向曾有說，得首功者為正先鋒。今日誅了德崖，望主帥不食前言。」太祖沈吟不語。徐達說：「君雖誅了德崖，尚未為克敵之大；若常將軍今日去亦能成功。」眾人都說：「徐元帥說得極是。」大海方受賞。

話分兩頭，卻說巢湖水軍頭領俞廷玉❷，有三個兒子：長名通海、次名通源、第三的名通淵。他三個俱膂力異常，能在水中伏得八九個晝夜。大的通海，慣耍一個流星鎚，索長三丈，轉轉搭搭，當著他

---

❶ 造次：急促；匆忙。

❷ 俞廷玉：明史：「俞通海字碧泉，其先濠人也。父廷玉徙巢，子三人通海、通源、通淵。元末盜起汝、潁，廷玉父子與趙普勝、廖永安等結寨巢湖，有水軍千艘。數為廬州左君弼所窘，遣通海間道歸太祖。太祖方駐師和陽，謀渡江無舟楫。通海至，大喜曰：『天贊我也。』親往拔其軍。而趙普勝叛去。」

粉身碎骨。人便有四句口號：

一個金鎚忒煞精，飛來飛去耀星明。忽朝水底轟雷振，攪得蛟龍夢不成。

那次子通源，使一條鐵鐧❸，錚錚有聲，小時忽下江中洗澡，陡然雲雨四合，水中只見癩頭黿開了大口，竟來吞他。他手中並無別物，卻打一個沒頭拱，直至水底，摸著四五尺長一塊條石，他便擔在肩背上，一步步兒踏上水面。那癩頭黿正張開四爪，搶到面前，通源叱咤❹一聲，將那石頭砍過去，誰知那黿的頭頸，仰得壁直，湊著石上頑鋒，竟做兩段，滿江中都是血水，岸上人不知通源在水中與黿交戰，只見滿江通紅，驚得沒做理會。歇了半個時辰，通源慢慢地將黿從水中拖到沙邊，便把身跳上了岸，拿條索子縛了黿腳，叫岸上人拽❺黿上去。那岸上張三、李四、王二、沈六等十來個，那裡拽得動。通源說：「你們好自在貨兒，只好吃安耽飯，這些兒便拽不起。」重新自來，把那黿如拾芥一般，提上岸去。那些閒漢說：「俞二官人，活的都砍了，我們死的都牽不動，卻也好笑。」有人歌道：

江中忽起一條黿，閃爍風雲雷雨翻。卻遇通源水底石，嗚呼一命在水邊。黿也黿，冤也冤，我們

❸ 鐧：古代兵器的一種。棒狀，有四稜。
❹ 叱咤：發怒大叫。
❺ 拽：拉。

十來個扛勿動，被他一人一手便來牽，真個是天旋地轉氣軒軒。

還有那第三個通淵，越發了得，每手用一把摺疊韮邊刀，那刀用開來，二丈之內，令人近身不得。曾到江邊金龍四大王廟中賽神，那廟前路臺上，原鑄有鐵鑪一鼎，有等閒不過的，說：「這種東西，又無關紐，又無把柄，有人捧得動，輸與銀子十兩。」那通淵時只一十四歲，心裡想到：「這些兒擔不動，恰像終日舞燈草過日子。」走到廟中，虔誠完了神願，正好來到臺上燒紙，只見十五六個好漢，來抬那爐，都抬不動。通淵竟要來拿，看了他們行徑，又恐怕掇不動時，反被恥笑。仔細思量，必竟有觔兩數目，鑄在上面，近前看得分明。又走過去想道：「只是一千斤，該托也托得起。」便走到後殿，先把別樣試試看。抬頭一望，卻有兩個大石獅子，在後邊甬道上石欄杆邊。悄悄的脫下長袍，趁人不見，把左邊石獅子，一托便托在左手裡，顛上幾顛，說道：「約有千斤還多些。」輕輕的便安在地下。再將右邊獅子也托一托，正托在右手上，估估觔兩，未及放手，只見一個人大叫道：「前殿上二三十人弄不得一個香爐，這俞三官十四五歲一個兒，把石獅子顛來顛去，你們好不羞殺。」道猶未了，這些閒漢都來看。通淵只不做聲，把那獅子連忙放在地下，穿上長袍，望山門外走出去。這些人說：「我們有眼不識泰山，俞三官你何故不做個把勢我們看看？」那些人攔了又阻，阻了又攔，恰好父親俞廷玉走來，看見說：「三兒，你何故被這些人阻攔？」通淵說：「我自在後殿把石獅子托托耍子，不知他們何意攔阻。」那些人便向他父親備說了原故。廷玉便開口說道：「既如此，你便掇掇把勢，他們看看何妨。」通淵被父親勸不過，只得走向殿前，把隻手托了鐵香爐，便下路臺，那些人喝采，如雷震耳。通淵又托上路臺。如此三遍，輕輕的放在臺下便走。恰說管廟的長老，埋怨眾人說：「俞三官又去了，這爐又不放在臺上，如之奈何！」那些人說：「不要緊，我們幾十人包抬齊整還你。」吶喊一聲，齊將手來抬，誰知地下是糊泥，這爐越抬越陷下去了。幾十個人說：「求求張良，拜拜韓信，還須到俞宅勞小官人走一遭。」這些眾人說說笑笑，走到俞宅，見了俞媽媽，說了緣故。媽媽笑道：「這個小官人倒會耍人，勞你們遠遠的走來接他。方纔他到後園舞刀去了，你等可到後面見他，他決然肯去。」眾人來到後園懇求。通淵只是個笑，也不應他們，大步到廟，仍將手托起香爐，依舊放端正了。驚動得合州縣人，那個不敬他？人也編個歌兒「烏悲詞」喝采他說：

俞家又生個小熊羆呀，忒也希奇，呀，忒也希奇！手托千斤，奇打希，希打奇；甚差池呀，忒也希奇，呀，忒也希奇！舉起香爐不費力呀，忒也希奇！佛前獅子，希打奇，奇打希，任施為呀，忒也希奇，呀，忒也希奇！

他父親做個頭領，並三個兒子，率副將廖永安、廖永忠、張德興、桑世傑、華高、趙庸、趙馘等，初投個師巫彭祖。後來彭祖被元兵所殺。廬州左君弼，便以書招降廷玉等一班水軍。廷玉等諒君弼不是遠大之器，不肯投納。君弼因統兵來攻，廷玉等累戰不利，受困在湖中，因集眾將圖個保全之計。俞通海說道：「今江淮豪傑甚多，不如擇有德者附他，庶或來救，不為奸邪所害。」廖永忠便說：「徐壽輝、張士誠、劉福通、陳友定、方國珍、明玉珍、周伯顏、田豐、李武、霍武，皆是比肩分據的。」趙庸說：

「此輩俱貪欲嗜❻殺，鼠竊狗盜之徒，怎得成事！我說一人，你們肯從麼？」正是：「知君多意氣，仗劍且相投。」不知此人是誰，且看下回分解。

❻ 嗜：特別喜愛。

第十三回　牛渚渡元兵大敗

卻說俞廷玉問諸將：「誰處可投？」廖永安數出多人，俱是貪財好色的，那裡是英雄出世之主。趙庸說：「我聞和陽朱公，仁德無雙，英雄蓋世，且將勇兵強；若是投他，他必來救應，可解此危。諸公以為何如？」眾人齊聲道：「好！」因作書，遣人求救，不題。

且說太祖，一日與諸將會議，說：「此處雖得暫駐，然居群雄肘腋❶，非用武之場，必擇地方可攻守。」馮國用說：「我看金陵乃龍盤虎踞，真聖主之都，願先取金陵，以固根本。」太祖說：「我意亦欲如此。但渡大江，必須舟楫，且錢糧不濟，奈何！」正商議間，忽報巢湖俞廷玉等遣人持書來見。太祖拆開看時，書中說道：

巢湖首將俞廷玉，並男通海、通源、通淵，裨將廖永忠、永安、張德興、桑世傑、華高、趙庸、趙馘等，書呈朱主帥臺下：玉等向集湖濱，久聞仁德，冀居麾下，不意左君弼累以書招，恨玉不從，率兵圍困。廷玉等敢奉尺書，上干天威，倘振一旅，以全萬人，所有戰艦千餘，水兵萬數，

❶ 肘腋：肘，手臂彎曲處之外部。腋，胳肢窩。肘腋，比喻切近的地方。

資儲器械，畢獻轅門，以憑揮令。誓當捐軀❷報命，伏維臺亮。

太祖得書，與諸將會議。李善長說：「久聞他們為水軍驍騎，今危急來歸，若以兵去援，必效死力。且藉之以取金陵，此天所以助主帥也。」太祖因召使者到帳下，問他名姓。使者答道：「名韓成。」太祖說：「即日發兵，汝可為嚮導。」遂留李善長、李文忠等守和陽，總理軍務，自率徐達、胡大海、趙德勝等，領兵四萬，直抵桐城，進巢湖口。君弼因太祖兵到逃去。俞廷玉迎太祖入寨，備陳歸順無繇❸，蒙提師遠救，恩實再生；太祖慰恤倍至。駐兵三日，忽報左君弼勾引池州城趙普勝一支兵，截住桐城閘；一支兵，截住黃墩閘。又引元將蠻子海牙，領兵十萬，紮住江口，勢不可當。太祖大驚，因上水寨，登敵樓觀看，果見兵寨數里，旌旗蔽天，金鼓雷振。太祖顧徐達道：「此君弼調虎離山之計，引我入湖，頓兵圍繞，奈何，奈何！」胡大海答道：「主帥勿憂。主帥可領眾將壓陣，臣願當先，只須此斧，可破賊圍。」太祖說：「不然，賊兵勢重，你我縱可衝陣而出，部下兵卒何辜，還宜再思良策。」徐達說：「必須一人密從水中上和陽，調取救兵，內外夾攻，方能出去。」只見韓成說道：「裨將願往。」太祖即修書付與，吩咐速來，毋得誤事。韓成出了水寨，抄巢湖口入江，從牛渚渡河，在水中行三日夜，方得上岸，直抵和陽。見了和陽王，遞了太祖的書。李善長說：「即須發兵去救！」傳令鄧愈為正元帥，湯和為副元帥，郭英為參謀，常遇春為先鋒，耿炳文為掠陣使。吳良、吳禎、花雲、華雲龍、耿再成、

---

❷ 捐軀：犧牲生命。

❸ 無繇：繇，同由字。無從、無法的意思。

陸仲亨，皆隨軍聽用，率兵五萬前進。其餘將佐，與朱文剛、朱文遜、朱文英，率兵保守和陽。眾將領兵至江口，與蠻子海牙對陣。鄧愈列陣向前，蠻子海牙急令番將二十員迎敵。尚未及前，先鋒常遇春挺鎗奮擊❹，元兵陣上如摧枯拉朽，那個敢當。鄧愈等催兵併殺，蠻子海牙大敗，遂過了牛渚渡。各部將士，都去收拾元兵所棄馬匹、器械、糧草、輜重。止有湯和使帳下兵卒，只砍沿岸一帶蘆葦、茭草，用繩索一一縛成綑束，共約有千餘擔。常遇春問說：「要他何用？」湯和對說：「夜間亦可備明。」那時聚集船隻，共計一千有餘艘。鄧愈便令分為五隊：鄧愈居中，湯和居左，郭英居右，耿炳文壓後，常遇春當先，齊往巢湖進發。哨子探知信息，報與趙普勝。普勝遂與左君弼說：「你可領兵當俞廷玉輩內衝，我當領兵拒常遇春等外患。」君弼自己整齊船隻，截住桐城閘，不題。普勝領了大舡五百隻❺，排開陣勢，遇春便挺鎗來殺，兩下交兵。正是：

浪疊千層龍噴海，風生萬壑虎吟山。

卻說那普勝的戰舡高大，又從上流，亂把石砲打來，苗葉鎗替那箭，如雨點的飛去飛來。朱兵舡小，又無遮蔽，不能前進。常遇春正在煩惱，只見湯和領了十數隻中樣人的舡，舡上皆把牛皮張定，那些箭

❹ 先鋒常遇春挺鎗奮擊：明史：「六月乙卯乘風引帆，直達牛渚，常遇春先登拔之。」

❺ 普勝領了大舡五百隻：明史：「元兵以樓船扼馬場河等口，瀕湖惟一港可通，亦久涸。會天大雨水，深丈餘，乃引舟出江至和陽。」

石雖然來得猛密，粘著軟皮，都下水去了。每舡上用水手五十人，齊把那蘆葦、茭草點著，恰遇西北風吹得十分緊急，湯和便叫眾軍放火。那趙普勝的舡，都是蔑箪竹篷，引火之物，朱兵火箭火炮，飛星放去，便燒起來。風又大，火又緊，呫呫喇喇，把那二百餘隻舡，不過兩個時辰，焚燬殆盡。這邊眾將乘火奮擊，賊兵大亂。

那普勝只得駕小舡，向西北上逃走。常遇春恰從上流趕來，大喝一聲，把他的兄弟趙全勝，一刀砍落水內。普勝拼命的搖舡，逕投蘄州徐壽輝去了。鄧愈叫鳴金收軍，共獲戰舡七百餘隻，刀杖、器械不計其數。鄧愈說：「今日之捷，是湯和居首。」湯和拱手，說道：「此是朱元帥天威，眾將虎力，與和何干？」常遇春說：「我早來見湯公，命軍卒束草，只說備明，豈知有此大用。公何不早言之？」湯和說道：「機謀少泄，恐反不成。」眾將稱善。鄧愈說：「兵貴神速，乘此長驅，俾左君弼無備，一鼓可擒也。」便都即刻解舟，順流而下。

此時太祖被困日久，苦無出圍之計，只見哨子來報，湯和等連破海牙、普勝等寨，已將至桐城閘了。太祖大喜，即同眾將登敵樓觀望，果然西北角上大隊人馬殺來。太祖吩咐：「我們便可從裡面衝殺出去。」當下徐達、趙德勝、胡大海，共領兵五萬，大小船約二千零四十餘隻，列成隊伍，竟衝出來。喜得左君弼舡大，不利進退，趙德勝便以小舡對戰，操縱如飛。廖永安又遶出其後，兩下夾攻，君弼大敗。永安直追至雍家城下，奈賊黨蕭羅，率眾捨命而來，箭石如飛蝗雪片，那永安鼻中，中了冷箭，便叫道：「大小三軍，更宜努力！」遂將身逃出舡頭，死力督戰，便活捉了蕭羅過舡，敵人不戰而走。

卻說鄧愈所統大兵，未得入江，太祖舡隻尚擁溪內，彼此都無策可施。恰好大雨❻連落十日，看那水勢滔天，廖永安喜說：「乘勢越山可渡。」中間冇一條大澗，斷開山嶺，山脊上有潯陽橋，個些小舡，盡皆過澗。太祖所坐戰艦，正憂難過，意欲棄舟，另坐別舡，永安吶喊一聲說：「聖天子百神護衛，橋神自有靈效。」只見那舡，倏忽間，烏雲繞轉如飛，從澗裡穿過，一毫不差些，遂入大江，與湯和等相會。太祖備說了被困的事，且慰勞諸將遠征，吩咐筵宴稱慶，就與新來諸將相敘。欲知後事如何，且看下回分解。

❻恰好大雨：明史：「元中丞蠻子海牙扼桐城閘、馬場河諸隘，巢湖舟師不得出。忽大雨，太祖喜曰：『天助我也。』遂乘水漲從小港縱舟還。」

第十四回 常遇春采石擒王

卻說太祖出得湖口，與水陸眾將聚畢，自此，大將、步將、騎將、先鋒將、水將，都已雲集。便留步軍一萬，戰舡五百，與俞通海、廖永安二將，在牛渚渡紮營操演，其餘將士，盡隨至和陽。正是：「鞭敲金鐙響，齊唱凱旋歌。」不一日，來至和陽，即欲提兵過江，取金陵為建都之計。和陽王依議，乃留朱文正、朱文遜、朱文剛、朱文英、趙繼祖、顧時、金朝興、吳復等，統兵一萬，保守和陽，其餘人馬，俱隨太祖即日引舟東下，向江口進發。恰喜江風大順，征帆飽拽，頃刻到牛渚渡。俞、廖二將迎接，說道：「蠻子海牙屯兵南岸采石磯，阻截要路，勢甚猖獗❶，如之奈何？」徐達說道：「兵貴神速，乘此順風明月馳行，猝然❷而至，彼必措手不及。」遂分戰舡為三路：太祖居中隊，領戰舡七百隻，郭英為先鋒，徐達居左隊，也領戰舡七百隻，胡大海為先鋒；李善長居右隊，也領戰舡七百隻，常遇春為先鋒，掩旗息鼓。那時月明風順，水溜江深，這戰舡如飛馳駛，比至五更，竟到采石磯。元兵哨馬報知蠻子海牙，他便挈❸兵而待。那磯上刀鎗䍦列，旌旗雲屯，水上戰舡如織，兩軍相去不及三丈，便擺開陣勢。

❶ 猖獗：兇猛不易平定。
❷ 猝然：急遽不及防備的意思。
❸ 挈：當作提字講。

郭英領長鎗手，奮勇爭先，將及上磯，誰想上面矢石星飛雨洒將來，士卒多傷，不能前進。太祖傳令胡大海、常遇春說：「二公先鋒定在今日，有先登采石磯者，即為正先鋒。」大海大喜，意在必登，率眾向前。誰想岸上炮弩較先更急，大海力不能支。遇春乘快舡後至，便領防牌❹、神鎗手，奮力衝至磯下。元兵見朱兵近岸，炮箭如飛蝗的放來，防牌也不能遮，神鎗也無可用，眾兵亦欲退後。遇春大叫道：「取不得采石磯，誓不旋師！」便捨舟提牌，挺鎗先登❺。那磯在水面上，約高二丈有餘。磯上元將老星卜喇正用長矛戳下，遇春便用右手拿住防牌，護了矢石，把左手便捏住矛桿，就勢大叫一聲，從空直跳而上，就撇了防牌，將鎗刺了老星卜喇。三隊軍士，看見遇春登岸，各催兵鼓噪而登，元兵棄戈奔走，死者不可勝數。蠻子海牙收拾殘兵，退駐西南方山。太祖就於采石磯安營，眾將各各獻功。太祖便說：「常將軍奮勇爭先，萬將莫敵，攻克采石磯，特拜為正先鋒。」遇春叩謝，惟大海有不平之色。太祖又說：「此舉非獨崇獎常將軍，正以激勵諸將。」大海氣方平妥。

是夕，屯兵磯上。正值新秋，月色如晝，眾將在帳前共玩明月，盡歡而散。

次早，拔寨直抵太平城下。郡將吳昇聞知，便開西門納降。太祖說：「久聞汝是江左名賢，今日相見，猶恨晚也。」即擢❻為總管。吳昇俯伏謝恩說：「主帥如此恤民撫士，無征不服。」太祖遂命善長

---

❹ 防牌：古代兵器的一種，即擋箭牌。

❺ 遇春大叫道五句：明史：「及兵薄采石磯上，舟距岸且三丈餘，莫能登。遇春飛舸至，太祖麾之前，遇春應聲奮戈直前。敵接其戈，乘勢躍而上，大呼跳盪，元軍披靡，諸將乘之，遂拔采石。」

❻ 擢：提拔。

揭榜通衢，嚴禁將士剽掠，城中肅清，便進城撫恤士民。恰有元平章李習，率眾來見。習本漢人，博通經術，看得元綱不振，特來投見。太祖說：「太平誰是賢才？」李習對說：「有一人姓郭名景祥。又一人姓陶名安，字立敬，少年敏悟。他年少時，鄰近有個土地廟，前通大河，後接深巷，神明極靈。那廟祝❼先一夜夢見土地對他說：『明旦河中有一件異樣的事：其中有一人不久便當輔佐真主，安邦立國，你可十分恭敬他，便留在廟中攻書，不可有誤。』次日，廟祝絕早起來，呆呆的等到日中，也無人來，也無異樣的事。廟祝對眾僧說：『大分是個春夢。』正說間，只看見對岸十數個小孩兒，止約有十來歲，在大樹底下趁著晴明，猜三角五，翻觔斗，疊灰堆耍子。不知那處，忽然從河中溜過一株紫皮大樹來，那大樹叉叉椏椏，一些枝葉也不曾去，這十數個孩子，便把一條竹竿到河邊搭住那樹，那樹在水中如解人意，竟貼岸邊來，這些孩子，都把身坐在上面，有一個略大些的，把那竹竿在水中撐來撐去，正如舡中坐定，說說笑笑，攏了又開，開了又攏，卻有十數次。只見一個孩子，在樹上立起身來說：『偏你會撐，我也會撐撐耍子。』那大些的孩子說：『使得使得，我正撐得沒力氣哩，讓你耍耍。』那孩子接過竹竿在手便撐，方撐得到河當中，條然間四邊黑雲陡合，大雨傾盆。那孩子慌了，流水的拚命要撐攏來，冤家的竹竿陷在泥中，再拔不起。頃刻間，那樹頭動尾擺起來，竟如活龍在水中游來游去，嚇嚇有聲不止。那雨越落得大，把十數個孩子，都盪在水中，沒了性命。只有一個穿著一領紫色袍，綰住了樹枝，任他顛顛倒倒，只不放手，竟隨風浪過廟岸邊來，大叫救人。那些僧人，立在山門屋下望見，便往雨叢中趕去，扯得他上岸。轉眼之間，那樹也不見了。廟祝暗思道：『昨日神明囑咐，是這位了。』便問孩

❼ 廟祝：庵廟內管理香火的人。

子：『你是那村小官人，姓甚名誰，因何到此頑耍？』那人便對說：『我姓陶名安，是對河陶家村裡住。』自後，廟祝便留他在廟讀書。近來果是知今達古。那徐壽輝、張士誠等，皆慕他的名，遣人來請，他也不屈節輕仕。」太祖說：「我也素聞他名字，你便可同孫炎去請來。」不知肯來與否，且看下回分解。

第十五回　陳也先投降行刺

卻說李習薦了陶安，太祖便叫同孫炎去請。二人叫探子探得陶安在村中開館，便逕到館中來訪。三人敘禮畢，備說太祖禮賢下士的虛懷。陶安便整衣襟，同二人來帳中參見❶。太祖見陶安儒雅，大是歡喜。陶安見太祖龍姿鳳采，也自羨得所主，便說：「方今豪傑並爭，屠城攻邑，然只志在子女玉帛，曾無救民之心。明公率眾渡江，神威不殺，此應天順人之師，天下不難平也。」太祖因問：「欲取金陵，何如？」陶安說：「金陵古帝王之都，虎踞龍蟠，限以長江天塹，據此形勢以臨四方，何向不克。此天所以助明公也。」遂拜陶安為參謀都事。

次日，太祖與諸將計議，起兵進取金陵。忽報元將陳也先，領兵十萬，分水陸來犯太平，報滁州之仇。太祖令徐達等防禦。徐達出帳，吩咐常遇春、湯和二將，先領兵一支，往南門攻他水軍。自家便與鄧愈、胡大海等將，率兵五萬，出城北門，擋他陸路。兩軍對圍，徐達正欲親戰，只見胡大海挺斧逕奔陣前，與也先對戰，未分勝敗。忽聽元兵陣上，大叫：「待吾斬此賊，與父親報仇！」大海看時，恰是

---

❶ 陶安便整衣襟二句：明國初事蹟：「太祖自和州渡江，至采石。太平儒士陶安首先來見。太祖問曰：『有何道教之？』安曰：『即今群雄並起，不過子女玉帛。將軍若能反群雄之志，不殺人，不擄掠，不燒房屋，首取金陵以圖王業，願以身許之。』太祖曰：『諾。』克太平，授安太平興國翼元帥府令史。」

孫德崖兒子——前日逃走的孫和。大海便放出平生氣力，獨來戰他。只見陳也先二子陳兆先、陳明先及韓國忠、陶榮四人，又來夾攻。我陣中早有華雲龍、郭英、鄧愈、花雲向前敵住。恰有常遇春、湯和已攻破了水寨，領著部兵，遶出其後。賊兵見勢頭不好，矢石交集，湯和被矢中了右臂，卻殺氣益厲，賊兵各棄甲而走。胡大海趕上，將孫和一斧砍倒。陳明先措手不及，被郭英刺死於馬下，踏做肉泥。華雲龍飛劍斬了陶榮，死者不計其數。陳也先單騎望西逃走，被遇春截住去路，也先便下馬拜降。只有陳兆先與韓國忠，引殘兵奔回方山寨，不題。徐達命鳴金收軍入城，眾將恰擁也先來見太祖❷。也先連連叩頭說：「願饒草命！」太祖便授也先千戶之職。馮國用密言道：「裨將看此人蛇頭鼠耳，乃無義之相，不可留於肘腋之間，還當斬首，以除奸患。」太祖然其言；又思：「斬降誅服，於義不當。」次日，乃宰牛馬，與也先歃血，也先誓道：「若背再生之恩，當受千刃之慘。」太祖仍令統其所部。自此也先雖有異圖，然馮國用時時防備，竟不能為害。

一日，太祖遣徐達為元帥，華雲龍為副將，郭英為先鋒，領兵三萬，攻取溧陽等處。那也先見眾將俱各分遣，遂乘機帶了利劍，驀❸夜潛入帳中，看那守帳軍卒，又皆酣睡。太祖正在胡床，眠來睡去，再也睡不著，忽覺耳中說：「可快起來，可快起來！」虛空似被人扶起一般。心中正起鶻突❹，只聽得

---

❷ 眾將恰擁也先來見太祖：明史：「太祖擒陳也先，釋之，令招其部曲。國用策其必叛，不如勿遣。尋果叛，為其下所殺。其從子兆先復擁眾屯方山，蠻子海牙扼采石，國用與諸將攻破海牙水寨，又破擒兆先，盡降其眾三萬餘人。」

❸ 驀：忽然。

帳門外呀的一聲響，太祖便跳將起來，閃在一處。也先便仗劍砍中床幹，知太祖已不在床，遂繞帳亂刺。太祖恰欲出來，又恨無寸鐵在手，正急間，忽聽帳外人馬馳驟，正是馮勝、馮國用，夜哨巡來。太祖大呼：「有刺客在帳！」二將急入擒拿。也先這時，早已從帳後潛逃在外，逕奔他兒子兆先去了。國用等遍帳尋覓不得，便說：「此必是陳也先，主帥可傳令召他入帳議事。」眾軍回報，已不見了。國用便說：「裨將向謂此賊是無義之徒。今敢如此，誓必殺之，以報主帥。」

至曉，太祖正欲暫爾歇息，待徐達等眾兵回時，方圖南進。忽江南巡卒來報，蠻子海牙領兵十萬，連營采石磯，擋住江口。陳兆先領兵五萬，擋住方山路。朱兵南北不通，糧草斷絕。太祖大驚，說：「我將士渡江，其父母妻孥，皆在淮西，今元兵阻路，是絕我咽喉之地，當用何計破之？」李善長說：「他二人連兵來寇，若攻其一處，彼必互相救應，便難取勝。可傳令著湯和、李文忠、胡大海、廖永安、馮國用等領兵二萬，去攻方山。裨將與眾將保主帥領兵攻采石磯。」太祖允議。遂分兵與湯和等去訖。太祖說：「采石磯雖離不遠，先須設奇兵以勝之。」常遇春便向太祖耳邊密密的說了幾句話，太祖點頭說：「好，好，好！」便傳命喚耿炳文、陸仲亨、廖永忠、俞通海，入帳聽令。四將受令，各自依計而行。只見常遇春率精銳三萬，逕抵采石磯。哨見元兵盡地而來，蠻子海牙橫戟早先出馬，遇春驟馬對海牙說：「你不記昔日牛渚、采石之敗乎，還來怎麼？」海牙也不打話，舞戟直取遇春。二將戰未數合，遇春把身橫困在馬上便走。海牙只道戟刺傷了遇春，負痛而逃，便望南催兵，只顧趕來。約近十里地面，遇春

❹ 鶻突：不明所以。

把號帶一拈❺，忽樹林中炮聲連天，金鼓大振。海牙急令後兵速退，說未罷，只見耿炳文、陸仲亨在左邊殺來；俞通海、廖永忠，在右邊殺來；常遇春復轉過馬來，直搗中間；太祖又引大兵團團圍住，似銅牆鐵壁一般。海牙前後受敵，勢力難支，逃到東，東無去路；回到北，北是迷途。正是：

金盔晃晃，背在肩頭，好似道人的藥葫蘆；銅甲鈴鈴，掛著幾片，一如打漁的破線網。丈八長矛，止剩得半條沒頭的畫棍，只好打草驚蛇；滿筒鐵箭，惟留得一個滑溜溜的竹管，止堪盛醬盛鹽。雕弓半折，將來彈不動棉花；護鏡虧殘，拿去照不成臉嘴。

只得突圍走至江濱，浮舟逃走。遇春、鄧愈合兵追趕，更喜順風，便令將薪草灌了松油，致炮於其中，乘風放火。烈烈的趁著風，颼颼的吹著火，把那海牙的水師並舟筏，一時燒盡。廖永忠、王銘等生擒吳長官輩頭目十一人，溺死者不計其數。海牙正坐著小船脫走，忽見上流大舡三十來隻，也無旗號，向東而來。海牙只道是本軍，大叫救應。只見舡上一個將軍，錦袍、金甲，拈了弓，搭上箭，一箭射來，那海牙應弦而倒。將那殘兵殺死殆盡。自此之後，元人再不敢有扼江之戰。後人看此，有一篇古風喝采他：

涼風噓碧海，薄霧噴長天，莽蒼江色何茫然。岷峨之流奔騰，急走幾千里，嵯峨戰艦凌江煙。江煙乍開殺氣起，離魂愁魄徹波底。劍上斑斑血濺衣，旌旗拂拂霞浮水。夾岸金鼓聲不停，恍惚水

---

❺ 拈：以手指取物。

底蛟龍驚。韃奴錯認援兵集，誰測閻羅江上迎。左手開弓右挾矢，飛來胸前纔一指，驀然倒地渺無知，任是英雄今已矣。挺戈縱殺日為昏，直欲旋乾且轉坤。試究根苗誰者子？星日烏精沐氏孫。沐家孫子真奇傑，北淨胡塵南靖粵。但願山河帶礪券書新，永俾金甌無少缺。

太祖便令鳴金收軍，諸將各自獻功，只見那將也收舡攏來，合兵一處。不知太祖看了是誰，且看下回分解。

第十六回　定金陵黎庶安康

卻說常遇春大破了蠻子海牙，那海牙正坐小舡，向北而走，只見戰舡三十餘隻，忽從東下，朱文英將海牙一箭射死。常遇春收兵江口，即向太祖前拜倒，說道：「朱文英適領兵哨江，湊遇海牙舡到，把箭射死了，特來獻首級。」太祖大喜，升遇春為行軍大總管之職，回兵太平，吩咐與眾將筵宴。筵上喚過朱文英來，說：「你本是鳳陽定遠人，沐光之子，沐正之孫。因爾父與我交厚，不幸早亡，母親亦隨喪，就將你寄養於我。彼時爾方十歲，不覺已是九年。今爾英勇善武，與國建功，吾不忍沒爾之姓，可仍復姓沐。異日立大功，成大用，可與爾祖父爭光。」因賜名沐英。英再拜叩首謝恩，不題。

卻說湯和等引兵進攻方山寨，綦寨纔定，只見那刺賊也先，挺了鎗飛也似殺出來。我陣上廖永安見了他，怒從心上起，便罵道：「你這不忠、不義的賊，主帥待你不薄，你卻忍行傷害之事。還有何面目來戰！」兩馬攪作一塊，一上一下，一來一往，戰上三十餘合。永安起個念頭說：「我若再在此與他戰，他陣上必然有幫手殺出來，我怎的捉住他？不如放個破綻，待這廝奮力來追趕，我恰好拿他。」便往北路而走，那也先縱馬趕來，不上三里之地，永安大叫一聲，說：「你來得好！」把那馬一帶，挺著長鎗，突地轉來；那也先卻把身一扭，避那鎗頭，誰知身子一側，側下馬來，湊巧腳鐙纏住了一隻腳，被馬橫拖倒扯。永安一鎗正中其心，手下的兵卒，向前亂砍，也先即時死去。陳兆先因率眾而降。湯和領了兆先來到太祖跟前，說道：「望主公不記伊父昔日之罪，以安歸順之心。」太祖便說：「天下有福的，雖百計不能害之，況古人說：『罪人不孥❶。』今兆先既誠心款服，吾豈念舊惡哉！即可令他入見。」兆先進帳叩頭說：「臣係叛臣也先之子，願受誅戮。」太祖又說：「大丈夫存心至公，何思報服。爾果同心協力，以救生民，他日功成，富貴與共。」即授千軍長左軍掠陣頭目。便命馮國用選精銳五百，聽其揮使。五百人多疑懼不安❷。太祖熟視軍情，是日即喚兆先同五百人上宿護衛，舊軍盡退在外，獨留國用伴臥榻前，太祖解甲熟睡達旦。五百個人人安心，都道是天地父母之量。

次日，徐達等攻取溧陽等縣，全軍而回。太祖便議取金陵❸之計。那金陵地方，元朝叫文臣達魯花赤福壽，同武將平原指揮曹良臣把守。二人聞知兵至，曹良臣同福壽說：「和陽兵來，勢如破竹。公為文臣，可堅壁固守。我當率兵死戰，以保此城。我聞兵法說：『軍行百里，不戰自疲。』彼今遠來，今夜乘其不備，先去劫寨，必獲大勝。」福壽說：「此計大妙！只待晚來，依計而行。」

卻說太祖兵至城下，在北門外安營。那元將卻不肯出兵。太祖對徐達說：「彼必度吾疲憊，今夜決來劫營，須宜預備。」徐達對說：「主帥所見與達暗合。可令各軍，俱在遠處埋伏，只留一個空營，敵

---

❶ 孥：子、女或妻子的總稱。

❷ 五百人多疑懼不安：明史：「眾疑懼。太祖擁驍勇者五百人為親軍宿衛帳中，悉屏舊人，獨留國用侍榻側，五百人者始安。」

❸ 金陵：乃漢時江東城，吳孫權時號為建業，晉末號為建康，唐、宋名為金陵，元世祖改為集慶府，至明代朱太祖統一天下，復改為應天府。

人一至，放炮為號。」吩咐已定。那曹良臣果然更深時分，領二萬兵出鳳臺門，銜枚疾走，直至營前。只聽得營鼓頻敲，那些軍士俱攔路熟睡。良臣大喜，即領兵併力殺入營來。誰知：「地上插旗惟伏兔，營中點鼓是羸羊。」卻是一個空寨。良臣知中了計，急令退兵。忽聽帳外一聲炮響，四下伏兵並起，把良臣二萬人，困在核心。徐達便令旗牌官執了令旗，四下大叫：「劫寨元將，不必衝陣，今和陽朱主帥率精兵二十餘萬，圍得似鐵壁銅牆，若來衝陣，徒傷士卒。我朱主帥聖仁神武，寬厚聰明，若降的自有重用。爾等將士，各宜自思。」良臣正在猶豫，那些頭目便說：「昔蠻子海牙，有舟師二十萬，三戰皆亡；陳也先有雄兵十五萬，一戰而斃。料今日勢必不贏，望元帥開一生路，乘機就機，以活二萬人之命。」良臣便令小卒對說：「和陽兵！且待到天明，當得投降。」太祖與徐達說：「彼欲遲遲，恐是詐語。」徐達說：「我軍緊困，雖詐何為。」頃之，東方漸白，徐達單馬向軍前說道：「元將可速投降，免受傷殺。」良臣問說：「公是何人？」徐達說：「我是主帥帳前副元帥徐達。」良臣說：「我也聞朱主帥名譽，人皆以聖主稱之，若得一見，果如所譽，便當率眾投降。」太祖聞說，即至陣前，免冑❹示之。良臣見太祖龍眉鳳眼，禹背湯肩，便丟去了手中長矛，率眾拜降，說：「久慕仁德，多緣迷謬。歸順無階。今幸寬宥，當效死力，以謝不殺之恩。」太祖便將部下士卒，散與各將調遣，乘勝引兵圍困金陵城。福壽見良臣被困，因率兵登城死守。徐達等四面圍攏。城上矢石如雨的下來，那裡近得前。一連圍了半個多月，不能遽取。常遇春率精銳架起雲梯，向鳳臺門急攻。馮國用又領兵協助，城內便不能支。遇春挺鎗先登，三軍乘勢而入。福壽恰向北拜了四拜，哭說：「吾為國家重臣，不能固守，城存與存，

❹免冑：脫去頭盔。

城亡與亡。」言訖，遂拔劍自刎而死❺。太祖進城，便諭官吏父老道：「元失其政，所在紛擾，兵戈並起，生民塗炭。吾率眾為民除亂，汝等宜各安職業，毋懷疑懼。」當日，吏民大悅，且更相慶慰，遂改為應天府。共得兵士五十萬。因立天興建康翊天元帥府。憐福壽死得忠義，以禮殯葬，敕封鳳臺門城隍。至今香煙不絕。仍優恤其妻子。即遣使迎和陽王遷都金陵。

不一日，王到金陵，太祖率諸將士朝見畢，王大悅。奉太祖為吳國公，得專征伐。置江南行中書省，把主帥總事，以李善長為參議官。郭景祥、陶安為郎中，分房掌事。置左、右、前、後、中翼元帥府，進李善長左丞相，徐達總督軍馬行軍大元帥，常遇春前軍元帥，李文忠後軍元帥，鄧愈左軍元帥，湯和右軍元帥，胡大海提點總管使，張彪、華雲龍、唐勝宗、陸仲亨、陳兆先、王玉、陳本等，各副元帥。太祖既掌征伐，日命諸軍將，統兵以征不服。一日，問曹良臣說：「金陵人物之地，公等守此土，當為我舉之。」良臣說：「自今乾坤鼎沸❻，盜賊如麻。凡豪傑勇士，皆挺身以就群雄；那賢達之士，又韜光以觀世變，此處恰不聞得。只知有一個人，小將曾聞得他。」不知國公心下如何，且看下回分解。

---

❺福壽恰向北拜了四拜八句：元史：「高郵、廬、和等州相繼淪陷，而集慶勢亦孤，人心亦恐。十六年三月大明兵圍集慶，福壽數督兵出戰，盡閉諸城門，獨開東門，以通出入，而城中勢不復能支，城遂破。百司皆奔潰，福壽乃獨據胡床，坐鳳凰臺下，指麾左右。或勸之去，叱曰：『吾為國家重臣，城存則生，城破則死，尚安往哉？』俄而亂兵四集，福壽遂遇害。」

❻鼎沸：鼎，鍋。沸，水煮開。比喻動亂不安。

第十七回　古佛寺周顛指示

卻說太祖新受王命，拜為吳國公，便問曹良臣道：「金陵有甚賢才？煩君推舉，我當以禮往聘。」良臣答道：「恰是未聞有人，只有一個姓宋名濂，又不是金陵人氏，乃是金華人。一向聞得他有王佐之才，國公何不去請他來，合議天下大事。」太祖說：「我耳中也聞得有此人，但不知何人可去請他？」只見帳下孫炎挺身出道：「卑職願往。」太祖大喜，囑咐孫炎去請，不題。

卻說處州有個青田縣，那縣城外南邊有一座高山，俗名紅羅山，妙不可言。怎見得他妙處，但見：

層崗疊巘，峻石危峰。陡絕的是峭壁懸崖，逶迤的是岩流澗脈。蓊翳樹色，一灣未了一灣迎；潺驟泉聲，幾派欲殘幾派起。青、黃、赤、白、黑，點綴出嫩葉枯枝；角、徵、羽、宮、商，唱和那驚湍細滴。時看雲霧鎖山腰，端為那插天的高峻；常覺風雷起巘足，須知是絕地的深幽。雨過翠微，數不盡青螺萬點；日搖顏萼，錯認做金帳頻移。

只因這山，岩穴甚多，內藏妖精不一。聞說那個山中常有毒氣千萬條出來，或裝做婦人去騙男子，或裝做男子去騙婦人。人人都說道有個白猿作怪，甚是沒奈何他。恰有元朝的太保劉秉忠，他的孫兒名基，表字伯溫❶，中了元朝進士，做高郵縣丞。將及半年，猛思如今英雄四起，這個官那裡是結果的事業，便棄了官職回鄉。每日手把春秋，到這山下揀個幽僻去處，鋪花裀，掃竹徑，對山而坐，觀書不輟❷。將近年餘了，忽一日崖邊豁地響了一聲，只見石門洞開，可容一人側身而進。那伯溫看了半晌，便將書丟下，大步跨入空谷中。卻有人大喝道：「裡面毒氣難當，你們不可亂進。」伯溫乘著高興，只顧走進洞中，漆黑難行，有好幾處竟是一坑水，也有幾處竟如螺螄灣。伯溫走了一會，正在心下狐疑，轉彎抹角，卻透出一點天光來。伯溫大喜。暗想：「此處必有下落了。」又走了數百步，忽見日色當空，天光清朗，有石室如方丈大一個所在。石室上看有七個大字道：「此石為劉基所破」。伯溫心知此是天意，令我收此寶藏。遂拾個石子，向那石上猛擊一下，只見毫光萬道，即時裂開，一個石函中有硃抄的兵書四卷。伯溫便對天叩謝，將書藏在袖中，正欲走出，忽聽得豁喇一聲，枯藤上跳出一隻白猿來，望著伯溫張開了口，扯開了腳，竟要撲上來。伯溫大喝道：「畜生，天賜寶貝，原說與我劉基的，你待怎樣！」那猿便斂形拜伏在地，忽作人言說：「自漢張子房得黃石公秘傳之後，後來辟穀嵩山，半路中將

---

❶ 表字伯溫：即劉伯溫。高坡異纂：「誠意伯劉基，少讀書青田山中，忽見石崖豁開，公棄手中書亟趨之。聞有呵之者曰：『此中毒惡，不可入也。』公入不顧。其中別有天日。後壁正中一方白如瑩玉，刻二神人相向，手捧金字牌云：『卯金刀，持石敲。』公喜，引巨石撞裂之，得石函，中藏書四卷。甫出，壁合如故。歸讀之，不能通其辭，乃多遊深山古剎，訪求異人。久之，至一山室中，見老道士憑几讀。公知其隱君子也，再拜懇請。道士舉手中書厚二寸許授公，說：『旬日能背記，乃可授教；不然，無益也。』公一夕至其半，道士歎曰：『天才也！』遂令公共壁中書，乃閉門講論。凡七晝夜，遂窮其旨。或謂道人即九江黃楚望也。」

❷ 輟：中途停止。

書收藏在內。便命六丁、六甲，拘本山通靈神物管守。丁甲大神在雲頭上一望，看見小猿頗有些靈氣，便拘我到留侯❸面前。那留侯卻把手來打一個圓圈，許我在此，只好到山上山下走動走動，再不得出外一耍。今日，天意將此書付與先生，輔主救民，要我在此無用，求先生方便，破開圓圈，把小猿寬鬆些也好！」伯溫便對他說：「天書我雖收得，其中方法，竟未曾看著，待我回家細看，倘其中有破開圓圈方法，我方好放你。目下我如何會得？」白猿只是苦苦哀求，說：「先生此時不放我去，何時再得進來？我從前被留侯拘住時，曾問他何年放我，他便說：『留著，留著，遇劉方放著。』今日遇著『劉』，便須遇著『放』。先生可憐見，寬放小猿，待我遊行洒落，遍看錦繡江山，則感恩不淺！」伯溫看他哀求不過，便要從袖中扯出天書來看，誰知那衣袖太小，書本過大，只得扯出一本來，將手翻開，恰是落末一本。湊巧簿面寫著，拘收白猿，管守天書事情。看到後面，果有打破圈箍，放白猿的神法。伯溫心中原要試驗一番，卻又不解此中咒語，只好將他當書誦讀。誰想把寬放他的法兒讀完，只見那白猿朝著伯溫拜了幾拜，竟從山後跳出去了。伯溫也不顧他，遂放開大步，復從原路而回。回頭一看，那石壁依然合了。伯溫一路且驚且疑，方到家中，只聽得人說：「山上有白光一條，光中燦燦的恰如白猿一個，奔到淮西那路去了。」不題。

伯溫雖得此書，其中旨趣尚未深曉。因歷遊名山佛寺，訪求異人提醒於他。聞說建昌有個周顛，年十四歲，得了顛疾，便乞食於南昌。及到長成，舉措詭怪❹，人莫能識。每常見人，便大叫：「告天平！

---

❸ 留侯：乃張子房封爵名號。

❹ 舉措詭怪：行為奇怪。

告天平！」人也解不出。今在淮西濠州山寺。伯溫心下轉念道：「一向觀望天象，帝星恰照彼處；今日此行，正好探聽。」遂收拾了琴劍書箱，安頓了家中老少，次日起身。

不一日來到濠州，打聽周顛下落，人都說在西山古佛寺藏身。伯溫便往寺中，見那周顛，身倚胡床，口中念念的看著一本齷齷齪齪❺、沒頭沒腦的書。伯溫近前便拜，說：「請教請教！」那周顛那裡來睬？伯溫隨即訴道：「小可不辭跋涉❻而來，全望先生指教！」周顛見他至誠，便把那看的書遞與伯溫，說：「你拿去讀，十日內背得出，便可教你；不然，且去，不必復來。」伯溫遂接過書來一看，與前石匣中所得的大同小異。是日，就在寺中讀了一夜，明早俱覺溜口兒背得，於是攜書入見。周顛說：「爾果天才也。」因一一講論，未及半月，完全通徹。伯溫欲辭而行，周顛說：「此術是帝王之佐，值今亂離，勿可蹉過❼。且回西湖，自有分曉。」

伯溫別了周顛，來到濠州城，束裝起程，便與店家告別。只見店小二混濁濁的自言自語，一些也不對答。伯溫焦躁，說：「你這位小官人沒分曉，我在此打攪了一番，自然算房錢飯錢酒錢還你；你何須唧唧咕咕，不瞅不睬於我。」那小二道：「客官，不是小人不來理值，但只為我主人孔文秀，有個女兒，年方一十五歲，近來為個妖怪所迷，每夜狂言亂語。今日接個醫生來，他說犯了危疾，命在早晚，因此懷慮，衝撞了相公。」伯溫問說：「什麼妖精，如此作怪？我也略曉得些法術，快對你主人說，我當為

❺ 齷齷齪齪：汙穢不潔。
❻ 跋涉：行路艱難。
❼ 蹉過：虛度光陰。

你除滅。」店小二不勝之喜，連忙進去與主人報知。頃間，孔文秀出來見了伯溫，備訴了妖精事情，因說：「相公果若救得小女，便當以小女為贈。」伯溫說：「除災祛患，君子本心，何以言謝。」便叫文秀領了他到女兒房中，看他光景如何，以便搭救。文秀攜了伯溫，逕到女兒床前。揭起了帳子。伯溫輕輕叫道：「可取個燈來，待我仔細觀看，便知下落。」正是：

伊誰錯認梨花夢，喚起閒愁斷送春。

未知如何捉妖，且看下回分解。

第十八回　劉伯溫法伏猿降

話說孔文秀的女兒，被妖怪迷住，日夜昏沉。恰聽得伯溫說，有除妖之術，不勝之喜。便領了伯溫到女兒房中，觀看怎麼模樣。孔文秀說：「我女兒日間亦是清醒，但到得晚間，便見十分迷悶。相公日間看視，恐尚未分明，還到晚間，方見明白。」伯溫說：「不妨不妨。」揭起帳來看，但見：

春山雲半蹙，秋月雨偏催。悶到無言，苦懨懨，恍似經霜敗葉；愁來吐氣，昏迷迷，渾如煙鎖垂條。若明若暗的衷腸，對人難吐；如醉如癡的弱態，只自尋思。花鎖千點淚，迴雲斷雨總成愁；香散一天春，怕夜羞明都幻夢。扶不起海棠嬌睡，襯不上芍藥紅殘。

伯溫看了一會，竟出房來，對文秀說：「今夜可將你女兒另移在別處去睡，至夜來我住令愛❶房中，自有區處。」文秀得了言語，急急安排靜室，移女兒別處去睡。將及一更左右，伯溫恰到房裡，睡在床中，把一口劍，緊緊放在身邊。房門上早已貼了靈符，念了咒語。吩咐眾人，都各安心去睡，不必在此驚動攪擾。房間中止點一盞琉璃燈，也不大明大暗。約莫二更，只聽簾櫳響處，妖怪方纔入門，那符上

❶令愛：對人女兒的尊稱。

豁喇喇一聲，真似：

霹靂空中傳號令，太華頂上折岡峰。

這妖恰已倒在地上。伯溫近前一看，就是前者紅羅山上用法解放的白猿。伯溫便問：「你如何直來到此？」那白猿叩頭謝了前日釋放之恩，便說：「近因城外鍾離東鄉皇覺寺內，有個真命天子，因此各處神祇都去護衛，我那日便敢斗膽在雲中翻觔斗過來，不意今日撞著恩主，望恩主寬恕！」伯溫便吩咐說：「我前日為好把你寬鬆些，誰知你到此昏迷婦女，本該將你斬首，姑念你保守天書分上，放汝轉去。以後只許你在山林泉石之間，採取些松榛❷果實，決不許擾害人家！」白猿拜領而去。伯溫次早將此事說與文秀，文秀便將女兒為贈，伯溫固辭而去。逕到皇覺寺來尋訪真主；恰又想天時未至，因此取路向青田而行。

道過西湖，湊與原相契結的宇文諒、魯道源、宋濂、趙天澤遇著，便載酒同遊西湖。舉頭忽見西北角上，雲色異常，映耀山水。道源等分韻題詩為慶，獨伯溫縱飲不顧，指了雲氣，對著眾人說：「此真天子出世，王氣應在金陵❸。不出十年，我當為輔，兄輩宜識之。」眾人唯唯。到晚分袂而別。自此，

❷ 榛：落葉喬木，實為苞形，可食。
❸ 王氣應在金陵：《翦勝野聞》：「劉基昔嘗攜客泛於西湖。抵暮，仰天而言曰：『天子氣在吳頭楚尾，後十年當興，我其輔之。』」

暑往寒來，春秋瞬息。伯溫在家中，只是耕田、鑿井，與老母妻兒，隱居邱壑之內，不覺光陰已是十年了。那些張士誠、方國珍、徐壽輝、劉福通，時常用金帛來聘他，伯溫想此輩俱非帝王之器，皆力辭不赴。

話分兩頭，卻說大夫孫炎，領太祖的軍令，來到金華探訪宋濂：

那宋濂清潔自高，居止不定：也有時挈同儕尋山問水，也有時偕知己看竹栽花；也有時冒雪夜行，如剡溪訪戴；也有時乘風長往，如出兵千里。心上經綸，倏忽間，潛天潛地；手中指點，霎時裡，驚鬼驚神。腹中書富五車，筆下文堪千古。

那大夫孫炎，到了宋濂住宅，誰想緊閉著門，門上大書數字：「倘有知己來尋，當至台州安平鄉相會。」孫炎便勒轉馬頭，向台州安平鄉進發。不一日，來到安平鄉林莽中，遠遠望見三個人攜手而行，俱戴著一頂四角鑲邊東坡巾，都著一領大袖沉香綿布六幅褶子道衣。腰間各繫一條熟經皂絲縧，脚下都套一雙白布襪，踹著的是棕結三耳麻鞋。後面又有一個山童，綰一個雙丫髻，隨常打扮。肩挑著一擔琴劍衣包，自自在在的對面走來。孫炎望見舉動，不是個村夫俗子形藏，心中想道：「三人之中，或有宋濂在內，也未可知。」便將馬拴在柳蔭之下，叫從軍跟了走來，自家便把巾幘整一整，恰向前施禮，道：「來者莫非是宋濂先生的朋友麼？」那三人也齊齊行了個禮。其中一個問說：「尊公要問那宋濂為何？」孫炎看三個雖是衣冠中人，還不知心中怎麼，便說：「小生久慕宋先生大名，特來拜謁請教，不意昨到金華，他府上門首大書：『可到台州安平鄉來尋。』故而來此。遠望三位丰采迥異，此處又是安平鄉，故造次動問。」那人便道：「小生就是宋濂，但從來未識尊面，不知高姓大名？今遇田野之中，又失迎待之意，奈何奈何！」只見那從旁二人說：「今尊駕遠來，我們雖要出外訪友，然此去敝齋不遠，便且轉去奉陪，再作區處。」孫炎就同三位分賓、主前後而走。那二人也吩咐山童先去打掃等候。但見：

東風芳草徑泥香，佳景追遊到夕陽。興引紫絲牽步障，春憐新柳拂行觴。
奪將花色同人面，望去山光對女牆。歌吹自喧人意爽，安平相邁且徜徉。

未及半刻，已到書齋，四人遜禮而坐。正是：「有緣千里能相會，良友相逢亦解愁。」欲知後事如何，且看下回分解。

第十九回　應徵聘任人虛己

卻說孫炎等走到齋中，分席而坐。宋濂對孫炎道：「請問行旌從何而來？高姓大名？不知來尋在下，有何見教？」孫炎便說：「在下姓孫名炎，今在和陽朱某吳國公帳前。我國公只因元將曹良臣以金陵來降，且薦先生為一代文章之冠，故著在下奉迎❶，且多多致意。凡有同道之朋，不妨為國舉薦，以除禍亂。」宋濂便起身對說：「不肖❷村野庸才，何勞天使屈降。有失迎候，得罪，得罪！」孫炎因問二位朋友名姓。宋濂說：「這位姓章名溢，處州龍泉人；這位姓葉名琛，處州麗水人。因道合相親，今因避亂，在此居住。」茶罷數巡。孫炎又道起吳國公禮賢下士，虛己任人，特來徵聘的事情，且欲三位同往的意思。宋濂因說：「我有契士❸姓劉名基，處州青田人。他常說淮、泗之間，有帝王氣。今日我三人正欲到彼處相邀，同到金陵，以為行止。誰意天作之合，足下且領國公令旨遠來，又說不妨廣求俊彥。既然如此，相煩與我同去迎他何如？」孫炎聽到劉基名字，不覺頓足，大聲叫道：「伯溫大名，我國公

---

❶ 故著在下奉迎：明史：「太祖命孫炎招劉基、章溢、葉琛等。」誠意伯劉公行狀：「總制官孫炎以上命遣使來聘。」

❷ 不肖：自謙之詞。

❸ 契士：相投合的朋友。

朝夕念念在口，今先生既與相好，便宜同去迎他。」是晚，筵罷安寢。次日，宋濂仍舊收拾了自己琴、書，打點起身，因與孫炎說：「此去尚有二三日的路程，在下當與先生同到伯溫處迎他同來。章、葉二兄，可在此慢慢收拾，待三五日後，亦可起身，同在杭州西湖上淨慈寺前，舊宿酒店相會。」囑咐已畢，孫炎叫從人備了兩匹馬，叫人挑了宋先生行李，一半往青田進路，一半留在村中準備薪米，等待章、葉二先生，收拾行李，會同家眷，擇日起身，一路小心伏侍，不許違誤；如違，以軍法治罪。此時，章、葉二人，回家整備行李等項，不題。

卻說孫炎同宋濂來請劉基。一路風景，但見：

簇簇青山，灣灣流水。林間几席，半邀雲漢半邀風；杯水帆檣，上入溪灘下入海。點綴的是水面金光，恰像龍鱗片片；黯淡的是山頭翠色，宛如螺黛重重。月上不覺夕陽昏，歸來啞啞烏鴉，為報征車且安止；星散正看朝色好，出谷嚶嚶黃鳥，頻催行客且登程。馬上說同心，止不住顛頭播腦；途中契道義，頓忘卻水遠山長。正是：「青山不斷帶江流，一片春雲過雨收。迷卻桃花千萬樹，君來何異武陵遊。

孫炎因問宋濂說道：「章、葉二人，何以與足下相善？」宋濂對說：「章兄生時，其父夢見一個雄狐，頂著一個月光在頭上，長足闊步從門內走來。伊父便將手拽他出去，那狐公然不睬，一直走到伊臥榻前伏了不動，伊父大叫而醒，恰好湊著他夫人生出這兒子來。他父親以為不祥，將兒接過手來，一直往門外去，竟把他丟在水中。誰想這葉兄的父親，先五日前，路中撞見一個帶鐵冠的道人，對他說道：『葉公，葉公，此去龍泉地方，五日之內，有一個嬰孩生在章姓的家內，他父親得了奇夢，要溺死他，你可前去救他性命。將及二十年，你的兒子，當與他同時輔佐真主，宜急急前去。』這葉兄令尊，是個極行方便的善人，又問那道人說：『救這孩子，雖在五日之間，還遇什麼光景，是我們救援的時候。』那道人思量了半晌說：『你倒是個細心人，我也不枉了託你。此去第五日的夜間，如溪中水溢，便是他父親溺兒之時，你們便可救應。』大笑一聲，道人不知那裡去了。這葉公依言而往，至第五日的夜間，果然黑暗中，有一個人抱出一個孩兒，往水中一丟，只見溪水平空的如怒濤驚湍一般，逕湧溢起來，那孩兒順流流到船邊。葉公慌忙的撈起，誰想果是一個男子。候得天明，走到岸邊，探問：『此處有姓章的人家麼？』只見有人說：『前面竹林中便是。』葉公抱了孩兒，逕投章處，備說原由。那章公、章婆方肯收留。以溪水湧溢保全，因而取名喚做章溢。後來長成，便從事文章。章兄下筆恰有一種清新不染的神骨。

那個章公款待了葉公數日，葉公作別而行。到家尚有二三十里之程，只聽得老老少少，都說從來不曾聞有此等異事。葉公因人說得高興，也挨身入在人叢中去聽。只說如何便變了一個孩兒。葉公便問說：『老兄們，甚麼異事，在此談笑？』中間有好事的便道：『你還不曉麼，前日我們此處，周圍約五十里人家，將近日暮時，只聽得地下轟轟的響，倏忽間，西北角上沖出一條紅間綠的虹來。那虹閃閃爍爍，半天裡，游來游去，不住的來往，如此約有一個時辰，正人人來看時，那虹頭竟到麗水葉家村，竟生下一個小官人來。頭角甚是異樣。故我們在此喝采。』葉公口裡不說，心下思量說：『我荊妻❹懷孕該生，莫不應在此麼?』便別了眾人，三腳兩步，竟奔到家裡來。果然，婆子從那時生下孩兒，葉公不勝之喜。思量，孔子註述『六經』，有赤虹化為黃玉，上有刻文，便成至聖；李特的妻羅氏，夢大虹繞身，生下次子，後來為巴蜀的王侯；虹實為蜺龍之精，種種虹化，俱是祥瑞。及至長大，因教葉兄致力於文章，今葉兄的文字，果然有萬丈雲霄氣概。他兩人真是一代文宗。在下私心慕之，故與結納，已有五七年了。」

正說話間，軍校報道：「已到青田縣界。」宋濂同孫炎吩咐軍校，都住在村外，二人只帶了幾個小心的人，投村裡而來。宋濂指與孫炎道：「正東上，草色蒼翠，竹徑迷離。流水一灣，遶出幾簷屋角；青山數面，剛遮半畝牆頭。籬邊茶菊多情，映漾出百般清韻；壇後牛羊幾個，牽引那一段幽衷。那便是伯溫家裡了。」兩個悄悄的走到籬邊。但聞得一陣香風。裡面鼓琴作歌：

壯士宏兮貫射白雲，才略全兮可秉鈞衡。世事亂兮群雄四起，時歲歉兮百姓饑貧。帝星耀兮瑞臨建業，王氣起兮應在金陵。龍蛇混兮無人辨，賢愚淆兮誰知音?

歌聲方絕，便聞內中說道：「俄有異風拂席，主有故人相訪，待我開門去看來。」兩人便把門扣響，劉基正好來迎。見了宋濂，敘了十年前的西湖望氣之事，久不相見，不知甚風吹得來?宋濂便指孫炎，

---

❹ 荊妻：荊，多刺的灌木。荊妻，謙稱自己的妻子。

說了姓名，因說出吳國公延請的情節❺。他就問：「吳國公德性何如？」孫炎一一回報了。又問道：「我劉基向聞江、淮狂夫，姓孫名炎，不知便是行臺麼？」孫炎俯躬，道：「正是在下。」三人秉燭而談，自從晌午，直說到半夜，始去就寢。未知後事如何，且看下回分解。

❺因說出吳國公延請的情節：明史：「以李善長薦，宋濂與劉基、章溢、葉琛並徵至應天，除江南儒學提舉。」

第二十回　棟樑材同佐賢良

那劉基與宋濂、孫炎說了半夜，次早起來，劉基到母親面前訴說前事，母親便說：「我也聞朱公是個英傑，我兒此去也好。」劉基便整頓衣裝，對孫炎說：「即日起行。」孫炎吩咐軍校將車馬完備，離青田縣迤邐❶向東北進發。話不絮煩，早到杭州西湖湖南淨慈禪寺。章溢、葉琛挈領家眷並行李，已等候多時。軍校們也合做一處同住。正是：「一使不辭鞍馬苦，四賢同作棟樑材。」在路五六日已至金陵。次早，來到太祖帳前謁見。太祖遂易了衣服，率李善長眾官出迎，請入帳中，分賓而坐。太祖從容問及四人目下的治道急務，酒筵談論，直至天曉。因授劉基太史令，宋濂資善大夫，章溢、葉琛俱國子監博士，四人叩頭而退。

太祖對諸將說：「今常州府及宜興、廣德、寧國、鎮江等處，正是金陵股肱，若不即取，誠為手足之患。」遂著大元帥徐達掛印征討。郭英為前部先鋒，廖永安為左副將，俞通海為右副將，張德勝統前軍，丁德興統後軍，馮國用統左軍，趙德勝統右軍，領兵五萬，征取各郡。徐達等受命而出，乃擇日起程，臨行之日，太祖出郊戒眾統將說：「爾等當體上天不忍之心，嚴戒將士：城下之日，毋得焚掠殺戮，有犯令者處以軍法。」徐達等頓首受命，率兵前進。

❶ 迤邐：順地勢紆曲行走的樣子。

大兵過了揚子江，至鎮江府地面，徐達下令安營，為攻城之計。卻說把守鎮江府城，乃是張士誠所募驍將鄧清，並副將趙忠二人。他聞金陵兵至，便議迎敵之事。那趙忠說：「我聞和陽兵勢最大，所至無敵；且朱公厚德寬仁，真命世之英，非吳王（即是士誠）可比。況鎮江為金陵右臂，彼所力爭。今我兵微弱，戰、守兩難，奈何！奈何！我的主意：不如開城投降。一來可救百姓的傷殘；二來順天命之所歸；三來我們還有個出頭的日子。」鄧清聽了大喝道：「你受吳王大恩，不思圖報，敵兵一至，便要投降，乃是狗彘之行。」趙忠又說：「我豈不知『食人之食，當忠人之事。』但張士誠貪饕❷不仁，決難成事。何如趁此機會，棄暗投明？」鄧清愈怒，即抽刀向前，說：「先斬此賊，方破敵兵。」趙忠也持刀相迎。兩個戰到數合，鄧清力怯，便向後堂走脫。趙忠見左右俱有不平之色，恐事生不測，急忙也跑出衙門，恰遇著養子王鼎，備言前事。王鼎說：「事既如此，若不速避，禍必及身。」他二人因到家，載母、挈妻，策馬向東而走。鄧清聞知，即聚軍民一千餘人趕來。適遇徐達兵到，趙忠逕望軍中投拜，說：「鎮江副將趙忠，因勸鄧清投降，彼執迷不悟，反來趕殺，乞元帥救我家屬入營，我便當轉殺此賊，以為進見之功。」徐達心中私喜，便與趙忠附耳說了兩三句話道：「如此而行。」趙忠得令自去。徐達即催兵前進，與鄧清迎敵；我陣上趙德勝躍馬橫鎗，逕取鄧清。鄧清見德勝威猛，不戰而走，眾兵掩擊直逼城下。鄧清正要進城，只見趙忠在城上大呼：「奸賊鄧清何往？」清知事勢緊急，進退無門，遂下馬乞降。原來徐達吩咐趙忠，趁兩軍相敵之際，你可賺入城門，先奪了城池，以截鄧清歸路，所以趙忠先在城上。徐達入城撫恤了士卒，安慰了百姓，捷報太祖。太祖加徐達為樞密院同簽之職。率數萬人，

❷ 饕：貪婪無厭。

攻打常州❸。太祖對徐達說：「我查張士誠❹係泰州白駒場人，原是鹽場中經紀牙儈。因夾帶私鹽，官府拿究，癸巳年六月間，聚眾起兵，便陷入泰興，據了高郵州，今稱吳王。國號大周，改元天祐。前者，又遣士德，將五萬兵渡海，攻陷平江、松江一帶，與常州、湖州諸路，地廣兵強，實是勁敵❺。況渠❻奸詐百出，交必有變，鄰必有猜。爾今率三軍，攻毘陵❼，倘有說客，勿令擅❽言，便阻了詭詐之弊。營壘可坐困也。」徐達等領命而出，即合兵七萬，號稱十萬，逕望常州進發。

數日間，來到常州南門外安營。先鋒郭英便率兵三千出戰，那把守常州的正是吳將統軍都督呂珍。原來呂珍有謀智、有膽力，善使一條畫戟。年紀約有三十五六歲，正直公平，撫民恤孤。每常只是長聲的歎息。人問他，便說：「此身已受了他的爵祿，雖死亦是臣子分內事；但恨當時不擇所主，將身誤託耳！常常聞得金陵朱公聲息，便道好個仁義之主，天下大分歸統於他了。然也是天數，怎奈何他。只是今日，吾當完吾事體。」探子報說：「朱兵攻取常州。」他便縱馬挺戟來戰。與郭英戰到三十餘合，彼

---

❸ 攻打常州：明史：「時張士誠已據常州，達遂益兵以圍常州。士誠遣將來援。」

❹ 張士誠：明史：「張士誠，小字九四，泰州白駒場亭人，有弟三人，均以操舟運鹽為業。常鬻鹽諸富家，富家多淩侮之。而弓手丘義尤窘辱士誠甚。士誠忿，即帥諸弟及壯士李伯昇等十八人殺義，並滅諸富家，縱火焚其居，入旁郡場招少年起兵。鹽丁方苦重役，遂共推為主。」

❺ 勁敵：厲害的對手。

❻ 渠：他。

❼ 毘陵：常州古名。

❽ 擅：這裡作一任己意解。

此心中俱暗暗喝采。只見營內右哨中張德勝持了一管鎗，奮力衝將出來，三將攢做一團，呂珍見兩拳敵不得四手，便將馬跳出圈子外邊，叫說：「天色已晚，晚來乘著錯誤，傷人性命，不見高強，你我俱各記兵多少，來日拚個勝負，方是好漢。」郭英便也鳴金收軍。次日，呂珍全身結束，出到城邊，早有郭英張德勝二人迎往，自早又殺到未牌，不見勝負。朱陣上便麾動大軍，趕殺過來，呂珍急走入城，堅閉不出；一面作表，喚過兒子呂功，前往蘇州去求取接應兵馬，不題。

且說呂功抄路往湖州舊館縣，由森林地方，轉到蘇州。次日，張士誠臨朝，文武百官依班行禮畢。呂功出奏，常州被困一事。張士誠大怒，說：「彼真不知分量，我姑蘇堅甲百萬，勇將三千，彼取金陵，我不與爭便了，反來奪我鎮江，今又困我常州，是何道理！」即召大元帥李伯昇，領兵十萬往救，又吩咐說：「若得勝時，便可長驅收復鎮江，破取金陵，以擒朱某。」伯昇得令，叩首將出，只見王弟張士德在堦中大喝一聲道：「何勞元帥動兵，乞將兵三萬與臣，去救常州，決當斬取徐達首級，入建康擄和陽王，飛報我主，萬祈允臣之奏！」士誠聞奏大喜，說：「得弟一行，何懼敵兵哉！」便拜士德為元帥，張虎為先鋒，張鶴飛為參謀。率兵五萬，前往常州救應。又遣呂功乘勢領兵二萬，攻打宜興，以分徐達之勢。連夜起行。探事探的實，報與徐達得知。未知後事如何，且看下回分解。

第二十一回　王參軍生擒士德

卻說吳王張士誠，他有兄弟二人：一個喚做士信，一個喚做士德；那士信足智多謀，熟識兵法，人號為小張良。使一條鐵鞭，神驚鬼怕；那士德勇猛過人，雄冠千軍，人號為小張飛。用得一條長鎗，追風逐電；因輔士誠，奪了蘇州，奄有❶嘉、湖、杭及松、常、鎮三郡地方。又有五個養子：叫做張龍、張虎、張彪、張豹、張虬。在手下操練軍士，人因號做「姑蘇五俊」。那士誠因呂珍叫兒子呂功求救，便吩咐說：「王弟既然肯往，便當拜為先鋒，帶了張虎，張鶴飛及三萬人馬前進。」又召呂功乘勢領兵攻宜興以分徐達兵勢。

徐達得了信，對耿再成說：「宜興地界，乃常州股肱，士誠以我所必爭，故特分兵來攻，以弱我勢。你可領兵悉力拒守，一失尺寸，則全軍敗亡，千萬小心在意。」再成得令，臨行對徐達說：「自從不才從主公於起義之日，得元帥視如骨肉，自謂肝膽惟天可知。今日拜別，決當萬死以報國家。倘有不虞❷，亦盡臣子馬革裹屍❸之志，惟元帥諒此忠貞！」徐達聽了說道：「此行將軍自宜努力，生死原各聽之於

❶ 奄有：全有；統有。
❷ 倘有不虞：虞，預料。倘有不虞，即是說如有料想不到的意外事件。
❸ 馬革裹屍：戰死沙場。

天，你我一心，自可表諒，不久即能完聚。」二人洒淚而別。再成率了兵，即日奔赴宜興，與吳兵對壘安營，日相持抗。

原來再成極善撫眾，如有甘苦，與士卒同受；至於號令之際，又極嚴明，一毫不許苟且❹。適有後軍一隊，是新歸義兵，就令原來頭目鄭僉院❺統領。那鄭僉院只好吃酒，是日，輪當夜巡，鄭僉院帶酒來與眾飲；這些眾軍，雖支持了半夜，恰到四更時分，鈴柝也不鳴，更鼓也錯亂。再成夢裡驚醒起來，卻見營中巡邏的，俱東倒西歪，熟睡不醒。再成查是鄭僉院，便馳使喚渠入帳，責道：「軍中設夜巡，是以百人之勞，致千人之逸。你今玩事如此，設或有敵兵乘夜劫寨，或有刺客乘夜肆奸，軍國大事去矣。且記你這顆首級在頸上。」發軍政司重責四十棍，穿了耳箭，以警眾軍。鄭僉院明知自家不是，然痛楚難熬，且對人前似無光彩。

次日夜間，仍領了新歸一隊義兵，逕到呂功處投降，備述受苦一事，且將營中事體，一一訴知。再成正在帳中❻，忽聽得探子報說此事，不覺憤怒起來，便不戴帽盔，不穿重鎧，飛馬去趕捉他。只見呂

---

❹ 苟且：解釋有二：一是隨遇而安，不振作，不精進；一是不循禮法，任意妄為。這裡用後一解釋。

❺ 鄭僉院：吳王張士誠載記：「鄭僉院，失其名，長興義兵元帥。初附於朱，既而以兵七千人叛歸於吳王，反攻徐達湯和壘，達與遇春夾擊，敗之，死。」

❻ 再成正在帳中：明史：「耿再成，字德甫，五河人，從太祖於濠。再成持軍嚴，出入民間蔬果無所損。金華苗帥蔣英等叛殺胡大海，處州苗帥李祐之等聞之亦作亂。再成方對客飯，聞變，上馬收戰卒不滿二十人，迎賊罵曰：『賊奴，國家何負汝，乃反？』賊攢槊刺再成。再成揮劍連斷數槊，中傷墜馬，大罵不絕口死。子天璧。」

功陣中密札札的木柵圍住，再成卻乘勢砍破了木柵，殺入營中，無不以一當百，殺得呂功軍中，沒有一個敢來抵擋。呂功恰待要走，早有夜巡鐵甲士一千，走來併力助戰，被賊一鎗，正破傷了再成額角。再成猶然死殺不休，東衝西突，殺透重圍，正到本營，只見頭上血流如注。再成曉得甚是沉重，便昏暈中，聊草寫了箚子⑦封好，報太祖；又寫一封書，寄與徐達元帥，卒於營寢。正是：「赤心未遂身先死，常使英雄淚滿襟。」太祖接報，痛悼不已，便令他子耿炳文襲職，統領兵卒，鎮守宜興，不題。

且說士德領兵望常州進發，不數日，來到常州東界古槐灘下寨。徐達聞知，對眾將說：「士德勇而無謀，與之相戰，未必全勝。」即傳令郭英、張德勝二人，如此如此。再喚趙德勝、王玉二人到帳前，徐達吩咐各帶所統人馬，並付字紙一封，前去本營二十里外拆封看字，便知分曉。徐達自領兵十萬，東路迎敵。恰遇士德軍到，兩陣對圓。前鋒廖永安，躍馬出戰，士德勢力不支，落荒便走。永安獨馬追趕了十里地面，所恨士卒都在後邊。士德恰見永安勢孤，因勒馬轉來，團團的把永安圍在裡面，便叫放箭，那箭如雨飛來。永安把這鎗如飛輪的一般，在馬上遮隔了一會，慌忙中不意一箭竟射透了後腿，永安奮出平生本事，衝突而出。士德掩殺過來。徐達見士德兵卒漸近，亦不戀戰，便望後陣而走。那士德緊緊來追，經過紫雲山崖，轉過山坡，恰不見了徐達。眾人都道：「將軍休趕，恐有伏兵在後。」士德回說：「彼勢已窮，何有埋伏！」放心趕去。正趕之間，只見趙德勝當先截戰，未及四五合，恰又棄甲而走。士德大叫：「快留下首級了去！」德勝也不回話，把馬連打幾下，如飛的逃走一般，早已是甘露地方。一聲炮響，王玉所部的兵卒都在草中齊喝一聲說：「倒了倒了！」原來徐達昨日付與王玉字一紙，上寫：

⑦ 箚子：近於「便條」的書信。

「伏甘露，掘深坑，擒士德❽，如違者斬。」因此王玉連夜傳令眾士，掘成大坑，約五十餘畝，二丈餘深，上將竹簞虛鋪蓋了浮土。那士德只認徐達與德勝真敗，誰想趕到此間，連人和馬，都跌下坑裡去。真個是：

汩汩的惟聽水響，混混裡只見泥濘。滿身錦繡，都被腌臢，那認青黃赤白；全頭軀骸，盡遭齷齪，難辨口鼻鬚眉。初起時撲地一聲，也不知馬跌了人，也不知人跌了馬；到後來渾淪一滾，那裡管人離卻馬，那裡管馬離卻人。護心寶鏡，渾如黃豆，圍帶在胸中；耀目金盔，卻如黑崁，蔀掛著腦後。水護了箭羽、弓衣，顯不出勁弓利鏃；泥糊了金鞍、玉勒，搖不響錫鑾和鈴。

正是：

昔日湖波濟七將，今朝泥水陷張王。

兩側邊卻把撓鉤紮住，活捉了士德上岸，綑縛在囚車中，送到帳前。那張虎與呂功死戰得脫，引了殘兵，屯住在牛塘谷。

❽ 擒士德：吳王張士誠載記：「丁酉六月，徐達等取江陰，七月攻常熟，士德出挑戰，兵卻。明日復戰，遇伏，於湖橋被徐達先鋒趙德勝所執。」

卻說張士誠只恐兄弟士德未能取勝，隨後便遣弟張九六率兵二萬來援。那九六身長八尺，腰大十圍，慣舞兩把雙刀，驍勇無比。兵馬將到常州，就聞得士德被擒的信息，隨即督兵到常州東門十里外下營。次早，出陣大叫道：「好好還我御弟，方為上策，不然貪得無厭，命都難保！」朱陣上馮國用奮先迎敵，戰纔數合，被九六一刀，正砍著馬腳，國用連忙下馬棄敵而走。九六橫刀殺入，早有諸將擋住。徐達傳令鳴金收軍，沉思了半晌，恰對馮國用、王玉說：「九六驍勇難當，二公可各引兵，即去牛塘谷邊，兩旁林中埋伏，待白鴿飛起為號，便宜發動，併力來攻。今日他揮兵殺來，我們便鳴金收兵，他必信我們氣怯，不如乘此退三十里屯紮，彼必連夜追趕。我當且戰且走，誘至谷中，好便宜行事。」是時，日尚未西，二人引兵，各自埋伏去訖。頃刻，徐達傳令眾軍，即刻拔寨退三十里屯紮。要有心忙意亂光景，倘或遲誤，梟首示眾。令下，諸部士卒，俱各狐奔鼠竄退去。只見探子探得移營，竟去報與九六知道。九六大喜，道：「我諒徐達怎的敢來對敵，今彼移營，不去追趕，更待何時！」即叫備馬過來，領兵追殺。未知後事如何，且看下回分解。

第二十二回　徐元帥被困牛塘

卻說徐達引兵退三十里屯紮，那張九六果然引兵趕來。徐達且戰且走，將到牛塘谷邊，是時恰有申牌時分❶。徐達見九六趕得漸近，便回身說：「張公，張公，得放手時須放手，你何故逼迫得緊？」那九六睜開雙眼，飛馬搶趕上來，徐達又飛馬而走。九六大喝道：「徐達你何不下馬投降？」徐達也應聲說：「你且看是甚麼所在，要我投降。」正說之間，恰把手伸入懷中，把一條白帶扯出來一抖，恰早是一雙白鴿，帶了鈴兒，旺旺的直飛上半天。那張九六恰把頭向天去看，只聽一聲炮響，左邊馮國用，右邊王玉，兩岸裡殺將出來，把九六軍馬截做兩處。徐達見伏兵齊出，便回轉馬頭，併力來戰。九六身被數鎗，尚不跌倒，負痛而走。纔得半里，被王玉拈弓搭箭，叫聲道：「著了！」正中九六左目，翻身墮下馬來，眾軍就活捉了，縛在馬上，同入帳中，眾將一一依次獻功。便令把張士德、張九六二人，各處監固，不許疏縱；仍令移兵屯紮舊館。即遣人赴金陵報捷。太祖得了捷報，說：「士德是士誠謀主，九六是士誠牙將；今皆被擒，士誠事可知也。」即詔徐達等促兵攻城，復諭廖永忠、常遇春攻取池州，不題。

卻說張虎、呂功收了殘兵，走入牛塘谷，計點人馬，折了二萬。張虎放聲大哭，說：「自我國興師

❶ 申牌時分：下午三時至五時。

以來，未有如此之敗，急須遣人求救，待得兵來，再作區處。」星夜寫表馳奏。那士誠見表，頓足切齒，說：「孤與朱家，真不共戴天之仇。卿等有能為孤報仇者，決當裂土分王，同享富貴。」只見士信上前，說道：「向者二人皆恃勇無謀，故致喪敗。臣願竭駑駘之力，擒徐達，取金陵，以雪二人之冤。」士誠便令其子張虬為先鋒，士信為元帥，呂昇祖為副將，趙得時為五軍都督，統兵十萬，來救常州。臨行，士誠設酒郊外祖餞❷。士誠對他們說：「孤與卿等兄弟三人，於白駒場起義，以至今日，威鎮江南，無人敢敵。今彼糾集黨類，據有金陵，侵我鎮江，困我常州，殺我之弟，此仇痛入骨髓❸。卿當用力剿除，以報此恨。」士信叩頭受命。當日兵出蘇州，倍道而行，不一日來到牛塘地方。張虎引兵來接，備稱朱兵驍勇多智。士信說：「不足為慮。」引兵屯住谷口。士信騎在馬上，把谷口前後、左右，仔細一望。只見：

兩邊山勢巍峨，一片平陽曠蕩。峻絕處，便老猿長臂，無可攀援；溪壑間，縱萬馬齊奔，未知底極。亂石巉巖，忽露一條石竇，往常見霧鎖雲迷；怪林森列，倏開小洞迤邐，此內惟猿啼虎嘯。深長八九里，這邊喚不應那邊；寬綽千百步，此岸看不見彼岸。繆繆風送草聲，險惡山巒，這境界未許神仙來煉性；潺潺澗流泉響，橫行水脈，那地面庶幾鬼魅可潛形。止有麗日中天，堪見一時光彩；儻或雨雲墜地，恍如長夜昏迷。

---

❷ 祖餞：臨別餞行。

❸ 骨髓：在骨的中空處，有黃赤色而輕軟如脂肪的質。這裡的意思是說仇痛之深，已入骨髓。

士信看了一看，便對張虎、張虬說：「只此一處，便可生擒徐達了。」就分五萬兵，與他兩人依計而行。士信自領兵至常州地界，與徐達對陣。徐達便令郭英、張德勝領兵十萬，圍困常州，自與趙德勝、俞通海、趙忠、鄧清領兵十萬，與士信迎敵。那士信縱馬橫鎗，直取徐達。徐達也舉刀相迎，戰下十數合，未分勝敗。他陣上呂昇祖、趙得時前來衝擊；我陣上趙德勝、俞通海恰好接應，殺得士信陣中大潰❹而走。徐達率眾爭先，諸軍也奮力追殺。追到牛塘谷❺，方到谷中，被那士信發動伏兵，阻住了東谷口；張虬抗住了西谷口，兩壁廂崖上矢石如雨而來。徐達便令：「三軍勿得驚亂，是我欺敵，中彼詭計了。你們且暫屯守，另圖計策。」正在沉吟，只見後軍報來：「鄧清乘勝劫了糧草，往投士信去了。」那徐達聽了大驚說：「糧草乃兵馬生死所關，鄧清這賊，直是這般狠惡，誓當擒獲，以報此仇。」計點糧草，尚可支持半月。徐達對眾將說：「半月之內，救兵必到，爾輩皆宜放心！」因下命掘下深濠，中間填起土岡，約高十丈：一來防士信引太湖水浸灌之患；二來據此高岡，亦可探望四山行徑，以圖出路，不題。

卻說郭英、張德勝，探知徐達被困一事，便議說：「我輩若撤兵往救，呂珍乘勢必躡❻其後；況圍或未解，反遭其毒。我等還須緊困常州，以抗張虬、呂珍夾攻之患。星夜著人往金陵求救，方保無虞；不然徐元帥糧草一絕，三軍之命休矣。」因遣張天佑持表，疾忙趨金陵求救。太祖得報大驚，湊遇常遇

---

❹ 潰：崩決，四散的意思。

❺ 徐達率眾爭先三句：明史：「吳兵圍達於牛塘，遇春往援破解之，擒其將。」

❻ 躡：輕步行走，不使人知。

春、廖永忠等，取了池州，留趙忠鎮守，引軍來到。太祖喜見眉睫，說：「常將軍回來，徐元帥無虞矣！」即令遇春為元帥，吳良為先鋒，領兵五萬行南路去救西谷口；湯和為元帥，胡大海為先鋒，領兵五萬，行北路去救東谷口，即日兼程進發。兩日光景，便到常州，與郭英、張德勝兵相合。遇春備問消息。郭英便說：「徐元帥已受困十九日了。前日張虬領兵來救常州，我與他相持了數日。彼乃密約城中呂珍，夜來劫寨，內外夾攻；力不能支，因退兵在此。」遇春說：「既然如此，須先救牛塘谷，後攻常州。」便令兵直抵西谷口安營。即令郭英、張德勝領兵先抄谷後埋伏，只待我軍交戰時，更往張虬寨中，用火燒劫輜重❼、糧草。

卻說張虬見常州困解，仍令呂珍守城，復回兵與張虎守住谷口。聞知常遇春來救，對張虎說道：「此來必有勇將，吾兄可與鄧清謹守谷口，只我引兵去救；若都去，恐剉❽銳氣。」張虎只得依議。張虬便領兵出營，正與遇春相對。兩個鬥了四五十合，不見勝敗，卻被那郭英、張德勝發動伏兵，斷絕了他後頭糧草。張虎恰待來戰，被郭英一鎗刺死，屯紮的兵，四下奔潰。時張虬正與遇春相持，只聽得後軍報道，被朱兵焚了輜重，殺了張虎，心下慌張，殆欲逃脫而走，誰想遇春手到鞭落，重傷了肩背，負痛死命的奔回。吳兵殺死的不計其數。徐達在谷中聞得外面鑼鳴鼓振，殺氣沖天，曉得救兵已到，又引兵殺出來，徐達見了遇春，深謝脫難之恩。遇春說：「以元帥之德器，天必保佑，斷不淪於賊人之手；況主公天命有在，你我皆朝廷股肱乎？」當時，湯和也殺敗了士信的兵，轉回於東谷口相會。只見胡大海、

❼ 輜重：軍需品。
❽ 剉：截割的意思。

吳良、吳禎、耿炳文、俞通海、趙德勝、丁德興、趙忠、張德勝等將，俱各引兵來集，內中只不見郭英，徐達百般憂煩起來。未知後事如何，且看下回分解。

第二十三回　胡大海活捉吳將

且說諸將領兵到谷口會齊，內中不見了郭英。徐達煩憂，道：「郭先鋒不見，多恐沒於亂軍之中了。但一來他是主公愛將；二來又為不才解圍，吾輩不能救取，有何面目歸見主上？」因喚過本部士卒細問，都說：「不知下落。」便教四下訪尋。正憂悶間，只見探子報說：「郭先鋒活捉了一人在馬上，遠遠望見從東邊來了。」徐達聽了，便同眾將出營去望。俄頃時❶，見郭英捉了鄧清，到帳前下馬，與眾將施禮。徐達好生歡喜，問說：「將軍從何處活捉鄧清來，我輩不見了將軍，甚是著忙；今不惟得見將軍，且得這賊子，憂煩俱釋，誠生平大快事！」原來郭英一鎗刺死張虎，那鄧清見勢頭不好，竟脫身而逃。郭英便單騎追至舊館橋，生擒了纔回，故亂軍中不知下落。徐達便指鄧清罵道：「昔者兵敗投降，吾不忍殺你，使為將帥。今反奪了我的糧草，致使我重困半月，如此不仁不義之賊，更有何說！」叫劊子手取張士德❷一同斬訖報來。左右得令，不多時報說：「二犯斬訖。」

徐達次日分兵圍困常州。呂珍自思兵丁疲備已極，孤城必定難守，不若領兵東走湖州，再圖恢復，

❶ 俄頃時：一會兒；很短的時間。

❷ 叫劊子手取張士德：明國初事蹟：「太祖命徐達攻常州，於甘露下營。張士誠弟士德來戰，達調元帥王玉等殺敗士德，策馬，遇坎墜馬，擒之。士德不食而死。」

勝敗還未可知。徐達看呂珍在城，久無動靜，諒他必走。即令胡大海、常遇春附耳說了兩句話，二將領令而去。因令兵士們，只從南、北、西三面攻打，東邊一門勢力獨寬縱些。那呂珍到晚，向城上觀看，但見東門士卒偃甲而睡，便率兵往東衝出。正及衝開，忽聞火炮震天，左有常遇春，右有胡大海，合領伏兵，截住去路。兩兵夾擊，斬首三千餘級。呂珍只得匹馬仍復進城，堅拒不出。徐達仍令四圍緊困，不題。

且說張士信、張虬、呂昇祖、趙得時，收拾殘兵，屯住舊館橋太湖邊，遣使求救。吳主張士誠得報大驚，便思既然難與爭長，不若且書給之，騙他退兵，再作防禦。遂遣人將書到金陵求和。其書說：

向者竊伏淮東，甘分草野。以元政日弛，民心思亂，乘時舉兵，遂有泰州、高郵等地，東連海壖。今春據姑蘇，若無名號，何以服眾；南面稱孤，勢所使然。乃二賢以神武之資，起兵滁陽，跨有江東。金陵乃帝王之都，用武之國，可為建大業之賀。向獲詹李二將，禮遇未遣，繼蒙通好，理暗未明。久稽行李，先遣儒士楊憲問好，士誠留之不遣。故云今逼我毘陵，咎實自貽，夫復何說！然省己知過，願與請和，以解圍困。當歲輸糧三十萬石，黃金五百兩，白金三千斤，以為犒軍之費，各守封疆，不勝感仰！

太祖得書，便命移檄❸回報說：

❸檄：文書。含有討伐內容的常稱為檄。

春三月取鎮江，抵奔牛壘城，彼時來降，繼復叛去，咸爾之謀。約我通逃之人，拘我通好之士，予之興師，亦豈得已，既許給軍糧，中更爽約，原其所自，咎將誰歸？今若果能再堅前盟，分給糧五十萬石，歸我使者，則常州之師可罷，而爭端絕矣。

士誠正與諸將商議，忽元帥李伯昇奏說：「此貪兵也！兵貪者敗。且今兩次敗績，皆因我將逞勇而少謀，實非彼之能為。況貪得無厭，如依其議，彼將終何底止！乞殿下假臣以兵，必能成功。」士誠大喜，說：「元帥之言最當。」即日拜伯昇為元帥，湯雄為先鋒，領五萬人馬去救應。伯昇受旨，次日率兵往常州進發。前至舊館，與士信等相見，備細問了前事。伯昇笑說：「來日當為大王擒之。」即同士信等起兵至古槐灘安營。徐達對眾將說：「李伯昇乃吳國名將，未可輕敵。」因令湯和、胡大海、郭英、張德勝四將，仍困常州。令常遇春、俞通海領兵一萬，抄徑路到牛塘谷口埋伏。令趙德勝、廖永忠領兵一萬，去劫他的老營。令鄧愈、華高領兵一萬，衝左右哨。分遣已定，其餘眾將，俱隨大部東向迎敵。列陣纔完，那士信帳中，湯雄將槊出戰，德興拍馬來迎。鬥到三十餘合，德興力怯而走。伯昇、士信各驅兵趕來。那鄧愈、華高便分兵直衝他左右兩哨，吳兵潰亂。徐達因統大隊人馬，直追至古槐灘。伯昇急急回營，早被廖永忠，趙德勝殺入老營，就將火四散放起，烈焰沖天，吳兵鴉飛鵲亂的逃走。伯昇與士信死戰得脫，幸遇張虬兵合做一處同行。方過牛塘谷，當先兩員大將，正是常遇春、俞通海，發伏兵到那裡等候廝殺，吳兵死的如山堆一般，那記得數。

遇春急趕著湯雄來戰，又遇華雲龍領一支兵，攻廣德州得勝而回❹，路經舊館橋，見遇春與湯雄鏖戰❺，便大叫道：「常將軍，待小將來捉此賊。」湯雄就把鎗去刺雲龍。雲龍奮劍砍來，把鎗桿砍做兩截。湯雄一驚，將身墜下馬來，被雲龍舒開快手，活捉在馬上，賊兵奔潰。後面徐達又率兵追擊，殺得屍橫遍野，血染河流。委棄糧草、輜重、盔甲、器械，不計其數。張士信、李伯昇，僅以身免。剩得幾百殘兵，逃向蘇州去訖。那呂珍探得援兵盡散，思量獨力難支，便開門衝城逃走。郭英馳兵攔住，呂珍奮力接戰，恰有遇春追兵又來，兩方夾攻。呂珍且戰且走，竟抄小路，望杭州路回蘇州去。常州城池，方得底定。大約兩兵相持，共將五個月，這呂珍以一身當之；雖是士誠的臣，其功德著在毘陵者不淺。徐達等乃率兵入常州；一面出榜安撫百姓，大開倉廒❻，給與士民，以甦❼重困。便令湯和率本部兵鎮守城池。徐達與常遇春分兵往宜興一帶地方安輯，並剿捕未降群寇。

卻說耿炳文承太祖鈞旨，去攻長興。守將卻是士誠驍將趙打虎，單使一條鐵棍約五十來斤，在那馬上，使得天花亂墜，百步之內，人沒有敢近得他。聞得炳文領兵來攻，他便點選鐵甲軍三千，出來迎戰。恰好炳文也披掛上馬。但見他：

❹ 又遇華雲龍領一支兵二句：明史：「華雲龍攻拔廣德。」
❺ 鏖戰：猛烈苦戰不休。
❻ 倉廒：藏米的倉。
❼ 甦：重新復活。

渾身縞練，遍體素絲。戴一頂五雲捧日的銀盔，水磨得如電光閃爍；著一件雙獅戲球的銀鎧，素淨得如月色清明。手掄畫戟，渾如白練飛空；腰繫寶弓，儼似素蟾吐月，坐著追風驟日的白龍駒，四腳奔騰，幌幌長天雪洒；佩著吹毛飲血的純鋼劍，七星照耀，飄飄背地生風。只因他父喪三年，因此上一身皓白。韜戈不動，人只道太白星臨；奮勇當場，方曉得無常顯世。

兩邊站定了陣腳，這場廝殺，實是驚人。未知後事如何，且看下回分解。

第二十四回　趙打虎險受災殃

那趙打虎見了耿將軍出陣來戰，便叫道：「對陣耿將軍，你也識得我的才技，我也曉得你是英雄，今日各為其主而來，不必提起。但或是混殺一番，也不見真正手段。你我都吩咐不許放冷箭，只是兩人刀對刀鎗對鎗，那時方見高低，就死也甘心的。」耿炳文道：「這個正好。」兩馬相交，鬥了一百餘合，自從辰牌❶直殺到未刻❷。天色將昏，那趙打虎便道：「耿將軍，明日再戰纔是。」耿炳文回說道：「順從你。」兩個各回本陣去了。且說趙打虎來到陣中，對眾將說：「我的刀鎗並矛戟的手法，都是天下第一手，誰想這耿家兒子，都一一相合；倘得他做個接手，也是天生一對好漢。只可惜他落在別國，倒在此處做了對頭，奈何奈何！」心中悶悶不樂，這也不在話下。

卻說耿炳文自回帳中，沉想那趙打虎人傳他吳國第一好漢，我看來真個高強，不知誰教導他得此手法，明日將何策勝得他，也正在沒個理會。只見軍中整頓出晚餐，炳文也連啜了幾杯悶酒，卻有一陣冷風，把炳文吹得十分股栗❸。燈燭吹滅了，恍惚❹之間，忽有一個人來，叫道：「炳文，炳文，我是你

❶ 辰牌：上午七時至九時。
❷ 未刻：午後一時至三時。
❸ 股栗：栗，同慄。股栗，因恐懼而戰栗。形容驚懼的神情。
❹ 恍惚：解釋有二：一是記憶不正確；一是眼光看不清楚。這裡是作後一種解釋。

的父親。前日因你受了主公鈞旨，來此攻取長興，我便隨你在戰陣中。今日打虎這廝，好生手段，明日他必仍來搦戰，便可對他說，昨日馬戰，今日當步戰，他的氣力也不弱於你，待到日中，你可與他較拳，方可贏得。倘他逃走，你也不須追趕。」炳文見了父親，不覺大哭起來，卻被巡夜的鑼聲驚醒，卻是南柯一夢。在胡床上翻來復去，不得睡著，只聽得雞聲嘹亮，東方漸明，炳文坐起來身，吩咐軍中一鼓造飯，二鼓披掛，三鼓擺列。不多時，趙打虎早到陣前搦戰。炳文一如夢中父親教導的話對打虎說：「今日步戰如何？」打虎聽了不覺大喜：「我的步戰法，那個不稱讚的？這孩子反要與我步戰，眼前這機關，落在我彀中了。」便應道：「甚好甚好！」兩人各下了馬，整頓了衣服。一東一西，一來一往，又約鬥了六十餘合。日且將中，那打虎便叫道：「我與你弄拳好麼？」原來這打虎當初是在五台山披剃的長老那裡學了「少林拳法」，走遍天下十三省，五湖、四海，處處聞名。因見天下多事，便留了頭髮，投歸張士誠，圖做些大事業。他見馬戰、步戰俱贏不得炳文，必然是盡拿出平生本事，方可捉他。誰知炳文夢中先已提破，便應道：「這也使得。」兩人便丟下了器械，正要當場，只見打虎說：「將軍且慢著，待我換了鞋子好舞。」炳文口中不語，心下思量：「鞋兒是甚結作？怎麼反著鞋兒？其中必有緣故，我只緊緊提防他便了。」兩個各自做了一個門戶，交肩打背，也約較了三十餘圍。那打虎把手一張，只見炳文便把身來一閃，那打虎便使一個飛腳過來，炳文心裡原是提防，恰搶過把那腳一拽，打虎勢來得兇，一腳便立不住，仆地便倒。炳文就拖了他腳，奮起生平本事，把他墩來墩去，不下三五十墩，叫聲「叱」！把打虎丟了八九丈高，虛空中墜下來，跌得打虎眼彈口開，半晌動不得。陣中兵卒，一齊吶喊，扛抬了回陣去了，炳文飛跳上馬，橫戈直撞，殺入陣來。那打虎負痛在車子上，只教奔到湖州去罷。陣中也有幾個能事的，且戰且走，保了打虎前去，不題。炳文鳴金收軍進城❺，安慰了士民。恰有水軍守將李福、答失蠻等，都領義兵及本部五百餘人，至堦前納降。炳文也一一調撥安置訖。正待寬下戰甲，誰想那打虎腳上的鞋子，原拽他時，投入衣中，今卻抖將出來。炳文拿了一看，那面上恰是兩塊鋼鐵包成。炳文對眾校道：「早是有心提防著他，不然那飛腳起來，豈不傷了性命！所以這賊子要換鞋子，可恨！可恨！」一面叫寫文書報捷，不題。

且說吳良同郭天祿得令來取江陰，那張士誠聞知兵到，便據秦望山以拒我兵，恰被總營王忽雷奮先力戰。適值風雨大作，我軍便直上秦望山，殺得吳兵四處奔散。次日，便從山上放起火炮，直打入江陰城中，那城中四散烈焰的燒將起來。西門城上因近山邊，人難蹲立，我兵便布起雲梯，逕殺進城，開了西門。張士誠慌忙逃走去了。遂以耿炳文守長興，吳良守江陰。捷到金陵，太祖不勝之喜，便對李善長、劉基、宋濂諸人說道：「常州既得，失了士誠左翼，江陰、長興又為我有，塞住士誠一半後路……」正在府中商議，乘勢攻取事情，忽有內使到堦前，跪說：「我王有命，奏請國公赴宴，頃間便著二位王弟躬迎，先此奉達。」太祖回聲說：「曉得了。」那內使出府門去訖。只見李善長、劉基、宋濂諸人過來，說：「和陽王今日請主公赴宴，卻是為何？國公可知否？」太祖心中因他們來問，便說道：「諸公以為此行何如？」李善長說：「素聞和陽王有忌國公之心，今早聞說，置毒酒中奉迎車駕❻，正欲報知，不

❺ 炳文鳴金收軍進城：明太祖實錄：「耿炳文自廣德取長興，周將趙打虎以兵三千迎戰，大敗。被追至城西門，打虎走湖州。長興遂克。」

❻ 置毒酒中奉迎車駕：明國初事蹟：「太祖在和州，與李國勝、趙普勝同日渡江。既至采石，國勝起意，就船

意適來以國事相商，乞國公察之。」太祖聽說，便道：「多謝指教，我自有處置。」府門上早報說：「二位王弟到來，奉迎國公行駕。」太祖請進來相見，敘禮畢，便攜手偕行，吩咐值日將官，只在府中伺候，不必迎送；更無難色。兩位王弟心中暗喜道：「此行中我計了。怕老朱一人進宮，難道逃脫了不成。」一路上把虛言敘說了數句，將至半途，太祖忽從馬上仰天顛頭，自語了一回，若有所見的光景，便勒住馬罵二王，說：「你等既懷惡意，吾何往哉！」二王假意連聲問道：「卻是為何？」太祖說：「適見天神說，你輩今日之宴，以毒酒飲我，必不可去，吾決不行矣。」二王驚得遍身流汗，下馬拱立，道：「豈敢豈敢！」太祖遂逡巡❼而去。他兩人自去回覆和陽工，說如此如此。三個木呆了一歇，說：「天神可見常護衛他的。」自此之後，再不敢萌動半星兒歹意，這也不題。

且說太祖取路而回，卻見一個潭中水甚清漪可愛。太祖便下了馬，將手到潭洗濯，偶見有花蛇五條，遊來遊去，只向太祖手邊停著。這也卻是為何，且看下回分解。

上設宴邀請太祖飲酒欲圖之，國勝部下人陰以其情洩於太祖，太祖推疾不赴。」

❼逡巡：遲徊不敢前進。

第二十五回　張德勝寧國大戰

卻說太祖正在潭中洗手，只見五條花蛇兒，攢聚到手邊來。太祖暗祝說：「若天命在予，遂當一心依附我。」便除下頭上巾幘，將五條蛇兒盛在巾內。恰喜他蜿蜿蜒蜒，聚做一處不動，太祖正仔細觀看，那些值日將官，並李善長、劉基、宋濂一行人，騎著馬向前來迎。太祖連忙將巾幘仍戴在頭上，路中備細說了前事，倏忽間已到府門。太祖偕眾上堂，解去衣冠，另換了便服。忽空中雷雨大作，霹靂交加，望那巾幘中爍爍有光，頃間白龍五條，從內飛騰而去❶；諸將的心，益加畏服。以後如遇交戰，巾裡躍躍有聲，這也不題。

未及半晌，仍見天清月朗，便同李善長、劉基、宋濂等將晚膳。杯筯方列，太祖便舉筯向劉某說：「先生能詩，可為我作斑竹筯詩一首❷。」劉基應聲吟道：

---

❶ 頃間白龍五條二句：翦勝野聞：「太祖在滁，嘗濯手於柏子潭，有五蛇擾而就之，因祝之曰：『如天命在予，汝其永附焉。』一日戰畢，群坐藉土，蛇忽蜿蜒其側，帝乃掩以兜鍪。頃復報戰，亟戴兜鍪而往，是日手刃甚眾。軍法，戰勝必祭甲冑，眾推帝功居多，乃置其兜鍪於前。甫奠，忽霹靂大震，白龍夭矯，自兜鍪中出，挾雷聲握火騰空而去。諸將自是威服。」

❷ 斑竹筯詩一首：雪濤集：「劉誠意初見高皇，與坐賜食。問曰：『先生能詩乎？』對曰：『吟詩，儒生事也。』高皇因舉斑竹筯為題。誠意應聲曰：『一對湘江玉並看，二妃曾洒淚痕斑。』高皇攢眉曰：『秀才氣

一對湘江玉細攢，湘君曾洒淚斑斑。

太祖蹙眉，說：「未免措大❸風味。」基續韻道：

漢家四百年天下，盡在張良一借間。

太祖大笑。酒至數巡，卻下堦淨手，看見堦前菊花，太祖又說：「我也乘興作黃菊詩一首。」遂吟與眾人聽道：

百花發時我不發，我若發時都嚇殺。要與西風戰一場，滿身披上黃金甲。

諸人敬服，稱讚道：「真是帝王氣概！」後來天兵俘士誠，破友諒，克元帝，大約都在八九月間，亦是此詩為之讖兆。當夜盡歡而罷。次日，商議出兵攻討之事，不題。

話分兩頭，卻說元順帝一日視朝，文武百官朝見禮畢，順帝對群臣說：「目今大江南北，賊盜蜂起，江淮之地，十去其五；河南、河北，或復或失，不得安寧。欲待命將出征，爭奈錢糧缺少。滿朝卿等，

味！』誠意曰：『漢家四百年天下，總屬留侯一借間。』高帝大悅。」

❸ 措大：寒士。

將如何處置？」只見有御史大夫伍十八上前奏說：「今京師周圍雖設二十四營，軍士疲弱，實可寒心。急宜選擇精勇，以衛京師。若安民，莫先足食。還宜降發帑錢，措置農具。命總兵官於河南、河北，克復州郡，且耕且戰，方合古者寓兵於農之意。又常委選廉能之人，副府、州、縣官之職，庶幾軍、民得所，天下事尚可圖復。」言方畢，武德將軍萬戶平章事朱亮祖出班奏說：「此法極善，但可行於治平的時節。方今事屬急迫，還望速開府庫，以濟饑荒，方止得饑民思亂之事。」順帝說：「若救濟饑民，開發府庫，使內帑告竭，何以為國？」亮祖復奏道：「今郡縣貪官酷吏，刻剝民脂；況以賦稅日增，天災四至，民生因為饑餓所苦。民貧則為盜賊，干戈焉得不起？望陛下聽臣之言，不然恐傾亡立至矣。」順帝聽了，顏色有些不喜。右丞相撒敦便迎旨奏道：「方今民頑，不肯納稅，倘或再發內帑，軍國之需，何以供之？此乃誤國之言。」順帝聽了，因貶亮祖做寧國守禦，排駕回宮。亮祖出朝，收拾行李家屬出京，取路向寧國府進發。

不一日，來到了該管地方，吏民人等迎接了，不免有許多新官到任，參上司，接賓客，公堂宴慶的行儀，亮祖一一的打發完事，便問民間疾苦，千方百計，撫恤軍民。時值深秋光景，忽一日乘興獨步後園，見空堦明月，四徑清風，徘徊於籬菊之下。作歌道：

秋風急兮寒露滴，秋月圓兮寒蟬泣。思鄉夢與角聲長，去國心同砧韻促。
氣貫虹霓恨逐波，時乎奸黨奈如何！空將滿腹英雄志，彈劍當空付與歌。

歌罷縱步走過竹林邊，只見一個人也對了明月，在那裡口吟道：

銀燭輝輝四海圓，幾人得志幾人閒。未思范老違天祿，欲效韓侯握將權。
節義有誰懷抱日，忠良若個手擎天？茫茫大塊沉魚鼈，何處堪容魯仲連。

朱亮祖聽罷大驚，思量決非以下人品。便向前問說：「壯士何人？」那人望見便拜，回覆道：「小人是此處館夫。姓康名茂才，字壽卿，蘄水縣人。不知大人在此，有失迴避。」亮祖就對他說：「你既有奇才，何為甘心下賤？明日當以公禮見我，我當重用。」茂才別了亮祖，自思：「我做過江西參政，累建奇功，陞為參知政事，見世務不好，因而歸隱。那徐壽輝聞我賢名，數使人來迎我，我看他不足有為，潛匿❹到此。近聞金陵朱公是命世之英，只是未有機會投納，幸聞徐達早晚來攻取寧國。我因託做館夫，獻城投降。你區區一個守禦，如何重用得我！」便連夜逃脫而去。且說亮祖次日早起，叫人去召館夫，只見驛司報說：「此人昨夜不知何意，偷了一匹馬，連夜逃去，尚未拿獲哩。」亮祖沉思：「茂才是個有才無德的人。」便對驛司說：「你可令人慢慢的訪問了來回覆。」

正說話間，探子報道：「金陵朱公命常遇春領兵來攻寧國，兵馬已到城下了。」亮祖便率兵一萬，勒馬橫鎗來到陣前。朱陣上常遇春恰好迎敵，兩個戰了五十餘合，亮祖佯敗退走，遇春卻拍馬追來，被亮祖一鎗刺著左腿，遇春負痛還營。趙德勝因提刀接戰，力量不敵，返騎而走，卻被亮祖獲去士卒七千

❹ 潛匿：隱藏。

餘人。明日，亮祖復出城搦戰。驍將郭英挺鎗直刺過來，戰有六十多合，郭英也覺難敵，恰待轉身，那亮祖惹得火性沖天，便勒馬直追上來。早有張德勝❺、趙德勝、耿炳文、楊璟四員虎將，併力鬥住。郭英便抄兵轉來，五個人振了精神，把亮祖鐵桶的圍將起來。那亮祖身敵五將，橫來倒去，竟不在他心上，又戰有兩個時辰。恰好唐勝宗，陸仲亨，領了伏兵截他後路，見他們五個未能得勝，放馬跑入重圍喊殺。七個人似流星趕月一般，密攢攢不放些兒寬鬆，亮祖縱馬殺回本陣，方透重圍，冤家的馬一腳踏空，便蹶倒在地。

亮祖正跳出馬外，卻望城內早有一將砍倒了幾個把門的軍校，縱馬殺將出來，引入朱軍，都登城上排列。心中正慌，誰知一枝箭颼的一聲射過來，恰中左臂腕肘之上。諸將奮力趕來，把亮祖活捉了馬上，餘軍大敗。

常遇春領兵入城，一面撫恤軍民，一面請過開城投降的壯士，優禮相見；那知就是康茂才。亮祖見了茂才，便罵道：「你這賣國之賊，身為館夫，也受君上升斗之給，怎麼潛開城門投獻！」大喝一聲，把綁縛的繩索，條條掙斷，便要奪刀來殺茂才。卻未得絆腳索尚不曾脫，眾將慌忙帶住。郭英連搥了三鐵簡，亮祖方纔不得近前。常遇春喝令左右，擁過亮祖到堦，大怒罵道：「匹夫無知，敢以鎗來刺我，幸有護甲，不致重傷。今日被拿，更有何說？」亮祖對說：「二國交鋒，豈避生死，今事既然如此，便殺我足矣，又何必與你言。」遇春聽了益加氣惱，叫左右快推出去斬首。亮祖回頭說道：「大丈夫要殺就殺，何必發怒，況既到你堦前，任你淩辱，雖怒何為。」大步的向外走去。遇春見他勇壯，心中一時

❺ 張德勝：明史：「張德勝克寧國，收長鎗兵。」

轉念說：「有如此不怕死的奇男子，真也罕見。」便對諸將說：「不知亮祖可肯降否？」畢竟後事如何，且看下回分解。

第二十六回　釋亮祖望風歸降

那常遇春看了朱亮祖慷慨就死，便轉念道：「有如此好漢！」因對眾將說：「昔日張翼德釋嚴顏，後來有收蜀之功；今我欲釋彼，以取江西如何？」眾將說：「常元帥既然惜才，有何不可！」遇春急命且寬亮祖轉來，就下帳解了縛索，問說：「朱公肯為我用否？」亮祖回說：「生則盡力，死則死耳❶。」遇春急喚取上等衣冠來，與亮祖穿戴了，就說：「將軍智勇無雙，英雄蓋世，請上坐指教，以開茅塞。」飲酒間，卻把江南、江北攻取州郡的事情訪問。亮祖初次也謙讓了一會，後見遇春虛心，便說道：「江南、江北十分地面，群雄已分據八九，若欲攻打，必由馬馱沙清山縣而入。今馬馱沙一帶，俱屬某管轄，料用一紙文書，可定之。」本日極歡而罷。次早，亮祖打發各處文書寫出，上公、德化一一招降去訖。卻有徐達領兵與遇春相會，遇春便領亮祖相見，商議攻取各處城池。就把取寧國收亮祖事情，申報金陵，不題。

且說張士誠見朱兵克取鎮江、常州、廣德、江陰、宜興、長興等處，心中甚是驚恐；欲與親戰，又恐不利，統集多官計較。恰有丞相李伯昇奏說：「自古倡伯業者，國先滅亡。今朱某佔據金陵，天下群

---

❶ 生則盡力二句：明史：「太祖遣徐達等圍之，亮祖突圍戰，常遇春被創而還，諸將莫敢前。太祖親往督戰獲之，縛以見。問曰：『爾將如何？』對曰：『生則盡力，死則死耳。』太祖壯而釋之。」

雄皆懷不平，殿下可以書交結田豐、方國珍、陳友諒、徐壽輝、劉福通，約同起兵討伐，成功之日，分土為王，群雄必來合應，再一面修表到元朝納款，許以歲納金幣若干，元必納受，那時即顯暴金陵僭竊之罪，要他興兵來攻，然後我國乘他虛憊，一鼓而取之，失去州郡，可復得矣。」士誠大喜。因修書遣使，各處搆兵去訖。

且說順帝一日坐朝，恰有飛報，說：「朱亮祖失了寧國，亦投降了金陵；且勾引馬馱沙，池州、潛山等處一帶，亦皆投順。」正在煩惱，忽聞張士誠遣使奉表到來，即命宣入，拆開看道：

浙西張士誠死罪上言：臣竄伏東南，豈敢狂圖，實謀全命。恆思前事，疾首痛心。臣今一洗前愆，願承新命。敬具明珠一斛，象牙二雙，敬獻。再啟：東南盜賊蜂屯，若金陵朱某，尤為罪魁：據名都，奪上郡，誘納逃亡，事難縷悉。伏乞大張神武，命將征兇，臣願先驅以清肘腋，不勝引領待命之至。

順帝看罷，與眾官參議，只見淮王帖木兒奏說：「此乃士誠挾詐之計。臣聞士誠為金陵所困，不過欲陛下代彼報仇耳。我兵一動，彼必乘勢去取金陵，不如將計就計，許以發兵，便徵他軍糧一百萬石；一來不費軍資，二來亦示朝廷不被其詐，方一舉兩得。」順帝又說：「不起士誠疑心麼？」帖木兒再奏：「今士誠已僭稱吳王，陛下可賜以龍袍、玉帶、玉印、勅❷為吳王，使他威鎮群雄，他必傾心不疑，樂

❷勅：帝王的詔命。

輸糧米矣。」帝允奏，即令指揮毛守郎賫❸詔及什物，同吳使到蘇州冊立士誠為吳王。毛守郎銜命❹出京，不一日來到武昌郡，即三江夏口。當先一彪人馬，十分雄猛，為首的高叫說：「來者何人？」毛守郎即說了前情。那人說：「我是江州蘄王徐壽輝大元帥陳友諒。吾王正欲即皇帝位，龍袍等物，可將與我。」毛守郎不應。友諒縱馬向前，把守郎一刀斬訖。正是：「奸臣用計纔舒手，天使無心卻沒頭。」眾軍士見殺了守郎，就將什物送與友諒。友諒回到江州，入城見了徐壽輝，俱言得龍袍、帶、印之事，壽輝大喜。便聚臣共議稱號改元。明日為始，稱道：天完國治平元年。以趙普勝為太師；封陳友諒為漢國公；倪文俊為蘄黃公；以劉彥弘為丞相。詔到所屬州郡，話不絮煩。

卻說冬盡春來，正是元至正十八年戊戌之歲，春正月，和陽王病不視朝，未及十日，以病薨❺於金陵。太祖哀慟，便率群臣發喪成服，擇日葬於聚寶山中。李善長、劉基、徐達，表請太祖早正大位，以為生民之主。太祖笑說：「諸公專意尊我，足見盛心。但今止得一隅之地，尚未知天心何歸，豈可妄自尊大？倘或不謹，以致名辱事敗，反遺後羞。惟願齊心協力，共成大事，訪有德者，立之未遲。」十分堅拒不肯，眾人因也不敢強。次日，劉基啟說：「金華、處州、婺州一帶，皆金陵肘腋之患，即望主公留心！」太祖便著徐達南取婺州。劉基說：「徐元帥現鎮寧國、常州等處，若令前去，恐奸雄乘機竊發，還得主公親征為是。」太祖傳令，以常遇春為左元帥，李文忠為右元帥，劉基為參謀，胡大海為先鋒，

❸ 賫：拿東西給別人。
❹ 銜命：受命出使。
❺ 薨：古時候稱諸侯死亡。

郭英統前軍，馮勝統中軍，華雲龍統後軍，耿炳文統左軍，領兵十萬，擇日起行。留李善長、鄧愈等，權守金陵，錄軍國重事。不一日，到金華城南十里安營。劉基說：「此城是浙東大藩，控甌引越，誠為重地。然最是堅固，須計取之。常元帥可領兵三千北門外搦戰，胡先鋒領兵一萬攻西門，待他兵出，當乘機取之，可必得也。」二將得令訖。

卻說守將，乃元總管胡深，字仲淵，處州龍泉人。穎拔絕倫❻，倜儻❼好施。彼若周人的急，便傾囊倒橐❽，也是情願。聞知兵至，與副將劉震、蔣英、李福等議說：「金陵兵極強盛，三公可堅壘而守，待我迎敵，看他動靜，方以計退之。」即率兵五千出戰。兩將通了名姓，戰到三十餘合，胡深一鎗刺來，正中遇春坐馬的胸膛，那馬便倒。遇春就跳下馬步戰，也有三十餘合，忽聽得哨子報來：「胡大海已乘機取城，劉震等俱各投降了。」胡深聞言大驚，慌忙領兵向南而走。遇春追殺，元軍大潰。收兵回城，具言步戰一事，太祖甚加慰勞。因說：「向聞胡深智勇，軍師何策使他來歸？」劉基說：「且再處，且再處。」次日，令胡大海與降將劉震、蔣英、李福等領兵一萬，鎮守金華。便引兵南抵諸暨地界。元將童蒙不戰而降。南行七十里，向東逕通衢州，又東七十里，就是錢塘江。江東杭州，即張士誠之地。太祖來看，此是四通五達之地，便下令胡大海兒子胡德濟，堅築城池以為諸州郡保障，即率兵南至樊嶺。只見那嶺四圍峭絕，險不可登，乃是處州元將石抹宜孫、與參將林彬祖、陳仲真、陳安，將軍胡深、張

---

❻ 穎拔絕倫：穎，聰明。穎拔絕倫，聰明超人，獨一無二的意思。

❼ 倜儻：放逸不受拘束。

❽ 橐：沒有底的囊。

明鑒，列營七座，如星羅棋布，阻塞要路。遇春同副將繆美玉，率精銳爭先而行，誰想矢石雨點的來，不能進取。劉基說：「此未可以力爭。」令遇春引兵向南砦搦戰，引出胡深說話。不多時，胡深果出來相敵。劉基向前說：「胡將軍，良禽擇木而棲，賢臣擇主而佐。我主公文明仁德，真天將之英，何不改圖以保富貴？」胡深說：「公係儒生，焉知軍務？且勿勞作說客。」劉基便說：「我固儒生，公亦善戰，然排兵列陣，恐尚未能深曉。我布一陣，公能破得否？」胡深答說：「使得使得！」劉基便附常遇春耳邊說了幾句話，遇春恰把令旗轉來轉去，倏忽間，陣勢已定，就請胡深打陣。胡深走上雲梯，細細看了一會，卻走將下來。不知說些甚麼，且看下回分解。

第二十七回　取樊嶺招賢納士

那胡深走下梯來，暗想他居中豎一面黃旗，四方各按著生剋❶，擺列旗幟。便出陣說：「此是『太乙混沌陣』。不許放箭，我自來打。」令軍士鼓噪而進。胡深驟馬直衝中央，要奪那黃色旗號，誰想劉基先叫遇春當中，登時掘下深坑，約有五十餘步，浮蓋泥土在上。胡深勢來得緊，竟跌入坑中，被撓鉤手活縛了送與劉基。劉基即忙喝退軍士，親解了縛索，便拜倒在地下，說：「望乞恕罪！」胡深木呆了一時，也不做聲。即喚軍士推過步車來。劉基攜了胡深的手，上車同到太祖帳前，便令葉琛以賓禮邀入。卻說常遇春也馳馬追殺了餘兵回來。頃間，胡深謁見太祖；太祖慌忙把手扶起，說：「今日相逢，三生之幸！當富貴共之。」胡深應道：「願展微才，少酬大德。」太祖即令設宴款待。酒至數巡，劉基說：「今日之事，不必久延，即晚便勞胡將軍取回樊嶺。」就附胡深耳邊，說了幾句話，見胡深慨然前往。即令郭英、康茂才、沐英、朱亮祖、郭子興、耿炳文六將，各領兵一千隨往。

時約三更，胡深卻向嶺下高叫：「山嶺守卒，我是胡元帥，早吃他用計捉去，幸得走脫，你們休投矢石。」元兵聽是元帥聲音，果然寂寂的不響。胡深領了兵，逕上嶺來，殺散守嶺士卒。朱亮祖、沐英、郭英等，六路分兵，馳到六營，各用火炮攻打，頓時六寨火起。宜孫等並力來戰，那能抵擋。宜孫領了

❶ 生剋：相生相剋。星命家有五行生剋之說：如木生火；火剋金；金剋木等。

部兵，望建寧走了。林彬祖見勢頭不好，也投溫州去訖。六將據住嶺北，待至天明，大軍齊到，便過嶺直抵處州城邊。城中守將，乃是李祐之、賀仁德，二人料來難守，開門納降。太祖入城，吩咐軍校不許驚動士民。次日下令，著耿炳文鎮守，即率兵南攻婺州。

不數日來到地界。太祖看了地勢，命在梅花嶺安營，傳令著鄧愈、王弼、康茂才、孫虎率兵取嶺。守嶺元將叫做帖木兒不花，聞知，因下嶺搦戰。自早到晚，不見勝負。鄧愈把令旗一招，恰見茂才先去攻嶺北；王弼去攻嶺南，三路並進，遂拔了老寨。不花早被眾軍拿住，送到帳前斬訖。太祖安營嶺上。卻有胡大海領烏江儒士王宗顯❷來見，太祖問取婺州方略，宗顯說：「城內吳世猷與顯舊相識，待我進城打探事情虛實何如？」太祖說：「極妙極妙！」宗顯裝起行李，只說來探望親戚，入得城來，竟到吳家安下。因知城中守將，各自生心。次日，即別了吳世猷，逕到帳中，備說細底。太祖說：「若得婺城當命汝為知府。」

次日，令金朝興統領銳卒罵戰，再令茅成駐節皋亭山接應。茅成得令前去。元將先鋒是李眉長出兵迎敵。戰未數合，那眉長轉身不快，卻被金朝興擒住。胡大海率領繆美玉趁勢追殺，誰想石抹宜孫聞知大兵到來，便率兵從獅子嶺抄路來救。太祖就著胡大海、胡保舍分兵梅花嶺邊，截住救兵。卻令郭英引

❷王宗顯：明國初事蹟：「胡大海克嚴州，得儒士王宗顯，問係烏江人。及大海克蘭溪，進攻婺州不克，回蘭溪築城守之。太祖至蘭溪，大海以宗顯見。太祖曰：『爾與同鄉里，正濟所用。』命宗顯潛至婺城察聽事體。宗顯則於近城五里舊識吳世傑家，察得城中守將各自為心，回告太祖，甚喜。太祖曰：『我得婺州，令汝作知府。』」

兵一萬，扣城索戰。守將是僧住、同簽帖木烈思、都事寧安慶、李相。那僧住同諸將計議，說：「彼兵乘勝而來，暫且堅守，待其少倦，方分兵三路應之。可先在甕城❸中掘了陷坑，我領兵出北門與戰，佯❹敗入城，他必追趕，待至城門，以炮火齊擊，必然跌入坑內。將軍輩宜各領兵三千，出東、西二門截殺，定可取勝。」分布已定。

歇了數日，早有郭英縱兵趕來，看見城門大開，爭先而入，都落在坑內。四壁木石弓弩，如雨般下來，郭英急退，又有兩個大將截住去路，郭英衝陣而出，二將追殺了許多地面，方收兵回去。郭英收了殘兵來見太祖，太祖驚說：「行兵多年，尚然不識虛實，損威折士，罪過不小。」劉基向前，說：「乞主公寬宥❺，待彼將功贖罪。」便密付一紙，遞與郭英，說：「將軍可乘今夜，再取婺州。」郭英接過封札在手，卻自想道：「白日裡尚不能成功，黑夜如何施展？」但不敢不去。此時乃是正月下旬，天色正黑，郭英只得領了兵卒，奔到婺州城邊，只帶一個火種，便拆開軍師封札來看，內中陳說，可竟到東南登城。看畢，便領了兵馬，依令而行，走至其處，卻見城角損壞不完。郭英便分兵五千與部將于光，令他南門外接應，只親率兵二千，從缺處懸石而上。那士卒因地方偏僻，全不提防，都酣酣的大睡。英便輕步捷至南門，守將徐定倉卒無備，遂降。乃大開城門，引于光五千兵殺進城來，逕到府前。李相因與帖木烈思不和，大開府治以納我兵。僧住急與寧安慶、帖木烈思等率兵奪門而走。卻有朱亮祖、

❸ 甕城：大城外面的小城。
❹ 佯：假裝。
❺ 宥：原諒；寬赦。

胡大海、金朝興引兵截住，僧住身被數鎗，且戰且走，回看四百殘兵，更不剩一個，便謂寧安慶等說：「受王爵祿，不能分王之憂，要此身何用！」遂拔劍自刎。安慶、烈思隨下馬拜降。太祖領兵入城，撫諭了軍民，以王宗顯為知府。寧、越既定，命諸將取浙東各郡；且對諸將說：「克城以武，安民須用仁。吾師入建康，秋毫無犯，今新取婺州，民苟少甦，庶各郡望風而歸。吾聞諸將皆不妄殺，喜不自勝。蓋師行如烈火，火烈而民必避；倘為將者，以不殺為心，非惟利國家，己亦必蒙厚福。爾等從吾言，則事不難就，大功可成。」諸將拜受鈞旨。

便召寧安慶、李相、徐定，問說：「婺州是浙之名郡，必有賢才，爾等可為召來。」徐定答道：「此地有個文士姓王名褘❻，係金華義烏人。自幼兒生的奇異，他見了元朝政事日非，便隱於青巖山。近因饑饉❼，徙居婺州。又一個武士，喚做薛顯，原是沛縣人，勇略出群，曾做易州參將。他也見世事不好，棄職歸山，然而家貧，因以鎗刀弓矢教人，今流寓在此。倘主公欲見，當為主公請來。」太祖說：「招賢下士，吾之本願。你可急急去走一遭。」徐定出帳前去。寧安慶因進婺州戶口文冊，共二萬七千戶，計十二萬三千五百餘人。明日，徐定請了王褘、薛顯二人，早至帳下。太祖令文武官將，迎入帳中。太祖見二人超脫，因細問治平攻取之策，二人對答如流，太祖大喜。授王褘奏議大夫，薛顯帳前指揮使。自是太祖在婺州半月時光，各處州郡，都望風歸順。乃遣胡深鎮婺州；耿炳文鎮處州，其子耿天璧守衢

❻ 姓王名褘：即王褘。明史：「王褘字子充，義烏人。師柳貫、黃溍，遂以文章名。太祖取婺州，召見，用為中書省掾史。」

❼ 饑饉：饑荒。

州；王愷守諸暨；胡大海守金華，其子胡德濟守新城；分撥已定，遂率大隊人馬，向金陵而回。不多日子，卻便到了金陵。未知後事如何，且看下回分解。

第二十八回　誅壽輝友諒稱王

那太祖領了大隊人馬，自婺州回至金陵，文武官員，出城迎接慶賀，不題。且說江州徐壽輝，有手下陳友諒奪得龍袍、玉帶什物，獻於壽輝，擇日改了國號，即了天子之位。常慮安慶府為江州左脅之地，不可不取。屢屢遣兵命將，皆不得利，壽輝甚是惱怒。一日早朝已畢，遂遣陳友諒為大元帥，統了十萬兵馬，駐小孤山。都督倪文俊，領精兵五萬，夾攻安慶。那安慶府城，元將姓余名闕❶，字廷心。世家威武，父親在盧州做官，遂居住在盧州。元統元年，舉進士及第，除授湖廣平章，真個是文武全才，元朝第一員臣子。把那徐壽輝麾下攻打的軍馬七戰七敗。聞知陳友諒領兵來攻，便縱步提戈，當先出馬，與那先鋒趙普勝戰到八十餘合，不分勝敗。天晚回兵，將及二更，恰有祝英領兵二十萬來接應。陳友諒便叫趙普勝攻東門，倪文俊攻南門，祝英攻北門，自統大兵攻西門，四面如蟻的重重裹來。

❶ 姓余名闕：即余闕。元史：「余闕字廷心，世家河西威武，父沙剌臧卜官廬州，遂為廬州人。元統元年賜進士及第。出為湖廣行省左右司郎中。守安慶。趙普勝率眾攻城，連戰三日，敗去，未幾又至，相距二旬，始退。丙午，普勝軍東門，友諒軍西門，祝寇軍南門，群盜四面蟻聚，外無一甲之援，西門勢尤急。闕身當之，徒步提戈為士卒先。士兵號哭止之，揮戈愈力，仍分麾下將奪三門之兵，自以孤軍血戰斬首無算，而闕亦被十餘創。日中城陷，城中火起，闕知不可為，引刀自刭，墮清水塘中。時年五十六。闕留意經術，五經皆有傳注。及安慶內附，大明皇帝嘉闕之忠，詔立廟於忠節坊，命有司歲時祭祀云。」

余闕見西門勢頭更急，心知寡不敵眾，便督敢死十二千，出城與陳友諒對戰。從古說得好：「一人拚命，萬夫莫當。」那余闕到友諒陣中，奮起生平氣力，這些隨來的精勇，個個拚死殺來，真個是摧枯拉朽，直撞橫衝，殺得友諒遠走二十里之地。正好追趕，恰聽得倪文俊攻破了南門，余闕大驚，把頭回看，但見城內火焰沖天，便勒馬回兵來救。那友諒也騎馬追來，趙普勝、祝英又殺入城中，隨行兵將，俱各逃散。余闕獨馬單鎗，與賊死戰，身中了十餘鎗，路至清水塘邊，以刀自刎，死於塘內。其妻蔣氏及妾耶律氏，抱了兒子德臣、女兒安安、外甥福童，皆在官署中投水而死。那余闕死時，年纔五十有六。著有五經余氏註疏，至今學士遵為指南。葬在南門外。後來太祖一統登基，特嘉其忠，立廟於忠烈坊，歲時致祭，這也不贅。

且說陳友諒既取了安慶，留旗將丁普郎鎮守。自領兵回到江州，朝見徐壽輝❷，備說安慶已取，留兵鎮守一節。壽輝大喜，正將賞功，只見倪文俊出班大喊如雷，說：「攻取安慶，全是微臣之功，不干友諒之力！」壽輝變色，問說：「怎見是卿之功？」文俊奏道：「友諒攻打西門，被余闕領敢死之士三千，出城大戰，友諒奔走二十里外。臣率士卒奮勇先登，眾所共知，怎說是友諒的功績？」壽輝大怒，對友諒說：「你為元帥，不能對敵敗走，且欲冒領軍功，欲學晉時王渾乎？」友諒說：「初時四面攻打，余闕只是固守城池，我們兵馬誰敢先登？後來余闕因臣攻西門勢急，只得引兵出戰，臣假作佯輸，哄他來趕，文俊方得領兵入城。設奇指示，皆臣之力。」壽輝便叱說：「休得胡說。本當治以軍法，姑念汝

❷ 徐壽輝：平漢錄：「初，友諒犯太平，挾壽輝以行。及太平陷，急謀僭竊，乃於采石舟中，佯使人詣壽輝前白事，令壯士持鐵鎚自後擊之，碎其首。壽輝死，友諒遂稱皇帝。」

舊功免死。」即刻令左右拘拿印綬，不許與共軍國事；惟令朝參。友諒此時真個是：「地裂無處遮醜面，鬼門難進免羞慚。」退出朝堂，閒住在家，甚是惱恨。

原有張定邊、陳英傑兩人與友諒相善，俱有萬夫不當之勇。向來彼此依附，往來極密的。一日，友諒接兩人到家，說：「壽輝昔日蘄、黃起義，今日據有荊、襄地面，坐享富貴，皆出我萬死一生之力；今一旦削我兵權，安置私第，真是無義之徒，令人可惱！」定邊對說：「事有何難，今宅中家兵有五百餘人，明早可令暗藏利器，伏於朝外，只喚二人帶劍隨行。元帥佯言上殿奏事，壽輝必無所備。元帥便可挺劍行事，我二人乘機殺了倪文俊，號令滿朝文武，事可頃刻而成。」友諒大喜，說：「若得事成，富貴同之。」二人別去，不題。友諒便令家兵準備器械。

次日早晨，友諒便把家兵五百，暗暗的四散伏於朝門之外，只引力士二人跟隨。依班行禮畢，便挺身上殿，說：「昔日蘄、黃起義，直到如今，無限大功，皆我一身死力成事，今日何故忘我的功勞，奪了我的兵權？」壽輝聞言大怒，喝令左右擒獲，友諒便把劍砍了壽輝。倪文俊急奪武士鐵撾，還擊友諒，早被張定邊在後一劍殺死；遂同陳英傑按劍高叫說：「徐壽輝不仁不義，不足為王；陳元帥英武蓋世，才德兼全，我等宜共立為帝，享有大寶。倘有不服者，以文俊為例！」群臣那個敢再作聲。那張定邊即令扛去了壽輝、文俊屍首，率群臣下殿，呼拜萬歲。友諒說：「今日非我忍為此不仁之事，但壽輝負我恩德，吾故仗義行誅。今張元帥扶我為主，卿等俱宜協力同心，輔成大事，所有富貴，我當照功行賞。」群臣聽命。當日，友諒立妻楊氏為皇后，長子陳理為太子，以楊從政為大丞相，張定邊為江國公，兼掌兵馬大元帥，陳英傑為武國公，趙普勝為勇德侯，各兼平章政事。胡美、祝英、康泰三人，守淇都。建都江州，國號漢。頒詔所屬州郡，退朝回宮，不題。

卻說陳友諒原是沔陽人，漁家之子。大來做個縣史，嫌出身不大，因棄去了職業，學些棍棒，會徐壽輝起兵，便慨然從之。嘗為倪文俊所辱，後來領兵為元帥，與倪文俊爭功，便殺了壽輝，害了文俊，自稱為漢帝。此時正是至正十九年十二月初旬的事。次日設朝，勇德侯趙普勝出班奏說：「今有池州地界，實為我國藩籬，近被金陵竊據，我國未可安枕，望我王起兵攻之。」友諒准奏。即令普勝為元帥，率兵五萬，攻打池州，擇日起兵。友諒對普勝說：「金陵人多智勇，猝難取勝，可揚言攻取安慶，使其無備，庶可一鼓而下。」普勝領命，因率兵從南路來寇池州。不一日到城下安營。朱兵鎮守池州，向是張德勝、趙忠二人，聞得漢兵猝至，便議道：「此明是襲我無備耳。」趙忠說：「元帥可設備堅守，我當領兵對敵。」

次早率兵一千出戰，趙忠奮勇先馳，部卒都死力爭赴，賊眾大敗。趙忠乘勢追逐，約有五十餘里，不意馬仆，被賊兵捉去。陣上劉友仁急來救時，又被賊兵萬弩俱發，當心一箭，死於陣中。那普勝便領兵周圍困了池州，攻打甚急。張德勝在城上，把那飛弩，石砲擲將下來，賊兵雖是中傷，然眾寡莫禦。正沒理處，只見正西角上一支人馬飛奔趕來，擺開陣勢。德勝把眼細看，卻是俞通海取了黃橋、通州一路，得勝回兵來援。那通海水陸並進，士卒勇敢，普勝只得棄州而遁。通海也因陞了簽書樞密院事，便與張德勝稍稍敘些心事，即日向金陵而回。且說普勝途中聞知俞通海兵已回去，仍復引兵前來攻打。張德勝出兵對敵，普勝敗走，德勝飛奔來追，不防普勝放一標箭，正中右腿，德勝負痛奔回，四下裡被普勝緊緊圍住。卻有養子張興祖對德勝商議，說：「如此重圍急須向金陵求救，方可解脫；不然恐糧草不支，是為釜中魚矣。」德勝說：「這般鐵桶，誰能出去？」興祖說：「今夜一更，父親可選精銳兵三百，兒當捨命前往。」德勝依計，草了奏章，至夜付予興祖，領兵衝出。果然殺透了重圍。普勝因見他所部軍卒甚是驍勇，也不敢十分趕來。此行卻是如何，且看下回分解。

第二十九回　太平城花雲死節

那張興祖領了三百鐵騎，連夜衝出重圍，離了池州地面。那裡有曉起夜眠？渾忘卻饑餐渴飲。在路行了一日兩夜，方至潛山地界，正遇常遇春領兵巡行，興祖便具訴危困的事情。遇春說：「我已知之，特來相救。」因對興祖說：「吾聞汝有智、勇，汝須如此先行。」興祖受計去訖。便令郭英、俞通海、朱亮祖、康茂才，前去四下埋伏。次日，興祖過了九華山，逕到池州與普勝對陣逆戰。普勝便來迎敵，未及數合，興祖勒馬就走，普勝料無伏兵，乘勢趕來，約及五十餘里，日已將西，恰到九華山谷，興祖便把馬轉入谷中。普勝心中想道：「這黃頭孺兒，恰不是送死麼？到了谷中，怕他走到那裡去。」縱馬正趕得緊，只聽得一聲炮響，兩崖上木石、箭弩、銃炮如飛蝗雲集的下來。普勝急待回轉，那一彪兵馬，旌旗蔽日，塵土遮天，恰是常元帥旗號。只得挺鎗來戰，未及數合，遇春把旗旛招動，左有郭英，右有俞通海、廖永忠，前面有朱亮祖、趙庸，後邊有康茂才、張興祖，四面夾攻，賊兵大敗，斬二萬餘人，活捉的也有五千餘人。普勝單人匹馬，躲在茂林中。次早，收拾殘兵，止有一千餘人。低頭歎氣，說：「今日折兵敗北，有何面目去見漢王！況漢王立心猜疑，若是回去，彼必不容，不如且走漢陽，使人求救，再作計議。」便使人詣友諒處奏知。友諒大怒，正欲喚取殿前刑官，械送普勝回朝取決，張定邊輕聲向前，奏道：「普勝奸詐多端，膂力❶出眾，今駐兵求援，是欲觀陛下何意耳。若以怒激，他必引兵投降別處，是又生一敵也。主公當以好言語慰之耳。」友諒允奏。因遣人到普勝帳前，說：「元帥之功，吾已素知，必欲即日率兵親征，元帥可引兵來會。」普勝得報大喜，便率兵馳會江州。友諒見了普勝大喝道：「敗兵折將，罪將誰歸！左右快推出斬訖報來。」普勝悔恨無及。友諒既殺了普勝，因對眾人說：「池州之仇，決當親征報復。」因令太子陳理守國，以張定邊為先鋒，陳英傑為副將，張強為參謀，選精兵三十萬，戰船五千隻，刻日離江州，水陸並行，向池州進發。

不一日來至采石磯太平府。守將卻是花雲，並都督朱文遜、簽事許瑗。更深夜靜，不提防漢兵直抵磯下，鼓噪而前，驚惶無措。花雲、朱文遜，急急忙忙引兵出迎，力戰不利，便奔回太平。友諒便乘勢追至城下，四面緊困。花雲與王鼎、朱文遜分兵拒守。是月十九日，賊將陳英傑舟師直泊城南，士卒緣舟攀尾而上。那王鼎百計力拒，可恨漢兵強盛難支，且戰且罵，中鎗而死。陳友諒兵奔殺入城。花雲聞西南城陷，急同朱文遜來救，卻遇張定邊、陳英傑、張強三人，一齊逼攻，雲等力不能支，都被鉤索縛住。雲妻郜氏聞夫被擒，便抱了三歲兒子花煒，拜辭了家廟，對眾人說：「吾夫忠義，必死賊手，吾豈可一身獨存。花氏止此一兒，汝等宜善視之，勿令絕嗣！」言畢投水而死。侍女孫氏大哭，逕抱了花煒，逃難去了，不題。

且說友諒進城，直登堂上，定邊擁兩將來到堦前，友諒吩咐先將朱文遜斬訖。朝著花雲說：「你還欲生乎？欲死乎？」花雲對天叫道：「城陷身亡，古之常事。你這弒君之賊，誰貪你的富貴？還欲多言。

❶ 膂力：膂，背脊的幹骨。膂力，就是體力。

今賊縛我，若我主知之，必砍賊為肉膾❷。」言罷，人喝一聲，把身一跳，那道麻繩，盡皆掙斷。奪了堦下人手中的刀，便向前來，又殺了五六人。張定邊等一齊奮力拿住。友諒便令縛在廳牆之上，著眾軍亂箭射來。花雲至死，罵不絕口❸。是年方得三十九歲。友諒傳令安營。夜至三更，在帳中寢睡不安，只見陰風透骨，冷氣侵人，恍惚中忽聽得兩個人自遠而近，漸漸前來，高聲說：「友諒，友諒，你這逆賊，快快償我命來！」友諒近前一看，恰是朱文遜與花雲，各帶死傷，被他們纏住不放。友諒大驚，極力掙脫，卻欲迴避，早被花雲一箭，正中著左邊眼睛，貫腦而倒，大叫一聲，醒來乃是一夢。友諒自知不祥。

次早對諸將說知，心中正是悶悶不樂，忽報張士誠統兵十五萬來取金陵，現在攻打常州。張定邊近前，奏說：「此乃上天假陛下取金陵之便也。兩虎相鬥，必有一傷，陛下但默觀動靜。若士誠克了常州，乘勝而進，則金陵必當東南之患；我兵乘虛逕入，金陵垂手可得矣。今即遣一使，前往吳國通和，然後會同發兵，必成大事。」友諒大喜，遂喚中軍參謀王若水，領了健卒數人，前往蘇州進發。行有三百餘里，忽見當先一隊人馬，為首一將高叫：「來者何人？」若水答道：「我乃漢王駕下參謀王若水，使吳

---

❷ 膾：細切的肉絲。

❸ 花雲至死二句：明史：「庚子閏五月，陳友諒以舟師來寇，雲與元帥朱文遜、知府許瑗、院判王鼎結陣迎戰。文遜戰死。賊攻三日不得入，以巨舟乘漲緣舟尾攀堞而上。城陷，賊縛雲，雲奮身大呼，縛盡裂，起奪守者刀，殺五六人，罵曰：『賊非吾主，敵曷趣降！』賊怒，碎其首，縛諸竿叢射之，罵賊不少變，至死聲猶壯，年三十有九。瑗、鼎亦抗罵死。」

通好，望乞借路。」那將軍大怒，近前大喝一聲，竟把若水捉住。王若水連聲叫道：「將軍饒命！」那將軍說：「我與湯和元帥，鎮守常州，因不曾與那友諒逆賊交鋒。怎麼你們悄地犯我太平，把我花、朱二將亂箭射死？今又來與那士誠通好，合兵來攻我們？我華雲龍將軍，天下聞名，誰人不曉，你卻要我假道。且同你去見主公，再作區處。」原來湯和因士誠困打常州，特著華雲龍引五百人衝陣，往金陵求援，恰遇著王若水，便捉了解送金陵，不題。

且說探子打聽來情，報與太祖；太祖悉知了底裡，就集眾將商議，說：「我兵雖有三十萬，胡大海等鎮守湖廣，分去了五萬；耿炳文等鎮守江陰，分去了五萬；常遇春等救援池州，又分去了五萬；今在帳下，不過十萬有餘。彼漢兵三十萬，吳兵十五萬，合謀來攻打，如何抵敵？」俞廷玉說道：「友諒之兵善水戰，深入我境，金陵必危。不若且降，再圖後計。」趙德勝說：「不可，不可！主公德被四方，名高天下，豈可稱臣逆賊？今鍾山險峻，夜觀天象，旺氣正盛，不若權奔鍾山，且為固守，再從別議。」薛顯上前說：「此亦不可。金陵根本重地，若棄而為賊有，豈可輕易復得？是與宋時昺帝航海無異也。今城中尚有強兵十餘萬人，同心協力，戰未必不勝，豈可議降議遷！」眾論紛紛，莫知所定。旁有劉基笑而不言❹。太祖便問：「先生何獨默然？」劉基說：「主公可先斬議降與議遷鍾山的，然後賊可破耳。

❹ 劉基笑而不言：平漢錄：「陳友諒遣大將張定邊陷安慶府。獻計者或謀以金陵降，或以鍾山有王氣欲奔據之，或以決死一戰而走未晚也。劉基獨張目不言。太祖乃召基入內。基曰：『先斬主降敵及奔鍾山者，乃可破賊耳。』太祖曰：『先生計將安出？』基曰：『如臣之計，莫若傾府庫，開至誠，以固士心。且天道後舉者勝，宜伏兵伺隙擊之。取威制敵，以成王業，在此時也。』太祖遂用基策，督諸帥率舟師乘風溯江而上，遂克安慶。」

古人說：『後舉者勝。』宜伏兵示隙以擊之。取威制敵，以成王業，正在此際。」太祖歎說：「先生真不在臥龍之下。」即日取金印拜為軍師，劉基力辭。太祖說：「方今蒼生無主，賊子猖狂❺，金陵危在旦夕，正賴先生出奇調度，何乃固推？」劉基方肯受命。

恰好華雲龍入見，備說張士誠分兵三路攻打：呂珍引兵五萬困江陰，李伯昇引兵五萬困長興，張士誠引兵五萬困常州。特奉湯元帥之命，來求救兵。太祖說：「我已遣徐元帥提兵往救，想此時也到了。」雲龍又備說途中遇著王若水事。太祖大怒，令武士推若水出帳斬之。便喚指揮康茂才入帳聽令。不一會，茂才向前領旨。太祖對茂才說：「陳友諒將寇金陵，吾意欲其速到。向聞汝與友諒稱為舊交，可修書一封，遣人詐降，約為內應，令彼分兵三道而來。倘得勝時，當列爾功為第一。」茂才便說：「養子康玉向曾服事友諒，令彼齎書前往，彼必不疑。」太祖大喜，茂才領命而出。不知後事如何，且看下回分解。

❺ 猖狂：狂妄放肆，任意橫行。

第三十回　康茂才夜換橋梁

那康茂才領了太祖軍令，即到本帳修起一封書來，付與康玉，叫他小心前去，不題。卻說李善長見太祖如此傳令，便問說：「主公方以寇來為憂，今反誘其早至，卻是為何？」太祖說：「大凡禦敵，促則變小，久則患深。倘二賊合併來攻，吾決難支。今如此計誘他，友諒必貪得，連夜前來，我自有計破之；士誠聞風膽落矣。」善長極口稱妙。再說康玉齎了書，逕到友諒營前，見了守營士卒，備細說有密事奏漢王。守卒報知友諒，友諒認得是康玉，便驚問說：「你今隨爾主在金陵，今竟到來，欲報何事？」康玉不說，假為左右顧盼之狀。友諒知他意思，即令諸人退出帳外，止留張定邊、陳英傑二人在旁。康玉見人已退，遂在懷中取書，遞與友諒。友諒拆開，讀道：

負罪康茂才頓首奉啟漢王殿下：嘗思昔日之恩，難忘頃刻。今聞師取金陵，雖金陵有兵三十萬，然諸將分兵各處鎮守，已去十分之八。城中所存僅萬，半屬老羸，人人震恐。今主公令臣據守東北門、江東大橋，乞殿下乘此虛空，即晚親來攻取，當獻門以報先年恩德。倘遲多日，常遇春、胡大海等兵回，勢難得手。特此奉聞，千萬台照。

友諒見書大喜❶，便問：「江東橋是木是石？」康玉說：「是木的。」友諒說：「你可即回報與主人，吾今夜領兵到橋邊，以呼『老康』為號，萬勿有誤。事成之日，富貴同之。」因賞康玉金銀各一大錠，康玉叩首而歸。張定邊奏道：「此書莫非有詐麼？」友諒說：「茂才與我道義至交，必無有詐。今夜止留陳英傑守營，卿等當隨孤領兵二十五萬，潛取金陵。」吩咐已定，只待晚來行事。

且說康玉回見太祖，具言前事。太祖拍手，說：「他已入吾掌中矣。」李善長進奏道：「此事尚未萬全。若友諒引三十萬精銳，逕過江東橋來攻清德門，亦是危事！據臣愚見，不若即刻將橋砌換鐵石，使友諒到此，頓時起疑心，不敢前進。又於橋西設一空寨，他望見營寨，必然來劫。及至寨中，一無所有，令彼驚疑奔潰。然後四圍用火攻擊，可得全勝。」太祖大喜，即令李善長如法布置，仍聽軍師劉基調遣。劉基便登將臺，把五方旗號，按方運動，發了三聲號炮，擊了三通鼓，諸將都到臺下聽令。劉基傳下鈞旨，說：「今夜廝殺，不比等閒，助主公混一中原，廓清❷妖穢，踏平山海，俱是今日打這腳椿；你等顯親揚名，封妻蔭子，帶礪山河，也俱在今日。施展手段，稍不小心，有違軍令，決當斬首不饒。」諸將一一跪說：「願領鈞旨。」

---

❶ 友諒見書大喜：平漢錄：「太祖以康茂才與友諒舊，召使畫策。茂才曰：『吾家有閽，嘗事諒，令齎書偽降，約為內應，必信無疑。』友諒得書，果大喜，問曰：『康公安在？』曰：『見守江東橋。』曰：『橋如何？』曰：『木橋也。』乃遣使返，謂曰：『歸語康公，吾即至；至則呼老康為號。』歸具以告，乃命李善長為江東橋以鐵石，通宵治之。友諒至，見非木橋，乃驚疑，連呼老康，無應之者，始知閽者謬己。茂才乃合諸將奮擊，大破之，降其將張志雄、梁鉉、俞國興、劉世衍等，縛其士卒二萬，友諒奔還。」

❷ 廓清：清理一切。

劉基便令馮勝、馮國用、丁德興、趙德勝四將，領兵三千，埋伏江東橋，據虎口城諸處險隘，只等待友諒陣中馬亂，便用神鎗、硬弩、火炮等物，一齊擊殺，任他奔走，不得阻攔，都只在後邊追趕；再令華高、趙良臣、茅成、孫興祖、顧時、陸仲亨、王志、鄭遇春、薛顯、周德興、吳復、金朝興十二員將佐，領兵二萬，在正東深處埋伏，西對龍江，漢兵若敗，他必沿江北走，便可率兵從東攻殺；又令鄧愈領兵三萬，待友諒兵來，便去劫他老營，截他歸路；又令李文忠領兵二萬，即刻抄龍江竟入大洋，將漢兵所有船隻，盡行拘掠，止留破船三百隻於江南邊，待他敗兵奔渡。太祖聽令，便在臺下稱說：「此舉宜令片甲不存，軍師何以留船與渡？」劉基說：「兵法上說：『陷之死地，必有生路。』昔者項羽渡河，破釜沉舟❸，以破章邯；韓信背水列陣，以破趙軍，俱是此法。倘漢軍三十萬逃奔采石，無船可渡，彼必還兵死戰，勝敗又未可知。惟留此破船，待他爭先逃渡，若至江心，我軍奮力追趕，破船十無一存，始為全勝。」分撥已定，諸將各自聽令行事，不題。

卻說陳友諒親督元帥張定邊，及精銳二十萬，待到酉牌時候，都向金陵進發。偃旗息鼓❹，倍道而行，將及半夜，方到江東橋。友諒便問：「橋是如何？」只聽前哨報說：「是鐵石造成的。」友諒驚說：「康玉分明說是木頭的，何故反是鐵石？可再探到前面還有木橋否？」那哨子上前探看良久，回報道：「此橋長二十步，盡是鐵石甃砌成。上前去探，更無木橋。」友諒心疑，便自領兵前行數百餘步，只見營鼓頻敲。友諒喜道：「此必茂才紮下營寨。」即令張志雄領兵前往，密呼「老康」，以為內應。誰想志

---

❸ 破釜沉舟：釜，烹飪的鍋。破釜沉舟，戰爭時示必死的決心。

❹ 偃旗息鼓：猶言不聲不響。

雄前至寨口，隔柵遙望，營中並無一個士卒，止是懸羊駕犬擊鼓如雷。領兵急回阻住，備說前事，不可前往，必有伏兵在彼，勿墮奸計。友諒大驚，說：「吾被茂才誘矣。」下令急回兵北走，眾軍膽碎心驚，奔潰爭先。看官看到此想說：「若是陳友諒果有智量，且按兵不動，列陣以待，雖有伏兵，見如此強盛，也決不敢輕犯。」誰知智不及此，只是鼠竄狼奔，那裡擋得住。

此時正值暑熱，太祖穿著紫衣茸甲，張著黃羅傘蓋，與軍師登城，坐敵樓中細細而望。眾將見友諒兵馬奔潰，急欲出戰，軍師且下令說：「紅日雖昇，大雨立至，諸將且宜飽餐，當乘雨而擊之……。」說話未完，果然風雨蔽天而來。太祖便擊鼓為號，只聽得信炮震天，伏兵並起。馮勝、馮國用、趙德勝、丁德興四將，把那火器追擊，驅兵來殺。友諒軍中，惟有各逃性命，人上踏人的逃走。張定邊見事危急，高叫說：「三軍休恐，當併力殺出！」這些軍士，那裡聽命。四將分兵兩翼而攻，容賊兵奪路而走，只是隨後追殺。友諒急奔走本營，那本營已被鄧愈殺入。四圍放火，黑焰迷天，十萬之師，都皆逃散。友諒領了殘兵，只得沿大江岸邊奔走。

正行之際，當先一路兵截住，為首一員大將，正是康茂才，高叫：「友諒可速來，老康等候多時了。」友諒聽了大怒而罵，便叫：「眾將中若能擒得此賊，富貴同之。」張定邊拍馬來迎，茂才橫鎗抵住，從中大叫，麾軍奮擊。定邊力不能支，勒馬轉走。茂才乘勝追來，活縛將士共二萬餘人。張志雄、梁鉞、俞國興，解甲投降。陳友諒引兵突圍北走。約有二十餘里，忽見旌旗蓋天，四下金鼓齊鳴，當先排著華高、趙良臣、茅成、孫興祖等十二員大將，從東驅兵掩殺過來。友諒不敢戀戰，便與張定邊斜刺殺出。恰遇李文忠、俞通淵等拘掠友諒戰船方回，路至慈湖，又是一番鏖戰，擒得副將張世方、陳玉等五人。此時友諒軍人已死大半，約剩七萬有零，沿岸奔走，自分到江邊再作區處。那想到江一望，樓船、戰艦，十無一全，訪問舟人說：「李文忠率了精銳焚掠殆盡。」友諒仰天搥胸，忿叫說：「早不聽張公之言，竟至於此！」腰間拔出寶劍，將要自刎，那張定邊忙來抱住，勸說：「古來聖人，俱遭顛沛❺。臣願陛下忍一時之小忿，圖後日之大功，未為晚也。」友諒只得上馬再行，料得來路已遠，再無伏兵，庶可從容❻而行。那想采石磯邊，紮駐大營，正是常遇春、沐英、郭子興、廖永忠、朱亮祖、俞通海、張德勝，倍道從僻路在此阻截，殺得友諒單騎而奔。恰又遇著薛顯兵到，大殺一陣，活捉了賊將僧家奴等一十五人。止有張德勝深入賊陣，面中流矢而死。友諒慌忙同張定邊逃走，幸得陳英傑領殘兵亦至采石，合兵一處。止見破船二三百隻，泊在江岸。要知後事如何，且看下回分解。

❺ 顛沛：挫折。
❻ 從容：舒緩不急迫。

第三十一回　不惹庵太祖留句

卻說陳友諒同張定邊逃竄，幸得陳英傑領了殘兵，亦到采石磯，合做一處，只見破船二三百隻，泊在岸邊，友諒且憂且喜，說：「我還有一線之路。」那些軍士爭先而渡。不移時，常遇春等將，一齊趕殺來到，硬弩、強弓、噴筒、鳥鎗，飛也似的打將過來。比到江心，這些破船，一半沉沒。常遇春鳴金收軍，共計斬首一十四萬三千餘級，生擒二萬八千七百餘人。所獲輜重、糧草、盔甲、金鼓、兵器、牛、羊、馬匹，不可勝數。復取了太平城，引兵回到金陵。恰好徐達同華雲龍率兵去救常州，與士誠連戰得勝。士誠見勢頭不好，便退兵攻打江陰。徐達等隨救江陰，正在交兵，忽報友諒大敗虧輸，士誠心膽俱碎，連夜逃遁，回蘇州去了。徐達等也班師回到金陵。太祖不勝之喜，相與設筵，慶賀諸將，各論功陞賞有差。

此時已是暮秋天氣，營中無事。太祖吩咐李善長及翰林院，都各做起文書，分馳各處鎮守將吏，俱宜趁閒修造兵器、甲冑，練習部下士卒，至於牧民州府，俱要小心撫安百姓。秋收之後，及時播種麥、豆，栽桑、插竹，盡力田畝，毋得擾害民生，以養天和；至於遠近稅、糧，俱因兵戈擾攘，一概蠲免；所有罪過人犯，除是十惡難赦的，俱各放釋還家，並不許連累妻孥，羈縻❶日月。文書一到，大家小戶，

❶ 羈縻：繫牛、馬的繩，比喻牢籠拘束的意思。

那個不以手加額，祝讚太平天下？這也不必贅題。

忽一日，太祖心下轉道：「太平府地界，近為偽漢友諒所陷，至今百姓未知生理如何。」便帶了十來個知心將佐，潛出府中，私行打探。卻到一個庵院住宿，把眼一看，匾額上寫著「不惹庵❷」。迅步走將進去，只見一個老僧問道：「客官何來，尊居何處？」太祖也不來應。那老僧又問道：「尊官何以不說居處姓名，莫不是做些什麼歹事？」太祖看見桌間有筆硯在上，便題詩一首：

殺盡江南百萬兵，腰間寶劍血猶腥。山僧不識英雄漢，只顧嘵嘵問姓名。

寫完就走。恰有一個癲狂的瘋子，一步步也走進來，與那小沙彌❸們一齊爭飯吃。太祖近前一看，卻就是周顛❹。太祖因問道：「你這幾時在何處？為何不來見我？」他見了太祖，佯癡❺作舞，口叫「告太平」一會，便塌塌的只是拜。在庵中石砌甬道上，把手畫一個箍圈，對了太祖說：「你打破一桶。」

---

❷ 不惹庵：《翦勝野聞》：「聖祖渡江至太平府不惹庵，僧問詰不已，題詩壁上曰：『腰間寶劍血星星，殺盡南蠻百萬兵。老僧不識英雄漢，只管刀刀問姓名。』」

❸ 小沙彌：初出家的小和尚。

❹ 周顛：〈周顛仙人傳〉：「顛人周姓者，自言南昌屬郡建昌人。朕撫民既定，而歸建業，於南昌東華門道左，見男一人，拜於道旁。朕謂左右曰：『此何人也？』左右皆曰：『顛仙。』朕謂顛者：『此來為何？』對曰：『告太平。』又曰：『你打破個桶，做一個桶。』」

❺ 佯癡：假裝瘋呆。

太祖一向心知他的靈異，便叫隨行的一二人，扯了他竟出庵來，把馬匹與他坐了，逕回金陵而去。那周顛日日在帳中閒耍，太祖也不十分理論，只見一日間，他突突的說：「主公，你見張三丰與冷謙麼？」太祖也不答應。他也不再煩。誰想滿城中畫鼓齊敲，紅燈高掛，早報道元至正二十一年歲次辛丑元旦。太祖三更時分，拜了天地神明、宗廟、社稷，與文武百官宴賞。卻有劉基上一通表章，道：

伏維　殿下仁著萬方，德施四海。如雨露之咸沾，似風雷之並震。竊念：偽漢陳友諒，盜國弒君，乃糾偽吳張士誠，殘害善良，如茲惡逆，不共戴天。望統熊虎之師，掃清妖孽之寇，先侵左患，後劫右殃；況觀天時，有全勝之機。惟賴宸衷，奮神威之用。冒瀆威嚴，不勝惶恐。謹拜表以聞。

太祖看了表章，對劉基說：「所言正合吾意。」因命徐達掌中軍為大元帥，常遇春左副元帥，鄧愈右副元帥，郭英為前部先鋒，沐英為五軍都督點使，趙德勝統前軍，廖永忠統後軍，馮國用統左軍，馮勝統右軍。其餘將帥俞通海、丁德興、華高、曹良臣、茅成、孫興祖、唐勝宗、陸仲亨、周德興、華雲龍、顧時、朱亮祖、陳德、費聚、王志、鄭遇春、康茂才、捎繼祖、楊璟、張興祖、薛顯、俞通源、俞通淵、吳復、金朝興、仇成、張龍、王弼、葉昇等，皆隨駕親征調用。止留丞相李善長、軍師劉基、學士宋濂等，率領後軍，鎮守金陵。擇日大軍進發。劉基等率群臣餞送，隨對太祖說：「此行逕逆大江而上，從安慶水道，越小孤山直抵江州，以襲友諒之不備。彼若迎戰，我當即發陸兵圍之；彼若敗走，棄江西而奔，主公不必追襲，惟盡收江西諸郡，然後取之未遲。」太祖說：「軍師所論最是，孤不敢忘。」

宋濂因仿漁家傲一闋以餞。詞說：

紅日光輝萬物秀，春風披拂乾坤垢。英雄豪氣凌雲透，好抖擻，長驅虎士除殘寇。聖明誅亂將民救，至德仁心天地厚。旌旗指處群雄朽，須進酒，玉堦遙獻南山壽。

太祖大喜，即命李善長草記其事，刻時起兵。劉基等送至江岸而別，自去不題。

太祖不日兵至采石磯，令軍士登舟逆流而上。但見江山澄清，洪濤巨浪，風帆如箭。俄報兵至安慶。太祖因留郭英、鄧愈分兵一萬，攻取安慶。自率大兵，逕過鄱陽湖口，前至小孤山。有一員大將：

身長八尺，闊面長鬚。一雙隱豹的瞳人，兩道臥蠶的眉宇；不激不隨，又似化成王，又似閻羅王；能強能弱，既如佩著革，又如佩著弦。提起青龍偃月刀，晃晃烺烺，掃盡寰中妖孽；跨著赤兔追風馬，騰騰烈烈，拓平海內山川。真是人世奇男，原說天邊靈宿。

這個將軍，你道是誰？就是陳友諒授他做前將軍平章指揮使，姓傅，雙名友德的便是。當初祖上住在宿州，後來移居潁州，今又徙碭山，傅善人的兒子。他祖上自來好善，施行陰德。一日間，門首忽有一個道人，渾身遍體，都是金箔般裝成的光彩，哄動了一街兩岸的人，都來看他。傅善人也走出來看看，便問：「師父何來，尊姓大名？一一求教。」那道人說：「我貧道兩腳踏地，雙手擎天❻，大千世界❼，那個不是這廬。方今從山西平陽地方過來，族姓姓張，人都稱我為張金箔。」這善人又問說：「怎麼稱師父為金箔？其中必有緣故。」那道人又笑了一聲，便道：「你定要打破沙鍋問到底。」便脫下了衲裰❽叫喚眾人，說：「你們午間如若未有米飯的，日來未有柴燒的，家中或有老父、老母、幼女、稺❾男，沒有財產侍養的，或有官司橫事沒有使費的，都走到我身邊來，揭金箔取些用用也使得。」未知如何，且看下回分解。

❻ 擎天：擎，高舉。擎天，撐持天地。
❼ 大千世界：佛家謂世界有無數，合無數世界為大千世界。
❽ 衲裰：和尚的長袍。
❾ 稺：同稚字。

第三十二回　張金箔法顯街坊

那張金箔❶叫喚，人間若沒有錢鈔使用，無可奈何的，便到我身邊來揭取些金箔，去用用也使得。只見那些人一個也不動手來取。那道人又喚道：「還有東來西去，一時沒了盤纏的，貧窮落難，一時病死沒有葬費的，都可來取些用用。」又叫道：「如有希奇古怪、百計難醫的病症，也可取些去吃吃，包得你們都好。」如此叫喊了三四遍，那些人都來把他臉上的、或身上的、或腿上的金箔，都去揭取下來。也有重三分的、也有重半分的、也有重一錢的，揭了起去也不見有些疤痕，仍舊見有金箔生將出來。這些人把金箔放在火中一煎，恰是十成的寶貝，真正好去買賣東西，做正果實用。

那善人便向前，問道：「師父，你的功德，真是無量；但不知緣何有厚有薄，不同的分量？」那張金箔又道：「這是我因物平分，稱他的行事，給付與他的。孔子也曾說：『周急不繼富。』怎麼可濫予他！」傅善人便說：「請師父到我家素齋了去。」那道人說：「我也要到你家中一看耍子。」這些街上人來取金的，成千成萬，一會兒也都把些去了。那道人穿了衲裰，便同善人走入家裡來。從袖中取出一個小鳥兒，鴉鴉的叫。對善人說：「這是畢月烏精。我聞你家良善，今日遠遠的特送與你，晚來自有分曉。公可收取在臥房床帳之內。」善人接了上手，好好的走進臥房，把烏兒放在帳子內。正好走得出來，

❶張金箔：高坡異纂：「張金箔，山西人。山西俗素不善治金箔。張至杭見之，歸擅其藝。」

見這些取金箔的人拈香點燭，一齊擁將進來，說：「我們二三十年不好的病，吃這金子下去，沒有一個不好。」還有那揭去買菜、糴米的、侍養爺、娘、兒、女的、了結官司的、殯送的，都進來把張椅子掇在廳前中心，眾人正好禮拜。一陣風過，那道人不見了。眾人說：「從來未見過有這樣神異。」各各散去，不題。

且說傅善人見眾人各自回去，走進房中，對了婆婆說了神異，便也同去看帳中鳥兒。那鳥兒馴馴伏伏，也不飛，也不叫，停在帳竿杜上，一眼兒只看他夫妻兩個。他二人看了一會，說說笑笑，道：「不知這師父將他送與我們何意？」善人對說：「且到夜來再處。」轉過身到外邊，吩咐司香的，燒佛前午香。只見丫環翠兒說：「外面錢太醫，因院君將產，著人送保生丹在此。」善人說：「可多多致謝他。」丫環便出去回覆，不在話下。看看紅日西沉，銀蟾東起，不覺又是黃昏時分了。那院君身子甚是不安，卻要上床來睡，誰想這鳥兒不住的叫了兩聲，在帳內飛來飛去，忽然跌在蓆上，骨碌碌的在蓆邊滾做一團。那院君急把手來捉他，一道清光，逕從口中直灌進去，吃了一驚。那鳥便不知何處去了。將近半夜，生下傅友德來，甚是奇偉。將及天明，那張金箔直到傅善人堂中叫了恭喜，便說：「不三十年，令郎自當輝佐真主，建立奇功。」遂別了自去。那友德長成，果然靈異非常。

他見元綱不整，便從山東李善之起兵，剽掠❷西蜀，後來李善之事敗，便下武昌，從了友諒。前日，友諒為朱兵敗於龍江，因使友德把守小孤山。他明知友諒所為不正，特來投降。太祖見了他，心中暗喜，便問道：「既為漢將，何以復來？」傅友德拜說：「良禽擇木而棲，賢臣擇主而事；昔陳平棄楚，叔寶

❷ 剽掠：劫奪。

投唐，皆有緣故。聞殿下神明英武，聖德寬宏，願竭駑駘，萬望不拒。」太祖便授帳前都指揮。即日領兵直抵九江五里外安營，不題。

且說友諒自龍江敗回，懊悔自家遠出的不是，因此只守原據地方。只道自不來惹人，人也不來惹他，只與諸姬嬪，每日在宮內飲酒歡歌的快樂。一聞天兵突到，以為從天而下，驚得魂不附體，急召張定邊議論抵敵。定邊說：「金陵將士，足智多謀，前者三十萬兵馬入龍江，被他一鼓戰敗。今孤城弱卒，怎能抵擋！倘先困吾城，進退無路了。以今之計，不如暫幸武昌，以圖後舉。」友諒依計，即刻傳旨，令眷屬收拾細軟❸、寶貝，輕裝快輦，率近臣今夜開北門，逕走武昌權避。次日，太祖列陣，叫探子去下戰書。探子回報：「城門大開，城中父老皆出城迎伏道左，說：『漢王昨夜挈官潛遁去了。』」太祖大喜，便率將佐數員，及文官幾人，入城按撫百姓。收獲友諒華蓋❹、日月旗傘等物。其餘軍卒，並不許騷擾地方。次日，留黃勝、章溢鎮守。即統本部進至饒州。守將李夢庚，開城十里外迎接。因把兵馬直趨南昌府。守將王交任，也出城投降。太祖分撥葉琛、趙繼祖守南昌；陶安、陳定守饒州。陶安向前，說：「自從主公車駕往還，皆得朝夕依附，今承命守饒州，遂未能日侍主公顏色，奈何奈何！」太祖說：「如此重地，非公不可撫理。」陶安拜謝，自去料理府事。

只見袁州歐普祥，龍泉彭時中，吉安曾萬中等，俱獻表納款。又有康茂才前奉軍令，引兵直下蘄黃、

---

❸ 細軟：輕便的財物。

❹ 華蓋：天子的傘，用綢帛做成。相傳黃帝與蚩尤在涿鹿作戰，常有五色雲氣，金枝玉葉，止於帝上，有花葩之象，故因而作華蓋。

興國、沔陽、黃梅、瑞州等處。誰想各郡聞知大駕親征，沒一處不聞風來降。是日，茂才領全兵而回，盡有江西之地，進帳復命。太祖正在歡喜，卻有探子報說：「南昌府原任漢將祝宗、康泰❺二人，同謀殺了知府葉琛、守將趙繼祖，復據了城池，甚是毒害無理。」太祖聞報大怒，便遣徐達、鄧愈、趙德勝等，領兵一萬，即刻攻復。臨行吩咐：「不五日，大隊人馬便到，爾等宜盡心征捕，毋得走了逆賊。」那徐達星夜兼程而往。不一日，來到南昌，四下裡把兵圍住，就布起雲梯。頃刻間，軍士奮勇上城，把祝宗、康泰二人捉住，落了囚車。次日，太祖恰好也統兵來到，徐達等出城迎接了，便解送囚犯到太祖面前。太祖吩咐軍中設祭，遙望葉、趙二靈所葬之處，將祝宗、康泰，斬首致獻訖。因對諸將說：「南昌為楚重鎮，又是西南屏藩❻，今得其地，是陳氏斷右臂，而士誠亦為膽寒。」即遣朱文正、鄧愈等鎮守南昌，自回金陵，不題。

且說原先太祖下了處州，有苗將賀仁德、李祐之投降。太祖因命耿炳文暫離長興，來此鎮守。後來長興一帶地方，被士誠攪擾，便著孫炎知府事。以元帥朱文剛、王道童等協力撫治。耿炳文仍去鎮長興。那賀仁德、李祐之二人，每懷異心，只恐鎮守金華胡大海來援，因是未敢動手。乃密交金華苗將劉震、蔣英、李福，約定彼此各殺守臣，共據其地，以圖富貴。劉震等允許，便招集苗兵數百，只乘空隙兒下手。適值二月初九，李祐之、賀仁德，陰謀乘元帥朱文剛與知府孫炎、王道童，在衙設宴，暗率苗兵三千餘圍定。一聲鑼響，殺將進來。朱文剛即提劍上馬接戰，大罵道：「國家何負於汝，汝乃反耶？若不

---

❺ 祝宗、康泰：明史：「祝宗、康泰叛，洪都知府葉琛被執不屈，大罵死。」

❻ 屏藩：屏，遮蔽之物。藩，就是籬。屏藩，障蔽的意思。

急降，砍汝萬段。」李祐之提鎗來戰，文剛連斷其槊。他見勢難抵敵，便把手招動，苗兵亂來攢住。文剛轉戰殺出，不提防賀仁德從後心一鎗，墜馬而死；王道童亦遇害。仁德把孫炎夫妻二人，幽拘在暗室中，逼他投伏。孫炎自思不久救兵便到，就哄他說：「倘若不殺我，即成汝謀。」李祐之看他終是不屈的心事，因對賀仁德說：「到晚來再處。」後事如何，且看下回分解。

第三十三回　胡大海被刺殞命

且說李祐之見孫炎終有不屈的光景，恐留著他反貽後患，約莫黃昏時候，將酒一斗、雁一隻，送與孫炎，說：「以此與公永訣。」孫炎拔劍割雁肉來吃，且舉巵❶酌酒，仰天嘆了數聲，說：「大丈夫為鼠輩所擒，不及一見明公，在此永訣；然萬古之下，芳名自存。恨這賊奴，天兵到來，難逃淩遲❷碎剮。但笑肉臭，狗都不要吃他。」苗兵大怒，瞋❸目而視。孫炎飲酒自若，持劍在手，喝令士卒向前羅跪，吩咐說：「我且死，這身上紫綺裘❹，乃主公所賜，不得毀亂。」回顧其妻王氏已自縊而亡，遂自刎而死。賀仁德、李祐之，因據有其城。千戶朱絢，潛夜馳赴金華，報知胡大海；大海大驚，急命劉震、蔣英、李福等，點兵前去，拿獲逆賊。

那劉震向前，說：「此賊全仗標鎗，元帥往戰，須備弩箭纔好！」大海便入帳中，獨背自備弩箭，

---

❶ 巵：酒杯。

❷ 淩遲：古時候的極刑，先斬斷肢體，然後絞死。

❸ 瞋：怒視。

❹ 紫綺裘：明史：「苗軍作亂，執炎，幽空室，脅降，不屈。賊帥賀仁德燖雁斗酒啖炎，炎且飲且罵。賊怒，拔刀叱解衣。炎曰：『此紫綺裘乃主上所賜，吾當服以死。』遂見害，時年四十。」

不想蔣英從背後，把劍直透大海前心❺，一時身死。次子關住、郎中王愷、總管張誠俱遇害。適有大海長子胡德濟，在諸暨聞變，便奔到李文忠帳前，訴說前事。文忠即刻點兵攻復。路至蘭谿，眾賊棄城而走。德濟奮力直追，以報父仇。恰好追到一個去處，上臨星斗，下瞰深溪。劉震、蔣英、李福三賊，見無去路，也冒死殺來。德濟眼到手落，一刀削去，把李福腰斬做兩段。劉震正待持鎗來刺，那刀頭一轉，把鎗頭砍將下來，德濟大叫：「賊奴休走！」劉震連人和馬，跌落深溪，被朱兵亂刀殺死。蔣英自知無用，連忙跳下馬來投降，德濟說：「殺我父親，正是你這賊子，不殺你等待何時？」也一刀砍下頭來，轉馬回報文忠，不題。

卻說千戶朱絢，見劉震等三賊刺死胡大海，便獨馬奔出金華，仍潛身到處州地面，糾集向來所與將士，約有兵五六百人，攻打處州。那賀仁德、李祐之，一齊殺出，被朱絢背城而戰，逕據了城門，不放二賊回城。那二賊只得奔走劉山。朱絢吩咐將士百人，守住四門，前領眾軍追殺。仁德且戰且走，恰巧為馬所蹶，被軍士活捉了過來。李祐之見捉了仁德，心下自慌，鎗法都亂了，急急落荒而逃。朱絢拈弓搭箭，一箭正中祐之咽喉而死。收軍回城，把仁德斬首號令。差使報捷金陵。太祖聞報，深羨胡德濟為父報仇；朱絢獨身恢復，實是難得。各令賞金百兩，銀五千兩，嘉賞功勳，陞受有差。因命耿天壁鎮守處州。且對軍師劉基說：「自隨我征戰以來，攻城守隘，死於國事者，皆忠義之臣，不可不封，以獎勵

❺ 直透大海前心：明史：「胡大海鎮金華。初嚴州既下，苗將蔣英、劉震、李騸皆自桐廬來歸。大海喜其驍勇，留置麾下。至是三人皆謀作亂。晨入分省署請大海觀弩於八詠樓。大海出，英遣其黨跪馬前，詐訴英過。大海未及答，反顧英，英出袖中椎擊大海，中腦仆地。」

將士。」即喚工作局設廟於金陵城，塑耿再成、胡大海、廖永安、張德勝、桑世傑、花雲、朱文遜、朱文剛、孫炎、葉琛、趙繼祖等像，論功追封，歲時祭祀，不題。

卻說花雲的侍女孫氏❻，見主母郜氏身死，便抱了三歲孩兒花煒逃難，誰想被友諒部下百戶王元所擄。元見孫氏色美，強納為妾。孫度不從，必與此兒同被殺害，因不得已從之。後來友諒侵龍江，王元往江州運糧，因挈孫氏與妻李氏同住。花兒晝夜啼哭，妻李氏甚惡之，欲寘❼之死。孫氏跪泣，說：「萬望夫人憐憫勿殺，妾當丟在草野之中，把人抱去，乃是夫人天地之德。」李氏聽了，吩咐：「抱了去，可就來。」孫氏出門，抱至江邊，拜告了天地，說：「花雲是個忠義好漢，死節而亡，天如憐念忠魂，俾其有後，頃刻之間，當有舟師救渡；倘命或該絕，妾身當抱此兒，共赴江水，葬於魚鱉之腹……」言未了，只見蘆葦中簌簌的響，有一個人似漁翁打扮，出來備問其故，孫氏對他說知，漁翁嗟嘆不已。便說：「我當為你哺育此兒。」因引孫氏到家中。孫氏細細看了所在，認識了東西南北，便在身上取出金環一隻、銀釧一隻，與漁翁，說：「此物權為收養之資，後日相逢，當出環釧配合為記。」再四叮嚀，洒淚而別。仍歸王元家中，服事正室李氏。

❻ 花雲的侍女孫氏：明史：「方戰急，雲妾郜氏祭家廟，挈三歲兒泣語家人曰：『城破，吾夫必死，吾義不獨存。然不可使花氏無後，若等善撫之。』雲被執，郜氏赴水死。侍兒孫瘞畢抱兒行，被掠至九江。孫夜投漁家，脫簪珥竊養之。及漢兵敗，孫復竊兒走渡江，遇僨軍奪舟棄江中，浮斷木入葦洲採蓮實哺兒，七日不死。夜半有老父雷老挈之行。踰年，進太祖所。孫抱兒拜泣，太祖亦泣，寘兒膝上曰：『將種也。』賜雷老衣。……賜兒名煒。」

❼ 寘：安放。與置字同。

至次年辛丑，太祖舉兵伐漢，友諒見勢大難敵，竟棄江州奔到武昌。王元也帶軍前去，惟留妻與妾孫氏在家。孫氏聞太祖駐紮江州，因往漁家索此兒，以獻太祖；不意漁翁無子，且愛他聰明，決不肯還，孫氏只得歸去，號哭了七日七夜，因正妻李氏怒罵而止。後復往漁家索之，湊巧漁家往江上捕魚，其妻亦送飯，反鎖此兒在屋子裡。孫氏撬開房門，竟負此兒而逃。奔至城中，誰想太祖大駕已去江州。孫氏進退無路，又恐漁翁追尋，只得向夜到江渚邊，深草內歇了一夜。次早，出江口買舟過江，又遇陳友諒南昌兵敗，爭船而渡，造次中，孫氏並花兒，俱被推落水中。孫氏落水，緊抱花兒不放，出沒波浪中。忽見水上有大木如圍一條，溜將過來，孫氏大喜，遂挈兒攀木而坐，漂來漂去，倏入一個蓮渚間，內外、上下俱有荷葉遮蔽。孫氏與兒躲閃不出，因摘蓮子充飢。凡在淺渚坐木上，已經八日，得不死。孫氏默祈天神保護。時已半夜，急聞岸上有人說話，孫氏高聲求救。只見月明中，一老翁駕了小船，行入渚中，細問來歷，因引孫氏並兒上船。且說：「你既是忠臣之裔❽，我當送至金陵，你勿驚慌。」孫氏與兒坐船內，耳邊但聞暴風、疾雨，眼裡只見這船或旋上頂，或涉北灘。欲知孫氏能否脫險，且看下回分解。

❽ 裔：後代的子孫。

第三十四回　花雲妾義保兒郎

卻說老者將孫氏送到金陵，說道：「天色方明，金陵已到，我當送你進城。」進得城來，正遇李善長路間判斷公事。吏人將此事報知，說：「有太平府花雲侍女，抱小兒來見。」善長即便喚到面前，那老者具說了一遍。善長歎說奇異，就引孫氏等來見太祖；太祖把花煒坐在膝間，調眾官說：「我不意花將軍尚有此兒，真是將種。」因喚老者入問名姓，並賜以金帛。

太祖說：「花將軍殉身報國；孫氏艱苦救兒，忠義一門，真正難得。」詔封孫氏為賢德夫人，花煒襲父都指揮之職。待年至十六歲，相材任用。選給官房一所與住，月支米祿優養。

光陰無幾，又是元至正二十三年，歲次癸卯，三月天氣。那陳友諒逃至武昌。建築宮闕、都城、朝市、宗廟。時當初夏，友諒視朝，諸文武百官，三呼拜舞禮畢。乃宣江國公張定邊向前問道：「金陵恃強侵我江西，此仇不可不復，寡人也日夜在心。前者下詔命卿等招兵買馬，不知到今，共得幾何？」定邊對說：「主公雖失江西，而江北、淮、蘄、黃等處地方，糧儲不少。即今諸路年穀不登，人民饑饉。聞殿下招兵，俱來就食。群雄、草寇來投伏者，計有六十餘萬人。」友諒又說：「軍兵雖足，這些盔甲、器械、舟船、艛艪❶，恐未能悉備停當。」定邊說：「臣同陳英傑百計經營，幸已周備了。」友諒又問：

❶ 艛艪：艪，同艣。艛艪，就是大戰船。

「糧草濟得事麼?」定邊把手指計算了一番，說：「以臣計料，也有一百三十餘萬，儘可支持。」友諒大喜，說：「既如此，便可發兵收復江西，並下金陵，以報前仇。……」言未畢，只見丞相楊從政，出班啟奏：「若論此仇，不可不復，奈金陵君臣，智勇足備，不可輕敵。以臣愚昧，細思吳王張士誠，他與朱家久是不共之仇，且兼三吳糧多將眾。今主公既欲收復失地，並取金陵，莫若修一封書，遣一個能言之士，往吳國連和，說以利害，使彼憤怒發兵，與朱家作對。主公再令二人，一往浙東說方國珍；一往閩、廣說陳友定，一同發兵攻打金陵，則朱兵必當東南之敵。主公然後統了大軍，前驅而進，那時取金陵，在反掌之間矣。」友諒聽了大喜，說道：「此計最妙。」遂遣邱士亨往蘇州，孫景莊往溫州，劉汶往福建，刻日起程。

且說邱士亨不日間已至姑蘇，竟到朝門外伺候。卻有近臣奏知，因引他入見。士誠問了些閒話，便拆書觀看。念道：

寓武昌漢王陳友諒，書奉大吳王殿下：伏為元綱解紐，天下紛紜，必有英才，後成功業。茲有金陵朱某，竊形勝之區，聚無籍之徒，侵吳四郡，奪我江西，心誠恨之，時圖恢復。乞念舊好，共成其勢，兩力夾攻，必可瓦解。兩分其地，各復其仇，利莫大焉。特令小使會約，乞賜明旨。依期進兵，萬勿渝信。友諒頓首再拜。

士誠得書大喜，因對士亨說：「孤受朱家之恥，日夜飲恨，力不能前。若得爾主同力來攻，孤之願也。」因重賞士亨，約期起兵，令他回國，不題。

次日，士誠便同元帥李伯昇、御弟張士信、副帥呂珍，商議乘漢兵夾攻，即當親征，以復故土。只見丞相李伯昇進奏道：「漢王從江下攻金陵，舟師甚便。我若先投其鋒，彼必與我相迎。那時漢兵乘虛而入，是於漢有益，於吳有損。以臣愚見，可先領兵從牛渚渡江，攻采石、太平、龍江等處，只約漢兵攻池州西路，則金陵之師，必悉力以拒二敵，此時殿下統大兵，乘虛直擣金陵，勢必攻破矣。」又說：「宋主韓林，近處安豐，亦我之肘腋。以兵攻之，彼必不勝，決請救於金陵，是我得安豐，且分金陵之勢也。」士誠聽計，說：「極妙，極妙！」遂宣呂珍、張虬、李定、李寧四將，領兵十萬，攻取安豐。自領大部人馬，竟向金陵進發。又說：「卿等宜戮力❷同心，攻復舊壤，平定宋地，並取金陵，遂有淮東，俱當割地封王，以酬功賞。」四人領命，竟取路望安豐而來。

宋主韓林，聞說吳兵驟至，大驚，急請劉福通計議。福通說：「主上勿憂。」便引羅文素、郁文盛、王顯忠、韓咬兒，率兵二萬迎敵。吳兵陣上，早有張虬領兵一萬，到城下搦戰。這邊羅文素等四將，力戰張虬；張虬力不少怯，鬥上四十餘合。卻笑羅文素、郁文盛二將，並馬轉過東來，那張虬一錘飛去，連中二人面門，都翻身下馬，被亂鎗刺殺。韓咬兒見勢不好，持鞭趕來，張虬也轉過一錘，把他腦蓋打的粉碎。王顯忠急要逃走，張虬縱馬奔到，大喝道：「休走！」輕舒猿臂，把顯忠活捉了在馬上。劉福通因此棄陣逃回，吳兵擁殺過來，十亡八九。韓林傳令堅閉城門，再處。便同福通商議，說：「吾聞金陵朱公，兵強將勇，仁義存心，若往彼處求救，必不見拒。」便修表，遣太尉汪全從水關浮出，抄河路

❷ 戮力：勉力；合力；盡力。

十五里，方得上岸，星夜奔赴金陵。

正值太祖陞殿，早有近臣上前，啟說：「北宋韓林，有使臣到此。」太祖召見了，便拆書來看道：

北宋王韓林，頓首再拜上，金陵吳國公朱殿下麾前：切念我公威震海內，德溥四方。林本欲助手足之形，佐張皇之勢；奈因奸黨阻梗。今漢賊窺伺江西，吳寇攻擾安豐，望驅一旅之師，以解倒懸之急。林雖無用，亦當圖報。勢在旦夕，懸拜垂仁不宣。

太祖看書畢，便令汪全館驛筵宴。遂對眾將說：「今吳困安豐，韓林求救，此事如何？」軍師劉基說：「此正士誠『假途滅虢之計❸』。欲圖我金陵耳。安豐是淮西藩蔽，若有疏失，則淮西不安；彼得淮西，必取江南。漢兵又從江西來夾攻，則我有分爭之禍矣。」太祖聽得，細思了一會，便問：「似此奈何？」劉基說：「凡有病，須醫未定之先。主公可同常遇春領兵先救安豐。便遣人往江西，調徐達兵來，隨後策應。庶幾淮西、江南，兩保無虞。」太祖又說：「我離金陵，吳兵必來襲我；徐達離江西，漢兵必來攻擾，是內外交患了。」劉基說：「臣與李善長、湯和、耿炳文、吳良、吳禎領兵十萬，鎮住金陵、常州、長興、江陰一帶地方，便足拒絕吳師。江西有鄧愈、朱文正，領兵五萬，亦可拒友諒。主公此去，若定淮西，然後或破漢或破吳，但滅得一國，大事可成矣！」太祖稱善。便令汪全先回，教宋主堅守城池，自領三軍，即日來救。汪全拜謝先去。次日，令常遇春、李文忠領兵十萬征進。留世子朱標，權理

❸ 假途滅虢之計：春秋時，晉國向虞國借路去攻打虢國；滅虢之後，回來把虞國也滅掉了。

朝政。劉軍師同李丞相協掌軍國重事；再傳檄與湯和、鄧愈知道，須嚴整軍馬，提防東吳及北漢之寇。分遣已定，克日領兵，望安豐進發。

不一日，進泗州界上，傳令安營。忽汪全馳至，泣拜說：「臣未到安豐，中途聞知呂珍、張虬，攻破城池，把臣主及劉福通等，盡皆殺害，據有安豐❹了。」太祖聽說大怒，下令諸將，努力攻取，拿獲二賊，與宋王報仇。又對汪全說：「爾主既滅，你亦無所歸，不若留我麾下，復署舊職。」汪全拜謝受職。即日兵至安豐，正南七里安營。且說呂珍、張虬，得了安豐，不勝之喜，終日飲酒為樂。忽報朱兵來救，二人大驚。呂珍說：「金陵兵未可輕敵，今夜可令部將尹義，先將金帛輜重，送赴泰州，明日我輩方領兵對敵，勝了不必說起；若是不勝，便棄城而走，仍奔泰州，以圖後舉。」張虬說：「極妙！」當夜收拾起細軟貨物，付尹義押赴泰州去訖。次日，分兵五萬，張虬鎮後，呂珍當先，旗門開處，早有常遇春橫鎗在馬上殺來。呂珍與遇春戰有許久，呂珍力怯便走。

遇春追趕約有十數里，猛聽一聲炮響，卻是張虬領伏兵五萬突出，把遇春三千兵困在核心。遇春大怒，奮勇喊殺如雷。卻好太祖大隊人馬也到，遇春望見我兵軍旗號，催兵在內衝殺。三入陣中，三拔其幟。吳兵大敗。呂珍、張虬領兵逕奔泰州去了。太祖鳴金收軍。入城撫民方罷，忽有哨子報說：「左君弼領兵來取安豐。」太祖對諸將說：「吾方欲乘此取廬州，可奈這賊又來攻擾，是自取其禍了。」即令眾將披掛上馬迎敵。只見左哨上郭英挺鎗直取君弼。戰未數合，後陣上常遇春、傅友德、李文忠、廖永

---

❹ 中途聞知呂珍六句：平湖錄：「至正二十三年二月，張士誠將呂珍攻破安豐，殺福通，據其城。太祖聞之，率徐達、常遇春往擊之。珍大敗。」

忠、朱亮祖、馮勝、馮國用、康茂才、薛顯，一齊擁殺過來，君弼捨命急走。忽撞一彪軍馬又殺將來，正是徐達，在江西得勝，領兵而回，當先阻住。君弼無心戀戰，領殘兵奔入廬州城，堅守不出。朱軍四面圍打，徐達收兵，參見了太祖，備說主公威德，江西已定。今蒙軍令，特來廬州策應軍情。太祖因與徐達計議。未知如何，且看下回分解。

第三十五回　朱文正南昌固守

卻說太祖與徐達合兵一處，日夜計取廬州，不題。且說偽漢陳友諒，一日設朝，張定邊出班奏說：「近聞金陵朱某，領兵十萬去救安豐，殺敗了張虬、呂珍；不意左君弼來相助，亦遭困敗。迫至廬州，堅閉不出。徐達亦往廬州接應，日夜攻打。即今金陵與江西兩地皆虛，主公正好乘隙，以圖報復。」友諒說：「朱某既空國遠戰，卿等可領兵直搗其境，先取了江西，後克了江南，金陵便可圖了。」因令丞相楊從政權軍國重事，皇后楊氏權朝政。自與太子陳理、張定邊、陳英傑等，率水陸軍兵，共六十萬，戰船五千隻，刻日由武昌進發，竟過鄱陽湖登岸，至南昌府，離城十里安營。

卻說南昌正是太祖姪子朱文正，同左軍元帥鄧愈、趙德勝把守。聞知友諒兵到，便商議說：「此是知我主公遠在淮東，故乘虛入境，來取江西耳。但城中兵少，恐難抵敵，似此奈何？」德勝對文正說：「將軍且勿憂，如今只留一千兵守城，待小將同張子明、夏茂誠，率兵二千出城迎敵。」朱文正說：「雖然如此，賊兵勢重，未可輕視。」德勝說：「不妨。」便領兵出陣來戰。漢兵陣上，早有張定邊兒子張子昂，縱馬相對，被德勝一鎗刺於馬下。那陣中有金指揮急來抵敵，又被德勝飛箭射倒，斬了首級。德勝便把子昂的頭懸在鎗竿上，高聲叫說：「再來戰者，當以為例！」定邊看見兒子的頭，放聲大哭，便舉刀上馬，奔出陣上，與德勝戰到三十餘合，不分勝敗。陳友諒見定邊勢力不加，便催兵混殺過來。德勝陣上，張子明等四將，一齊擋住。那德勝奮勇爭先，以一當百，殺得漢兵大敗而奔。德勝也不追趕，收兵入城。

朱文正說：「今日元帥虎威，足破賊兵之膽。但勢終難敵，彼必復來困城，還宜修表，令人急往廬州求救，庶保無失。」即遣百戶劉和，齎表前去。誰想劉和出城未數里，竟被賊兵拿住。劉和見事敗，便將表章扯得粉碎，把口嚼做糊泥一般，隻字也看不出，就跳入江中而死。友諒心知此是求援，便於夜間把南昌四面圍住，高叫：「城中將士，可速來投降，共圖富貴。」鄧愈等厲聲大罵道：「弒君之賊，還不知天命？賊巢不守，反來圖謀江西，是自取敗亡了。」因令眾將分派各門拒守，日夜提防。那友諒用雲梯百計攻擊，鄧營將士卻用砲石等項，飛打過去，漢兵中傷者，不計其數。時已月餘，文正等計算說：「劉和去久不回，大都途中為賊兵所害。還須令人再行方好。」只見張子明向前說：「待末將駕著小船，乘夜越關而出，必然無害。」文正便修表，著子明齎發，依計向夜而行。

誰想友諒圍住南昌，又分遣知院蔣必勝、饒鼎臣等，將兵一萬，攻打吉安。那吉安守將明道，與參政粹中、親軍指揮萬中，兩情不睦，那明道潛通必勝約期來攻，以城中火起為號。萬中迎戰被殺，粹中見勢便走，又被仇家黃如潤所執，便與知府朱華、同知劉濟、趙天麟，一齊械送至友諒帳前，被友諒殺了，號令於南昌城下。文正等安然不理。是日，攻城益急。指揮趙顯統銳卒開門奮戰，殺了漢平章劉進昭、樞密使趙祥，又有謝成，首冒矢石，竟活捉他驍將三人，賊兵方退。惟是趙德勝夜裡巡至東門❶，

❶ 趙德勝夜裡巡至東門：明史：「趙德勝與朱文正、鄧愈共守南昌。友諒大舉兵圍南昌。德勝率所部千名背城逆戰，射殺其將，敵大沮。明日復合，環城數匝，友諒親督戰，晝夜攻城，且壞。德勝帥諸將死戰，且戰且

被賊一箭，正中腰眼，深入六寸。德勝負痛拔出，血流如注，因撫腹歎道：「吾自從軍，屢傷矢石，其害無過於此。大丈夫死何足惜，但恨不能從主上掃清中原，勳垂竹帛耳！」言訖遂卒。文正等同三軍大哭失聲，即具棺槨殯殮。益加小心堅守。

卻說張子明潛夜駕小船，越水關❷，曉夜兼行了九日，方抵牛渚渡登岸。又經四個日頭，到得廬州，入見太祖，上表求救。太祖說：「這賊乘虛取我江山，大為可恨。」因問：「兵勢若何？」子明答說：「彼兵雖多，然聞死者亦不少。此時江水日涸，賊之戰艦，皆不利用。況師久乏糧，大兵一至，必可破矣。」太祖因囑咐子明先回，說：「但堅守一月，吾當取之。」子明辭了出帳，還至湖口，恰被友諒巡兵捉住，送到友諒帳前。子明略無懼色，陳友諒使說：「你招得文正來降，必有重用。」子明暗想道：「若不假從，必至誤了軍國大事，不如順口應承，且到城下，再做區處。」便應道：「這個儘使得。」友諒大喜，就封子明為親軍萬戶侯之職。子明拜謝，便說：「待我去招他來降。」走至城邊，大叫說：

築，城壞復完。暮坐城門樓指揮士卒，弩中腰膂，鏃入六寸，拔出之，歎曰：『吾自壯歲從軍，傷矢石屢矣，無重此者。丈夫死不恨，恨不能掃清中原耳。』」言畢而絕，年三十九歲。追封梁國公。」

❷ 張子明潛夜駕小船二句：平漢錄：「友諒忿其疆埸日蹙，乃作大艦來攻洪都，號六十萬。文正被圍日久，遣千戶張子明告急於建康。子明取東湖小漁舟從水關潛出，越石頭口，夜行晝止，半月始達建康。見太祖，具言其故。上問：『友諒兵勢如何？』子明對曰：『友諒兵雖盛，戰鬥死者亦不少。今江水日涸，賊之巨艦將不利用。又師久乏糧，若援兵至，必可破也。』太祖曰：『歸語文正，但堅守一月，吾當自取之。』子明還至湖口，為友諒所執。友諒使呼文正出降，子明至城下呼曰：『大軍且至，固守以待。』文正聞之，守益堅，敵不能破。」

「前蒙元帥命末將到廬州上表，主公吩咐道：『元帥謹守城池，目下便統大兵自來。』不期回至湖口，為漢兵所獲。友諒要我招元帥來降，我特佯詐脫身來見元帥，告知此情。我今必然死於賊人之手，望元帥盡忠報國，與主公平定天下！」言訖下馬。撞堦而死❸。友諒大怒，說：「吾被這廝所誘了。」令左右梟子明首級，懸於南昌城外示眾，不題。

卻說太祖聞南昌被圍，因還金陵，集諸將商議說：「我今欲救江西，猶恐呂珍、張虬、左君弼襲我之後；又聞張士誠起兵二十萬，侵犯常州四郡，湯和等與戰，又不見勝。似此二路兵來，如何設法應敵？」眾將都說：「江西離此尚遠，今蘇湖一帶地方，民眾肥饒，宜先攻打，待士誠平復，盡力去攻友諒，庶金陵無肘腋之患。」惟劉基說道：「士誠自守彈丸，今雖侵犯東南，有李丞相、湯鼎臣、耿炳文等，連兵拒守，包得不妨。若呂珍、張虬、左君弼等，乘虛襲後，可留一將，領兵五萬，駐於淮西，則三賊亦不足懼。惟友諒居上流，且名號不正，宜先剿滅陳氏，後除士誠，如囊中物矣。」太祖想了一回，說：「陳友諒剽輕而志驕，專好生事；張士誠狡懦而器小，便無遠圖；若先攻士誠，友諒必空國襲我金陵了。攻取自有先後，軍師所見極是。」因令常遇春、李文忠，發兵十萬，再起淮西水軍十萬，同救江西，攻取友諒。刻日從牛渚渡入大江，逆流而西。

此時正是至正二十三年癸卯，秋七月中旬。太祖乘龍舟中，有王褘、宋濂、常遇春、李文忠等在側，太祖歎說：「秋江入目，忽起壯懷，卿等可作一詞，以記秋江之景。」王褘援筆而就，太祖取來一看，只見寫道：

❸ 撞堦而死：明史：「賊怒，攢槊殺子明。追封忠節侯。」

蘆花飄白絮，楓葉落紅英。霜凋嫩芰，又青又赤映清波；露滴殘荷，半白半黃浮水面。漁舟橫蕩，商韻徹青霄；畫舫輕搖，網珠羅碧水。又若萬點寒雲，歸鴉飛落晚洲前；一團練雪，野鷺低棲平渚上。岸畔黃花金獸眼，樹頭紅葉火龍鱗。

太祖看畢讚道：「直寫出秋江景色，極佳，極妙！」宋濂亦賦詩一首道：

清水秋天晚，孤鴻落照斜。一航風棹穩，迅速到天涯。

太祖大悅，說：「浙江才士，二人不相頡頏❹。學問之博，王禕不如宋濂；才思之宏，宋濂不如王禕；各成其妙。」兩人俱賜帛五疋。說話之間，卻報前路人馬已抵鄱陽湖口，早有探馬報與陳友諒得知。友諒便宣張定邊，及帳內多官計議迎敵。張定邊沉思半晌，便上前奏道：「臣已有計在此。」不知如何，且看下回分解。

---

❹ 頡頏：頡，鳥向上飛的樣子。頏，鳥向下飛的樣子。頡頏，比喻上下。

第三十六回　韓成將義死鄱陽

那張定邊因友諒會集多官，計議迎敵，上前奏道：「可先驅船據住水口，彼不能入，則南昌不攻自破；不然彼得進湖，與鄧愈等裡應外合，必難取勝。」陳友諒說：「此見極是。」急傳令取南昌兵及戰船，入鄱陽湖口，向東迎敵。兩家對陣，在康郎山下。朱營陣上徐達當先奮殺，把那先鋒的大船擁住，殺得血染湖波，船上一個也不留，共計一千五百零七顆首級，乃鳴金而回。太祖說：「此是徐將軍首功，但我細思，金陵雖有李善長眾人保守，還須將軍鎮攝方可。」因命徐達回守，不題。

次日，常遇春把船相連，列成大陣搦戰。漢將張定邊率兵來敵。遇春看得眼清，彎弓一箭，正中定邊左臂；又有俞通海將火器一齊射發，燒毀了漢船二十餘隻，軍聲大振❶。定邊便叫移船退保鞋山。遇春急把令旗招動，將船扼守上流一帶，把定湖口。那俞通海、廖永忠、朱亮祖等，又把小樣戰船，飛也來接應，定邊不戰而走，漢卒又死了上千。到了明日，友諒把那戰船洋洋盪盪一齊擺開，說：「今日定與朱某決個雌雄。」太祖陣上，也撥將分頭迎戰，自辰至酉，賊兵那裡抵擋得住？卻見朱亮祖跳到一隻

❶ 燒毀了漢船二十餘隻二句：平漢錄：「友諒東出鄱陽湖，以逆我師。丁亥，遇於康郎山。戊子，我師分為十二屯。徐達、常遇春等諸將擊敗其前軍，俞通海復乘風發火炮焚舟二十餘艘，軍威大振。友諒驍將張定邊奮前欲戰，常遇春射卻之。廖永忠即以飛舸追定邊。定邊走，身被百餘矢，士卒多死傷。」

小船來，因帶了七八隻一樣兒飛舸，載了蘆荻，置了火藥，趁著上風，把火刮刮爍爍的直放下來。那些賊船，煙焰障天，湖水都沸。友諒的兄弟友貴，與平章陳新開，及軍卒萬餘人，盡皆溺死，賊兵大敗。友諒見勢力不支，將船急退。那廖永忠奮力把船趕來，見船上一個穿黃袍的，軍士們盡道是友諒，永忠懸空一跳，竟跳過那船上去，只一鎗刺落水中。仔細看時，並不是友諒，卻是友諒的兄弟友直。原來友諒兄弟三人，遇著廝殺，便都一樣打扮，混來混去。使我們軍中廝認不定，倘有疏虞，以便逃脫，此真是老奸巨滑處，然也是他的天命未盡，故得如此。

太祖鳴金收軍，在江邊水陸駐紮，眾將依次獻功。太祖說：「今日之戰，雖是得勝，未為萬全，尚賴諸卿協力設法，獲此老賊，以絕江西日後之患。若有奇謀者，望各直陳。」俞通海說：「我們兄弟，今夜當領兵暗劫賊營，使他大小士卒，不得安靜。來日索戰，卻好取勝。此亦以逸馭勞之法。」只見廖永忠也要同去。太祖便令點兵五百，戰船十隻。囑咐俞通海等小心前去。約定二更時刻，將船悄悄的掉到友諒寨邊。那些賊兵屢日勞碌，都各鼾鼾熟睡。朱兵發聲大喊，一齊殺入，賊兵都在夢中，驚得慌慌張張，那辨彼此。朱兵東衝西突，直進直退，那賊人只道千軍萬馬殺入寨來。混殺了一夜，天色將明，乃轉船而走。陳友仁縱船趕來，忽見前面卻有三十隻船，把俞通海等十隻船盡皆放過，攔住去路。為首一將，白袍銀甲，手執鐵棍，正是郭英，向前接應。陳友仁見了郭英大怒，直把船逼將過來，卻被郭英隔船打將過去，把友仁一個軀骸，連船打的粉碎，賊兵大敗逃回。郭英便同俞通海合兵一處，來到帳前備說了一番。太祖說：「昔日甘寧以百騎劫曹營，今日將軍以十船鬨漢寨，郭將軍又除他手足，其功大矣。」

且說友諒被混殺了一夜，折了兩千軍馬，心中納悶，沒個理會處。卻有參謀張和燮起說：「臣有一說，可將五千戰船，用鐵索攣為一百號，篷、窗、櫓、舵，盡用牛馬的皮縫為垂帳，以避炮箭。外邊即於山中砍取大樹，做了排柵，周圍列在水中，非特晝不能攻，亦且夜不能劫。」友諒聽了大喜，即令張和燮督理製造。不數日，聞俱已編攣停當。友諒看了，讚道：「真個是鐵壁銀山之寨，朱兵除非從天而來。」因著張和燮把守水寨，自同陳英傑領了三十號船，出江來戰。太祖見了友諒，勸說：「陳公，陳公，勝負已分，何不退兵回去？」友諒對說：「勝敗兵家之常。今日此戰，誓必捉你。」那陳英傑便統船衝來。只見常遇春早已迎敵，金鼓大振，戰了三個多時辰，遇春將船連殺入去。即恨太祖坐的船略覺矮小，西風正來得緊，友諒的船，從上而下，把太祖船壓在下流，眾將奮力攻打，砲石一齊發作，俱被馬牛皮帳遮隔了，不能透入。頃刻間，太祖的船，被風一刮，竟擱在淺沙灘上。眾將船隻，又皆刮散，一時不能聚合。

那陳英傑見船擱住馬家渡口，便把旗來一招，這些軍船團團圍繞，似蟻聚一般。太祖船上止有楊璟、張溫、丁普郎、胡美、王彬、韓成、吳復、金朝興等八將，及士卒三百餘人，左右衝擊，那裡殺得出。陳英傑高叫說：「朱公若不投降，更待何時？」太祖對眾歎息說：「吾自起義以來，未嘗挫折，今日如此，豈非天數！」楊璟等勸解說：「主公且請寬心。」太祖說：「孤舟被圍，勢不能動，雖有神鬼，亦奚❷能為？……」正說之間，卻見韓成向前，說：「臣聞殺身成仁，舍身取義，是臣子理之當然。昔者紀信誑楚，而活高祖於滎陽。臣願代死，以報厚恩，敢請主公袍服、冠履，與臣更換，待臣設言，以退

❷ 奚：這裡作何字解。

賊兵，主公便可乘機與眾將逃脫。」太祖含淚說：「吾豈忍卿之死，以全吾生……」正躊躇間，那陳英傑把船漸放近來圍逼，連叫投降，免致殺害。太祖只得一邊脫下衣冠，與韓成更換，因問：「有何囑咐？」韓成說：「一身為國，豈復念家！」太祖洒淚，將韓成送出船來。韓成在船頭上，高叫：「陳元帥，我與爾善無所傷，何相逼之甚？今我既被圍困，奈何以我一人之命，竟把闔船士卒，死於無辜？你若放下將校得生，吾當投水自殉。」只聽得陳英傑說：「你是吾主對頭，自難容情。餘軍豈有殺害之理？」韓成又說：「休要失信。」英傑只要太祖投水，便說：「大丈夫豈敢食言！」韓成說：「既如此，便死也甘心。」就將身跳入湖中❸。後人卻有古風一篇，追贈韓成說：

征雲慘慘從天合，殺氣凌空聲唵喑。貔貅百萬吼如雷，巨艦艨艟環幾匝。須臾水泊屍作叢，岸上鵑啼血淚紅。古來多少英雄死，誰似韓成代主忠。人道天命既有主，韓公不死誰焉取。不知無死不成忠，主聖臣忠垂萬古。此時生死勘最真，捨卻一身活萬身。聖人不死人人識，韓公非是癡迷人。而今湖水漲鄱陽，鐵馬金戈誰富長。惟有忠魂千古在，不逐寒流去渺茫。

未知後事如何，且看下回分解。

---

❸將身跳入湖中：康山忠臣廟碑：「當戰急時，我師少衄。諸將衝鋒捍之，多陣歿。御舟適膠淺，幾危。友諒推蓬四顧，氣驕甚。將軍韓成曰：『事急矣！』乃用漢紀信計，衣黃袍投水，友諒軍益驕。」

第三十七回 丁普郎假投友諒

卻說韓成替太祖投入湖中，那陳英傑對眾將說：「爾主既死，何不歸順漢王，以圖富貴？」楊璟說：「我們村野鄙夫，久為戰爭所苦，每每不欲從軍，乞將軍高鑒！」兩邊正把言語相持，忽聽得上流吶喊連天，百餘隻戰船衝將下來，劍戟排空。卻是常遇春、朱亮祖，聞得太祖被圍，急來救應。陳英傑奮力來拒，那亮祖上了漢船，橫殺了十餘人。陳英傑認說太祖既歿，想他成不得大事，因而轉船回去。遇春、亮祖救得太祖船出，都來拜伏請罪。太祖說：「這是數該如此，但若得早來半個時辰，免得忠臣枉死耳。」便具說韓成的事。乃命諸軍移船罌子口，橫截湖西口子，且將書與友諒，說：

方今之勢，干戈四起，以安疆土，是為上策。兩國紛爭，民不聊生，策之下也。曩者公犯池州，吾不以為嫌，且還所俘士卒，欲與公為從約之舉，各安一方，以俟天命也。公復不諒，與我為仇；我是以有江州之役。遂復蘄黃之地，因舉龍興等十郡。今猶不悔，復起兵端，二困於淇都，兩敗於康山。殺其弟、姪，殘其兵將，損數萬之命，無尺寸之功，此逆天悖人之極也。以公平日之強，宜當親決一戰，何徘徊猶豫，畏縮不前，毋乃非丈夫乎？公早決之。

友諒得書不報。太祖因韓成替死一節，也只足心中不忍，時時長吁短歎。只見帳外報說：「周顛在外面，大步的跨進來了。」太祖便說：「你這顛子，近從那裡來？」他也不做一聲。太祖又問說：「我今在此征友諒，此事何如？」周顛大叫：「好，好！」太祖說道：「他如今已稱為皇帝，恐我難以收功。」周顛仰天看了一會，把手搖著說：「上面沒他的，上面沒他的。」便把拄的拐兒高舉，向前做一個奮勇必勝的形狀。太祖便留他在帳中宿歇。

當晚，俞通海對眾商議，道：「湖水有深有淺，不便來回。不若移船入江，據敵上流，彼舟一入，必然擒住。」方欲依議而行，那陳英傑復來搦戰。太祖大怒，說：「誰與我擒此助虐之賊，以報馬家渡口之仇？」恰有楊璟、丁普郎向前迎敵。英傑望見了太祖，方知昨日為韓成所誘。兩邊混殺多時，只見俞通海、廖永忠、趙庸、朱亮祖、郭英、沐英六將，各駕著船，內載蘆草、火器，殺將上來。且戰且進，誰想那賊連著巨艦擁蔽而行。船上鎗戟如麻，以拒朱軍。太祖看六將殺了進去，一個多時辰，再不見形影。太祖搥胸頓足，叫說：「可惜了！」六員虎將，陷於漢賊陣中，正沒個區處，忽然間，看那友諒後船，騰空焰焰的燒將起來❶。但見：「江水澄清翻作赤，湖波蕩漾變成紅。」不多時，那六員虎將駕著

❶ 看那友諒後船二句：平漢錄：「己丑，諸軍接戰至晡，東風益烈。以七舟載葦荻，置火藥其中，乘風縱火，焚其水寨舟數百艘。火熾十里之間，煙焰瀰天，湖水盡赤。友諒弟友仁、友貴及平章陳普略等皆焚死，溺萬餘人，賊鋒盡挫。庚寅，永忠、通海等以六舟深入鏖戰。敵聯大艦擁蔽，悉擲刀以死拒。我師望六舟無所見，意已陷沒；有傾，六舟飄飄而出，勢若遊龍。我師見之，勇氣愈倍，合戰益力，呼聲動天地。敵兵大敗，友諒奪氣。辛卯，張定邊欲挾之退保鞋山，為我師所扼，不得出。斂舟自守，不敢戰。是夕，我師渡淺，泊於左蠡，與友諒相持者三日。」

六船，勢如游龍繞出，在賊船之後，殺奔而出。朱軍陣上看見，勇氣百倍。督戰益力，搖旗吶喊，震動天地。風又急，火又猛，殺的賊兵大敗。友諒見勢頭不好，急令眾船向西走脫。方得數里，早有張興祖紅袍金甲，手執畫戟，擋住大路，大喝道：「友諒逆賊走那裡去！」一戟直刺入腦上，倒船而死。興祖便跳過船來，割下首級，仔細一認，卻是友諒次子陳達，不是正身。鳴金而還。太祖依著俞通海屯兵江中，水陸結寨，安妥了諸將，各自次第獻功訖。太祖對著眾將說：「適六將深入賊中，久無聲息，我不勝悽惋，幸得以成大事。今日之功，六將居首。」因命酒相慶，席上復作書，著人傳與友諒。中間皆勸其何苦自相吞併，傷殘弟、姪，勿作欺人之寇，及要友諒即去帝號，以待真主等意。友諒復不答。太祖發了書去，便與眾將計議攻取之術。

恰好軍師從金陵來見太祖；太祖便問軍師與張士誠交戰勝負的事體。劉基對說：「李善長並湯和、耿炳文、吳禎、吳良等，連兵累敗了張士誠三陣，他如今退兵在太湖裡安營。此乃鼠竊之賊，不足計慮。夜觀天象，西北上殺氣，甚是不祥，當應一國之主，想來陳友諒合當覆亡。然中天紫微垣，亦有微災，故不放心，特來相探。」太祖把船擱住沙上，韓成替死的事，細細說了一番。就問：「目今陳友諒有五百號戰船，每一號計船五十隻，兼領雄兵六十餘萬，聯柵結寨，實是難破，奈何，奈何！」劉基聽了結寨的光景，便笑道：「孫子曾說：『陸地安營，其兵怕風，水地安營，其兵怕火。上岡者恐受其圍，下岡者恐被其陷。』今水上聯船結寨，正取禍之道，豈是良策？有計在此，令六十餘萬雄兵，片甲不回。」太祖聽罷大喜，便問：「計將安出？」劉基說：「此須以火相攻，必然決勝。」太祖又說：「兩三次俱把火攻，但賊寨深大，四面盡有排柵、鐵索穿縛，外面的火，焉能透到裡頭？」劉基又說：「主公可有友諒部下來投降的將校否？」太祖說：「儘有，儘有。」劉基便令喚來。

不移時，卻有許多，都來聽令。劉基因對他們道：「公等來降，皆是棄假投真，識時務的好漢。今主公欲破賊兵水寨，要用公等裡應外合，此事甚不輕易，必須赤心報國者方能成就。若不願行的，亦聽各人心事，不敢相強。」說罷，卻有丁普郎等三十五人，挺身向前說：「向受主公厚恩，願以死報。」劉基便囑咐說：「你們今夜可去詐降友諒，明夜只看外面火起，卻從內放火為應。」眾將聽計說：「舉火不難，只怕友諒不信，有誤軍國大事。」劉基便附普郎的耳朵說了兩聲，各人便整理隨身要用物件，到晚駕一隻戰船，逕抵康郎山下。正是友諒與張定邊、陳英傑帳中飲酒，哨子報說：「有丁普郎等來見。」友諒喚至帳下說：「爾等既降朱家，今夜來此，有何議論？」普郎對說：「前守孤城，力不能敵，一時無奈，所以詐降，今夜得便，故率眾逃回，望主公容納！」友諒說：「你必為朱家細作，假意來降。左右們，可盡行捉下，斬訖回報。」只見三十五人齊聲叫道：「我等特來獻功，主公反生疑忌。」友諒便問：「你等來獻何功？」普郎說道：「我等聽他定計，叫常遇春來日領二萬雄兵，抄路往康郎山襲取水寨，所以冒險來報，指望封賞，反要殺害，此冤那個得知？」友諒聽了大驚道：「不說不知，幾乎殺了好人。」因喚三十五個，都入帳中賜與酒食。未知後事如何，且看下回分解。

第三十八回　遣四將埋伏禁江

卻說丁普郎等三十五人，說起常遇春要劫水寨一節，友諒驚得木呆，說道：「早知你們來報消息，我可預備接應。」便賜與多人酒食。只見張定邊、陳英傑在側，說道：「不可收用。」友諒回說：「他是我手下舊臣，何必多疑。」因與商議，倘遇春來奪水寨，何計禦敵。張定邊說：「主公且莫驚憂，待臣領兵三萬，將康郎山小徑，截住了遇春來路。主公若破得朱兵，便引大隊人馬隨後夾攻，定然得勝。」友諒聽罷，便令張定邊點兵三萬，駕著戰船三百隻，辭去把截，不題。

次日，太祖升帳，思量劉基所議，水戰火攻，亦是兵家之常，但未知今日制變之法何如。吩咐軍中整頓，特請軍師行事，只聽得轅門之下，畫鼓齊鳴。擂了大鼓一通。四下裡巡風角哨的，都去通知諸將官，在本帳整齊披掛結束。卻有一刻時光，四角上軍中鼓樂喧天。太祖大帳前，九緊九慢，又發下一通花鼓。只見諸將官，如雲、如雨，似蟻、似蜂。但手各執刀鎗，腰胯了寶劍，東西南北，一一的依次排立在行營門外。只待軍師升壇布令。又有半刻時光，傳說太祖帳內，把雲板輕敲了五聲，帳外便接應號子三聲，畫角三聲，粗樂、細樂各吹打了兩套。早有裡班的軍卒，把那五軍的旗牌，唱名的點軍，並要用的什物，俱一一的擺列在壇上、硃紅桌子高處。恰好軍師高足大步的出來，與太祖分賓主行禮訖。太祖便說：「今日特請軍師登壇，遣兵調將，破敵除殘。末將敬率偏裨，聽令於法壇之下。」軍師與太祖拱一拱手，竟步步登上壇來。便有五軍提點使同那五軍參謀使，先進帳中，向軍師行了個禮，分立在壇下兩邊。

只聽得鼓兒鼕鼕的響，提點使將五色旗號，各各麾動；那些將官，一一的走到壇前，按方而立。提點使又將五色旗旛總來一展；那些將官又一一的魚貫而行，序立在壇邊，向軍師總行了一個禮。那提點使，即將一色素帶，飄飄搖搖，在壇中展了一回；那些將官，便一一左右分班，不先不後，序立在兩行。走過五軍參謀使，即來稟道：「眾將已齊，請軍師法旨。」軍師隨吩咐說：「主公一統之策，全在今朝。眾將官俱宜悉心盡力，無落吾事；有功者賞，違令者誅。」眾將官俱說：「聽令。」軍師便將紅旗一面在手，喚過俞通海為南隊先鋒，俞通淵為副，帶領華高、曹良臣、茅成、王弼、孫興祖、唐勝宗、陸仲亨七將，率兵一萬，駕船二百隻。都是紅旗、紅甲，頭戴衝天彪熾赤色金盔，手執鐵焰火燃八龍吐烈鎗，按著南方丙、丁、火，往南路進發，待夜分風起時，各將木柵鋸開，攻打漢賊西邊水寨。又將青旗一面在手，喚過康茂才為東隊先鋒，俞通源為副，帶領周德興、李新、顧時、陳德、費聚、王志、葉昇七將，率兵一萬，駕船二百隻。都是青旗、青甲，頭戴太乙蛟飛翠點紫金盔，手執點銅鋼七葉方天戟，按著東方甲、乙、木，往東路進發，待夜分風起時，只看木柵砍開去處，竟衝入水寨軍中，砍倒漢賊將旗，從中相幫放火。又將黑旗一面在手，喚過廖永忠為北隊先鋒，郭子興為副，帶領鄭遇春、趙庸、楊璟、胡美、薛顯、蔡遷、陸聚七將，率兵一萬，駕船二百隻。都是黑旗、黑甲，頭戴玄都豹翼黑色金盔，手執水紋鋼鍊九龍取水鎗，按著北方壬、癸、水，往北路進發，待夜分風起時，各將木柵砍開，攻打漢賊南邊水寨。又將白旗一面在手，喚過傅友德為西隊先鋒，丁德興為副，帶領韓正、王彬、梅思祖、吳復、金朝興、仇成、張龍七將，率兵一萬，駕船二百隻。都是白旗、白甲，頭戴太白龍蟠珠銜金盔，手執蛟騰出海熟鐵點鋼叉，按著西方庚、辛、金，往西路進發，待夜分風起時，各將木柵砍開，攻打漢賊東邊水寨。又將黃旗一面在手，喚過馮國用為中隊先鋒，華雲龍為副，帶領陳恆、張赫、謝成、胡海、張溫、曹興、張翠七將，率兵一萬，駕船二百餘隻。都是黃旗、黃甲，頭戴地平雉翅五色彩金盔，手執十二節四方銅點龍吞鐧，按著中央戊、己、土，往中路進發，待夜分風起時，各將木柵砍開，攻打漢賊北邊木柵。再調常遇春、郭英、朱亮祖、沐英四將，各領戰船三百隻，水兵一萬。左右參差，埋伏禁江小口兩旁，若友諒逃出火陣，必走禁江小口，四將宜奮力截殺，擒獲友諒，務成大功；又調李文忠同馮勝，領兵十萬，駕船隨著太祖，把住鄱陽湖口，不許友諒的兵一個逃脫；復喚周武、朱受、張鈺、莊齡四將，即刻領兵一千，從小路馳到湖口西北角上，架築木壇一座。高二十四丈，按著二十四氣。大十二圍，按著十二個月。四邊柱腳，上下一百零八，按著三十六天罡、七十二地煞。層壇之上，整備香燭、素淨祭品。分遣已定，諸將各各領計，出帳施行。

軍師下得壇，便同太祖駕著赤龍舟，沿岸而走。忽然周顛說：「我也要附舟前去。」太祖吩咐水手，可扶顛子上船。止恨烈日中天，一些風也不生，大船那裡行得動。周顛在船上大叫道：「只管行，只管有風。倘是沒膽氣行，風也便不來。」太祖便令眾軍著力牽挽。行未二三里，那風果然迅猛的來。倏忽之間，便至湖口，卻望見江豚在白浪中鼓舞。周顛做出一個不忍看的模樣來。太祖取笑問道：「為著甚的？」那顛子便對說：「主損士卒❶。」太祖聽了大怒，即令眾人扶出在船上，推他下水去。將有一個

❶ 主損士卒：周顛仙人傳：「馬當山中，江豚戲。顛老曰：『水怪見，損人。』將士以顛無知，棄溺於江中。

時辰，他復同這些士卒到船裡來。太祖因問：「何不溺死了他？」這些眾人說：「把他投在水中十來次，他仍舊好好的起來，怎麼溺得他死❷？」周顛卻把衣裳整一整，把頭也摩一摩，到像遠去的形狀。恰到太祖面前，伸直了頭頸，說：「你殺了我罷。」太祖說：「我也不殺你，姑饒你去。」顛子便在船中一跳。跳在水裡去了，不題。

此時卻已日墜西山，月生東嶺。太祖便同軍師登岸。那四將已把木壇依法築成，太祖上壇看了一回。但見浮雲一點也不生，河漢澄清，新秋薦爽。日間的風，又是寂了。卻問軍師：「怎得大風來？」劉基回說：「但請放心，自當借來助陣。」就一邊喚四將，作速擺列行儀。軍師整肅衣冠，登壇禮請。不多時，果然風起。

這個大風，從來也不曾有，便吹得那人人股栗，個個心寒。陳友諒水柵中，搖搖拽拽，那裡有一息兒定。此時卻是二更有餘，三更將近時分，諸軍將十恰待將睡。未知後事如何，且看下回分解。

自出之。」

❷ 怎麼溺得他死：高坡異纂：「未幾，將西征陳友諒，問之。顛仙仰面上視，良久，正色搖手曰：『天命不在，友諒可征也。』已而舉杖導帝馬前，奮迅疾行，為壯士揮戈之勢，以示必勝，因令從征。師抵小孤山，見江豚戲水中，忽出謬說，言：『水怪見，損人多。』帝惡之，命將士引去，棄湖口水中，不能溺。」

第三十九回　陳友諒鄱陽大戰

卻說大風陡地的發將起來，刮得那友諒寨中，刺骨寒冷，那些軍士也不提防，況是虎吼龍吟的聲響。朱軍水上往來，砍斷截柵，他帳中一些也不知覺。俞通海等五支人馬，四面團團的圍繞，三軍奮力向前，劈開寨柵，卻放起火銃、火炮，只是從裡攻擊。不多時，四面刮刮爆爆，烈烈騰騰的延燒起來。丁普郎等，見外面火光，知是大兵已到，遂於柴場內也放火燒將出來，內外火勢沖天。早又有康茂才等七將，竟衝殺中心，砍倒了將旗，四下裡放流星火箭，只是喊殺。陳友諒在帳中方纔驚醒。急喚太子陳理並陳英傑細問。誰想火勢已在面前，對面不知出路。陳英傑說：「勢不可救。主公可速奔康郎山，投張定邊陸營權避。」陳友諒依議急出，登山涉水而逃。耳邊但聞喊殺之聲，震撼山谷。此時丁普郎等三十五人，肆行衝擊，忽被一陣黑煙貫將來，把眾人一捲，全都燒死。止剩普郎捨身殺出，又遇逃兵，互相踐殺，把普郎身上刺了十餘鎗❶，頭雖落地，猶手執利刃。次日，朱軍收拾燒殘兵器，見普郎直立不仆，說與太祖；太祖隆禮埋葬康郎山下，不題。

且說友諒君臣父子三人，走至張定邊寨中，備言火燒一節。定邊說：「此皆是詐降之計，然亦是主

---

❶ 把普郎身上刺了十餘鎗：明史：「丁普郎初為陳友諒將，守小孤山，偕傅友德來降，授樞密院同知，數有功。及援南昌，大戰鄱陽湖，自辰至午。普郎被十餘創，首脫，猶直立執兵作鬥狀，敵驚為神。追贈濟陽郡公。」

公合當有此厄。如今他必乘勢來追，決不可在此屯紮，不若竟抄禁江小口，奔回武昌，再作計議。」友諒傳令即行。回看康郎山，火勢正猛，頓足大哭，說：「可惜五十餘萬雄兵，俱喪於此！」比及天明，漸近禁江小口，張定邊向前笑道：「劉伯溫之計，尚未為奇，倘此處伏兵一支，吾輩豈有生路！此正主公洪福，天命有歸……」言未罷，忽聽炮響連天，兩岸伏兵並起。左有郭英、朱亮祖；右有常遇春、沐英四將，截住去路。陳友諒慌忙無措，急令張定邊催兵迎敵。且說太祖正與軍師劉基，同坐黃龍船上，細看將卒搏戰，那劉基忽然跳起，大呼一聲，雙手把太祖抱了，跳在別一隻船內。太祖一時見他的模樣，也不知何故，只聽劉基連聲叫說：「難星過了！」太祖回頭一看，適纔坐的龍船，被火炮打的粉碎。朱將揮兵湧殺，自早晨直至酉牌，轉戰益力，軍聲呼嘯，湖水盡赤，漢兵大敗❷。

友諒看事勢窮促，即與長子陳理同陳英傑、張定邊，另搶了一隻船，逕往北奔走。誰想猛風當面刮來，把友諒這隻船，盤盤旋旋，倒像縛住似的，那裡行得動。黑風影裡，友諒卻見徐壽輝、倪文俊、花雲、朱文遜、王鼎等，立在面前討命。友諒昏昏迷迷，也竟不曉是南是北，恰有常遇春又來追著。友諒的船，且戰且走，未及數里，那郭英、沐英、亮祖，又截住了來殺。兩船將近，只見張定邊拈弓搭箭，正射著郭英左臂。那郭英熬著疼痛，拔出了箭頭，也不顧血染素袍，便也一箭，正中著陳友諒的左眼，透出後顱，登時而死❸。朱亮祖看見射死了友諒，便俘了次子善兒及平章姚天祥、陳榮、蕭壽、吳才等，

---

❷ 湖水盡赤二句：明史：「郭英克滁、和、采石、太平，征陳友諒，戰鄱陽湖皆與有功。」

❸ 正中著陳友諒的左眼三句：平漢錄：「八月八日，我師入江，駐南湖嘴，水陸紮營。劉基獨以金木相犯日決勝負，亂舟不敢出，糧食且盡。壬戌，友諒計窮，冒死突出，欲由禁江口奔還武昌。太祖麾諸將邀擊之，聯

共軍士十萬有餘。常遇春獨奪得戰船五千七百餘隻。那湖中浮屍蠢動，約有四五十里。所獲輜重、衣甲、器械，山堆一般。太祖鳴金收軍，駐在江岸。眾將各各獻功，惟有郭英不說起射死友諒的事。朱亮祖見他不說，因對太祖細說：「郭英一箭射死友諒，此功極大❹。」太祖大喜，稱讚郭英一箭勝百萬甲兵，有此大功，並不自逞，人所難及。先令人取黃金百兩，略酬今日不施逞的大德。當日聚會水陸諸將，筵宴慶賞。大小三軍，俱各在本帳宰殺馬牛，分給酒食犒賞。

次日，太祖旋師，再入鄱陽湖裡來，只見康郎山邊，屍首交橫，血肉狼籍，不覺淚下潸潸❺。對眾將士說：「我當初從滁陽王起義，今日如此大戰，幸得諸將成功，卻不見了滁陽王；二來丁普郎等三十五人，並軍士三百名，為我立功，一旦身死，忠臣義士，實可憐憫；三來友諒領雄兵六十萬，與我交鋒，為主者思量大位為天子，為臣者思量富貴作公侯，今者，一旦主死臣亡，三軍覆沒，屍骨山堆海積，血水汪洋，令我不忍目覩。」劉基等啟說：「昔在殷者為頑民，在周者為順民。彼不順主公，是自取其死，非人所能害之也。」太祖說：「這也說得是。但如陳兆先是逆賊也先之子，克蓋前愆，更可傷心。」因

舟向江，隨流而下。自辰至酉，力戰不已。友諒是日中流矢，貫眼及顱而死。友諒自稱帝至死，僅四年，年四十四。」

❹郭英一箭射死友諒二句：七修類稿：「元末僭竊雖多，獨陳友諒兵力強大，與我師鄱陽湖之戰，相持晝夜，勢不兩存矣。時郭英、子興兄弟侍上側，進火攻之策。友諒勢迫，啟窗視師。英望見異常，開弓射之，箭貫其顱及睛而死。至今人知友諒死於流矢，不知郭英所發也。功臣錄中亦含糊載云：『有言英之箭者。』傳信錄又誤以為子興之箭。」

❺潸潸：流淚的樣子。

命於康郎山下，建立忠臣廟，春秋二祭。追贈三十六人的官爵，以韓成為首：

韓成高陽侯。丁普郎濟陽郡侯。陳兆先穎大侯。宋貴京兆郡侯。王勝代原郡侯。李信隴西郡侯。姜潤定遠侯。王咬柱太原郡侯。王鳳顯羅山縣侯。李志高隴西侯。程國勝安定郡侯。常惟德懷遠侯。王德合淝縣侯。張志雄清河侯。文貴汝南郡侯。俞泉下邳郡侯。劉義彭城郡侯。陳弼潁川郡侯。后明梁山縣子。朱鼎合淝縣子。王清盱眙縣子。陳沖巢縣子。王喜先定遠縣子。汪澤盧江縣子。丁官含山縣子。逯德山汝陽縣子。羅世榮隨縣子。史德勝安定縣子。徐公輔東海縣子。裴軫永定縣子。鄭興表隨縣男。常德勝壽春縣男。華昌虹縣男。王仁豊城縣男。王理五河郡男。曹信含山縣男。隨死軍士三百人，各依姓名，贈為武毅將軍，正百戶，子孫世襲。

說話間，船已出彭蠡湖口。太祖令餘兵俱隨常遇春屯紮湖口。止同劉基領兵三萬，向南昌而行。早有朱文正、鄧愈等將，出城迎接。太祖備稱：「漢兵攻困，三月不克，俱是爾等防禦之密。」即命取黃金三百兩、白金一千兩、彩緞一百疋，給賞眾將。文正因啟拒戰死事之臣，共一十三人，乞賜褒忠，以慰九原。太祖便問：「趙德勝為我股肱之將，何以遇害？」鄧愈便歷歷把前事，說了一遍。太祖說：「可憐忠良俱被戰死。」吩咐鄧愈，依照康郎山，於南昌城中，建廟致祀。卻有宋濂在旁，又說：「前日葉琛死王事於豫章，亦宜列位並祀為是。」太祖說：「我正有此意，中書省可議追贈的官爵來。」因定豫章忠臣廟，共祀十四人，以趙德勝為首：

趙德勝梁國公。李繼先隴西侯。劉濟彭城郡侯。許圭高陽郡侯。趙國昭天水侯。朱濳吉安郡侯。牛海龍山西侯。張子明忠節侯。張德寒山千戶。徐明合淝縣男。夏茂誠總管使。葉思成深直侯。趙天麟天水伯。葉琛南陽郡侯。

太祖定了追贈的官爵，便對宋濂等說：「你們還可做一篇祭文。」令祝史於致祭時，朗誦一遍，且同絹帛焚化。宋濂承命，草成祭文，把與祀官，不題。

且說當晚，太祖在帳中晚膳纔罷，卻見明月如洗，夜色清和，正是孟冬望日❻。徘徊月下，忽有金、甲二神，隨著兩個青衣童子，走入帳來，說：「臣係武當山北極真君座下符使。大聖有命致意大明皇帝。頃刻大聖即當進帳說話，萬勿嚴拒。」太祖聽了便吩咐大開重門，奉延真君聖駕。早有香風飄渺而來，抬頭一看，真君已在面前。太祖急急迎進，分賓而坐，未及開口，只見真君就說：「自從前者皇帝來武當賜香以後，未及再晤，今偽漢友諒已亡，其子不久歸附，瀟湘之上，荊楚而南，不數年間，亦當盡入版圖。小神今特奉迎，若草庵見毀一節，成功之後，萬惟留心。」太祖接應道：「今者友諒雖死，其子又立，本宜乘勝而往，但彼國士卒傷亡已多，一時窮追，恐無完卵，於心慘然。進退正在猶豫，望神聖指教。」真君對說：「這也是劫數應該，何必過慮。」風過處拱手而別，卻是睡中一夢。未知後事如何，且看下回分解。

---

❻ 孟冬望日：孟，開始；最初。孟冬，初冬。望日，陰曆每月十五日叫望。

第四十回　歸德侯草表投降

卻說太祖次早起來，聚集諸將，商議興兵伐北之事，恰令軍師劉基仍回金陵，與李善長等畫策攻取東吳。劉基方要起身，太祖恰也送出帳外。此時正是晌午時節，只見紅日當中有一道黑光，從中相盪。太祖仔細看了一會，對劉基說：「莫非閩、廣之地，有小災麼？」劉基說：「此不主小災，還主東南方有折損一員大將之慘。主公可遣使往東南，曉諭將帥謹慎防禦。」遂辭了太祖，竟回金陵，不題。太祖便作書，往諭東南守將胡深、方靖、胡德濟、耿天璧等，各須謹慎軍情，四下遣使去訖。因對朱文正說：「汝可謹守南昌，吾當先下湖、廣，次定浙西，然後還建康。」文正等應命。即日，太祖領兵離南昌，至湖邊，常遇春接入水寨，吩咐檢點軍士，共有一十六萬。太祖下令諸將，各統本部軍卒，悉上武昌，待凱旋❶之日，一總封賞。言罷，大兵順流而下，竟過瀟湘。太祖乘興作詩❷：

馬渡沙頭苜蓿香，片雲片雨過瀟、湘。東風吹醒英雄夢，不是咸陽是洛陽。

❶ 凱旋：勝利歸來。

❷ 太祖乘興作詩：損齋備忘錄：「太祖征偽漢至瀟、湘賦詩云：『馬渡溪頭苜蓿香，片雲片雨渡瀟湘。東風吹醒英雄夢，不是咸陽是洛陽。』天葩睿藻，豪宕英邁如此。」

不一日，竟抵武昌郡岳州府。原來此城三面皆水，惟北邊是陸路。太祖便令正北安營，即令廖永忠、康茂才於江中聯舟為長寨，絕他出入救援之路。

卻說張定邊在鄱陽大敗，便夜裡把小船裝載友諒屍骸，並長子陳理，奔回武昌發喪成服。因立陳理即了皇帝的位，建元德壽。恰有探子報知，陳理聽了大驚，即時與張定邊計議。張定邊說：「臣荷先王之恩，自當死報。」乃率兵二萬，屯於高冠山。那山極其俊偉，朱師仰面而攻，甚難措辦，彼此相持，將有半月。太祖雖憤怒，亦無可奈何。因對眾將說：「來朝敢有奮勇先登者，吾當隆以上賞。」只見陣中傅友德當先直上，面上中了一箭，脅下復中一箭，友德呼噪愈力，顏色不變。郭子興看友德猛力爭登，因相與夾攻，被賊一刀，傷了左手，猶然洒血馳擊，斬獲甚多，賊兵遂四散而走。我們軍士，便據了此山。俯瞰❸城中，毫忽都見。太祖親為友德敷調瘡藥，讚歎說：「便是關、張驍勇，亦只如此。」太祖便率兵環攻保安門。

恰說陳英傑見朱兵攻門甚急，便啟奏陳理，說：「昔關羽以單刀斬顏良於百萬軍中，張飛以一騎當曹兵百萬於霸陵之左。臣雖不才，願以死報主公，衝入敵營，斬那朱某首級回來。」陳理說：「他那裡有雄兵二十萬，勇將千員，不可輕去。」英傑回說：「彼處方纔安營，各將決然都在本帳整頓隊伍，驟然衝入，必可成功。」陳理說：「縱使成功，恐亦難出敵人之手。」英傑仰天歎息，說：「若殺得朱君，志願畢矣，雖死何惜。」便縱馬持刀，直入轅門。太祖方纔坐定在胡床上，只見英傑逕至帳中，太祖大

❸ 俯瞰：從上往下看。

驚，止有郭英在帳中，便叫：「郭四為我殺賊❹！」那英傑逕對太祖刺將過來。郭英奮呼直入，手起一鎗，把英傑登時槊死，將劍梟了首級。太祖即解所御赤戰袍，賜與郭英說：「真是唐之尉遲敬德。」郭英拜受，說：「即今可將這賊首級，招陳理來降。」太祖聽計。郭英拿了首級，走至轅門，看著眾將，說：「因何不守營門，讓賊人肆志衝入？猶幸有我在此救主公，你們合當斬首示眾。」

這些軍士齊齊跪下，道：「果是不小心。奈賊人一時殺死了七八人，兇勇得緊，不能阻擋。且營帳未定，都各自去整理，因此疏虞，望將軍寬宥！」郭英吩咐：「姑恕你們的死，發令軍政司，各打六十，以懲後來。」說罷，匹馬單鎗，逕直向武昌北門而走。

陳理同張定邊正在城樓上遙望，只見一將提著首級，飛馬而來，二人大喜，只說：「是英傑手到功成。」忽然轉念道：「陳將軍去時，卻是紫袍、金甲，今緣何是白袍、銀鎧？」便同眾人仔細認識，方曉得是郭英。漸漸的來至城下，大叫：「爾等犬羊之徒，焉敢充作虎狼，而戲蛟龍乎？吾今擲還陳英傑首級，汝等若知時務，可速投降，不失富貴。」便將英傑首級從馬下一丟，直丟進城裡來。又說：「我郭將軍且回去，你們可清夜思量。」把馬勒轉而去。太祖說道：「郭英此去，陳理等必然寒心；然尚在猶豫未決。」便喚編修羅覆仁，再到城下，極口備陳利害。

那陳理回到殿中，對眾人說：「欲降，則失了先君的事業；欲不降，則兵糧俱乏，如之奈何！」卻

❹郭四為我殺賊：武定侯神道碑：「侯自少事高廟四十餘年，小心謹慎，未嘗有過。為人沉毅多智，嘗從征陳理，其將陳同簽驍健善槊，馳入中軍帳下。上遽呼曰：『郭四為我殺賊！』侯奮臂持鎗，賊即應手墜。上解所御赤戰袍衣之曰：『唐尉遲敬德不汝過也。』」

閃過楊從政來，說：「昔日秦王子嬰降漢，漢且全之；今聞朱公仁德，倘是去降，非惟保身，亦可免及九族黎民之厄。」陳理回看張定邊，那定邊道：「社稷已危，有負先王之託，惟死而已。」遂拔劍自刎。陳理放聲大哭。說：「定邊、英傑，是先王託他輔助寡人驍將，今皆身死，孤將何恃！楊丞相可草表投降。」一面吩咐將張定邊屍骸，及陳英傑首級俱以禮葬於城外。即進宮中見母親楊氏，具言納降一事。楊氏說：「我不能為孟昶之母❺。」將頭撞柱而死。

陳理次日，率群臣換了縞素，拜辭家廟，及友諒的靈。開北門，逕到太祖帳中。太祖看見，甚是不忍，令人解其縛。陳理向前俯伏請罪，蒙主上寬釋了，便步隨車駕入城。凡府庫儲積，俱令陳理恣意❻自取，不殺戮一人。所積倉糧，下令散給遠近百姓，以舒饑困，百姓大悅。太祖升殿後，陳理復叩頭堦下。太祖說：「待我還到金陵，授你官職。」陳理拜謝。太祖即令陳理發檄與湖、廣未附州縣。不數日，盡行納款。因立湖廣行中書省，以楊璟為參知政事，且籍戶口、田地、賦稅，並記友諒原留宮殿什物器皿，太祖一一細看。後籍上卻寫友諒鏤金床一張，太祖笑說：「此與孟昶七寶溺器❼何異❽，如此侈奢，焉得不亡？」即令毀棄。此時卻是至正二十四年，歲次甲辰二月光景。太祖留軍鎮守，仍領兵望金陵而

---

❺ 孟昶之母：五代後蜀主，孟知祥第三子，字保元，好打毬走馬，君臣務為奢侈。時中原多故，蜀據險一隅，得以無事。及宋師伐蜀，昶軍敗降，至京師，封秦國公，七日而卒。

❻ 恣意：任意；任性。這裡可當作隨意解。

❼ 七寶溺器：七種寶物合成的小便器具。

❽ 此與孟昶七寶溺器何異：明史：「友諒豪侈，嘗造鏤金床，甚工，宮中器物類是。既亡，江西行省以床進，太祖歎曰：『此與孟昶七寶溺器何異。』命有司毀之。」

回，復入江西至南昌。朱文正、鄧愈等，迎接稱賀平定武昌一事，不題。

且說太祖偶出營前散步，但見四面山水清幽可愛。正是：

依依柳綠，灼灼桃紅。奇花異草，翠柏青松。

正看之時，忽聽鶯聲鳥語，林木青蒼，心中不捨，只管信步行去，耳畔微聞鐘聲。太祖定睛一望，只見一所古寺，周圍水繞，寺前又有一座石橋，太祖緩緩行至橋上。但見雲浪騰空，波濤洶湧。太祖心中驚懼，站立不住，只得走過橋去，已到寺前。山門口上懸一匾，寫著「古雷音寺」。太祖正欲進去，不想一陣怪風響過，跳出一隻弔睛白額錦毛花斑虎來，好生厲害。太祖猛然一見，早已跌在山崖石邊，口內說道：「吾命休矣！」只見寺中忙奔出一個老僧來，形容古怪，鬚眉皓然。手執竹杖，口內吆喝：「孽畜，休得無理！」那虎俯伏崖邊不動。老僧走近前來，用手扶起太祖，便說：「不知陛下駕臨，有失迎候，被這惡畜驚了聖躬，實老僧之罪也。」太祖起來，整整衣冠，看見老僧舉止異常，乃開口道：「偶然閒步，何幸得瞻慈容，更勞驅逐惡畜，誠萬幸也。」老僧又道：「陛下連日運籌帷幄❾，因便至此，請方丈一茶，少盡山僧微意。」太祖欲待不去，看見景致清幽，心中羨慕；欲待竟去，猶恐久坐耽遲，礙於長行。正在沉吟，和尚又道：「陛下不必遲疑，請獻過茶，即送駕返，決不相羈。」太祖遂舉步走進山門。但見松柏森森，雲連屋宇。又走到一重門首，似王母瑤池，真非人世。不覺已至大殿檻外。太

❾ 運籌帷幄：籌，兵謀。帷幄，軍中帳幕。運籌帷幄，運用兵謀於軍帳之中。後人稱行軍士謀者，為運籌帷幄。

祖抬頭一看，正是：

黃金殿宇，白玉樓臺。一帶平坡，盡是瑪瑙砌就；兩邊堦級，尤如寶石嵌成。碧檻外，萬朶金蓮騰瑞色；寶殿上，千顆舍利放光明。白玉瓶內，插九曲珊瑚樹；矮銅鼎中，焚八寶紫真氳。一對青金榻，兩扇白玉屏。珍珠亭，焰焰寶光連白日；琉璃塔，騰騰瑞氣接青雲。三尊古佛，指破有為，有相；十八羅漢，參透無滅、無生。香風細細菩提樹，花雨紛紛紫竹林。

老僧引太祖進殿，眾僧參見。俱道：「陛下享人間富貴，一朝帝主，今到寒寺，山荒徑僻，多有褻尊❿之罪。」太祖道：「今來寶剎，得覩人間未見之珍，天下罕有之物，令人目眩神搖，不知身在何世。」眾僧說：「請陛下一觀。此處雖係山徑荒涼，也是難得到的。」太祖微笑，抬頭四下觀玩，真是一塵不染，萬慮俱消。只見十數眾僧人，身披袈裟，手敲鐘鼓，誦經禮懺。太祖看畢，將頭點了點，道：「真有誠心！」老僧引著太祖，行至方丈。老僧躬身，奉請太祖上座，老僧下席相陪。少頃，小沙彌捧上茶來。須臾⓫茶罷，又擺素齋。老僧說道：「山中無物為敬，多有褻瀆！」太祖連稱：「不敢，後當報答高情。」齋畢，老僧遂於袖中取出一個緣簿來，面上寫著：「萬善同歸」四字。雙手遞與太祖，又說道：「願主上早發慈悲之心！」太祖接過緣簿，揭開一看，俱列歷代帝王名諱⓬：第一位是漢文帝，

---

❿ 褻尊：輕慢尊顏。

⓫ 須臾：一會兒。

⓬ 名諱：古時候稱死者的名字叫諱。

喜施馬蹄金一萬；第二位卻是梁武帝，願施雪花銀一萬；第三位便是唐玄宗，樂施珍寶六觔；第四位是傅大士，施財一萬；第五位卻是呂蒙正，樂助白金二萬；第六位宋仁宗，樂輸銀三萬；第七位晁元相，喜助黃金二百兩；第八位則天后，發心樂施七千金。

老僧在旁，便說：「如今正在起黃金寶殿，尚少一位未得完成，望陛下發念。」太祖心中想道：「行軍需用，尚且不足，那有許多金銀布施。」沒奈何，提筆寫道：「朱元璋助銀五千兩。」老僧接緣簿，深深一揖，再三致謝，即送緣簿回房。太祖自思道：「那簿上如何有前朝的人？想是歷代留下來的，亦未可知。」又說道：「和尚不是好惹的，見面就要化緣。我本無心到此，被他將茶誆住，寫上許多銀子，若我日後登了大位，當殺此貪僧，滅盡佛教。」猛想起道：「我在此遊了一會，何不留題，也不枉來此一場。」遂題於碧玉門上：

手握乾坤殺伐機，威名遠鎮楚江西。青鋒起處妖氛淨，鐵馬鳴時夜月移。
有志掃除平亂世，無心參悟學菩提。陰陰古木空留意，三嘯長歌過虎溪。

朱太祖題畢，老僧出來，看詩句，變色說道：「我這寺裡，是清淨極樂之鄉⑬，無生、無滅之地。今主上殺伐太重，昨火燒漢兵六十萬；江東大戰，又傷軍卒二十多萬，雖然天意，亦當體念民生，貧賤雖殊，

⑬ 極樂之鄉：佛家語，阿彌陀佛所住的國土。阿彌陀經：「從西方過十萬億佛土，有世界名曰極樂。其土有佛，號阿彌陀。」又云：「其國眾生，無有眾苦，但受眾樂，故名『極樂』。」

痛癢則一。堯、舜率天下以仁，而民從之；桀、紂率天下以暴，而民不從。仁與不仁，其理迥別，願陛下察之。方纔以布施事，陛下即動嗔念，吟詩又動殺機，陛下即有天下，易得之，亦易失之。」遂叫沙彌洗去字跡。太祖自覺慚愧，即便辭回。老僧道：「此地山路險峻，虎、狼且多，吾當遠送。」二人同行，來至橋上，只見那虎仍然俯伏崖邊，太祖看見畏懼。老僧道：「陛下勿驚，此乃家獸耳……」話未說完，老僧又道：「請看，軍兵乘舟來尋陛下了。」太祖舉目忙看，老僧將手往下一推，撲通一聲，跌下河去。太祖大叫道：「死也！」急忙睜眼看時，已在自己營前。眾將一見，甚是歡喜，向前問道：「陛下何處去來？吾等水陸尋了三日，今幸得見天顏。」太祖說：「我才去了半日，如何便是三天？」遂把閒遊事體，細細說了一遍，眾將稱異。當晚即在營內治酒賀喜，飲至更深方散，各歸寢處。前人有詩說：

> 廬山高萬丈，原何不接天？一朝雲霧起，天與地相連。

此段即是太祖誤入廬山也，不題。

卻說次日，太祖出城取路而回。不一日，便至金陵。李善長、劉基、李文忠率文武迎於城外。即上表勸登帝位，太祖不允。次日，復同百官勸進，因擇三月朔日，即吳王位，升奉天殿，群臣參拜稱賀。次日，太祖告廟，建百司官屬，並賜平漢功臣，論功行賞。封陳理為歸德侯，又顧李文忠問：「卿等與吳兵交戰，勝負如何？」文忠說：「臣與湯和，合兵大敗士誠，追至湖州舊館而回。士誠卻從杭州過錢塘，侵婺州等處。後聞陛下大破陳友諒，進克武昌，士誠大懼，連夜領兵，仍還蘇州去了。」太祖笑道：

「此真穴中鼠耳，但我近日聞陳友定為元把守汀州，今卻甚是跋扈⓮，迫脅元福建省平章燕只不花，此事你們得知否？」未知如何，且看下回分解。

⓮ 跋扈：強橫而傲慢。

第四十一回　熊天瑞受降復叛

卻說太祖說：「陳友定為元把守汀州，聞近來甚是貪殘，迫脅元臣，騷擾郡縣。我欲遣兵剿滅這廝，你們多官意下如何？」眾官都說：「主上不忍生民塗炭，此舉甚好。」因命朱亮祖率兵五千，前伐友定，攻取浦城、建陽、崇安等縣。亮祖刻日❶領兵，望汀州進發，不題。卻有江西守將朱文正等，檄文來報說：「偽漢陳友諒舊將熊天瑞，向守贛州、南雄、南安、韶州等郡❷，復負臨江之固，不肯來降，望乞興兵攻討。」太祖看罷大怒，說：「熊天瑞既已請降，受了厚賞，今復背初言，據我地方，理宜討罪，以安百姓。」便令常遇春總兵，陸仲亨為副，領兵一萬，協同南昌鄧愈，合兵南下贛州。遇春得令前去。

話分兩頭，卻說陳友定前者見陳友諒攻陷汀州，便起兵替元朝出力，復下汀州地面。那元順帝便敕他鎮守汀州，十分隆禮他。他一朝威權在手，因迫脅福建平章燕只不花，把他管的軍卒，俱糾集在自己部下。近地州縣，所有倉庫，俱搬運到自己家裡來。至於一應官僚，悉要聽他驅使，稍不如意，輒行誅戮。威震閩、福建地面，正是十分強梁。卻聞得金陵興師攻討，便與手下驍將王遂、彭時興、江大成、葉鳳計議，說：「金陵將帥，是難惹他的，我們如何迎敵？」那彭時興思量了一會，說道：「此去城東

❶ 刻日：限定時日。
❷ 偽漢陳友諒舊將熊天瑞五句：「熊天瑞守贛，兼統吉安、南安、南雄、韶州諸路。」

二十五里地方，有座鶴鳴山。這山四面陡絕，兩頭上有一條出路，又是奇石巉岩，路口止可以一人一馬來往。谷裡相傳有一個火神廟，甚是厲害；若有人在谷中略有聲響，驚動了火神，就是青天白日之下，他放出火驢、火馬、火龍、火鼠、火雞、火牛，不論你多少人，俱登時烈火奔騰，活燒熟來吃了。那地方上人，若要在谷中砍伐些柴草，或牧養些牛馬，俱要本日投誠，先獻了三牲福禮，又於春、秋二祀，將童男、童女祭獻，一年之中，方纔免禍。如今金陵兵來，必從這山外大道經過，我們可先遣精兵，在山口埋伏，又於牢中，取出該死的罪犯五六十人，假插將軍旗號，逕在山外大道截戰。若戰得他過，便可將功贖罪；若戰他不過，就可望谷中而走，引他進來，那時只消借火神一餐之飽。更不然，兩邊伏兵困住他在裡面，多則半月，少則十日，命必休矣。此計如何？」那友定聽了，拍手大叫道：「大妙，大妙！依計而行。」正說話間，恰報朱亮祖大軍，已將到鶴鳴山左近。友定便吩咐葉鳳，領兵一千，埋伏山東口子；江大成領兵一千，埋伏山西口子，只待炮響，兩邊伏兵齊起，不許放走一人。王遂、彭時興領兵三千，不時在山中前後提防接應。自己領兵五千，鎮守汀州。發出該死罪犯百名，打起先鋒旗號，在山外大路截戰。若是勢力不加，便往山谷中逃匿，引誘朱兵追趕。眾人得令去訖。那朱亮祖一路上率了五千人馬，果是：

旗開八面，馬列雙行。一對對整整齊齊，一個個精精猛猛。閫內用嚴，閫外用寬，真是利用張弛。望星而止，望星而行，恰如庶幾夙夜。曉得的說是東征西討，絲毫不犯王師；不曉得的，只道人喜神歡，春秋祭賽的佛會。

前軍報道：「卻是汀州鶴鳴山下。前邊金鼓齊鳴，想是有賊人截戰。」亮祖把弓刀整了一整，當先迎敵。只見這些賊人，也不打話，竟殺過來。亮祖手起刀落，連殺了三十餘人，心下思量：「這一夥人，刀也不會拿一拿，分明是夥毛賊，我不如活捉幾個，問他下落。」殺近前去，把一個竟活捉了，帶在馬後。這些賊看了，都拍馬而走，竟望鶴鳴山谷裡去。亮祖也縱馬趕來，方纔全軍進得谷裡，只聽一聲炮響，兩下伏兵俱起；東有葉鳳，西有江大成，密密層層，將兩頭山口把定。亮祖即傳令，且下了馬，另思計議。便帶過那活捉的人問道：「這是甚麼去處，有無去路？你若說個明白，便放了你。」那人備細把火神廟吃人厲害的事，並我們一班俱是罪犯人，假拽旗號，引入谷中的緣由，告訴了一番。

亮祖說道：「既然如此，你們眾兵俱不可聲響，且各隊埋鍋造飯，眾軍都可飽餐了，便著三百精兵，隨我步行，前後探望些出門入戶的路頭；一邊整齊潔淨祭品，待我到廟中祝告他，看這神道是甚麼光景，何以如此厲害。」吩咐纔罷，只見那犯人指道：「山頂上紅焰焰的火騾、火馬等物，不是怪精來了麼？將軍可自打點應付他。」亮祖便叫三軍，一齊都跳上馬，不要心驚，就如上陣，也迎他一回，再作計較。方說得完，看他殿中烈烈熾熾，殺奔一陣，火焰，及牛、馬、龍、蛇等物出來，中間擁著一個緋袍、金冠、紅髮、赤臉的妖神，騎著一條火龍，竟向朱軍陣上趕來。亮祖定著眼睛，拈弓搭箭，把那衝鋒的火馬，一箭射中，那馬仆地便倒。這個妖神，吩咐隊下小鬼，把那箭拔了來看，是什麼人如此無禮。小鬼得令，把箭拔來，細看了朱亮祖三字。那神便道：「我道是誰？快回殿中去罷。」原來上陣的箭，恐怕人來爭功，那箭上都刻著某人的名字。這個火神，所以曉得是朱亮祖。頃刻之間，山色仍舊清霽❸。

❸ 霽：雨停；天色晴明。

亮祖下了征鞍，對眾軍說：「這箭雖是退了這火神，但不知還是禍還是福？我們還須上山，到殿中探望一番。祭品倘然齊整，即可隨用。眾軍還須各帶利器，以備不測。」眾人聽了，俱說耳朵裡也不得聞，眼睛裡也不曾見，要都跟隨了元帥上山，到廟中探望。亮祖當先，大步的走，行有一里多路，卻是山腰光景，造有一個亭子，匾額上寫著「天上羅睺」四字。自此直上，俱是大塊的火石砌成，約有一丈多闊路道。兩邊都是松柏的皮，卻又似榴樹的葉。指著這樹問那捉來的人，他說：「這樹向來傳說是無煙木，火中燒著時，只有焰卻無煙，因此人喚他做無煙木。」亮祖又走了百十步，早有一陣風來，都是硫黃焰硝氣味，卻帶著腥穢難當之氣。那捉來人便說：「這風叫做火風。這腥臭便是時常有人不曉得的，來衝撞了神明，便燒殺他吃。那山澗中白骨如麻，都是神道所享用的。」亮祖也不回答，只是放開了腳步。

又約有半里地面，卻又是三間大一個亭子，四圍把磚子封砌，匾額上題著「峹天」二字。只一條路上去。那封砌的磚上，大字寫道：「來往人各宜自保，勿得上山，恐觸神怒。」那人便立住了腳，對亮祖說：「元帥，到此是了。我們每當地方上祭獻，也只擺列在此。」亮祖說：「怎麼上面不可去？豈有此理！上面有通衢❹大路，怎麼我們便上去不得？」那人說：「元帥，且看那亭子上，現寫著不可去的字，小人怎敢抵擋？」亮祖也只是走，那些隨行的軍校，也都隨從上來。又約有半里路途，只見萬木影遮，一亭巍立，亭子前後左右，俱生有四塊萬仞❺插天的石壁，止有一條小路，從旁可走。遠遠地卻聽

❹ 通衢：四通八達的道路。
❺ 仞：古代八尺叫一仞。

見木魚響聲。亮祖心中自喜，便在亭子中立了，對那罪人說：「你道沒有人上山，原何有那木魚聲嗒嗒的響？」那人也不敢答應。亮祖再將身走上路來，恰好一個道人，帶著個鐵冠兒，身上穿一領黃色道袍，手中拄一條萬年藤的拐杖，背上揹四五個藥葫蘆，一步步走將下來。見了亮祖，拱一拱手，說：「將軍你要上山，可往這條路去。」亮祖正要問他話時，他把手一指，轉眼間恰不見了。未知後事如何，且看下回分解。

第四十二回　朱亮祖魂返天堂

卻說朱亮祖山上見了鐵冠道人，正要問他火神光景，那道人把手一指，轉眼間卻不見了。轉過山彎，已是羅睺神廟。朱亮祖走到殿中，這些軍從卻把祭品擺列端正。亮祖便虔誠拜了四拜，口中禱告一會，又拜了四拜。軍士們將紙馬焚化畢。亮祖在殿中細看多時，更不見有一些兇險，惟有這些軍士們，只在背後說了又笑，笑了又說，不住的聒絮。亮祖因而問道：「為何如此說笑？」軍士們那一個敢開口？卻有活捉的犯人對著說：「他們軍士看見廟中塑的神靈，像元帥面貌，一些兒也不異樣，不要說這些丰儀光彩，就是這髮鬚也都像看了元帥塑的，所以他們如此說笑。」亮祖也不回言，只思量怎麼打開敵人，出得這個山的口子。不覺的，那雙腳信步走到後殿邊，一個黑叢叢樹林裡，亮祖抬頭一看，卻是石壁巉岩，中間恰好一條石徑。亮祖再去張一張，只聽得裡面說道：「快請進來，快請進來！」亮祖因而放膽，跨腳走進石徑裡去。轉轉折折，上面都是頑石生成，止有一個洞口，倒影天光，並不十分昏暗。如此轉有二三十折，恰見一塊石床，四面更無別物。床上睡著一個神明，與那殿上塑的神道，一毫無二。亮祖口中不語，心下思量說：「想必此神在此山中顯靈作怪，今趁他睡著，不如刺死了他，也除地方一害。」亮祖於是怒從心上起，惡向膽邊生。把手掣出腰間寶劍，正要向前下手，只聽得豁喇喇響了一聲，山石中裂開一條毫光，石壁上寫道：

朱亮祖，朱亮祖，今世今生就是我。暫借你體翼皇明，須知我靈成正果。天上羅睺耀耀明，舒之不竭三昧火。六十餘年蛻化神，己未花黃封道左。北靖胡塵西靖戎，爾爾我我隨之可。

——鐵冠道人謹題。

亮祖看了一會，心中想道：「有這等的事，怪不得從來軍士說，殿上神明像我。可見得我這身子，就是羅睺神蛻❶化的。方纔路上遇著的道人，戴著鐵冠，想就是題詩點化我來。不免向我前身，也來拜他幾拜。」纔拜得完，只見一片白光，石壁也不見了。亮祖轉身仍取舊路而出。這些軍士看見一驚，稟道：「元帥不知道往那裡進去了？眾軍人正沒尋處，元帥卻仍在這裡。」亮祖說：「我也不知不覺，走進一個所在去，你們尋有多少時節？」眾軍說道：「將有一個時辰。但下山路遠，求元帥早起身回去。」亮祖應道：「說的是。」便將身走出前殿，辭了神祇，竟下山來。只聽山下東西谷口邊，吶喊搖旗，不住的虛張聲勢。亮祖在山腰望了半晌，沒個理會。頃見紅日沉西，亮祖也緩緩步入帳中。這些軍士進了晚膳，各向隊中去訖。

亮祖獨對燭光，檢閱兵書，想那衝圍出谷的計策。忽見招招搖搖，一陣風過，只見日間到山上祭的神道，金盔、緋甲，來到面前。亮祖急起身迎接，分賓而坐。那神說道：「將軍此身，今日諒已知道了。六十年後，仍當還歸此地。但今日被友定困住，將軍何以解圍？」亮祖說道：「此行為王事而來，不意

❶ 蛻：蟲類脫下的皮。

悟徹我本來面目。今日之困，更望神靈顯庇，大使法力，與我主上掃除殘虐，綏靖❷封疆。」那神明道：「這個不難。此東西山口，我一向怪他狹隘昏黯，有害生民來往，但我這點靈光，又託付在將軍陽世用事，因此不得上玉皇座前，奏令六丁、六甲神將，開豁這條門路。今將軍既在此被困，今夜可即付我靈光，上天奏聞；奏回之時，仍還與將軍幻體。明日三更，我當率領丁甲、山鬼、神將，東、西、南路，用火噴開，將軍即可分兵，乘火攻殺出去。」亮祖說：「這個極好。但我近到山中，聞神祇用火射人，春秋必須童男、童女祭獻，此事恐傷上帝好生之心。」那神明對說：「此是將軍本性上事，將軍蛻生時，該除多少兇頑，多一個也多不得，少一個也少不得。只因帶來這分火性，自然勇猛難消。既然如此說，今夜轉奏天庭，把將軍烈火按住，竟做個水旱有禱必靈的神道何如？」亮祖大喜，說：「如此便好！」於是拱手而別。亮祖便上胡床，恰如死的一般，睡熟在床上。直至五更，天色將曙，那神道從天庭奏事而回，旋入帳中，囑咐亮祖說：「我已一一依昨晚所說，奏請玉皇，都依允了。靈光仍付將軍，將軍可醒來，吩咐三軍，晚來攻出重圍，相逢有日，前途保重！」亮祖醒來，梳洗了，仍領軍士上山，焚香拜謝。到得日暮，作急下山，吩咐今夜三更攻打，不題。

卻說陳友定在汀州府中，那王遂等四將，把引誘來軍攻打消息，報與友定得知，十分歡喜。大開筵宴慶賞。且打發許多酒食，送到王遂等四人帳中，說：「功成之日，另行陞賞，今日且各請小宴。」這四將也會齊在山前一個幽雅所在，呼盧浮白的快活。亮祖卻吩咐三軍上山，砍取柴竹，縛成火把五六百個，待夜間以山上神光為號。神火一動，軍中便點著火把，協力乘火殺出口子。眾軍得令，各出整理齊

❷ 綏靖：綏撫安定人民。

備。恰有二更左右，帳中軍士，果然望見山上殿中火光燭天，那些火馬、火騾、火鼠、火雞、火龍、火牛等件，一些也不見，只見東西各路，都是些執著斧、錘、鋸、鑿的牛頭、馬面，每邊約有一二百個，竟奔下來。朱軍一齊點起火把，神兵在前，朱兵在後，從東、西山口，悄悄地直殺出來。誰想神兵斧到石落，把口子上的軍士，都壓死在石頭下面。殺到大路，那神明便把手與亮祖一拱，說：「此處便有幽明之隔，不得同事。趁此靜夜無備，將軍可踰山而上，逕到城中，攻取城池。那友定惡貫未滿，尚得逃脫，不必窮追了。」這火神自向山中去訖。

亮祖聽言，因令三軍直登前嶺。誰想這城依山而築，東南角上，果是依山作城。軍士銜枚疾走，下得嶺來，已在城中。正是友定府牆，三軍便團團圍住，亮祖當中殺入。那友定在夢中，走將起來，只得在茅廁牆上，跳出逃走，逕向建寧而去。亮祖待至天明，安撫了遠近百姓，便將檄文前往浦城、建陽、崇安等處招諭❸。不止一日，三處俱有耆老、里甲，帶了文書，投遞納降。亮祖自領全軍，竟回金陵奏覆。

且說陳友定從廁中跳牆而逃，恐大路上或有軍馬趕來，也向東南角上，登山踰嶺，逕尋鶴鳴山一路行走。手下只帶有一二百精壯。走過山口，但見東西兩路二千個士卒，都不是刀劍所傷，盡是石頭壓死的。至於王遂、彭時興、葉鳳、江大成四將，竟像石欄圈一個，把四將頭頸箍死在內。友定搖頭伸著舌，說：「這朱亮祖甚是作怪，怎能運動這些石片下來攻打？希奇，希奇！」回看山口，又是堂堂大路，與前日光景，一些也不同。歎息了一回，尋思元朝建寧守將阮德柔，極是相好，不如且去投他，做些事業，

---

❸ 亮祖待至天明三句：明史：「胡深請會兵攻陳友定。亮祖由銘山進取浦城，克崇安、建陽，功最多。」

報復前仇，也還未遲。一路之間，提起朱亮祖三字，使膽戰心寒。說總有神工鬼力，那有這等奇異。說話之間，已到建寧地面。友定走進德柔府中，將石壓車士，失去浦城等事，與德柔細說一遍。那德柔也驚得木呆，半日做不得聲。未知後事如何，且看下回分解。

第四十三回　損大將日現黑子

且說元將阮德柔把守建寧，卻有陳友定從汀州逃脫來見。那德柔聽了朱亮祖劈開石壁，殺傷士卒希奇的事，便說：「仁兄此來，我當為你報仇。此地離處州界限不遠，我如今點兵四萬屯住錦江，復領一支兵遶出處州山背，便當一鼓攻破城池。」友定應道：「絕好！絕好！」就整頓軍馬起行，不題。

卻說處州鎮守大將，姓胡名深，字仲淵，此人沉毅有守，智勇兼全。又評論時文，高出流輩。大小三軍，莫不畏之如神，親之如父，真是浙東一方保障。探子報知信息，他便上了弓弦，出了刀鞘，統領鐵甲雄軍三千，上馬出城迎敵。正遇友定兵到，兩邊射住了陣腳，友定看胡深人馬不多，縱馬直殺過來。胡深就把大刀抵住，你東我西，你來我往，戰上五十餘合。胡深兵十分精猛，各自尋個對手相殺；殺得友定陣中，旗倒盔歪，十停之中，留有五停，友定大敗，忘魂喪膽。

天色已晚，兩家收兵，明日再戰。友定自回本陣去訖。胡深領兵入得城來，恰好兒子胡禎迎著，問：「今日之勝，雖荷主上洪福得勝，但父親不著孩兒出陣，決要自戰，卻是為何？」胡深說：「你不曉得，那友定因輸與亮祖，又失了若干地方，此行倚仗阮德柔，以圖報復。其勢必勁，其謀必深，你少年人那識行兵神妙？但我今日雖然得勝，此賊明日必另有詭計應付我師。我前日接主上密札，吩咐說：『日中有黑子❶，主東南主將不利。』我連日坐臥不安，心神若失，不意此賊攪擾界限，倘有疏失，我當萬死以報主公。你為我子，更宜戮力為國盡忠，為父爭氣。」言畢不覺淚下。胡禎慌忙答應：「父親放心，料當必勝。」軍中把酒已罷。

次日，黎明時候。胡深傳令軍中造飯，結束齊整，三千鐵甲兵，沒一個被半點傷痕。正要上馬，只見走過兒子胡禎來說：「父親今日可令孩兒出陣搦戰，稍稍替你氣力，父親可督中軍壓陣。」胡深笑道：「孩兒不須掛心，我今日若不出陣，那友定便說我畏懼，氣力不加，反被賊人笑侮。你可領兵去鎮守城池。」吩咐纔罷，便跳上馬，把身子一扭，那馬飛也似當先去了。剛剛排列陣勢完成，早有陳友定前來，大叫道：「胡將軍出來相對，決個勝負。」胡深聽了，便說：「陳元帥你為何迷而不悟？你陣上四萬甲兵，到晚點數，不上二萬有零；我兵三千，全軍而返。昨日之戰，已見分明，元帥何不順天來歸？我主公仁明英武，群臣樂用，不久四海自當混一。昔日竇融歸漢，至今稱為英雄。元帥請自三思，何苦傷殘士卒！」

友定聽了一回，也不回言，馳兵竟向陣中殺入。胡深大怒，領三千鐵甲兵，殺入重圍，把那賊大寨柵登時斫倒，殺到核心。那二萬餘人，又去了十分之四。友定大敗，勒馬向建寧路上逃走。胡深縱馬趕來，約有二十餘里，看看較近，那友定心下轉說：「前者被亮祖出奇兵奪去了建陽、崇安、汀州等地，無可安身，幸有阮德柔肯分兵與我報仇。今只存得殘兵萬餘，雖然回去，有何面目見江東父老？諒他後

❶ 日中有黑子：誠意伯劉公行狀：「一日公見日中有黑子，奏曰：『東南當失一大將。』時參軍胡深伐福建，果敗沒。」

面又無接應兵馬，不如拚死與他再戰。」這也是胡深命合當休，上應天象。那友定大喊一聲，轉馬來殺。胡深道：「你正該受死。」兩馬正將湊合對敵，誰想胡深坐的馬，被那旗旛一動，日光竟射過來，只道是什麼東西，把雙腳一跳，湊巧前腳踏著一把長草，那草把後蹄一絆，絆倒在地。胡深雖便跳下馬來，卻被賊兵撓鉤搭住不放，眾軍便活縛了過去❷。三千鐵甲兵直衝過來救應，那友定奮力殺奔前來，無可下手，三千鐵甲兵士，只得含淚逃回，報胡禎得知。

那友定見軍士四散，便拍馬先回建寧城中，見了阮德柔，說：「捉大將胡深到來。」德柔大喜，就請友定暫回本營，解甲安息，待眾軍解到胡深，方請公堂筵宴慶賀。友定回至本營，未及半刻，眾軍把胡深解到。友定便下了階，解去了縛，說：「且請上堂說話。」胡深只得上堂，便開口說：「既然被擒，願得一死。倘如釋放，便當與公同事聖明，不枉了君明臣良之大道。」說了又說，勸了又勸。友定心中甚是尊愛。不想阮德柔處，屢次打發人來請赴宴，因友定聽了胡深言語，只是沉吟，不見發付，便不敢上堂相稟。誰想德柔這賊，坐在自己堂上，正要十分施逞快活，怎奈二三十個差去接的人，都不去回覆，忍耐不住，便放開腳步，走到館門首，大喝道：「陳將軍把這胡深一刀兩段便了，何必待他說張說李，終不然放了他不成？」友定慌忙下堂迎接，那德柔已到堂前，喝令中軍把胡深斬訖報來，連友定也沒做理會。頃間，軍士獻上首級。德柔同友定到府中筵宴。話分兩頭，胡深兒子胡禎，在城上自早盼望到晚，杳❸無消息，自要領兵出城接應，又恐孤城失守。正在狐疑不禁，心驚肉跳，卻有一種口裡說不出的光

❷胡深雖便跳下馬來三句：明史：「時德柔兵屯錦江，逼深陣後。亮祖督戰益急。深引兵還擊，破其二柵。德柔軍力戰，友定自以銳師夾擊。日已暮，深突圍走，馬蹶被執，遂遇害，年五十二，追封縉雲郡伯。」

景。隔不多一會，鐵甲兵士到來訴說，馬絆被捉事情。胡禎放聲大哭，哀動三軍，暈倒了半日方醒。次日，申發文書，知會四方接應；一面將事情上表奏聞太祖，申請急調兵將把守，不在話下。

卻說朱亮祖承命攻取汀州等處；得勝而回，不日來到金陵。次日，入朝朝見，禮畢出班，將前事一一面奏。太祖不勝歡喜。便令御馬監將自己所乘駿馬，並庫中金、銀、綵緞，及表裡賜與亮祖；亮祖拜謝出朝。只見殿中走過一位使臣，將表章托在手上，口稱：「處州府鎮守胡深子胡禎，遣來奏聞的表章。」太祖聽了「胡深子胡禎」五字，吃了一驚。便問：「胡元帥好麼?」那使臣不敢答應，只是兩淚汪汪。太祖慌忙把表章一看，方知胡深被害。便對宋濂說：「胡將軍文武全才，吾方倚重，不意竟為友定這賊所害!」即追贈縉雲伯，遣使到處州致祭。就蔭長子胡禎處州衛，用為將軍指揮僉事之職。正在調遣間，恰好徐達領兵回見太祖。太祖見了，便問呂珍消息。

徐達回奏：「呂珍聞主公取了湖廣，因遁跡蘇州。那左君弼來攻牛渚渡，幸託主公洪庇，被臣連敗六陣，追至廬州。左君弼復棄廬州，北走陳州。臣即俘其老母妻子解送軍前。」太祖令將君弼家眷，擇深大宮舍寓寄，支領官俸，優恤隆眷。即對徐達說：「前者軍師劉基，在豫州別我時，曾言日中黑子相盪，主損東南方大將之象。今胡深與陳友定相持，馬蹶被捉，不屈而死，大可痛憐。我今思量，向年廖永安領兵往救常州，被呂珍所獲，後來我兵活捉張九六，他要將永安來換，彼時不知主何意思，不換與他。至今守義不屈，被其羈禁。你可吩咐中書寫誥文與他，遙授光祿大夫程國江淮行省平章事楚國公，以表孤不忘遠臣至意。」徐達領命而出。未知後事如何，且看下回分解。

---

❸ 杳：無音無聲。

第四十四回　常遇春收伏荊襄

話說太祖因胡深不屈身死，展轉念及廖永安，陷於張士誠，守義有年，敕授官爵，命中書寫誥與他家內，以勵忠貞。早有細作報與士誠得知，且說太祖加稱吳王封號等事。士誠即自稱皇帝，改國號為大周，改年號為天祐。立長子張龍為皇太子。次子張豹、張彪、張虬，總理軍國重事；以大元帥李伯昇，領兵十萬，把守湖州，以潘原明領兵五萬，把守杭州，阻住錢塘江口；以萬戶平章尹義，守住太湖。封弟張士信為姑蘇王，李伯清為右丞相。一面請命於元朝。而今他也曉得元朝遮護他不得，且做事還有妨礙，盡把監制他的元臣，一一逼脅身死，放情自縱。每常只有提防朱家兵馬、征伐浙右意思，這也慢表。

且說常遇春同鄧愈領兵進攻贛州，賊將熊天瑞，從東門外十里列陣迎敵，相持日久，勝負未決。太祖乃遣左司郎中汪廣洋前往參謀。因諭遇春等道：「天瑞困守孤城，猶籠禽阱獸❶，諒難逃脫。但恐破城之日，殺傷過多，爾等須以保全生命為心：一則可為國家使用；二則可為未附者戒；三則不妄誅殺，子孫昌盛，漢時鄧禹可以為法。前者，友諒既敗，生降諸軍，或逃歸者，至今軍為我用，民為我使。後克武昌，嚴禁軍士入城，故得全一郡之命。苟得郡而無民，雖得何益。」正說間，汪廣洋來到軍中，傳與上命。

❶ 籠禽阱獸：籠禽，籠子中的鳥。阱獸，陷坑裡的獸。籠禽阱獸，就是說被圍困不能逃脫。

當時暮冬天氣，江西近贛諸地，頗苦嚴寒，聞有天命來諭，保全民命的話，便覺陽和春色，一時照臨，都如挾纊❷一般。遇春見天瑞拒守益堅固，命軍士深掘溝池，廣立柵閘，周匝圍繞，以防救援，且絕城中往來信息。日復一日，已是元至正二十五年，歲在乙巳正月元旦。常遇春等領諸軍，在贛州東向金陵稱臣祝壽，呼天動地。

那天瑞在城上遙望了一會，對那些軍士說：「朱家真好臣子，真好禮體，以此光景，頗有一統規模。但未識朱公德量如何？前聞使者到軍中傳諭，不許妄殺，未知果否？」自言自語下城調遣軍士把守。此時春色已動，朱軍加倍精銳。又將半月，天瑞自揣力不能支，只得寫降書，開門送遇春營內。遇春細看了來情，並問來人心事，已知天瑞困迫。因對來人說：「前者我王駕到江西，你將軍已是投降，並收了我主許多賞賚。不意他復生歹心，勞我師旅。今日本當不受納降，但我何苦為你將軍一人之頭，帶累許多無辜之眾？你今回報，叫他再清夜自思，不可造次做事。倘或目下勢迫而降，後來仍如今日叛逆，天兵一到，決不容情。」那人回城，備講了這一番話。

次日，天瑞親到軍中負荊納款❸。遇春因傳令諸軍，不許攪動村居百姓，各守隊伍。倘有一軍走入民居者，刖足❹示眾。號令已畢，止率從者十人進城，調查戶籍，釋放無罪良民，將存有倉儲，盡行散

❷ 挾纊：比喻受人恩惠，有如穿綿的溫暖。

❸ 天瑞親到軍中負荊納款：明史：「太祖兵克臨江，遣常遇春等攻贛，天瑞拒守越五月。二十五年正月乃帥其養子元震肉袒詣軍門降，太祖宥之，授指揮使。」負荊，縛了杖在背上去請罪，要對方就拿這杖來打他。納款，古時候戰敗投降，要繳納投降的條款。

❹ 刖足：古時斬斷足的刑罰。

給遠近人民，以濟騷擾之苦。一面申奏朝廷，一面傳檄南安、南雄、韶州等郡，曲諭主上德意，諸處望風而降。因令原守韶州同知張秉彝，仍守韶州，指揮王嶼守南雄，自己統領三軍，不日回金陵。太祖臨御戟門頒賞犒勞，因對遇春說：「孤聞將軍破敵不殺，足稱仁者之師。曹彬之下江南，何以有加。此真天賜將軍，以隆我國家也。但思安陸及襄陽一帶地方，正是江西肩背，不可不取，還煩將軍一行。」遇春拜謝賞賚，口啣新命，即日出城，往荊州進發，不表。

且說偽周張士誠、元帥李伯昇，見朱兵往江西一帶征取，湖州諒來無事，悄地率眾二十萬，星夜兼程而進，竟把諸全新城圍住。主將胡德濟堅守，即遣使往李文忠處求救。李文忠得報，更率眾來援，未至新城十里，土名龍潭地方，文忠傳令前軍，據險安營搦戰。德濟知文忠已到，遣人間道對文忠說：「眾寡不敵，將軍少待大兵，一齊攻殺，方保無虞。」文忠對來使說：「以眾論，則我非彼敵；以謀論，則彼非我敵。昔謝玄以兵八千，破苻堅雄兵八十萬。若未與戰，便遽退避，則彼勢益熾，縱有大軍到來，難為攻矣。莫若與之一戰，死中求生，正在今日。」遂下令說：「彼眾而驕，我寡而銳，可一戰而擒；擒彼之後，輕重車馬，任汝等所取，汝等當戮力同心廝殺。」

明日，兩軍相對，文忠仰天大叫：「朝廷大事，在此一舉。敢自愛其身，以後三軍哉！」即橫槊上馬，領了數十鐵騎，乘高而下，直搗伯昇陣後，衝開中軍，一把刀登時砍倒二十餘人。即督眾乘勢四下趕殺，賊兵大潰，自相踐踏。胡德濟在城，聞知文忠力戰，因率城中將士，鼓噪而出，聲震山谷，旌旗蔽天，無不以一當百，斬首萬級，血流成河，河水盡赤。

伯昇卻要望東而逃，又遇左翼指揮朱亮祖，卻好領兵殺來，把大營四下放火騰燒，活捉同僉韓謙、元帥周遇、蕭山等六百餘人，散卒軍士七千餘眾，馬一千八百餘匹。棄去的輜重、鎧甲、器械，山堆阜積。眾軍士搬運了五六日，尚不能了。李伯昇領殘兵萬餘，保偽周五太子，星夜赴蘇州而去。文忠仍領兵鎮守舊地。

話分兩頭，卻說太祖命元帥常遇春往取安陸、襄陽。復調江西省左丞鄧愈，為湖廣平章事❺。領兵接應。因使人諭知鄧愈說：「凡得州郡，汝宜駐兵撫輯降附。近聞元將王保，現集兵汝寧，他的行徑，如築堤壅水，惟恐漏洩。爾往荊南，倘能愛恤軍民，則人心之歸，猶水之就下。是穿其堤防，使所聚之水，都漏洩也。用力少而成功多，正在今日，爾宜敬之。」鄧愈奉命，來至遇春營前，那遇春正與安陸守將任亮血戰。看那任亮甚是驍勇，二將鬥到五十餘合，未分勝負。鄧愈大叫道：「常將軍，待末將為公活擒此賊……」聲未絕，手中展開錦索，向天一撒，把那任亮活捉到馬上去了。一個回馬，把馬一拍，向自己營中跑回。著三軍將任亮打入囚車，解金陵候旨發落。遇春見鄧愈捉了任亮，便縱馬入城，撫慰百姓。即令沔陽衛指揮吳復，在城把守。

次日，發兵前至襄陽。只見城門大開，百姓攜老扶幼，一路跪接。備說鎮守元將，聞風逃遁。遇春吩咐後兵傳言，請平章鄧愈進城，安輯人民，出榜曉諭。自己統領大兵追殺元將五十餘里。因俘士卒五千餘眾，獲馬七百餘匹，糧一千餘石。正要轉身回軍，恰有元僉院張德山、羅明，跪在馬前，將穀城一帶地方，與思州宣撫並湖廣省左丞田仁厚等將，所守鎮遠、吉州軍民二府，婺川、功水、常寧等十縣，龍泉、瑞溪沿河等三十四州，盡行附降。遇春即令軍中取過馬匹，與三人騎了同至襄陽城中。早有鄧愈

❺ 復調江西省左丞鄧愈二句：明史：「遇春克襄陽，以愈為湖廣行省平章，鎮其地。」

在府整備筵宴邀入相聚；一面再將得勝納降事務，修成表章，申奏金陵。內並請改宣撫司為司南鎮西等處宣慰使司，仍以田仁厚為宣慰。未知後事如何，且看下回分解。

第四十五回　擊登聞斷明冤枉

卻說常鄧二將軍，統兵攻取荊、襄之地，恰有張德山、羅明、田仁厚三人，聞風而來，歸有許多地面。因一面中文保留仁厚為宣慰使，又備說元將任亮，雖被擒獲，然壯毅可用。太祖俱允奏。以田仁厚巡撫荊南，仍授宣慰之職；釋任亮為指揮僉事；敕令鄧愈為湖廣行省平章，鎮守襄陽。常遇春暫領兵回金陵，聽遣征討。

是時湖廣江西皆平，太祖因會集多官計議，說道：「張士誠貪得無厭，僭稱皇帝，倘不及時剪滅，小民何忍受其淩辱！」因吩咐將士：「明日在教場觀兵，倘能戰勝者，受上賞；其有被傷而不怯退者，亦是勇敢之士，受中賞。」諸將帥領命退朝，整點各部軍馬去訖。次日五更，太祖出宮，排駕直到演武場中坐下。即調起居郎官屬司，從旁登記今日比試勝負於簿上，以便賞罰。大小三軍，個個抖擻精神：逐隊、逐伍、逐哨、逐營，刀對刀，鎗對鎗，射的射，舞的舞。十八般武藝。從大至小件件比試過了。又命火藥局裝起火銃、火炮、火箭、烏嘴噴筒等項，都一一試過。自黎明至天晚，太祖照簿上所記勝負，各行賞罰。排駕回宮。昏暗中遠遠望見一人，倚牆而立，太祖指問巡街兵馬指揮說：「那人是誰？」指揮即刻將此人拘押到駕前，詢問籍貫、姓名。那人回說：「小人攸州人氏，姓彭，雙名友信❶。縣官以

❶ 雙名友信：即彭友信。碧甲雜存：「彭友信者，攸人也，歲貢至京。一日，聖祖微行，途中相值，忽見虹霓。

臣文學，齎發來此。今早方到。聞吾主選拔將士，不敢奏聞；適見駕回，遍走民家迴避，以面生可疑，無人許臣進門，因此倚牆而立。」太祖聽他言辭清亮，且舉動從容，抬頭一看，天邊霓色粲然。因說：「我方纔登駕，以雲霓為題，得詩二句。你既有文學，可續成麼？」友信奏說：「願聞溫旨！」太祖吟道：

誰把青紅線兩條，和雲和雨繫天腰？

友信接應答道：

玉皇知有鸞輿出，萬里長空駕彩橋。

太祖聽罷大喜，即令明早入朝進見。次早，鐘聲方歇，太祖密著內臣出朝，探視友信來否。只見友信整衣肅冠已到多時。太祖視朝禮畢，對侍臣說：「此有學有行之士，我欲任為翰林編修，眾卿以為何如？」廷臣齊聲應道：「極當，極當！」友信拜謝方畢，只聽朝門外鼓聲鼕隆的響，原來太祖欲通天下

聖祖口占二句云：『誰把青紅線兩條，和雲和雨繫天腰？』友信應聲曰：『玉皇昨夜鸞輿出，萬里長空駕彩橋。』上異之。相約明日會於竹橋，同早朝。明日彭果往候，久不至，遂失朝。已而宣入，喜曰：『有學有行，君子也。』以為北平布政使。」

民情，及世間冤枉，倘無人替他伸理，便任百姓到朝擷擊此鼓，名叫「登聞鼓」。如有大小官軍，阻遏來人者，處斬。太祖聽見，便宣擊鼓的進見。不多時，只見一個極美極潔的婦人，年紀只有二十餘歲，飄飄冉冉，走向殿前叩了幾個頭。跪著訴說：「小婦人周氏，父親是揚子江邊漁戶。將奴嫁與李郎，在金山寺附近捕魚為業。方嫁兩載，生下一個孩兒。時常有鄰家江媽，送我些胭脂花粉，小婦人亦時常把些東西回他。因此往來甚是親密。一日，李郎捕魚未回，婦人因邀江媽到家相伴同睡，誰想江媽，暗將僧鞋一雙藏在床下，次早江媽回去，恰好李郎歸來，在床下見有僧鞋，疑是婦人與和尚通姦。任我立誓分辯不信，逐我回到娘家。離別時，曾占詩一首，訴明衷情。那詩記得說：

去燕有歸期，去婦有別離。妾有堂堂夫，妾有呱呱兒。撇了夫與子，出門將何之？有聲空嗚咽，有淚空漣漣。百病皆有藥，此病最難醫。丈夫心反覆，曾不記當時；山盟與海誓，瞬息竟更移。吁嗟一婦女，方寸有天知！

李郎也只做不聞，只得長別。自此，將及半年，有個新還俗的僧人，叫做惠明，原是金山寺和尚。託媒來說，要取婦人。父親作主，便嫁了他。前晚酒中說出，當年江媽媽時常送些花粉、胭脂，及藏僧鞋的事務，原來都是這和尚的奸謀。因此將小婦人夫妻拆散。後訴本地知縣作主，誰想他又央人情，不准呈詞。這段冤枉，全仗皇上審理。」太祖聽了大怒，即喚殿前校尉，星馳拏捉奸僧、江媽並本地知縣，同金山寺合寺僧眾，到殿前鞫問。不一日，人犯齊到，一一都如婦人所言。登時，命將惠明淩遲處死，江媽主媒鳥首。同寺內十二個僧人，坐知情罪杖責。知縣遏絕民情，收監究問。其餘寺僧，俱發邊遠充軍。這婦人仍著原夫李郎領回，永為夫婦。判訖。

暑往寒來，不覺又是孟冬天氣。太祖對徐達、常遇春說：「今日士卒訓練已精，資糧頗足，公等宜率馬、步、舟師，一齊進取淮東，先克淮安。順便攻泰州一帶，剪去士誠東北股肱之地。」二將領命辭朝，擇日率兵廿萬，向淮東一路進發。且說士誠知朱軍攻取風聲，即召滿朝文武商議。恰有次子張虬向前奏說：「臣意金陵兵馬，本欲先取淮安，後攻泰州。我處不如遣舟師進薄淮安，次於范蔡港口，以疑彼師。使他進退兩難，彼此分勢，日久師老，不戰自退。」士誠聽了稱說有理。即令張虬帶領舟師，依計而行。一面又遣人馳赴泰州，令守將史彥忠，小心防守，不表。且說太祖在金陵，探子報知士誠如此行兵信息，因作書諭徐達❷道：

> 賊兵駐紮范蔡，不敢陳於上流，分明是欲分我兵勢耳，非真有決機之謀也。宜遣廖永忠等，率舟師禦之。大軍切勿輕動，待他徘徊江上，聽其自我。乘其怠惰，攻之必克矣。泰州既克，則江北瓦解，不卜可知。

❷ 且說太祖在金陵三句：「太祖諭徐達曰：『寇兵初駐范蔡港，吾度其計。今觀望猶豫，不敢即出上流，其為計益明。然寇計不過欲分我勢，非有決然攻戰之謀。宜遣廖永忠還兵水寨，大軍勿輕動。此寇徘徊江上，自老其師。乘其怠慢，此月必克泰州。泰州既克，江北瓦解，不戰自潰。但宜謹備之爾。』」

徐達接諭，即率兵馳赴，由淮安至泰州安營。泰州史彥忠早已知風，便對眾人商議說：「金陵兵勢浩大，若與對敵，必不得利。以我見識，城中糧餉甚多，只宜固守。一面使人往姑蘇，求取救兵接應，方可迎敵。」眾人都說：「元帥高見。」史彥忠即修表，遣人往蘇州求救。調各將士固守城池。朱兵直抵城下，每日令人大叫罵戰。彥忠只是堅閉不出。徐達傳令，在正南上七里外安下大營。眾將都來議圍城攻擊之策。徐達說：「吾知此城極其堅固，而且兵多糧廣，以力攻之，必不易克，徒傷士卒之命。莫若乘機另生計較。」因命眾將每日遣小卒在城下百般毀罵，激他出戰。那史彥忠只是在城堅守，不許一人出城。一連相持了半月，徐達見眾軍無事，即令馮勝帥所部軍馬一萬，進攻高郵去了。

過有七八日，又命孫興祖領兵一萬，把守海安去訖。又對遇春、湯和、沐英、朱亮祖、郭英等，說：「我想史彥忠乃東吳善守之將，不若乘此嚴冬，人將過歲，吾有方略在此，只是事機要密，諸公幸勿漏洩。」即向眾人耳旁說了幾句，如此，如此。眾將說：「元帥之計，甚妙。」次日，徐達傳令：「諸軍在此，以客為家。今彥忠既不出戰，亦且聽其自然。目下已是除夜元旦，汝等自宜慶賀數日，以享韶華。」說完，即在帳下設一個大宴會，齊集眾將，高歌暢飲，扮戲娛情，一連的熱鬧了七八日。未知後事如何，且看下回分解。

第四十六回　幸濠州共沐恩光

且表徐達見史彥忠堅守不戰，因此設計，令軍士也不攻城，趁著三陽佳節，解甲休兵，大吹大擂，一連飲了七八日光景。早有細作看了朱軍這般光景，報與彥忠知道。彥忠大笑，說：「如此村野鄙夫，豈堪出任大將。今彼既自驕自肆，上下各無鬥志，不如乘機破之，何必定要外兵來援，方纔迎敵。」彥忠又恐未必的實，就喚兒子史義說：「我令你前往打探虛實，汝可將書一封，假以投降獻城為名，觀其動靜。事成之日，重重奏請陞賞。」史義領令，齎了降書，逕投徐達營前，令士卒報入。那些士卒也不阻止。史義直入營中，但聞笙歌聒耳，嬉戲的妝生妝旦，抹朱搽粉，在堂中搬演雜劇。那個徐達元帥，與這些眾將，沉酣狼籍，略無紀度。史義在旁，細看了一會，也沒有人來查他姓張姓李。又是半晌走到桌子邊，摸出書來投遞。徐達假作醉眼，問說：「你是何人？」史義答說：「小的是史彥忠帳下將書來的。」徐達慢慢地拆開，念說：

泰州守將萬戶侯史彥忠端肅書奉大德總戎徐公麾下：伏念彥忠久思聖澤，願沃仁風。昨聞師臨敝邑，即欲啣命投降；奈吳有監使，未得隙便。今監使已回，謹獻戶歸降，乞保餘生。特此先容，餘當面稟。

徐達看書大喜。便以酒與史義吃。問說：「主帥幾時來降？」史義權對說：「明日即來。」徐達即傳令軍中，說：「泰州已降，正可設宴作賀。明日可增多筵席十桌。至如帶來軍士，且到臨時，宰殺牛、馬犒賞。」史義即時出得營來，又聽得帳裡鼓吹聲歌，不住交作，喜不自勝，即刻回到了泰州，備說三軍的榜樣。彥忠大喜，說：「今夜不殺徐達，永不為大丈夫。」是日，正是元至正二十六年，丙午正月七日，約莫一更左右，彥忠率兵二萬，出泰州南城，悄悄的馳至徐達營前。但聞營中更鼓頻敲，便引兵直向營側。只見滿地士卒，皆熟睡不醒。

彥忠吩咐將卒說：「汝等不必殺死士卒，逕殺徐達，方為大功。」帳中燈燭微明，遙見徐達隱几而臥。彥忠遂令三軍，奮力殺入。誰想方踏進營中，都落在坑中。坑深四丈，下面都是兩頭尖的鐵釘、狼牙、虎爪，陷入即死。仔細一看，卻是草人。彥忠大驚，倒戈退步而走。忽聽得一聲炮響，伏兵盡起。東、南、北三面，密密叢叢的軍校，殺將攏來。止有西面兵馬少些，彥忠便令軍士投西而走。徐達傳令，即將火銃、火炮、火箭、長鎗手，一齊追來。面前皆是大溝，闊有二丈零，深有三丈零。泰州兵馬，墮死不計其數，止約剩有百餘士卒。彥忠只得踏著浮屍而逃。此時天色已明，彥忠深恨為朱兵所誘，且行且怨。

只見當先一軍阻住，為首大將卻是湯和。高叫說：「不如早降，免得身死！」彥忠大怒，縱馬來戰。湯和便舉刀相迎，未及數合，彥忠勒馬而逃。湯和乘勢追殺。將到泰州城邊，惟見城上搖搖拽拽，曜日遮雲，俱是金陵常元帥旗號。弔橋邊旗竿上，早將史義首級，懸在高頭。彥忠自度力不能勝，拔劍自刎而死。徐達帶領數十人，入城安撫人民。其餘軍士，不得亂離隊伍。次日，發兵一萬，前往高郵助馮勝攻打。那高郵守將俞中，被馮勝日夜督戰，正在危急，俄聞泰州又破，且益❶雄兵萬餘，前來攻打，只得出降，不題。

且說太祖一日說：「濠州是吾家鄉里，今被士誠所據，是吾雖有國而實無家❷！」前者，命韓政率顧時領兵攻取，誰想守將李濟領兵拒敵。又著龔希魯去說蕭把都，亦觀望未決。因點兵一萬，攻他水濂洞內城，又連兵攻打西門。那李濟拒守益堅，傷殘士卒，難以下手。徐達既取泰州，太祖即馳書與韓政、顧時，命以雲梯、砲石，四面併力攻打，誓在必克。李濟力不能支，遂出城納款。太祖得了捷報，大喜，說：「吾今有國有家矣。」即日起程，駕幸濠州，拜謁陵墓。禮畢，即與諸父老排宴歡敘。因令修城浚池，著顧時駐紮。駕留五日，仍回金陵而去。濠州既降，淮東遂失左臂。於是淮安偽周守將梅思祖，徐州、宿州守將陸聚，皆望風來歸。

卻說孫興祖前領徐達將令，把守海安。那興祖方才紮營十餘里，士誠的兵果然來寇海口。興祖便率兵併力攻殺，活擒將士四百餘人，殺死約二千餘眾。士誠的兵，遂連夜逃遁而去。孫興祖即進攻通州。那通州守將吳魁。嚴兵相拒。興祖向東城外五里安營，便排開陣勢，單刀縱馬殺來。對陣中米爾忠、張大元、虎布武、李通，一齊接住。興祖統兵大叫，聲震天地，河水若立。把四將一齊殺死，斬首數百級。

❶ 益：這裡當做增或添字解。

❷ 是吾雖有國而實無家：平吳錄：「李濟據濠州，名為張氏守，而觀望未決。太祖曰：『濠為吾家鄉，而吾有國而無家也。』命右相國李善長以書招之，濟得書不報。復遣龔希魯潛往濠州，說李濟並蕭把都，把都亦以城降，遂議進兵浙西。」

吳魁連忙奔入城中，緊閉了不敢出戰。興祖也暫領兵而回。

卻說徐達見淮安等處投降，便統兵渡江，過了常州，從長興大路進發，逕到太湖，貼著湖州岸上安營。早有偽周守將尹義，練著戰船一千餘隻，在東岸截住去路。哨子探知來報，徐達思量太湖是東吳要地，正宜固守。即遣郭英馳入長興，取船二千隻，同耿炳文調水軍在湖邊駐紮。次日，即領兵逕泛太湖。郭英得令，遂向長興進發。明日黎明，已同耿炳文到軍前來會。徐達見了炳文，便道：「自從將軍鎮守長興，備禦多方，賊人遠遁，毫不敢犯，真非他人所及。」炳文回說：「卑職效勞，是臣子分內之事，末將愧無才能，但心中可盡，不可不為耳。」徐達因問郭英說：「昨勞先鋒料理船隻，可曾完備否？」郭英道：「已有三千餘隻，整備湖口了。」徐達便別了耿郭二人，領兵直至太湖，望東南而行。但見綠水潺潺，清波渺渺，南接洞庭，東連滄海西注錢塘，北通揚子。五湖之景，此為第一。徐達回顧湖景，因對眾將說：「湖光浩蕩，長天一色，吾恨無才，不足以寫其妙。聊作春湖歌一首，念與諸公請教：

紫氣參差煙霧遶，清波蕩漾連蓬島。湖中落日映金盤，水上風生飛翠鳥。
蘆舞銀花白蒂輕，荷生翠點青錢小。洪濤滾滾連天涯，雪浪滔滔連海表。
睍睆黃鶯訴景和，呢喃燕子啼春老。魚龍吹浪水雲腥，珠浸湖中煙月曉。
岸邊遊士喚開舟，船上漁翁拖短棹。南越憑依作障籬，東吳倚藉為屏保。
千團星月玉珠簾，萬里煙霞瑞氣好。勝景繁華第一奇，輕帆破浪奸邪掃。」

歌畢，眾將俱稱嘉美。滿湖中但見旌旗蔽日，金鼓喧天。遠望東岸，一派號旗林林的布立得整齊。岸下戰艘蜂屯，正是偽周虎將尹義屯紮的水寨。他兵望見朱師將至，便擺開船隻，頭頂著尾，尾旁著頭，一字兒擺開，飄飄蕩蕩，恰有十里之路。每船上只見頭上立著二人，艄上一人，中間艙內五六人。也不吶喊搖旗，鳴金擊鼓。俱是一把長鎗在手，直衝前來。常遇春與眾將看了，大笑，說：「這是漁翁的把勢，說甚麼舟師！」惟是主將徐達見如此形勢，急傳令三軍：「且宜慎重，萬勿輕敵。我看他們，必有詭計……」傳令未完，不料他軍看見如此光景，便縱船殺入。約有五百餘號，後船略不相接，只見小船上號炮一聲，那些頭尾相接的船，飛也似圍將過來。未知後事如何，且看下回分解。

第四十七回　薛將軍生擒周將

話說我們水軍，前船殺進，約有五百餘隻，後船不繼。誰想偽周的小船上，一聲號炮，那些一字兒擺開的兵船，卻飛也似圍將攏來。先前每船上止不過有六七人在上，不知而今平白裡，到有七八十人。畫角一聲，重重疊疊，如蜂似蟻的圍住。朱軍的船在內，前後分作兩段。只見虛聲吶喊，卻也不近前廝殺。且說常遇春、王銘、俞通源、薛顯四員虎將，分頭殺出。但是我軍將到，他們軍士便都跳下水去；我船略開，他們仍然跳回船上來。

遇春傳令說：「他軍既然如此，不過欲老我兵耳。但是我軍糧草不繼，如此三日，則枵腹❶了，何以當勁兵？我們的船，且集在一處，再作商議……」話還未已，只見船上都說道：「不好了！不好了！我軍船底被他們鑿破，湧進水來了。」眾軍著急，都去艙內補塞。未及半晌，那些水軍紛紛的在水上，如履平地而來。將我在外的船隻，提起鐵錘，只是亂打。頃刻間，朱軍溺死的已是一千餘人。常遇春等無計可施，遙看三面俱是蘆蕩，約有二十餘里。蘆蕩之外，仍是無邊水面，要望外邊援軍，他又盡將巨艦在十里之外，重重隔斷，聲息無聞。遇春仰天歎說：「不意此身沉沒在此。」薛顯說：「常元帥，你且慢著心焦。這場事務，須從萬死一生中，尋個計策。我們且把船一齊盪開，不可聚在一處。倘若他四

❶ 枵腹：枵，空虛。枵腹，肚子飢餓空虛。

下裡以火相攻，比鑿穿船底尤是厲害。我有一計，即喚眾軍收撈已壞的船隻，盡將艙底打開，只留船底，將鐵鍊縛成，鋪浮水面。每片約長十丈，闊二十五丈。板多則負重。每板上立四十人，各執火銃、火炮、火箭等物，乘他巨艦挨擠水面之時，今夜以火攻向前去。其餘不壞船隻，緊隨火器廝殺，必能殺開重圍。」

俞通源聽了搖頭，說：「不可！不可！我軍駕著船板而行，仰視艨艟❷巨艦，多有二三丈之高，一時難得上去，且風又不便，二者毫無掩蔽，則重傷必多，此計未妥。我仔細思量，尹義守此，不過十萬之師，他如今駕著大船，當湖心截住前後，則眾軍必然盡罄的俱在水面上把守，岸上陸兵，見我們前後不應，必不準備，莫如今夜將船分半，竟抵彼岸，直劫他岸兵。這叫做出其不意，攻其無備之法也。未知將軍以為可否？」遇春聽了便說：「二位的議論都好，我如今都用。但只與二位相反的：薛將軍說將船底連攏去向後邊放火，俞將軍慮及以下攻上，且無掩蔽，重傷必多。我如今盡將好船帶領火器，到他攔阻的船邊放火攻殺，便有遮隔，也無俯仰之苦。俞將軍說將船直抵彼岸，乘其無備，劫他岸兵，我們又苦無船可渡；薛將軍將船底連攏渡去，此正如破釜沉舟，置之死地而後生的計策，使他兩下救應不及。二位以為如何？」

眾人都說：「絕妙！絕妙！」即令眾軍將打壞不能裝載的船，盡行拆散，把鐵鍊如法連成一片。如今反將底面向天，以防釘腳損傷士卒，及到岸邊，仍然翻轉，將面子向天，防他水兵被火，逃脫上岸，一時觸傷腳底，難以向前。又令在船眾軍，整理火器等件。俞通源、薛顯領兵攻打水寨。王銘領兵攻劫

❷艨艟：戰船。

岸兵。只待夜間，分頭行事。急忙料理，不覺紅日西沉，但見湖中清風徐來，水光接天，眾籟❸無聲，一碧萬頃。可惜只為王事在身，無心盼睞❹煙光景色。

卻說元帥徐達，在中軍聽得一聲炮響，忽見丹義陣上的船，如飛圍繞，把我截做兩段。倏忽之間，大船如雲而來，似銅牆鐵壁，攔阻在湖心內。自知中他奸計，急令軍士慢施櫓棹，且集眾將細議攻打。軍令一下，眾將會齊到船。都說：「起初之際，更不見一隻大船，只見幾處蘆葦蕩邊，有些捕魚小船，我們因此也都放心，誰知落他的圈套。」正說話間，那些被溺死的軍士，飄飄蕩蕩，竟如雪片的流到船邊，心中十分不忍。欲要打探，更無去路。又不見裡面一些響動。俞通海、俞通淵因有兄弟通源截住在內，不覺放聲大哭起來。眾軍洶洶茫茫，也沒有個理會。徐達此時待將轉回湖口，又思前軍無人接應；欲殺向前去，那船上只是把噴筒、火炮、火銃等物，不住的打過來。刀鎗、劍戟，密密擺列船上，不讓你近前。徐達只是口中不住的歎氣。看看傍晚，無計可施，但只吩咐各船上，夜間小心巡哨，靜聽裡面，恐有聲聞，以便救應。眾將得令。但聽得偽周船上鳴鑼擊鼓，畫角長鳴，四下裡分頭巡更。不覺已是初更左右。只見月色朦朧，星火暗淡，朱軍側耳細聽，並不見有一毫動靜。將近二更，只見水面上刮起波紋，早有軟浪，打到船頭。徐達獨坐艙中，聞得風聲，愈加煩悶。

且說裡面被圍，水帥俞通源、薛顯傳令❺，凡是好船，都撐轉船頭，仍從原路而行。恰好趁著順風，

❸ 籟：空虛地方發出來的聲音。

❹ 盼睞：盼，是望的意思。睞，是斜視。盼睞，這裡當做欣賞或領略的意思講。

❺ 薛顯傳令：明史：「顯帥舟師奮擊，燒其船，眾大潰。」

條忽之間，都頂尹義大船的舵上，只待常遇春等船板渡軍上岸，以放炮為號。一邊放火殺出，一邊上岸殺人。且喜他的船上，都料如此布列，萬無一失，俱各放心安睡。起初，敲更鼓的，與那提鈴、喝號的，雖是嚴明，挨至三更，俱各倦然睡去。我們在船板上渡水的軍士，雖遇了風，幸無篷扇，止得一片光板，奮力撐持，已到彼岸。遇春即令將船板盡行翻轉，塞滿岸邊，即啣枚疾走，不及一里，已是尹義陸寨，更沒有一人巡視。遇春吩咐軍士，四下裡放起火炮，一時火光燭天，直殺入寨裡去。此時止有偽周副將石清在寨把守，夢中驚起，不知此兵從何而降，盔甲都不及穿。遇春帶領虎將王銘，橫衝直撞，喊殺連天，沒一個敢來迎敵。即將石清擒住，不表。

且表俞通源、薛顯，因順風船到得早，即令齊將火炮、火銃、火箭及蘆葦引火之物，輕輕著水軍抓上各船艄上，設法準備，正好安置妥帖，只聽得一聲炮響，即便同時發作起來。火又猛，風又大，尹義聽得喊聲從後而起，即披甲跳出艙來。只見火光徹天，一時間，水上連攏的船一隻也放不開，只得向小船中逃走。外面徐達船上，看見敵船上火起，不住的喊殺，也殺將進來。不上一個時辰，將三千敵船，盡皆燒了，沒有一個逃脫的軍士。真好一場廝殺。正是：

萬道紅光，滿天煙障。遠望似片片雲霞，罩著湖中綠水；近觀如條條錦繡，映來水面清波。三江夏口，那數妙計周郎；驪山頂頭，不羨美人褒姒。起初間烈焰焰一叢不散，便浮梁御器廠閃爍驚人；到後來虛飄飄萬點移開，便深秋螢火蟲焰光滿目。沸水騰川，不讓昔咸陽三月；炊人爨骨，誰說道鬼火神燈。真是：丙丁烘得千千里，蚩火燒得萬萬魂。

尹義❻落得小船逃走，回看一眼，傷心頓足，道：「可憐！可惜！只說要圍他，誰知反受其害。」正在頓足不暇，又被朱亮祖，沐英，將小船殺近前來。約到岸邊，滿岸口都是船板，釘頭向天，正要提步而走，早有朱亮祖追上，一撾打落水中，活捉去了。未知後事如何，且看下回分解。

❻ 尹義：平吳錄：「達等率諸軍發龍江，至太湖，遇春擊敗士誠兵於誠州港口，擒其將尹義、陳旺。」

第四十八回 殺巡哨假擊鑼梆

且說常遇春分兵兩支，水陸夾攻，前後接應，將及天明，一齊會集。徐達傳令鳴金收軍，與常遇春、俞通源、薛顯、王銘❶等相見。真如再生兄弟，夢裡重逢，不勝之喜。即喚軍士將尹義、石清梟首。隨集眾船，直走湖州的崑山崖邊屯紮。與偽周的兵，水陸交戰，共計有五陣，偽周兵馬大敗。遂統三軍，直抵湖州城下。丞相張士信聞知大驚，即率境內精兵十萬，逕往舊館地方，以擊朱軍之背❷，常遇春探知此信，便對徐達說：「賊兵此計，是欲使我兵前後受敵。既來困我的兵，又來分我的勢，不可不防。不如待末將與朱亮祖、王銘揀選健士三千，逕從大全港而入，結營東阡，復抗敵人之背。因令軍士負土阻塞港口，絕其歸路，此計何如？」

徐達道：「所見亦妙，常將軍依此而行。」遇春領令，即引兵前往東阡屯駐。士信陣上，早有先鋒徐義出馬迎敵。遇春一邊擺開陣勢，一面喚眾將士，吩咐說：「今日士信有兵十萬，我兵僅止三千，爾

❶王銘：明史：「王銘字子敬，和州人。隸元帥俞通海麾下。與吳軍戰太湖，流矢中右臂，引佩刀出其鏃復戰，通海勞之。」

❷丞相張士信聞知大驚四句：逐鹿記：「薛顯與士誠五太子及朱暹戰於舊館，降之。五太子，士誠養子，能平地躍起丈餘，又善沒水，自號龍精。暹亦善戰，士誠倚之。及降，士誠為之屏氣。」

等切須努力盡心。功成之日，當受上賞，決不食言。」便傳令軍中將酒過來。遇春酌酒在手，對眾將說：「敢有面不帶矢，身不被傷者，有如此酒。」即持刀勒馬，當先而出。一見徐義，也不打話，便把刀亂砍，好似剖瓜切菜。那三千人看見，即放馬殺去。殺得士信陣上的兵，人人膽戰，個個心寒。只得四散而脫。徐義引殘兵數百，向樹林中伏了一夜，方纔脫逃得去。遇春一領綠色征袍，及一匹追風白馬，俱被染得渾身血跡。東阡前後五里地面，東倒西歪，都是死屍堆積。

張士信連夜申奏士誠，說：「金陵兵勢浩大，望御駕親征。」士誠允請。即刻帶五太子及呂珍、朱暹等，再添兵五萬，駕了赤龍船，列陣於烏龍鎮上，與朱軍相去不遠。常遇春即喚副將王銘說：「我聞五太子雖然矮小，其實精悍，力敵萬人；人都說他平地能躍起三丈。又呂珍亦是力雄氣足，非比尋常。今又加兵五萬前來。我兵三千，明日何以抵敵？今我再三思量，士誠駕了大舟而來，其兵必疲，不如今夜乘其困憊，汝速領水軍，駕小舟百隻，各帶火具，傍近大船，四散放火攻殺。他見勢頭不利，必然登岸而逃。我於東、南、北三面樹林中，插旌旗，掛燈火，令軍士五百人擊鼓吶喊。他必向西路而走，我同朱將軍帶領二千勇士，伏於西路左右，參差犄角❸，待他來時，分頭而出；倘不能擒，亦必破膽。」王銘領命。將近初更，先駕一舟前往。恰好士誠水寨中有五六個一隊，在岸上左右巡哨過來，王銘向前，將一個敲鑼的一把扭住，說：「你且勿叫，若叫起來，吾即殺你。你本身姓甚名誰？派在何營巡哨？」那人便說：「我姓王，排行第七，叫做王七星。派在前營巡風，一連六個人。」王銘一一問個仔細，便一刀殺了。把號衣剝將下來，交與面貌相似的六人，依照巡哨的打扮，即叫

❸ 犄角：獸的兩角是上下分開的；把軍隊分開，以便互相呼應，叫做犄角之勢。

軍士把那六人屍首，丟在遠處河中，正好收拾停當，又見一夥兒六人，又慢慢的提鈴擊梆走將過來。王銘叫道：「阿哥，我王七星早在鎮上搶有熟牛肉一包，我們同伴邱大元又搶有白酒一樽。我們今日辛辛苦苦，到晚上卻要坐享了。到船梢上去安睡，不意又派令巡哨。阿哥們，可憐兒見，替我們在此巡哨一回，待我兄弟們走到船吃些兒就來，也不枉了同夥共事。」其中有兩個便說：「這個有何不可，但我們也要吃一鍾酒，嚼塊兒肉，方肯替待替待。」王銘便答應說：「這些酒，這些肉，又不是真金白銀買來的，不過是用首飾貨換來的。俗說：『首飾買的，將來結交兄弟。』有何不可？就請下船。」走到半路光景，中間一個說：「我們兩處巡哨人，俱走了來，倘有失誤，明早吃軍政司棍子。王七哥，你可先同他們夥中四位去吃一些兒，再來換我們。公私兩盡何如？」王銘應道：「好，好，好！」一頭走，一頭問他們是張三李四的名字。倏忽間，將近船邊，王銘先跳上船，把後腳將岸一蹬，那船忽地裡離岸有二三丈。王銘便把篙子在手，撐將起來，說道：「列兄，逐位兒請下船，但船小不堪重載。」艙中早有一個知心的持刀在手。王銘先把手接著一個下船，便將身子故意一推，將那人推進船艙裡。那人叫一聲：「啊呀！」就不見響。王銘因而再把手接一個下船，接連四個，皆如此做作。誰知那人叫得一聲，俱被艙中人殺了。王銘即時收拾起四人屍首，把他衣服與我軍士四人穿了。又到岸上來，叫兩個吃酒。那兩人又被朱軍照前方法結果了性命。王銘側耳一聽，已是三更一點，即喚從軍招呼眾船，到來行事。正說之間，又有南邊巡哨的人六個走來。

王銘把嘴一拱，只見我軍士即將他們兩個扭住廝打，說：「今朝為何沒有飯分與我等吃？」那二人說：「我何曾認得你！」扭來扭去，四個滾作一團，一滾直滾落河岸邊去了。朱軍即掣出刀來砍了，口裡叫說：「你便詐死，我明日與你哨長處講理。」扒上岸來。那四個人亦被王銘一般把來結果了性命。三處巡哨的，此時卻已都是王銘手下所扮的，敲鑼擊柝，走來走去，不上半會，只見朱軍的船如蟻而至。王銘便在岸上大叫說：「張千戶，偏你護駕來遲，王爺發怒，方才被我們遮過也。如今你這百隻小船，不可在外，可分投裡面去支值，省得再誤大事，招惹受軍政司計較。」那小船上便應道：「岸上招呼的莫不是羽林衛左哨王七哥麼？」王銘應道：「正是，正是。」那人叫聲：「多謝迴護，明日店中相謝。」便領了小船兒，只向大船邊撐進去。那船上人只道果是護駕的官軍，又是王七星在岸上打話，那裡來提防他，任他分頭在船傍往來。再停了半會，將近三更左側，王銘在岸上越發敲得響朗。即對船上說道：「船上官長，趁我此時精神，可以略略睡一睡兒，若到四更左右，我招呼你們蘇醒，那時候我們也偷些懶兒如何？」船上人說：「這等甚好，你們卻要小心。」王銘說：「這個敢替你取笑耍子哩。」那船上因此也都去打睡了。王銘低叫眾軍說：「此時不動手，更待何時？」那小船上人，便即四下放起火來。王銘看見火勢已猛，四下俱難救了，便喚眾人駕的小船，一一放開，在岸上大喊道：「船中有火，可起來，可起來……」方叫得完，那船上的人，夢中驚跳起來。見士誠龍舟上已是烈焰騰空，連自家帶來的火具，見火一齊發作。五太子見勢頭不好，便從煙火中搶得士誠出來，便登岸而逃。呂珍、朱暹在後相隨。其大小官軍，約莫燒死了大半。逃得性命的，昏昏花花也分不清東西南北。

王銘假意上前跪說：「王爺還向西路而行，庶於姑蘇近路。」便又指南邊、東邊、北邊三處說：「他三路兵，又趕來了。」眾軍也說陛下還是向西邊為妙。士誠說：「巡哨軍士，極說得有理，明日可到軍前請賞。」王銘一路走，一面喝道：「小的是左哨王七星，求王爺抬舉！」未及半里，忽見一個水缺，假意一跌，直跌倒河邊，大叫：「疼殺我也！」那士誠及殘軍，已去的遠。走上岸來，一望，那水寨正聒聒噪噪，火勢十分猛烈。恰有朱船一隻搖來，王銘跳上船頭，自回營中而去。那五太子保著士誠向西而行，說道：「遠望朱兵都從東、南、北三面追趕，偏獨不曉得我們從此逃脫，是天賜一條便路，以寬我王之憂。」未知逃出性命否，且看下回分解。

第四十九回　張士誠被圍西脫

那士誠從水上逃脫，因王銘假說，果然向西而走。又見朱軍東、南、北三方盡佈旗旆，越發不敢向別路去。但只見：

路途間高高低低，也分不出是泥是石；黑暗地挨挨錯錯，又那辨得誰君誰臣。一心要走蘇州，恰恨水遠山遙，不曾會得縮地法；轉念回思水寨，猛可天昏地黑，誰人解有反風。雖船底便是波濤，救不得上邊烈焰，說甚麼火水既濟，本性原無爾我。突地的竟成仇敵，那裡是四海一家。烏龍鎮上駐不得赤龍舟，攪得翻江震海；大全港中做不得週全事，空教拔地搖山。

此時天色已是黎明，於今正好放心前行，誰想叢林中遠遠望見士誠帶領殘兵而來。一聲炮響，殺出一支人馬來。當先一員大將，正是朱亮祖，在前阻住。士誠見了，慌做一堆，說：「如此殘兵，何能對敵？」五太子走上前來，說：「臣兒敵住朱軍，父皇可與呂珍、朱暹竟從荒郊之內，保駕而走，庶可保全。」眾將都道：「有理。」五太子領兵萬餘，排開陣勢，叫道：「誰人敢來阻擋，可曉得五太子麼？」朱亮祖便持刀殺出陣來，喝道：「好不識天時。你若與父同降，包你後半生受用；不然，恐大禍一到，悔之無及。」五太子聽了大怒，直掄刀亂砍。亮祖因而抵敵，來來往往，約有二十回合。那五太子雖然勇悍，因夜來被火驚呆了，且一心上要保護士誠，那裡有心貪戰！亮祖明知偽周的陣上，只有他與呂珍，略略較可，我如今不放他寬轉，便聽士誠落荒而走，料常遇春在前，必捉得住。因此只是誘他相殺。古來說得好：「一身做不得兩件事，一時丟不得兩條心。」那五太子沒了心思，刀法漸漸的亂了。

朱亮祖心中忖道：「殺死了他，也不為難，不如活捉了這賊，走向前面，把士誠看看寒心，恰有許多妙處。」便縱馬向前而去，五太子只道亮祖竟去追趕士誠，也縱馬趕來。亮祖輕輕放下大刀，帶回馬頭，喝道：「那裡走！」這一聲，真個似地塌天傾，山崩雷震，嚇得五太子打一個寒噤。即便搶上一步，劈手的將五太子活捉過來。喚軍士用軟索團團的捆了。那太子身原矮小，團攏來竟像一個大牛糞堆。落了囚車，解往軍前而去。只聽後面叫一聲：「朱將軍，你捉的是何人？」亮祖回身一看，恰是王銘，打發水軍船往河裡自回，他率精兵一百人，從陸路趕來，幫捉士誠等眾。

亮祖說：「你來得正好，前面煙塵蔽天，必定是常將軍發動伏兵，攔住士誠不放。我如今和你分為左右二翼，前去接應，殺一個乾淨，心上也爽利些。」二人行約里許，果見呂珍、朱暹同遇春三人，殺做一堆，在狹隘路口阻住士誠過去。看官看到此處，必以為既有遇春與二人相敵，又有亮祖、王銘殺來，不要說一個士誠，便十個士誠，走那裡去？誰知士誠的性命，尚未該絕，忽地裡起了一陣狂風，飛沙走石的捲來。恰好遇春、朱暹二人的馬，一齊滾下田坡裡去。那坡底有一丈餘深，泥濘坑坎，一時難得起來，呂珍即領殘兵，保了士誠，如飛的過了這個路口去了。那些軍士也都乘勢逃脫而行。那兩個在坑中光拳的廝打。亮祖即同王銘另尋一條下磡❶的小路，走上前去，輕舒猿臂，把朱暹捉住，陷在囚車上。即忙與常遇春另換了身上衣服，整頓上馬。遙望士誠的敗兵殘卒，已離有十餘里，追之料來不及。因率兵前往湖州，與徐達相會。那士信聞知士誠兵敗，也捨了舊館地面❷，領殘兵而回。

恰說湖州正是偽周虎將李伯昇，領著十萬雄兵鎮守。聞知朱兵攻打，他便引兵迎敵。陣上常遇春當先出馬，叫道：「李將軍何不早獻城池，以圖重用？」伯昇回道：「你不守地方，犯我境界，喪亡就在眼前，為何反說大話！」遇春聽了這一句話，怒氣填胸，無明火直高三丈。手起鞭落，打中伯昇後心，那伯昇負痛而走。遇春催兵追殺過來，死者不計其數，降的也有萬餘人。伯昇連夜中奏蘇州求救。即緊閉城門，不敢出戰。徐達乘勢使令大小三軍，將那湖州圍住。不上兩日，丞相李伯清接著湖州求救的表文，即轉奏士誠說：「金陵的兵圍困湖州甚急，乞早定退兵之策……」說猶未了，只見張士信過來，說：「臣願領兵前往，以保湖州。」李伯清說：「朱兵糧多將勇，今若與戰，恐未必勝，以臣愚見，不若逕往建康，說以利害，使兩國休兵，庶為長策。」士誠聽了，便說：「此事即煩賢卿一行。」仍遣士信為元帥，呂珍副之，張虬為先鋒，領兵十萬，前往湖州救援；一面打發李伯清到金陵講和，不表。

且說太祖見士誠遣兵調將，都去救援湖州，因對軍師劉基商議，說：「不如趁著此時，攻取浙江一

---

❶ 磡：巖崖下。

❷ 那士信聞知士誠兵敗二句：平吳錄：「舊館既降，達遣馮國勝以降將徇湖州城下，語李伯昇出降。伯昇在城上對曰：『張太尉養我厚，我不忍背之。』抽刀欲自殺，為左右抱持，得不死。其左丞、總管以城降，伯昇遂亦降。」

帶地方何如？」劉基道：「好！」即傳令速到金華，命李文忠總水陸軍兵，向臨安、富春一路進發。全收江北地面。軍師劉基致書道：「此行不數日間，即當獲一偽周細作❸，元帥可以正理折之。」文忠領旨，取路前進。分遣指揮朱亮祖、耿天璧前攻桐廬。那守帥戴元，聞知亮祖來到，搖頭伸舌，對軍士說：「這就是與陳友定交兵，運石劈死士卒的朱將軍。我們何苦送死？」便率眾出降。文忠在軍中聞報，隨著亮祖同耿天璧及指揮袁洪、孫虎進克富陽。那富陽縣治，前面大江，後枕峻嶺，右有鶴山，插出江口，石骨崚嶒，朝夕當潮水浸射。再下又有大領頭，又有扶山頭，都是山高水深，易於把守。至如左邊有鹿山，遶住水口；再上十里，有長山衖；再行三十里，有清水港重重圍繞。真個是「一夫當關，萬人莫敵」的去處。

那亮祖得了將令，因對三人說：「此行不可當耍。我們須把水、陸二軍，俱屯紮在幽靜所在，且先向前打探出門入戶的徑路，並看好我軍可埋伏接應的所在，方可進攻。」更令天璧、袁洪二人，帶領能事的十餘人，駕著小舟，扮作長江上打魚的漁戶，往前面打探水路，及沿江共對岸動靜。自己便同孫虎帶領壯兵二三千人，手持鋼叉、戈箭，穿上虎、豹、麋鹿等皮襖，扮作捕野獸的獵戶，逕往後面山上尋取小徑，探望陸路關隘及城中消息。再著報子知會文忠，叫他水、陸軍馬，緩緩而來。又吩咐本部水、陸官軍，亦不許擅離部位，如違，按軍法處斬。

且說耿天璧、袁洪同十數人，坐著六隻小船，帶了捕魚網罟，依著蕭山岸邊捕魚地方，慢慢的放過富陽扶山頭來。一望渺茫，再沒有一個船隻往來。只見大嶺頭左右戰船，約有二百餘隻，屯在江裡。那

❸ 細作：古時候稱刺探軍情的間諜。

六隻船，或前或後，順流撒起魚網來。船後梢敲著漁梆，舸舸蕩蕩，正貼攏岸邊而來。只見兵船上幾個人，在艙中伸出頭來，看了一看，叫道：「這是什麼太平時節，你們大膽在此捉魚哩！」那漁船上便應道：「船上長官，我們豈不知死生？因諸暨縣太爺，不知要辦什麼酒席，發出官票來，要取鰣魚二十尾，每尾俱要八斤重，一樣的大。小人也曾稟知：『江上防守甚嚴，一時措手難辦。』他便大怒，把我們各打三十大板，尅期定要。」未知如何，且看下回分解。

第五十回　弄妖法虎豹豺狼

且說兵船上人看見打魚的船，漸漸傍來，即便喝道：「你船上捕魚的，敢是鐵做的頭麼？敢在此來往。」船上一齊應道：「長官且聽，我們也只為官差，沒奈何！在此辛辛苦苦的，你們不信，臂腿打得破爛在這裡。……」說未完，一個人便脫下袴子來，兩腿上血淋淋的怕人。那些軍士便都道：「可憐！可恨！就似我們縣裡瘟官，一樣不通人情的。」又有一個打魚的說：「你們縣官，一向聞將說好，怎麼你們也說這個話兒？」恰有一人道：「好！好！好！只恐幹事不了。我們這個李天祿，終日尅減軍糧，如今卻要我們當風抵浪，可惜只是朱兵不來；若來呵，我們這夥兒散了，還在這裡不成。」那打魚的搖著船，也笑道：「長官，長官！怕眾人不是你一人的心哩。」那人又應道：「這個倒是人人的真情，怕他做甚？」漁船上因唱個吳歌道：

岐嶒石壁倚江干，水闊漁船臥晚煙。夕陽萬樹依巖岸，秋影千帆接遠天。

接遠天，接遠天，寒雲路雁渡沙邊。耳中聽說心中語，說道無緣也有緣。

一邊搖，一邊唱，漸到鶴山嘴子上又望見一叢兵船，大大小小也有二百隻，恰一般如此，懈懈的不甚提防。那六隻漁船，擺來擺去，不住在東西打探實落消息。又只見一個官兒，遠遠的騎著匹馬，前面卻有數十對弓兵，俱執著鎗刀或火器的。又有兩個人，背著兩面水牌，牌上寫許多字跡。一聲高一聲低，喝將過來，在水兵船邊坐下。這些船上官兵，俱披掛盔甲，手執器械，在船邊立著。趙甲、錢乙、孫丙、李丁逐名的點過去。一船完了，又是一船。看看點完了，又聽得那官口裡吩咐道：「主將有令，建康朱兵不日到來，你們須要小心把守。岸上人不許下船，船上人不許上岸。江上船隻不許一個往來，恐有奸細。若是岸上有些疏失，罪坐陸兵；若是江上有些疏失，罪坐水兵。殺得朱兵一個，賞銀十兩；殺得十個，賞銀百兩，官陞三級。前者，或有糧餉扣除，今盡行補足外，又每日每名加給行糧銀二錢。汝等須要努力同心，務在必勝。」吩咐纔完，人人皆奮勇十倍。

那官兒正欲起身，忽指著這漁船說：「這些船決不許一個攏來，你們可吩咐他們，火速回去；倘若不從，拿來梟首示眾。」那漁船聽了，便也慌忙依他撐過鶴山去了。漸到江心，六隻船商議道：「看了起初光景甚覺容易，及至號令，便大不相同。我們且把船蕩去，看鹿山頭邊施為怎麼，方可計較用事。」說說笑笑，因指一個說：「你先前腿上的血，從那裡來的？」那軍士應說：「這就是早時殺雞來吃飯的雞血。」十餘人拍手大笑。不覺的船到鶴山嘴上，只見遠遠的兵船，望見我們的漁船，便都立在船頭搖著旗，彎著弓，喝道：「你們這些船做什麼的？」漁人見問，便流水將網撒到大江中去。這些水兵看見捕魚的，各各下艙去了。眾人打個暗號，仍舊放到江心裡來。日間大都如此了，夜裡再放了船去打探，話不絮煩。

且說亮祖同孫虎帶了些人，逕尋富陽後山小路而行❶。由先賢程伊川的衣冠墓，上鹿山麥阪嶺，又過了十來個山頭。天色向晚，路徑錯雜。遠遠望見一個坡裡，蓋著幾間茅屋，一點燈光射將出來。亮祖便領眾人上前叩門，只見一位六十多歲的老兒在門裡盤問說：「是那一個？」亮祖便應說：「我們是桐廬獵戶張十七，因趕一個野獸兒在這近邊，如今天晚，不便找尋，特到府上討擾一宵，明日奉酬金帛。萬望父老相容。」那老兒搖得頭落說：「客官請別處方便，我這裡一來淺窄；二來寒舍偶有小事；三來前面不上半里路，就有宿店，何不到那邊到穩便？」纔說得完，即走進裡面去了。

亮祖因叫人去前後樹林中探望，再沒有一個人家可以借宿，只得再去叩門。那裡面任你怎麼叫，再不來睬你。惹起孫虎火性起來，跑到後門邊，恰有一隻犬，狺狺❷的吠，他即抽出腰刀一刀，說：「你家裡人，一毫不曉事。我們奉了上司明文，到此要虎膽合藥，限定時日，不許有違，在山砍山，遇水渡水。先前明明趕了個大蟲❸到你後園，你這人家怎麼如此大膽，竟閉了門，不許我們來捉？你等今日既不開門，只恐明日稟知上司，教你這老頭，死不死，活不活的苦哩。」別叫幾個軍士，假意在後門樹林中，不住的叫喊。又扒到樹上，故意截些竹、木，在屋上草裡亂丟下去。

頃刻間，又砍了一堆茅草，放在他的房邊，便把取火的石頭敲了幾下，那火烘烘的著起來。裡面人只當人燒屋宇，慌忙開了後門來救。那些軍士，一個做惡，一個做好，早把身子捱進他家裡去。那老兒

---

❶ 且說亮祖同孫虎帶了些人二句：明史：「朱亮祖攻桐廬，圍餘杭，遷浙江行省參政。」
❷ 狺狺：群犬吠聲。
❸ 大蟲：老虎。

見勢頭不好，只得張起燈來，開前門接人。亮祖等一夥人，進內坐下。朱亮祖到堂上與老兒施了個禮，說：「老丈休得見怪。我們只因前後沒處安身，故此兄弟們造次行事。」老兒道：「列位大哥，休要發惱。我這裡地名叫做塔前。近來有個姓宋的，專能行妖術，兄弟四人，俱會剪紙為馬，撒豆成兵。平日間，只在村坊上，或鄰近地方，賣些符法。敬重他的，他便乘機騙些財帛，或是酒食；倘若不敬重他，他便在人家門首邊，或廚頭邊，或廳堂邊，做下些妖法，使你家中日夜不得安穩，然後待人去請求他，他便開了大口，要多少謝儀，方肯替你收拾回去。因此，人都稱他做宋菩薩，或稱為宋殿下。今者我們縣官，為建康朱兵殺來，因此禮請這宋殿下，要他在軍中作法救護。他說一句話兒，官吏無不奉行。我們近鄰與他有口舌的，他就乘機報復。今早，又叫縣官行牌來說：『朱兵既取桐廬，諒不日要來攻打，必有細作到來打探虛實，須要嚴行保甲，不許容留一個來歷不明的人。』在下原與他有些小隙❹的。今見大哥們一夥人，又不是我本縣居民，倘有些山高水深，必然落在他圈套裡，所以方才不敢應命。」

亮祖說：「我們只道為著甚的，原來如此，請老人家寬心！」那老兒叫伴當快關好了前後門，便告辭進去了。亮祖因吩咐從人做了晚膳，各取出被鋪來睡了。次早起來，吃些早膳，仍然獵人打扮，別了老兒，上山取小路而行。扒山過嶺，約有十餘里。恰見樹木參差，鬱叢叢的俱是長松翠柏，地上俱是矮蓬蓬的竹條荊棘❺。真個是上不見天，下不見地。亮祖把頭細細一望，正是官衙後面，所以蔭養這些草木。亮祖便對孫虎說：「你可記著此處。」孫虎應道：「得令。」正待要走過去，只見搖旗吶喊，火炮

❹ 隙：這裡當做仇怨講。

❺ 荊棘：多刺的灌木。

連聲。亮祖吃了一驚。原來縣官在那裡操演軍士。亮祖因而立住了腳，細細看他的光景，馬軍步卒一共也不上五千之眾。未及半個時辰，恰見一連三四個，都一般披了髮，叉了劍，口中念念有詞，喝聲道：「如律令！」只見一個紅葫蘆，早有許多盔甲、軍馬，分著青、黃、赤、白、黑五方旗號，倒將出來。又有一個把藥葫蘆一傾，卻是許多虎、豹、獅、象，張牙舞爪，在演武場中撲來撲去，把這些軍士趕得沒處安身，那縣官也沒做理會。未知如何，且看下回分解。

第五十一回　朱亮祖連剿六叛

卻說那四個人，起初一個，從葫蘆內放出許多兵馬，在場中廝殺。又一個，放出花花斑斑一陣的虎、豹、獅、象，往來撲人，那些人東奔西走，不住逃避。正在沒可奈何，恰又從中一個，把手一伸，將頭髮一抖，那頭髮便衝出萬道火光，直射出來，這些人馬、走獸，都在火中奔竄。誰想走過人來，把劍一指，陡地飛沙走石，大雨傾盆，那火也漸漸沒了，人馬、走獸也都不見了。須臾仍然天清月朗，雨散雲收，演武場上打了得勝鼓回軍。朱亮祖看了一番，同眾人取舊路而回，逕到鹿山嘴上，遠望江中恰好六隻漁船，也趁著月色搖上來。眾人立在岸邊，打個暗號，都落了船，回得本寨。便商議道：「明日耿天璧可領兵四千，駕船百隻，往對岸而行，待我陸兵交戰時，以百子炮為號，炮聲響處，便將船直殺過來；再令袁洪帶領水軍一千，往來江上接應；孫虎今夜更深時候，率領短刀手，帶著防牌，仍到山邊小路，直至縣治❶背後，樹林裡埋伏，也待百子炮響，竟在山後殺出，放火燒他衙署；亮祖自領岸兵，到大路上攻打。水陸兵馬，俱帶牛、羊、狗血，裝貯竹筒，若遇妖人，便一齊噴出。」一邊著人火速催趕元帥李文忠大隊人馬到來督陣。分調已畢。

❶ 縣治：縣政府的所在地。

次日黎明，拔寨而進。探子報知李天祿，天祿即請宋家兄弟四人，在陣後相機❷作法對戰，自領岸上人馬，直來抵敵。兩馬相交，那天祿戰了不上兩合，便往本陣而走，亮祖督率三軍奔殺過去。只見黑風過處，有許多人馬，分著青、黃、赤、白、黑旗甲，並那些虎、豹、獅、象等獸，猙獰咆哮的，一齊亂殺出來。亮祖已知他是妖術，即令三軍把馬頭撥轉，團團的駐紮在一處，其餘步兵，依著馬軍向前而立。一個擯榔間著一個鋼叉，一個滾牌間著一個鳥嘴，並一個長鎗，五個一排，五個一排，周圍的紮著。聽他橫衝直撞，只把牛、馬、豬、狗等血噴出，不許亂動。眾人得令，但見這些妖物，撞著血便飄飄化作紙兒飛去。那宋家兄弟，看大軍不退，便把妖火放來攻殺。朱兵也識得破，全然不怕。亮祖便著三軍叫道：「你這宋賊妖法，我們陣中個個曉得，不必再來施逞。」李天祿聽了，因此捨命而逃。未及半里，只聽得一聲百子炮響。震得：

天柱折了西北，地角陷了東南。蛟龍在海底，驚得頭搖；猛虎在林間，忙將尾擺。

亮祖乘勢緊緊的追來，將到鶴山嘴邊，早有孫虎在山後，領著群刀手奮殺出來。四下裡殺入官衙，把火熾熾放著。軍馬殺傷大半，這些妖人，幸得逃脫。天祿便捨命逃到江口，跳下船來。那船上人欣欣❸的說：「元帥可將身鑽進艙中，免得建康軍看見了來趕。」天祿把頭一低，正要進艙，被這船頭上人將

---

❷ 相機：審察適當的機會。
❸ 欣欣：歡喜的樣子。

手來反綁了❹，說道：「你這賊，可不認得耿將軍，竟來虎頭上搔癢。船上軍人可把他綑了，解送營裡去。」正好捉得上岸，恰有李文忠大軍已到。朱亮祖、耿天璧、孫虎、袁洪等來到帳中。文忠對亮祖說：「桐廬、富陽是杭州東南要路，將軍一鼓而下，功績非輕。明日將軍可合兵進圍餘杭，然後議取杭州。」當日駐紮富陽，寨中筵宴。不題。

且說偽周丞相李伯清，承命到金陵講和，曉得湖州有兵阻隔，行路不便，乃抄杭州望錢塘而去。渡江來到富陽，當先遇著一彪哨馬，伯清知是朱軍，急下馬而走，被哨軍捉住，送到文忠帳下。原來伯清前曾通使金陵，太祖命文忠陪他飲酒，因此識面。便問說：「你莫不是東吳丞相李伯清麼？」伯清低著頭應說：「不敢。」文忠便令解去綁縛，問道：「何故私行過江？」伯清說：「不敢相欺，只因徐元帥圍住湖州，故奉主命講和以息兵爭。」文忠說：「此意雖美，但大勢所在，丞相知之乎？據丞相論，今日爾主與我主，品孰優劣？」伯清說：「俱是英雄。」

文忠便道：「品既相同，吾恐一穴不容二虎，英雄不容並立。昔日友諒勢力十倍於爾主，友諒既滅，天心可知。爾主今日來順，方不失為達變❺之計，奈何兵連禍結，累年戰爭？今吾主上告天地，有滅周之心，因令徐元帥攻打北路，我攻打南路，爾國之亡，且在旦夕，猶欲講和，是以杯水救燎原❻，勢必

---

❹ 天祿把頭一低三句：吳王張士誠載記：「李天祿，士誠樞密院同僉，守富陽。朱文忠攻杭州，遣將略富陽，擒之。」

❺ 達變：遇有非常的事例，須用從權應變的非常辦法。

❻ 燎原：燃燒原野，火很大。

不得已也。」伯清低著頭，沉吟無語。文忠因諷❼他說道：「足下亦稱浙西哲士❽，請審汝主何如？不然他日就擒，恐悔無及。」伯清長歎一聲，說道：「背主不仁，事敗不智！」恰把頭向石上一撞而死。文忠笑說：「這狂賊汝待欲降，誰肯容你降。」便令左右扛去屍首，埋於荒郊之下。因思前日軍師有書來說，有偽周細作來見，不知軍師何以先曉得？真希奇，真希奇。正與亮祖等說話間，忽聽轅門外擊了大鼓四聲，大門上便擊有花鼓四聲，二門上也擊有雲板四聲。文忠說：「不知何處來下文書？」因同眾將到帳前，著令中軍官領來究問。

沒多一會，那中軍官領一個人報說：「謝再興❾同子謝清、謝浚、謝洧、謝洪、謝洋，領兵五萬，連營阻住錢塘江口，水軍不得直下。」文忠大怒，罵道：「再興曾為主公部將，今復叛降士誠，又來阻路，若不擒此賊，永不渡江。」遂折箭為誓，即刻令大軍登舟東渡。只見賊軍劍戟如林，朱軍難於直上。文忠傳令戰船列為長陣，用那神鎗、弓弩，間著銃炮，飛去衝擊，岸兵大潰，文忠因同亮祖等，挺戈先登。他長子謝清，五子謝洋，躍馬橫刀砍來。亮祖也不及排列陣勢，向前直殺過去，手起刀落，把謝清

❼ 諷：有三種解釋：一、背誦，二、譏刺，三、託詞規諫。這裡當做譏刺講。

❽ 哲士：有智慧的人。

❾ 謝再興：平吳錄：「謝再興以諸暨全城軍馬，叛投紹興。先是，再興弟謝五、謝三共守餘杭，文忠遣人語謝五曰：『爾兄歸於張氏，非爾謀也。爾乃國之戚臣，若降，可保不死，仍享富貴。』謝五答曰：『我誤計，若保我不死，我即降。』文忠許之。乃與弟姪五人出降，既而太祖復誅謝五等。朱文忠以為前保其不死，今復殺之，何以示信，且恐後無降者。太祖曰：『謝再興是我至親（徐達、朱文忠之岳父）尚投張氏，情可恕乎？』兄弟悉磔於市。」

一劈，劈做兩段。那謝洪、謝浚見勢不好，幫著謝洋來殺。文忠拈弓搭箭，叫聲道：「倒了！」便把謝洪當心射死在馬下。再興便挺戈同三個兒子前來報仇，朱軍陣上亮祖領兵在右邊，耿天璧領兵在左邊，文忠率著中軍，大隊混殺。再興恃著有力，大呼入陣，又被文忠一鎗，刺入左膛，墮下馬來，軍中砍做肉醬。謝洋正要來救，遇著天璧，戰了四十餘合，自知氣力不加，恰待要走，被朱軍砍斷馬腳，翻個筋斗，跌下馬來，頸骨跌做兩段。眾將亂踹，骨頭也不知幾處。謝洧方與亮祖迎敵，那謝浚也趕來夾攻，誰知謝浚一鎗，這鎗頭恰套著亮祖刀環裡，那亮祖奮力一攪，把鎗桿攪斷。謝洧連忙轉身，把亮祖一戟，那亮祖左手正接戟的叉口，右手乘勢把戟一扯，那戟早奪將過來，便大喝一聲，把刀砍去，將謝浚腰斬而死。謝洧把馬勒轉，飛走逃命，亮祖一箭正中著後心。眾兵勇氣百倍，殺得那偽周軍士，百不留一。文忠傳令收軍，就於諸暨撫民。一宿，次日起兵，逕至杭州，向北十里安營。正集諸將商議攻打之策，只聽外邊有人來報。不知何事，且看下回分解。

第五十二回　潘原明獻策來降

且說李文忠率領大兵，駐紮在杭州江上，向北十里安營。正集諸將商議。文忠說：「此城糧多將廣，守將潘原明，向聞他是個識時務、愛士民的漢子，甚難下手，奈何！奈何！」只聽得外邊有偽周員外郎方彝，奉主帥潘原明來書獻城納降❶。文忠便令他進見。方彝走進轅門，但見劍戟森森，弓刀整肅，遠遠望著裡面，文忠凜然❷端坐，堦前如狼如虎的將官，排列兩行，就如追魂奪魄的一般，甚是畏懼，蹐蹐的走至帳中。文忠高聲說：「大軍未及對陣，而員外遠來，得無以計緩我麼？」

方彝答道：「元帥奉命伐叛，所過地方，不犯秋毫❸，杭州雖是孤城，然有生齒❹百萬；我主將實

❶ 潘原明來書獻城納降：吳王張士誠載記：「時潘原明以平章守杭州，遂遣員外郎方彝納款。其款狀曰：『嬰城固守，乃受任之當為；歸款救民，亦濟時之急務。竊伏自念：起身草野，叨為省樞，非心慕乎榮華，乃志存乎匡定。豈意邦國殄瘁，王師見加；事雖貴于見機，名實同於歸義。念是邦生靈百餘萬，比年物故十二三。今既入于職方，願溥覃乎天澤。謹將杭州土地、人民及諸司軍馬、錢糧以獻。』文忠至杭州，原明及同僉李勝，奉張吳王所授行省及樞密院浙西、江東兩道廉訪司印，並執蔣英、劉震出降。凡得兵二萬、糧二十一萬、馬六百匹。執元平章丑的長壽等與蔣、劉皆送建康。城中不識軍容，安堵如故。遂招撫紹興。」

❷ 凜然：嚴肅的模樣，叫人看著敬畏。

❸ 秋毫：動物的毛，秋天更生，故極細。比喻極細微。

❹ 生齒：指人口。

是擇所託而來，安有他意？」文忠看他真心，使引入後帳歡笑款待，因命他規畫入城次第❺，明朝即著回去。那原明便封了府庫，把軍馬、錢糧的數目，一一登籍明白。且捉了苗將蔣英、劉震賊黨，帶出城來，叩見文忠。文忠當晚便宿在城內，下令如有軍人敢離隊伍，擅入民居者斬。恰好一個纔走民家，借鍋煮飯，文忠登時殺戮示眾。全城帖然❻，更不知有更革事務。當日申奏金陵。太祖以原明全城歸降，百姓不受鋒鏑，仍授浙江行省平章。隨令軍中懸胡大海畫像，把劉、蔣黨眾，割其心血致祭❼。且下平偽周榜文說：

> 吳王令旨：嘗聞王者伐罪救民，往古昭然，非富天下也，為救民也。近親有元，生居深宮，臣操威福，官以賄求，罪以情免。羞貧優富，舉親劾仇。添設冗官，又改鈔法。役民數十萬，湮塞黃河，死者枕於道途，哀聲聞於天下。不幸小民復信彌勒為真有，冀治世而復甦。聚黨燒香，根蟠汝、潁，蔓延河、洛。焚燒城郭，殺戮士民。元以天下之勢而討之，愈見猖獗。是以有志之士，乘勢而起，或假元世為名，或託香車為號，由是天下瓦解土崩。余本濠梁之民，初列行伍，漸主提兵。見妖言必不成功，度元運莫能濟事，賴天地祖宗之靈，仗將相之力，一鼓而有江左，再戰

---

❺ 次第：指次序。

❻ 帖然：順從、馴伏的意思。

❼ 懸胡大海畫像，把劉、蔣黨眾，割其心血致祭：平吳錄：「太祖誅英於市。以英嘗刺殺胡大海，叛投士誠；命懸大海畫像，刺英血祭之。」

而定浙東。彭蠡交兵，陳氏授首，兄弟父子，面縛輿櫬既待之不死，又爵以列侯。士位於朝，民休於野。荊、襄、湖、廣盡入版圖。雖教化未臻，而政令頗具。惟茲姑蘇張士誠，私販鹽貨，行劫江湖，首聚兇徒，負固海島，其罪一也；恐海隅一區，難抗天下，詐降於元，坑其監使，二也；厥後掩襲浙西，兵不滿萬，地無千里，僭號改元，三也；初寇我兵，已擒其親弟，再犯浙省，又擣其近郊，乃復不悛，首尾畏縮，四也；詐謀害楊左丞，五也；占據浙江，連年不貢，六也；知元綱已墜，僭立丞相、大夫等，七也；誘我叛將，掠我邊人，八也：凡此八罪，理宜征討，以靖天下，以濟斯民。爰命左相國徐達，統率馬步舟師，分道並進，殲厥渠魁，脅從罔治。凡逋逃臣民，被陷軍士，悔悟來歸，咸宥其罪；凡爾張氏臣僚，識時知事，或全城附順，或棄刀投降，名爵賜賚，予所不吝。凡爾百姓，果能安業不動，即為良民。舊有田舍，仍前為生，依額納糧，以供軍儲，更無苛取。使汝等永保鄉里，以全家室，此興兵之故也。敢有千百相聚，抗拒王師者，即當剿滅，且徙宗族於五溪、兩廣，以禦邊戎。凡余之言，信如皎日。咨爾臣庶，毋或自疑。

這榜文一下，海宇內外，人人都生個喜歡心。

且說張士信領兵十萬，來救湖州，卻在正東地方阜林屯紮。探馬報知，徐達因對眾將說：「士信是偽周驍將，伯昇又堅城固守，倘或他約日內外夾攻，勢恐難敵。眾將內敢有東迎士信的兵麼？……」說猶未了，只見常遇春說：「我去！我去！」徐達向他道：「將軍肯去，此賊必擒。但士信狡猾之徒，切須謹慎。」遂令遇春同郭英、沐英、廖永忠、俞通海、丁德興、康茂才、趙庸等，領兵七萬，離了大營前去。遇春因喚趙庸、康茂才領兵一萬，抄著湖邊小路，逕入大全港，過皁林，約在戰日，劫他老營。郭英、沐英領兵二萬，到前面大路邊埋伏，只看流星炮為號，便發伏兵奮力夾攻。廖永忠領兵二萬，自去搦戰，可佯輸誘他追趕。分撥已定，廖永忠因領兵前去皁林，擺開陣勢。

且說那偽周陣上，早有一將，身穿鎧甲，坐騎烏騅❽。勒兵向前，說：「來者何人？可曉得丞相張士信手段麼？」永忠就說：「想吾兄永安，為你士德所殺；士德雖亡，恨尚切齒。吾人上為朝廷，下圖報復，何必多言。」便舉刀直向士信殺去。戰未數合，忽聞喊聲大起，左邊張虬、右邊呂珍，兩翼衝擊出來。永忠隨回馬而走。士信催兵奔殺過來，約有十里之地，只聽一聲炮響，常遇春領著大隊人馬，高叫：「張士信何以不降，還來相敵！」士信便獨戰了遇春。張虬、呂珍夾攻著永忠，又戰數合，恰好哨探說報：「我們老營卻被朱兵劫了。」士信回頭一望，果然本營四下裡烘天焰日的大火，急回救取。常遇春、廖永忠驅兵逼來。誰想速的一聲，一個流星攢在半天，遙遙的分作兩條龍一般下來了。早有沐英在左，郭英在右，深林中突然擋住了相殺。

此時士信人馬殺死大半，士信也沒可奈何，幸喜得張虬、呂珍拼命的保護；恰又有康茂才、趙庸兩將劫寨而回，大叫道：「張士信，你的老營已是塊空地，要走那裡去！」挺著鎗逕搶過來。士信只得單騎脫圍而走。丁德興、廖永忠也來緊緊追著，只不放寬。那張士信又不見了幫手，便向壺中取了枝箭，將身扭過，正要拈弓射來，不防前邊是個大坑，連人和馬，跌將下去。軍中就用撓鉤鉤起，活縛到陣裡來。常遇春即日拔寨，仍回湖州。恰好徐達升帳，即與遇春相見。那些軍士已將囚車解入送來。徐達看

❽烏騅：黑色的馬。

了士信說：「你弟兄何不早降？自遭其禍。」士信回說：「昔日原與你為脣齒❾之邦，今日你等來取湖州，是你等先解好成仇。皇天不佑，將我墮馬，豈真汝等之力乎？」徐達大怒，命把士信梟首❿。未知後事如何，且看下回分解。

---

❾ 脣齒：猶言互相依靠，如人的嘴脣和牙齒一樣。

❿ 徐達大怒二句：平吳錄：「士信張幙城上，據銀椅，與參政謝節等會食，左右方進桃，未及嘗，忽戰礮碎其首而死。」

第五十三回　連環敵徐達用計

那張士信被軍士捉住，解送到帳前來，徐達吩咐推出斬首。恰說張虬、呂珍領了殘兵東走，只得在舊館駐紮，即日修了表文，令萬戶徐義，前往蘇州求救。士誠見了放聲大哭，說：「吾兩弟一兄，皆死於仇人之手。李伯清到金陵已久，生死又未可知。杭州潘原明，又以城投降金陵，使我束手無策，奈何！奈何！」徐義便說：「今事在危急，何不召募天下勇將，以當大敵？」士誠歎息幾聲，說：「倉猝之間，何處去尋。」只見殿前都尉韓敬之向前，奏道：「重賞之下，必有勇夫。臣舉二人，可以退敵，不知殿下用否？」士誠便道：「此時正是燃眉❶之急，豈不用他！但不知卿舉者何人？」

韓敬之說：「吾聞臨江有兄弟二人，一個叫金鎮遠，身長丈二，腰闊三尺，就是個巨無霸，一隻手能舉五百斤；一個叫紀世雄，身長一丈，腰大體肥，渾似個鄧天王，膂力千斤。他二人一母兩父，因此各姓。只為世亂，沒人曉得他，所以潛居草野，以武藝教人過活。」士誠聽了，便著韓敬之到臨江召來，二人參見已畢。士誠見了，果是奇異，不勝之喜。就說：「今徐達圍困湖州甚急，汝能與我迎敵麼？」二人答道：「若論文章，臣不能強；若論相殺，臣敢當先。」士誠叫取金花、御酒過來，便授二人同僉先鋒之職；若得勝時，世襲公侯。二人叩頭拜謝。

❶燃眉：火燒到眉毛，猶言事情急迫，不容等待。

次日，正是黃道❷吉辰，勒令世子張熊權朝，張彪授元帥印，張豹副元帥，隨駕親征。率兵二十萬，取路望舊館進發❸。呂珍、張虬，聞知士誠駕到，出城迎接。備把遇春用埋伏之計，擒了士信，不能取勝的話。說了一遍。士誠說：「今後發兵，必須審度虛實停當，方可進戰。」連同舊館兵六萬，共合二十六萬。翌日起行，直抵阜林。那徐達在帳，探子將士誠親領兵三十萬，來救湖州，已抵阜林的事報知。徐達因對眾將說：「士誠傾國而來，其計必然窮蹙，眾將軍須努力此戰，東南混一之機，全決於此。可留湯元帥分兵七萬，與耿先鋒、吳將軍等，牢困湖州。我自己與諸將領兵十三萬東破士誠，如此方無前後腹心之慮。」眾將齊聲道：「此真萬全之術。」即日，徐達起兵東行，與士誠兵隔五里，駐紮大寨。士誠聞知兵至，便排陣迎敵，左右諸將簇擁著士誠出馬。徐達認是士誠當先，自己也披掛出來。說道：「衣甲在身，乞恕不恭之罪。」士誠就將鞭指說：「孤與爾主，各居一天，何故屢相攻殺？」

徐達答道：「天命歸一，群雄莫爭。昔唐太宗不許竇建德三分鼎足；宋太宗不容臥榻之中，他人鼾睡。今元世衰亡，英雄競立，不及十年，吾主公剪滅殆盡。天命人心，已自可知。足下若能洞悉❹時務，真心納款，諒不失為藩王之貴，何自苦乃爾！」士誠大怒，說：「天下有孤及元，豈得便成一統？汝等徒生這妄想耳。」徐達便說：「足下不聽好言，恐貽後悔。」言畢，兩馬俱回本陣。那士誠左哨上，恰

❷ 黃道：好日子。

❸ 率兵二十萬二句：平吳錄：「士誠率兵六萬來援。號稱三十萬，屯城東之舊館。達等與戰於阜林之野，又敗之。」

❹ 洞悉：透徹的知道。

有新先鋒金鎮遠突陣殺來，常遇春便縱馬迎敵，未分勝負。沐英見遇春不能勝他，因奮勇大叫，出來助戰。金鎮遠就舞刀直取沐英，被沐英手起一鎗，正中鎮遠的左臂，這把刀便拿不住，直墮下地來。遇春就把鎗刺中左脅，墮馬而死。敵兵大潰。徐達因把大旗麾展，這些大隊軍士，追殺過來。趕得士誠守不住阜林，只得拔寨十五里外屯紮。天晚收軍。士誠悶悶不悅，對紀世雄道：「今日之戰，先鋒金鎮遠敗沒，又折兵六萬有餘。將何處置？」世雄說：「朱兵智巧勇力，謀出萬全，恐非一戰便能得勝。今日他追殺十餘里，戰既得勝，必眾心疏略，我們不如同眾將暗去劫營，這是乘其不備，必可生擒徐達矣。」士誠聽計，便令眾將整備劫營。不題。

且說徐達回到帳中，說：「今日士誠雖敗，其鋒尚未盡頹，明日還宜相機度勢，使他片甲不反，方纔喪他的志氣……」正說間，忽見帳前黑風驟起，吹得煙塵陡亂，樹木摧搖。徐達看了風色，對眾將說：「此風不按時氣，主有賊兵劫營。今夜與明日之戰，非同小可，當用『八方連環陣』抵敵，擒拏這廝。爾等急宜造飯飽餐。到營前聽令。」諸將聽了吩咐，即刻來到各營，蓐馬餉軍❺。沒有半個時辰，早聽得大帳中擂鼓一通，催通各營軍將披掛起身。又沒有一頓茶時，恰有把畫角吹了七聲，那些軍將，都齊齊排列在轅門之外。只見雲板五下，主帥徐達升了中軍旗。五軍提點使，已把名字逐一在二門上挨次點將進來，諸將魚貫而行❻，都一一排立在階前左右。

❺ 蓐馬餉軍：蓐，供馬臥止的草薦。餉，軍米和軍隊中的薪金。蓐馬餉軍，就是給馬休息一會，給士兵吃飽，準備作戰。

❻ 魚貫而行：連貫著行走，如魚一樣連續而進。

元帥便道：「今日東、西二吳，勢無並立。從古帝王之興，全賴名世之士；今日我主上高爵厚祿，優待我輩，全圖我輩捨生拼死，受怕擔驚。我輩所以血戰心勞，亦指望個帶礪山河❼，封妻蔭子。今日諸將軍，宜各盡力，以成大功。倘若有違，吾法無赦。」諸將齊聲應道：「是，謹聽令。」元帥便將令箭一枝，喚俞通海、俞通源、俞通淵三將向前，著領水軍三萬，即刻抄小路到大全港口，閘住上流，待吳兵半渡，只聽連珠七聲炮響，將閘邊四下掘開，決水沖入，溺死吳軍。又將令箭一枝，喚郭英、沐英二將向前，著領馬兵二萬，即刻到士誠老營埋伏。且先分軍一隊，假裝西吳探子，逕到士誠營中報說：「紀世雄前去劫營，被朱兵大敗，現今徐達乘勢追殺將來，待彼拔寨而起，便發伏兵追擊。」又將令箭八枝，喚康茂才、朱亮祖、廖永忠、趙庸、丁德興、張興祖、華雲龍、曹良臣八將向前，著每將各領兵馬五千，分著方向，到舊館要路上埋伏，但聽轟天雷八聲響亮，八方虎將，應聲齊起，團團圍殺。又將令箭一枝，喚常遇春同左哨薛顯、右哨郭子興向前，著令馬步軍校三萬，前至白沙島，截住士誠去路。自家帶領大隊人馬，紛紛的拔寨，乘夜便往西北而行，待他追趕。調遣已定，眾將各領了號箭，分頭自去，不題。

將近一更光景，張士誠猶恐徐達帳中有備，因使紀世雄率兵三萬為前隊，張虬率兵三萬為中隊，呂珍率兵三萬為後隊；一隊被害，二隊救應。世雄等領命出營。約莫二更，將至徐達寨邊，但聽營中鴉飛鵲亂的擾攘。世雄便先令哨子去探虛實。沒有半晌，那探子報說：「朱兵想是因我兵來，俱向西北逃竄，並無埋伏。」世雄大喜，便催兵追殺。比及五更，只見大全港中，徐達帶了甲兵，如蜂似蟻的，在港中

❼ 帶礪山河：古時封爵的誓詞，意謂封國永存。

爭渡。世雄在馬上把眼一看，那水極深處也不滿二尺。便道：「不殺徐達報仇，不是大丈夫！奪得頭功者，即時奏聞，加官重賞。」催動後軍，過河衝擊。三萬軍士，個個爭先。此時已是黎明，軍士正在半港，猛聽連珠炮響，徐達的軍便從閘口掘開，河水驟湧起來。橫沖三十里地面。世雄的兵進退無路，溺死者二萬有餘。紀世雄也做了膨膨氣脹的水鬼。其餘扒得上岸，被眾軍活捉的也約八千有零。未知後事如何，且看下回分解。

第五十四回 俞通海削平太倉

話說紀世雄三萬軍馬都沒於河水之內，或有識水的，掙得上岸，亦被朱軍捉住。主帥徐達，因收兵在河口安營。那士誠見世雄等三隊人馬去了，半夜不見回來，正在疑惑。恰見一隊哨馬，約有五十餘人，逕撞前來，報說：「大王爺，禍事到了，還不曉得？」士誠連忙問說：「禍從何來，事在那裡？」那哨子就在馬上指道：「紀世雄三萬人馬，都被河水淹死，一個也沒留。現今徐達乘勢趕來，正要活捉大王，大王可急急拔寨而行，還且自在哩。」便把哨馬緊緊的一路叫喊道：「快快逃命！快快逃命！」士誠聽罷，驚得魂不附體，即令三軍望蘇州進發。這些軍士只恐朱軍追及，那裡肯依行逐隊，都爭先奔潰而走。未及一里，忽聽一聲炮響，左邊郭英，右邊沐英，兩處伏兵衝出擊殺。幸有張彪、張豹分身迎敵。士誠在車中吩咐：「且戰且走，不可戀敵。」那張彪、張豹也只要脫離苦難。誰想戰未數合，郭英、沐英放條生路，撥馬向前而去。半空中如雷震一般，轟天炮響，不住的震了七八聲：正東上康茂才，正西上朱亮祖，正南上廖永忠，正北上趙庸，東南上丁德興，西南上張興祖，東北上華雲龍，西北上曹良臣，各帶精兵五千，團團的殺將過來，把士誠銅牆似的圍困在內。他使張彪、張豹拼死的殺條血路逃走。八員虎將，拼命也追殺不放。約有五里地面，正是白沙島邊，常遇春又在柳陰深處殺將過來，擋住去路，大叫道：「士誠，你此時不降，更待何時！」嚇得士誠正是：

膽破心驚，手搖腳戰。一張臉無些血色，渾如已朽的骷髏；兩隻眼沒個精芒，逕似調神的巫使。一個降禍祟太歲，領著八大龍神，那怕野狐精從天脫去；四對追靈神魔王，隨著閻羅天子，便是羅剎鬼何地奔逃。

正是：

任他走上焰摩天，腳下騰雲須趕上。

誰知士誠乃是蘇州人，畢竟乖巧，便將黃袍玉帶，並頭上巾幘，都脫下來，紮起一個草人，將前樣服色穿帶了，縛在六龍盤繞的香車錦帳之內。自己隨換了小軍衣服，跨上一匹躡雲捕影❶烏騅，與張彪、張豹打個暗號，趁個時機，帶領一隊人馬，飛也似逃走。那張彪、張豹假意兒只保著龍車廝殺。約莫士誠相去已遠，又望見一彪人馬，恰正是呂珍，張虬趕來救主。他二人便賣個破綻❷，一道煙落荒尋著士誠，同路而行。追來九個將軍，那知道這個緣故，只望著龍車兒圍困過來。就是呂珍、張虬也不解此事，死命保著。看看天晚，恰好郭子興、薛顯又分兩翼喊殺向前，把眼在車中一望，見是草人，便叫道：「列位將軍，只捉了呂珍、張虬也罷，這士誠想是去遠了。」眾人才知墮了奸計。

---

❶ 躡雲捕影：比喻快。

❷ 破綻：裂縫。

常遇春因對呂、張二人說：「二位何不揣度❸時勢？我主公英明仁武，統一有機，二位何執迷如此？」呂珍接應說：「元帥所言亦是，但降服者降服其心。昔日呂布轅門射戟，心服紀靈。如元帥也有射戟的手段，吾輩即當納降。」遇春笑道：「這有何難。」便令人三百步外，立一戟。連發三矢，三中其眼。呂珍、張虬大驚，下馬拜說：「真天神也！吾輩敢竭駑駘之用，情願領兵六萬投降。」遇春大喜。便令軍政司計收器械、盔甲。因著俞通淵領下步兵三千，押送新降士卒，前至金陵，請太祖令旨，或令為民，或分編各隊，即日起行。遇春檢點降兵去了，便登帳請張虬、呂珍進見。

呂珍說：「敗降之卒，願受抗軍之罪。」遇春笑道：「何罪之有？東漢岑彭，初佐王莽，與光武大戰，光武幾受其危。後知天命在於光武，因棄邪歸正，名列雲臺❹。前後事體，略不相妨。但今日之降，在呂將軍可留，若張將軍乃吳世子❺，我當擇日送還姑蘇。」張虬說：「元帥勿疑，自當盡力圖報！」遇春回說：「假如著將軍去攻姑蘇，豈有子弒❻父之理。吾豈不愛將軍雄杰❼，但天理人情上，難以相款。」張虬聽罷，對天歎息了數聲，便說：「吾聽常將軍之言，反為不忠不孝之人矣，有何面目再生人世乎！」登時自刎而死。

❸ 揣度：心上估量。
❹ 名列雲臺：雲臺，漢宮高臺。因其高起干雲，所以叫做雲臺。就是比喻功名高大的意思。
❺ 世子：古時候稱諸侯的嫡長子。
❻ 弒：古時候稱下殺上，如弒父，弒君。
❼ 杰：同傑。

遇春假意吃驚說：「將軍為何如此？是我之罪也！」傳令軍中具玉帶、朱冠、棺槨葬於舊館蘭水橋下。因留胡濟美統本部兵，屯紮舊館。仍令大軍回至湖州，見了徐達，具將前事說過一遍。徐達說道：「將軍處分極是。至如先令六萬降軍，散回金陵，使張虬進退無路，更是高見！」遇春便對徐達商議：「湖州久不能下，以卑職拙見，乘此長勝之勢，即令呂珍往說何如。」呂珍向前說：「自思不知順逆，悔恨歸降之晚。元帥有命，即當盡心。」徐達大喜。便著沐英、康茂才領兵一千，護送呂珍直至湖州城下。」李伯昇聞得消息，急上城問說：「呂將軍因何到此？」呂珍回說：「自元帥受困，主公兩次親來救援，前者被火攻，今者又被水溺，折兵共約廿萬，暫且遁回，今姑蘇士卒與糧餉俱已空虛，士信與張虬皆已身死。我見常遇春射戟神手，因也拜降，特來告知元帥。想是西吳亡在旦夕，元帥可早順天命，開門納款，庶不失為達人❽哲士。」李伯昇聽罷，沉思半晌，狐疑未決。呂珍又道：「元帥豈不聞韓信棄楚歸漢，敬德棄周降唐見機而作，方是正理。」伯昇便道：「是，是，是。」遂率左丞張天齡等，同呂珍到帳前納降。徐達見了，設宴相待。

次日帶領侍從十餘人，入城安撫。便留華高領兵二萬，鎮守湖州等處，已畢。一邊申奏金陵，一邊令華雲龍率本部取嘉興，一邊令俞通海率本部攻太倉，一邊仍率兵二十餘萬，逕向蘇州進發。兵過無錫，那守將莫天祐堅閉不出。常遇春即欲攻打，徐達說：「若攻打非數日不能下，況蘇州離此不上百里，張士誠得知，必生異謀，反為不便。不如長驅先破蘇州，則此城不攻自下。」遇春依計，遂過無錫，逕到蘇州城外安營，不題。

❽ 達人：通達事理的人。

且說張彪、張豹，看見呂珍、張虬接應，便一道煙落荒尋小路而走，趕著士誠，一齊登路。計點人馬，止約二萬有零。漸到蘇州，太子張龍早有哨馬報知逃竄信息，便發兵出城五十里保駕。進得城門，真個是父子重逢，君臣再會，憂喜交集。次日坐朝，士誠聚群臣議救湖州之危。只見哨子報道：「李伯昇把湖州，呂珍把舊館，俱降建康。張虬自刎而死。今徐達親領雄兵二十萬，虎將五十員，在正北十里外安營搦戰。」士誠聞報，不覺兩行淚下，說：「四子張虬，膂力超群❾，同五太子一般精悍❿，今兩弟淪亡，兩兒繼喪；若呂珍向稱萬人之敵，又到彼麾下，此事怎了！」恰有平章陶存議啟說：「今朱兵強盛，所至郡縣，莫敢當鋒。以臣愚見，不若獻璽出降，庶免刀兵之苦，不然天時已迫，必非人力能支。……」言未已，只見一人大罵道：「辱國反賊，長他人志氣，滅自家威風，此事斷然不可！」士誠定睛來看，恰正是三王子張彪，士誠便問：「吾兒，你的意下如何？」且看下回分解。

---

❾ 超群：高出眾人之上。
❿ 精悍：勇敢而失於粗疏。

第五十五回　張豹排八門陣法

卻說三王子張彪，聽了陶存議的說話，大惱道：「吾父王威鎮江淮數年，豈可一旦稱臣於孺子，貽笑於後世❶？城中尚有鐵甲五十萬，戰船五千艘，糧積十年，民多富足。乃不思固守，卻欲投降，甚非遠圖。況此地離太倉不遠，萬一不勝，還可航海遠遁，以為後圖。臣意正宜死戰，是為上策。」士誠與太子張龍俱說：「最是！最是！」便開庫取出金銀財寶，置在殿中，諭群臣中有勇敢當先，捨身保國者，隨意所取。待退敵之後，裂土封王，同享富貴。當下就有都尉趙玠、平章白勇、萬戶楊清、指揮吳鎮、千戶黃轍、總管萬平世、統制李獻、僉院鄭祿八人，公然上殿分派了寶物，向前啟說：「臣等各願領兵一萬，為主公分憂。」士誠便敕張豹為總督都元帥，張龍為左先鋒，張彪為右先鋒，八個新領兵的，俱帶本身職役，陣前聽令。張豹當日簪了兩朵金花，飲了三杯御酒，掛了大紅剪絨葡萄錦一疋，跨著雪白騰空戰馬，大吹大擂，逕到演武場中軍廳坐下。眾將官自小至大，一一依軍中施禮畢。張豹便吩咐說：「今日之戰，國家存亡，在此一舉。惟不曾

---

❶ 豈可一旦稱臣於孺子二句：明史：「客踰城說士誠曰：『初公所恃者湖州、嘉興、杭州耳，今皆失矣。獨守此城，恐變從中來。公雖欲死，不復可得也。莫若順天命遣使金陵，稱公所以歸義救民之意。』士誠仰觀良久曰：『吾將思之。』乃謝客，竟不降。」

臥薪嘗膽❷，因此須破釜沉舟。凡我三軍，各宜努力！我今排下了一個太乙混形，九星戶轉的陣法。你們俱要認著方向，擊父則子應，擊首則尾應，擊中則父子首尾皆應。恰又變化無端，便是鬼神莫測。你等要小心聽令而行。」那張豹便著軍政司，將青色令旗一面招動，千戶黃轍一營軍馬向前。吩咐本營駐紮正東方，俱青旗、青甲，坐著青鬃馬，上按北斗貪狼星鎮寨。將白色令旗一面招動，都尉趙玠一營軍馬向前。吩咐本營駐紮正西方，俱白旗、白甲、坐銀鬃馬，上按北斗破軍星鎮寨。將黑色令旗一面招動，指揮吳鎮一營軍馬向前。吩咐本營駐紮正北方，俱黑旗、黑甲，坐著烏色騅，上按北斗文曲星鎮寨。將紅色令旗一面招動，萬戶楊清一營軍馬向前。吩咐本營駐紮正南方，俱紅旗、紅甲，坐著大紅騮❸，上按北斗廉真星鎮寨。將黑間白色令旗一面招動，總管萬平世一營軍馬向前。吩咐本營駐紮西北方，俱白鑲黑色旗、白鑲黑色甲，坐著黑間白點子馬，上按北斗武曲星鎮寨。將黑間青色令旗一面招動，平章白勇一營軍馬向前。吩咐本營駐紮東北方，俱青鑲黑色旗、青鑲黑色甲，坐著青鬃馬，上按北斗巨門星鎮寨。將青間紅令旗一面招動，僉院鄭祿一營軍馬向前。吩咐本營駐紮東南方，俱紅鑲青色旗、紅鑲青色甲，坐著火色青鬃馬，上按北方輔弼二星鎮寨。將白間紅色令旗一面招動，統制李獻一營兵馬向前。吩咐本營駐紮西南方，俱白鑲紅色旗、白鑲紅甲，坐著火色白點馬，上按北斗祿存星鎮寨。將黃色令箭一枝招動，自己主帥帳前大隊人馬向前。吩咐當於本營之中，俱黃衣、黃甲，坐著黃色馬，上按北極紫垣臨鎮中宮。按著本日的干支，移換那隊的旗甲，倘有疏虞，八營齊應。將赤色令箭一枝招動，王子張

❷ 臥薪嘗膽：猶言立志報仇的人，有意過著不舒服的生活，警惕著自己。

❸ 騮：良馬。

彪所部人馬向前。吩咐當於紫微垣前，東南相向，俱紅間黃的旗甲，坐著青黃雜色的龍駒❹，從正東方起，環列至西南方止，上按太微垣，外應正東、正南、東南、西南四營的不測。將金色令箭一枝招動，太子張龍所部人馬向前。吩咐當於紫微垣後，西北相向，俱黑間黃的旗甲，坐著黃黑雜色的烏騅，從正西方起環列至東北方止，上按天市垣，外應正西、正北、西北、東北四營的不測。這些將士，看張豹分撥已定，便發了三聲號炮，吶了三聲喊，一直的逕到十里之外，登時依令屯紮了營寨。那張豹也軒軒昂昂，在後面徐徐而行。

早有哨馬報與徐達得知。徐達便叫軍中搭了雲梯，同常遇春、沐英、郭英、朱亮祖四人，仔細一看：但見各陣有門，各門有將，有動有靜，倏開倏閉。中間一片的浩浩蕩蕩，列列森森，不知藏著幾十萬兵馬。徐達笑了一笑，對著四位說：「不想此人也有這學問，且到明晨挑戰，方知他的光景。」下得雲梯，恰好俞通海取了太倉❺並岑山、崇明、嘉定、松江等路；華雲龍取了嘉興等縣，全軍而回，來見主帥。徐達見二將得勝，喜動顏色，吩咐筵宴，與二將節勞。此時卻是暮冬天氣，瑞雪飄飄而下，雖然酒過數巡，諸將見徐達只是躊躇不快，便問：「元帥卻為什麼來？」徐達對說：「方才看見張豹這廝，排下那陣，甚有見識，我憂此城，但恐一時急促難下，故深憂耳！」正說間，轅門外傳鼓數聲，傳說王爺有令旨到。徐達慌忙撤席，接入看時，原來是文武各廷臣，屢表勸進大位，太祖從請，自立為吳王。議以明

---

❹ 駒：少壯的馬。

❺ 俞通海取了太倉：明史：「俞通海略太倉，秋毫不犯，民大悅。」

年為吳元年，立宗廟社稷，建宮闕❻。令部下官員，將宮室圖畫以進。命協律郎冷謙，以宗廟雅樂音律，又鐘磬等器並樂舞之制以進，曉諭天下，故軍中咸使聞知。徐達同諸將以手加額，說：「只這幾件事務，便見主公唐，虞三代的盛心了。」當晚極歡而罷。

次日黎明，探子報道：「周軍擺陣。」徐達細想了一番，說：「此行還用常、朱二將軍走一遭。」便命常遇春、朱亮祖兩將迎敵。臨行之時，對二將說：「二公可先往，我當另遣將接應。但此陣甚難測度，倘得勝時，切勿輕騎追趕，防他引誘。」二將得令，便率兵一萬前去，陣前擺開廝殺。只聽張豹陣上傳令說：「今日須是吳指揮出陣，黃千戶、趙都尉接應。」吩咐纔了，但見正北營門內，放了三個轟天的響炮，挨挨擠擠、轟轟烈烈的擁出一萬有餘兵馬，直殺過來。遇春、亮祖見他來的勢猛，便分開分路夾攻前去。那吳鎮毫無懼怕，三將正好混殺。誰想正東營裡，與那正北營裡，倒像約會的一般，不先不後，一聲鑼響，兩邊人馬蓋地而來。未知後事如何，且看下回分解。

❻宮闕：這裡稱帝王所居。

第五十六回　二城隍夢告行藏

話說遇春、亮祖正對著吳鎮廝殺，誰想一聲鑼響，正東營裡，與正西營裡，兩彪人馬，蓋地裡圍將攏來，把遇春軍馬截做兩段。遇春叫說：「朱將軍，你去救援後軍，我當保著前軍，力戰那廝。」亮祖拚命的撞入後陣來，那些軍士看見亮祖來救，就是如魚得水，歡天喜地的跟著喊殺。兩個將軍分做前後對敵，自辰至午，互相殺傷，更不見一些勝負。只見北邊一隊人馬，恰是郭英、湯和、孫興祖、廖永忠前來接應。張陣上見遇春兵來，便將重圍散開，各自尋對頭相併。前後六將，合做一處，對著黃輸、趙玠、吳鎮三匹馬又戰了兩個時辰，看看天晚，兩邊收了軍馬，明日再戰，兩陣上各回本營，不題。

恰說遇春等領兵回寨，備說了他出兵的方向，並救應的事體，徐達便取過曆頭來看了，說：「今日是壬子干支，遁甲❶宜該在坎❷方做事，但不知何以正東、正西上出來接應？」自此以後，一連相持了半月。但見他陣中甚是變幻，一時難得通曉。恰好明日是吳元年，歲次丁未的元旦。徐達在帳中為著一時難得取勝，十分煩惱。忽聽帳外報道：「偽周陣上遣使來見。」徐達因升帳問來使道：「你三將軍張豹，因何著你到來？」那人答道：「我主帥多拜上將軍說，明日係是元旦，彼此相持，未便見分曉，且

❶ 遁甲：星象家一種迷信的說法，依干支推算以趨吉避凶的一種術數。
❷ 坎：這裡是指易經卦名。

各休息數宵，待好良辰，再下戰書迎敵，特此來約。」徐達因胸中也未有決勝之策，便隨口應說：「這也使得。」那使者領了回音，出帳而去。次早，徐達率眾將在營中朝北拜賀畢，便與眾人各各稱慶。筵席間細商破敵之計，根無長策。當晚筵罷，各散回營。徐達獨坐胡床，恍惚中見一個金童，向前說：「滁州城隍同姑蘇城隍，二位到帳相訪。」徐達急急披衣延入，分賓而坐，便道：「草茅下士，荷蒙神聖降臨，有失遠迎，望乞恕罪。」滁州城隍回說：「自從元帥誕生之後，一緣幽明阻隔，二以元帥時出省邑征討，因此甚相疏闊。今主公改元，不三年間便成一統，主帥倘念及桑梓❸之地，乞於皇帝前贊助，褒崇賜號，以顯小神護翊❹皇明之靈，是所望也。」徐達便應道：「某致身王家，十有餘年，仰荷天地眷佑❺，聖主洪威，所在成功；但今受命攻吳，誰料張豹布成此陣，兩月以來，不收寸功，尚未知後來是何景色。適聞神明所言，三年之間，便成一統，恐不若此之易。」

只見姑蘇城隍說：「此陣雖是有理，不過以北斗九星八方生剋。元帥只從剋制的道理，分兵八隊前去攻打，他自然救應不及。又裡面他列為紫微、太微、天市三垣，分應八宮，元帥當以太極、兩儀❻之

---

❸ 桑梓：鄉里。

❹ 護翊：翊，輔助。護翊，在旁保護的意思。

❺ 眷佑：佑是保佑。眷含有上對下的意思。

❻ 太極、兩儀：太極，古時候傳說，天地在極古時，是混沌一體的，未加開闢，叫做太極。兩儀，指天地。《易經》：「易有太極，是生兩儀。」

理制之。士誠氣數不上一年，元帥何必過慮？但恐攻城之時，有傷虎將，為可悲耳。」徐達聽得有傷虎將一句，驚得木呆了半晌，便道：「我同來將士，俱各赤心圖報朝廷，分有偏裨，情同骨肉。此時全望神明佑助；倘得一旅不傷，一將不損，降城之日，即當重修廟貌，申請褒封。」那城隍道：「今以元帥至此行軍，我們便在此保護，但其中也有在劫在數的，怎麼十分救應得無事。元帥既如此囑咐，當曲圖遮蔽，全他首領便了。」兩神整衣而起。徐達方送得出營，卻被巡哨的一聲鑼響，把徐達猛然驚醒，知是一夢。次早起來，吩咐各營趁閒整理軍器，待彼下書交戰，另行調遣，不題。

且說偽周無錫守將莫天祐❼，從小兒便習武藝。身長丈二，面如噴血，有萬夫不當之勇，人都稱他為莫老虎。善使一把偃月刀，屯兵十萬，在無錫城中，足為士誠救應。他見朱軍駐紮姑蘇，日夜攻打，終有難保之勢。心思一計，修下三封書：一封著人往方國珍處投遞；一封著人往陳友定處投遞；一封著人往擴廓帖木兒王保保處投遞。約他趁朱兵攻打蘇州之時，正好乘勢侵擾地方，朱兵彼此不支，必然得勝。他三處得了天祐來書，果然友定從閩廣來到界上侵擾；國珍從台州來到界上侵擾；王保保遣左丞李貳來到陵子村，在徐州界上侵擾。三處的文書，齊至金陵，太祖便令李文忠率錢塘兵八萬，東敵方國珍，令胡德濟、耿天璧率婺州、金華兵八萬，東南上敵陳友定，令傅友德率兵五萬，西北上敵李貳；一面又著人到徐達帳前知會，各家兵馬俱動，都是莫天祐之故，可仔細提防。徐達得了信息，朝夕在帳計議。只見張豹打下戰書說道：「上元已過，十八日交戰。」徐達將姑蘇城隍囑咐生剋分兵相制的話，仔

❼ 莫天祐：明史：「莫天祐者，元末聚眾保無錫州，士誠招之不從，以兵攻之亦不克。士誠既受元官，天祐乃降。及平江既圍，他城皆下，惟天祐堅守。」

細思量了一夜。

次早，升中軍帳，著軍政司打了幾通鼓，吹了幾聲畫角，那些將軍依次聚在帳前。徐達便道：「明日交兵，諸將俱宜小心聽令而行，以濟大事；倘不遵法，罪有難逃。」諸將齊聲道：「聽令。」徐達恰取號箭一枝，喚過俞通海充正西隊先鋒，華雲龍、顧時為左右翼，領精兵五千，俱用白色旗甲，攻打偽將正東營，取號箭一枝，喚過耿炳文充西北隊先鋒，孫興祖、丁德興為左右翼，領精兵五千，俱用黑白雜色旗甲，攻打偽將東南營。取號箭一枝，喚過朱亮祖充正南隊先鋒，張興祖、薛顯為左右翼，領精兵五千，俱用紅色旗甲，攻打偽將正西營。取號箭一枝，喚過吳禎充正北隊先鋒，曹良臣、俞通淵為左右翼，領精兵五千，俱用黑色旗甲，攻打偽將正南營。取號箭一枝，喚過郭英充西南隊先鋒，俞通源、周德興為左右翼，領精兵五千，俱用黃色旗甲，攻打偽將正北營。取號箭一枝，喚過沐英充正東隊先鋒，趙庸、楊璟為左右翼，領精兵五千，俱用青色旗甲，攻打偽將西南營。取號箭一枝，喚過康茂才充東南隊先鋒，王志、鄭遇春為左右翼，領精兵五千，俱用青紅雜色旗甲，攻打偽將東北營。取號箭一枝，喚過廖永忠充中將左哨先鋒，唐勝宗、陸仲亨為左右翼，領精兵一萬，俱用黃黑雜色旗甲，從東南營殺入，攻打偽將太微垣。取號箭一枝，喚過馮勝充中軍右哨先鋒，陳德、費聚為左右翼，領精兵一萬，俱用黃紅雜色旗甲，從東北殺入，攻打偽將天市垣。取號箭一枝，喚過湯和充中軍正先鋒，郭子興、蔡遷為左翼，韓政、黃彬為右翼，統精兵三萬，俱用純青、純白、純紅、純黑四色旗甲，從正北營殺入，攻打偽將紫微垣，砍倒將旗，四圍放火。取號箭一枝，喚過王弼、茅成、梅思祖三將，各領兵五千，出陣迎敵，待他明日那營出兵，必有兩營接應，只可佯輸，誘其遠趕，以便我兵乘勢奪寨。取號箭一枝，喚過陸聚、吳復二將，各領本部人馬，堅守老營，以防衝突。常遇春獨領精兵五千，沿路衝殺，只留西北一營不去攻打，以便彼兵逃竄。自率大隊從後救應，分撥已定，只等明日行事。且看下回分解。

第五十七回　耿炳文殺賊祭父

卻說徐達依了蘇州城隍託夢，分兵做十路攻打，調遣已定。次早正是十八日，只見哨子來報，東北營中平章白勇領兵一萬殺過來了。我軍陣上，早有王弼持刀迎敵，未及半個時辰，他正南上楊清，西北上萬平世，各領兵前來接應。恰好茅成、梅思祖放馬前來攔擋，六匹馬攢做一團。只見梅思祖賣個破綻，逕落荒而走，楊清便勒馬來追，那白勇與萬平世，恐楊清得了頭功，因一齊趕上來。王弼、茅成也裝一個救思祖的模樣，也將馬放來廝殺。正殺得十分熱鬧，只聽得寨中一聲炮響：十路兵馬，都殺出來，逕往張彪陣中分頭的去攻打。他營中只說朱軍與陣上軍馬相殺，那曉得這般神算？慌促之中，俞通海等殺入正東營內，朱亮祖殺入正西營內，湯和率了中軍，逕殺入紫微垣。驚得張豹上馬不及，湯和便一刀砍折了馬腳，張豹只得從軍中逃竄。郭子興兩翼兵馬，就營下放起火來，中軍帥旗，早被亂軍砍倒，煙塵滿眼，個個只是尋路而走，那一個敢來對敵？吳禎殺入南營，誰想楊清一營已在外邊接應白勇，竟是一個空寨，便幫著耿炳文等殺入東南上。那營中正是僉院鄭祿把守，他看朱軍殺入，便也率眾相持。

炳文大叫說：「鄭祿，你記得當初帶了義兵，投降呂功，致我父親追趕，撞木欄而死；你今日當碎剮萬段，還走那裡去！」手轉一鎗，正中著鄭祿左腿，耿炳文便活捉了，吩咐軍士押在囚車內，殺得營中一個也不留。吳禎對炳文說：「楊清既在陣前，我自趕去殺了楊清，才完得我的事。」炳文顛著頭說：

「是，是。」吳禎也自去了。炳文逕殺入張彪陣內，那張彪正與廖永忠三將相持。炳文大喊一聲殺來，張彪見不是事，即帶了殘兵，只向兵少的去處逃走。那朱亮祖殺入西營，只見些散軍一路跪著迎降，更不見有趙玠，亮祖便坐在本營廳上問道：「你們趙玠走往何處？」那些小軍回說：「趙都尉聞知將軍殺來，便登時逃走，不知去向……」說猶未了，誰想這賊躲閃在門後，把刀向背上竟砍將過來，幸得恰是刀背，把亮祖肩上一下。亮祖忍著疼痛，跳轉身，急搶刀在手，就在堂上兩個戰了數合。那趙玠看本事難當，拖著刀向外便跑，亮祖趕上一刀，分為兩段。張興祖、薛顯，起初看見營中投降，只道無事，把馬在外邊尋人相殺，聽見營中喊聲，方殺入來，那趙玠已結果了。營中一萬人馬，盡皆投降。

亮祖仍出營來，見沐英三將，已殺了李獻；俞通海三將已殺了黃轍；郭英三將，殺了吳鎮；四哨人馬，合做一處，望著張豹的中營，且是烈焰焰的燒的好。便將馬從西北上放來，聽得天市營內喊聲大震，沐英、郭英、朱亮祖、俞通海吩咐各哨兩翼將軍，俱率兵在外，不必隨入相混，止四馬趕入，看他光景。只見張彪、張豹領了殘兵，聚集天市營內，保著張龍太子，與馮勝、湯和、廖永忠、耿炳文等廝殺。沐英四將，乘勢趕進救應，殺得他屍如山積，血似河流。張彪保著張龍，拚命向西北路上奔走，張豹一人力敵眾將。那陣上白勇、萬平世、楊清，正與王弼等交戰，忽聽得朱兵分頭殺入老寨，回頭一看，煙障衝天，三個飛也似趕回。恰撞著吳禎一彪軍來，手起一鎗，正中著萬平世的心口，立死於馬下。白勇急上前來救，那鎗梢轉處一帶，逕把白勇一隻眼珠帶將出來。俞通淵趕上一刀，連人和馬砍做兩截。楊清便勒馬騰雲的相似，往別路逃走去了。

張彪保著張龍而行，只見林叢中叫道：「還那裡走！」睜眼看時，是常遇春擋住去路。兄弟二人道：

「一身氣力，殺得沒有些兒，又撞著對頭，奈何！奈何！」正沒做理會，恰好張豹帶了殘兵逃走過來，兄弟合做一處，也不與遇春相對，逕衝陣而走。遇春飛馬追趕，將到城門，那城上矢石銃炮如雨的飛下來，遇春也不回兵，便令後軍迎元帥大隊人馬到來，分頭攻打蘇州。

頃刻之間，諸將軍畢集。吳禎把萬平世首級，沐英把李獻首級，朱亮祖把趙玠首級，郭英把吳鎮首級，俞通淵把白勇首級，俞通海把黃轍首級，一一到帳前依次獻了。只有康茂才一哨人馬，竟無消息。徐達令探馬四下哨探消息，恰有耿炳文令軍卒推過囚車上帳，說：「先父因僉院鄭祿投降偽周追趕身死，今託虎威，活捉此賊到帳，乞主帥下令處置！」徐達便命軍中急辦牲醴，把耿君用公神像中堂懸掛，自己同諸將行了四拜禮。那炳文在旁邊回了四拜，即下堂朝了元帥及諸將軍拜謝了，依舊上堂，換著一身縞素❶便服，朝著父親神像，拜了又哭，哭了又拜。

徐元帥一邊喚了軍校，把僉院鄭祿活綁過來，就一刀剖出心肺，放在盤子裡，供養君用像前。那炳文看見擺列著那清清的酒巵，香香的餚饌，活鮮鮮的肺心，爽朗朗的香燭，儀容空對，音響無聞，眼淚不止，一路的搥胸頓足，愈覺哀慟❷起來。帳前軍士，沒一個不酸心含痛，聲徹天地。驚得那張士誠在城裡也不知為著甚的。約有一個時辰，徐元帥同著諸將齊來勸說：「耿公請自寬心，今日公能為父報仇，又為國出力，忠孝兩全，便是先公靈在九泉，也必喜悅，萬勿過傷，且請治事。」炳文只得住了哭聲。一日之間，不住欷歔❸，杯酒片肉，毫不沾牙，真實難得。話不絮煩。

❶ 縞素：縞，白色的生絹。縞素，喪服。
❷ 哀慟：哀痛過度。
❸ 欷歔：憂愁憤恨。

卻說康茂才同著王志、鄭遇春帶了人馬，殺入東北營中，止有二三百個守營的頹❹卒，因各轉身沿路去尋白勇下落。只聽人說：「白平章今日當先罵陣，到不見這般悽愴。」茂才聽知，便往場上殺來，恰撞著巡哨賊徐仁、尹暉兩個，帶領五千精兵，從北路而行，阻住去路。茂才心中轉道：「這送死賊，到替了白勇的悔氣了。」便排開陣勢，匹馬混殺了一個時辰。後來徐仁望見中營火起，即刻同尹暉脫身，朱軍陣上那個肯放，古人說得好：「心慌意亂，白沒個好光景做出來。」那尹暉鎗法漸亂，茂才轉過一刀，結果了殘生。

徐仁便殺條血路而走，茂才招動人馬來追。誰知楊清見吳禎殺了萬平世，俞通淵殺了白勇，便領殘兵逃走，正撞著徐仁，合兵做一處。那徐仁見楊清既來，茂才一面兵又沒接應，仍來迎敵。且說鄭遇春看見徐仁馬頭將近，大叫一聲，說道：「看箭！」徐仁只道果然有箭，把頭一低，遇春趁著勢一刀，正把頭砍將下來。茂才心知楊清又要逃走，把旗一招，朱軍便密匝匝❺只圍他在中心。茂才等三將，橫來直往，把他圍在核中廝殺。未及半響，被王志一鎗中著馬腳，那馬仆地便倒，眾軍向前，把楊清砍做數段。茂才方得收兵轉來。哨馬望見了茂才一彪人馬，飛也似報與元帥，說：「康將軍從東路來了。」徐達聽得，便同眾將出帳外來望，恰好茂才下馬進來，備說前事❻。徐達大喜，未知後事如何，且看下回分解。

---

❹ 頹：這裡是說衰老的意思。

❺ 匝：環繞一週。

❻ 恰好茂才下馬進來二句：明史：「尋拔湖州，進逼平江，士誠遣銳卒迎鬥，大戰尹山橋。茂才持大戟督戰，盡覆敵眾，與諸將合圍其城，軍齊門。」

第五十八回　熊參政捷奏封章

且說徐達大軍駐紮在姑蘇城下，只不見康茂才這支人馬，正在狐疑，恰有哨馬報道：「康將軍得勝，由東路回來了。」徐達不勝之喜，因令馮勝為首，協廖永忠、郭英、吳禎、趙庸、楊璟、張興祖、薛顯、吳復、何文暉九員虎將，領兵二萬，圍住葑門❶。湯和為首，協曹良臣、丁德興、孫興祖、楊國興、康茂才、郭子興、韓政、陸聚、仇成九員虎將，領兵二萬，圍困胥門。常遇春為首，協唐勝宗、陸仲亨、黃彬、梅思祖、王弼、華雲龍、周德興、顧時、鄭德九員虎將，領兵二萬，圍困閶門。沐英為首，協俞通海、俞通源、俞通淵、費聚、王志、蔡遷、鄭遇春、金朝興、茅成九員虎將，領兵二萬，圍困婁門。朱亮祖領兵三萬，屯紮城西北上。耿炳文領兵三萬，屯紮東南上。築設長圍，架起木塔，樹著敵樓，四處把火砲、噴筒、鳥嘴火箭，及襄陽炮，日夜攻擊。徐達自統大軍六萬，環迭諸軍之後，相機救應，防禦外邊來救兵馬。諸將得令，各自小心攻打，不題。

---

❶ 徐達不勝之喜五句：吳王張士誠載記：「達遂進軍圍其城。達軍葑門，遇春軍虎丘，郭子興軍婁門，華雲龍胥門，湯和軍閶門，王弼軍盤門，張溫軍西門，康茂才軍北門，耿炳文軍城東北，仇成軍城西南，何文輝軍城西北。四面築長圍困之。又架木塔，與城中浮屠對，築臺三層，下瞰城中，名曰：『敵樓』。每層施弓弩、火銃於上，又設襄陽炮以擊之，城中震恐。」

且說張龍、張彪、張豹，領著殘兵，不上萬餘，逃入蘇州城，見父王張士誠，哭訴朱兵十分厲害，無可處置。士誠正是煩惱，恰見探子慌忙入朝，報道：「朱兵四下密布，重重的把各門圍了。」士誠驚得手腳忙亂，便集民兵二十萬，上城看守，炮弩、矢石、防設甚嚴。朱兵屢被傷折。圍有三個月日。太祖在金陵聞知難於攻打，因此使人傳諭，令三軍勿得輕動，以待其自困❷。徐達接旨，對使者說：「我也不敢急性行事，但慮莫天祐這廝，奸謀百出，前者以書招三處賊兵，幸我邊境東南閩、廣諸路，有峻山阻隔，諒無他慮。但患的彭城一帶；彭城四無險阻，倘或天祐約渠順黃河而下，間道由江北抵吳淞與姑蘇結為表裡，便一時難為支吾耳。」

那使者對道：「元帥如此說，還未知那傅將軍沂來行事哩。」徐達便說：「我正在此記念他，近日如何行事，並未有消息，是以日夜不安，你且細說與我聽著。」使者道：「前日主公著我來時，正在殿中給予我的路引，只見通政司一員官過來，奏道：『徐州參政熊聚差人奏捷。』主公便道：『連人與表章即刻一齊進來……』說猶未了，那承差跪在殿外，備說徐州熊參政令指揮使傅友德率兵三千，逆水而上，舟至呂梁，正遇元將左丞李貳出掠❸。傅友德率眾便捨舟登岸，擊元兵。李貳即遣裨將韓一盛引兵

---

❷ 以待其自困：吳王張士誠載記：「十一月癸卯，徐達等進兵姑蘇，其屬縣相繼降附，唯蘇州孤立而已。朱吳王欲困服之，命大軍至姑蘇城南鮎魚口，擊張吳將。」

❸ 正遇元將左丞李貳出掠：明史：「同陸聚守徐州。擴廓遣將李二來攻，次陵子村。友德度兵寡不敵，遂堅壁不戰，詗其眾方散掠，以二千人泝河至呂梁登陸擊之，單騎奮槊刺其將韓乙，敵敗去。度且復至，亟還，開城門而陣於野，臥戈以待，約聞鼓即起。李二果至，鳴鼓，士騰躍搏戰，破擒二。召還，進江淮行省參知政事，撤御前麾蓋鼓吹送歸第。」

接戰，友德手起鎗落，把一盛刺死馬下，元兵敗走。友德揣度李貳必然廣招部將來鬥，即令人馳還城中，開了城門，著兵卒布列城外，皆坐地持鎗而待，以鼓聲為號，一齊奮發。頃刻之間，那李貳果招上許多毛賊到來。友德望賊將近，鳴鼓三聲，我師猛發，直衝過來，賊眾大潰，爭先渡水而逃，溺死者不計其數。現在擒李貳及其他頭目二百七十餘人，獲馬百餘匹，乞令旨發付。主公聽了大喜，令把李貳在西郊外梟首，其餘所虜人犯，羈候細審，重賞來差，即手書褒嘉友德，加陞三級。我臨行目睹❹來的。」徐達聽了，說：「如此，姑蘇便不足慮矣。」遣使者出帳回金陵而去。

正轉身回寨，忽人報水關巡軍，獲得一個細作，特送到元帥帳前發付。徐達便令押至軍前。問說：「汝是何人，敢來越關？若從直說來，饒汝之死。」那人說：「小人是無錫莫天祐手下總領官楊茂❺。慣能游水，特往姑蘇上表的。」徐達因問：「表在何處？」楊茂站起身來，把肚兜解下，摸出一個蠟丸子，說：「這表在丸子裡。」徐達將丸剖開，細看了表章，就問：「你家還有誰人，還是要生還是要死？」茂回報：「有老母及妻子，望元帥活螻蟻❻之命！」徐達把楊茂發去俞通海處做個水軍頭目。隨暗地喚華雲龍入帳，著領小心聰慧軍校二十名，潛往無錫，去誘楊茂家小，並且探聽城中虛實。

❹ 睹：親眼看到。

❺ 楊茂：平吳錄：「有楊茂者，無錫莫天祐部將也。善浮水。天祐潛令入城，與士誠相聞，邏卒獲之於閶門水柵旁，送達軍，達釋而用之。時城堅不可破，天祐又阻兵無錫，為士誠聲援。達因縱茂，出入往來，得其中所遺蠟丸書，由是悉知士誠、天祐虛實，而攻圍之計益備。」

❻ 螻蟻：螻蛄和螞蟻。比喻輕微渺小的東西。

雲龍得令，隨見楊茂，備問了住處及兒子名字。來到營中，說：「莫天祐這廝，不是戲耍，他看我軍攻打蘇州城時，必定仔細盤話。我們二十人，可分作六七樣打扮。聞無錫大小人家，也都結蒲鞋面販賣，我們著五個會打紹興鄉談的，扮作販鞋客人。縣前專做好魚麵，我們可著兩個，買大魚數頭，鱔魚數斤，挑了魚擔兒，沿街賣貨入城。再著三個扮做福建打造那假銀首飾的銀匠，細巧錐鑿，俱要隨帶備用。又將牲口五隻，裝著糙粞❼、大麥，把五人扮做鄉間大戶人家，糴❽來粞麥，挑進城內糖坊裡用。後面即著兩個挑了糖擔，一頭辦有搖鼓兒、泥人兒、引線兒、紙糊小匣兒，丁丁當當，跟著糖鋪的人，一夥兒走。都約在西門水濂街會齊。」吩咐已定，各人整備了。

次早，走到城邊，那城上果然逐一查問。一夥過了又是一夥，都被這巧計兒零星走入了城。他們穿街走巷，城中虛實，早已打探清楚，便逕到水濂街。那雲龍走到一個裁衣人家，便道：「師父，此處總領楊茂官人在那家是？」那裁衣說：「楊官人正在轉彎紅角子門裡。」雲龍問了的確，叫聲起動，轉過彎來，直到紅角子門裡撞進，連聲叫道：「楊名官在家麼？」那楊名知有人叫他，就走出來問道：「客官何來？」雲龍回報道：「你們父親承著官差，一路上得病未好，今已到西門外。那病十二分重，命在須臾，要見你母親及祖母，與你一面，特央我來通知，你們可急急去，倘得見他，也好永訣❾。」楊名走進去說了。祖母與母親又出來問了詳細，便同雲龍逕到西門。

❼ 粞：碎米。
❽ 糴：買進米穀。
❾ 永訣：永別。

只見兩個魚擔兒，三個糖擔兒及五六個販鞋面的，五六個空手走的，笑笑說說，看看雲龍道：「這客官就是前面酒店裡病人，央來報信的，恰也又出來了。世間有這等熱心人，真個難得。」雲龍把眼一梭，這些人三腳兩步，四下都走前面走了。約至五里路程，只見路上有個小車，轆轆⑩的往前面推著。雲龍便叫聲：「推車的長官，我有兩位內眷，到前面王家酒店裡，探望一個病人，他們弓鞋腳小，一時趕不上路，勞你帶一帶在車兒上，我重重送酒錢與你。」那漢子便站定說：「上來上來，前面酒店路也不多，諒想你們也不虧我。」雲龍便扶著他祖母與母親上了車兒，自同楊名一路的說，一路的走。那個推車的，推動這車似飛而去。雲龍故意叫道：「長官，長官，便慢著些兒也好，倘若先到王家酒店，千萬坐坐，待我數錢與你買酒吃。」

那漢子指一指道：「日已西了，還遲到幾時！」約莫二十餘里，楊名又問道：「還有多少路？」雲龍笑著說：「你且跟我來。」不上里許，卻是個黑林子。但見十六七人叫道：「楊名你還待怎的？吾奉金陵徐元帥將令，你父楊茂越關被獲，已願投降。徐元帥恐莫天祐害及你家屬，特來取你歸營，你若狐疑，有劍在此。」楊名同他祖母、母親三個，都呆了口，也沒得回報。華雲龍就脫下了便服，換了盔甲，便叫楊名一起同眾軍跨著飛馬，押了車子，緊趕著上路。將及二更，已到軍前，不題。未知後來如何，且看下回分解。

⑩ 轆轆：車聲。

第五十九回　破姑蘇士誠殞命

卻說那華雲龍用了一番心機，挈取楊茂家屬，將及二鼓，纔到軍前。轅門上把守的稟道：「元帥正在帳中相等。」雲龍便進去，備數了事情一遍，且說他家屬現在營外。徐達即令人送至後營，因喚楊茂說：「吾恐莫天祐害你家小，已令人挈取來營，足下可去相見。」楊茂見了母親、妻兒，不勝之喜。便說：「殞首碎軀，莫能圖報！」當晚歸本帳而去。過了數日，徐達寫了一張柬帖，喚取楊茂到帳，說：「我欲你幹一件事，你可去麼？」楊茂說：「小人受了大恩，赴湯蹈火❶，甘心前往。」徐達便取柬帖遞與，吩咐出營五里，可看了行事。楊茂接過在手，走至前途，開封一看，大笑道：「元帥要我去賺莫天祐，這有何難？」便放腳走入無錫城中，參見了莫天祐。天祐見楊茂回來，大喜問道：「主公有何話說？」

楊茂道：「主公吩咐，徐達軍糧屯於桃花塢中，明晚是八月十八，城中當舉火為號，主公領兵衝陣，命元帥赴桃花塢燒燬他的糧草，即往東攻殺圍兵，內應外合，不得有誤。」天祐說：「這計較極好！」遂留兵五萬守城。次早，帶領精銳五萬出城，逕到桃花塢密林中屯住。將及二更，遙見東門起火，天祐便喚楊茂引路，將到塢邊，只聽一個炮響，四下伏兵齊起。天祐大驚，說：「吾中徐達奸計了！」連叫

❶ 赴湯蹈火：猶言對極險的事甘心承擔。

楊茂，不知去向，因引兵衝西而走。徐達陣上俞通海拚命趕來，身上被了四箭，頭上被了一箭，血染征袍，白練盡赤，猶是奮勇衝殺，屍橫遍野。殆至黎明，纔知此身帶著重傷，負痛而返。徐達只得令本部士卒，星夜送還金陵調治，不題。

那個天祐逞著驍勇，衝陣回至無錫，惟見城上遍插的是金陵徐元帥旗號。大濠之間撞見郭英、俞通淵殺來。大叫：「莫天祐若是早降，免得一死！」天祐縱馬來敵，恰被俞通淵後心一鎗，下馬而死。徐達入城，撫輯❷了軍民纔去。原來十八之夜，徐達先令四將，各提兵一萬，前來攻殺。一夜之間便取了無錫而回，仍令眾將回攻姑蘇。忽見前軍報道：「軍師劉基來訪。」徐達迎入帳中，訴說蘇城久攻不下，全望軍師指教。

次日早起，劉基、徐達二人同在城下，走來走去，熟察形勢。忽見一個頭陀與一個金色道人，飄飄的乘風從胥門城腳而來。那頭陀一跑跑到身邊，叫道：「劉軍師，徐主帥，一向好麼？為何二人在此來往？」劉基一看就是周顛，便問：「你一向在那裡？」顛子應道：「我自在這裡，你自不見哩。」呵呵的只是笑。徐達因問：「這位師父是誰？」顛子說道：「這是張金箔。就是與張三丰一班兒在鐵冠道人門下的，你還不認得麼？」軍師與元帥心知他們倆是異人，便四個交著手，走向營裡來。杯酒之後，共談破城之法。張金箔說：「此城竟是龜形❸。盤門是頭，齊門是尾。龜之性，負水而出，乘風則歡。今

❷ 撫輯：安慰調和。

❸ 此城竟是龜形：吳中故語：「武寧圍久不克。或有獻計者曰：『蘇城蓋龜形也。六處同取則愈堅耳。不若擇一處而急攻之，乃可破也。』武寧王乃引兵從閶門入。士誠聞城破，其母作淮音語士誠曰：『我兒敗矣。我往日道如何？』」

暮秋之時，正水木相乘之會，劉軍師當擇水木干支的日子，借風駁擊其尾，則其首必出，決當殲滅偽周矣。」元帥聽了大喜。劉軍師把手掌一輪，說：「事不宜遲，明日便可動手。」急令各將於各城大河外四周，築成高臺十座❹，每臺長五十步，闊二十步，與城一樣高。上蓋敵樓，以便遮蔽。整備銃弩攻打。未及三個時辰，各營齊報高臺依法齊備。

那士誠看見外面如此光景，與群臣設計抵當。張彪奏說：「不如潛夜出城，逕作航海之行為上。」士誠聽了，便收拾寶玩、細軟財物，挈領家眷，深夜開城，突圍而走。常遇春一見，便分兵截住。那士誠軍馬，拚死的廝殺良久，勝負不分。此時王弼統領左軍，遇春見了撫王弼肩背❺說：「軍中皆稱足下與朱亮祖為雄，今亮祖獨屯兵於西北，不當機會，足下何不逕取此賊？」王弼聽了，直揮雙刀，奮勇而前，敵眾方得少卻，遇春便率眾乘之。恰好亮祖又到，三面夾攻，喊殺將來。士誠兵馬大敗，溺死沙盆

❹ 築成高臺十座：俞本記事錄：「蘇州城堅兵銳，屢攻不下。達令各衛列營於城之固，挑長濠，所在相連接，起敵臺以圖之。高四丈，下瞰城中，往來男、婦可以辨數。」

❺ 遇春見了撫王弼肩背：吳王張士誠載記：「六月己酉，張吳王被圍既久，欲突圍決戰，覘城左方見軍陣嚴整，不敢犯。乃遣徐義、潘元紹潛出西門，欲掩襲我軍，轉至閶門將奔遇春營；遇春覺其至，分兵北濠，絕其歸路。與戰良久，未決。張吳王復遣參政黃哈刺把都兒，率兵千餘人助之。又自出兵山塘為援，塘路狹塞不可進，麾令卻。遇春撫王弼背曰：『軍中皆稱爾為猛將，能為我取此乎？』弼應曰『諾！』即馳騎揮雙刀往擊之，敵眾小卻。遇春因率眾乘之，張吳王兵大敗，人馬溺死沙盆潭甚眾。張吳王有勇勝軍皆僉夫，號『十條龍』，張吳王每厚賜之，令披銀鎧錦衣，將其眾出入陣中，人不能測。是日，俱溺死錢萬里橋下。張吳王馬驚墮水，幾不能救。肩輿入城，計忽忽無所出。」

潭者，不計其數。士誠坐著飛龍追日千里馬，也幾乎墮入水中。遇春同亮祖併力追趕，一鎗刺去，正中世子張龍，下馬而死。士誠驚忙逃回城中，堅閉不出。

次早，周顛與張金箔作別要行，軍師與徐元帥再三留住，他們回說：「後會有期，不必苦留。」說罷便出帳而去。劉基看高臺已築，因令眾將率軍校上臺攻打，只留正東的臺聽起自用。劉基按定吉期登壇，披髮仗劍。不一時間，忽見雷霆霹靂交加，大雨奔注，臺上眾軍一齊放起火箭、神鎗、火銃、硬弩，飛將過去，盤門果然大開。城上民軍，爭先冒雨奔走。只聽大震一聲，把姑蘇城攻倒三十六處。徐達便傳令四面軍士，俱依隊伍入城，不許越次亂殺。如有生擒張士誠者，與金千兩；斬首來獻者，與金五百兩；斬渠❻妻子一人者，與金百兩。那士誠看見城破，便率了子女及妻劉氏，並家屬同登齊雲樓❼。對天泣道：「今日至此，免為他人所辱。」自行放起火來，把合家燒死了。自走至後苑❽梧桐樹邊，大叫數聲：「天喪我也！天喪我也……」正要解下絲絲自縊❾，突然走過沐英，一箭射斷了絲絲，士誠仆然墮地。沐英著軍士上前捉住。徐達收了圖籍並錢糧器械，即與眾將起程，回到金陵，止留數將在蘇鎮守。誰想那士誠拘在軍中，只是閉著雙眼，咬著這口牙齒。軍校們勸他吃粥吃飯，只是不吃。

---

❻ 渠：同他字意。

❼ 那士誠看見城破三句：吳王張士誠載記：「張吳王倉皇歸，獨坐室中，令妻子眷屬登齊樓自焚。達遣降將李伯昇至張吳王所諭意。時日已暮，王拒戶自經。伯昇決戶，令降將趙世雄抱解之，氣未絕復蘇。達又令潘元紹以理說之，反覆數四。張吳王瞑目不言。乃以舊盾舁之出葑門，途中易以戶扉至舟中。」

❽ 苑：這裡是指房屋亭園的總稱。

❾ 縊：用繩勒頸自殺。俗名上吊。

將到金陵，徐達先遣人報捷。太祖便命丞相李善長遠出款接❿。士誠也毫不為禮。善長戲道：「張公，你平日據土稱王，智勇自大，今日何為至此！且吾之盡禮於足下者，正以王命，不欲自失其儀，足下還重己輕人乎？」頃刻，已至龍江，諸將把士誠縛了，送到太祖面前。士誠也只低頭閉目，朝上著地而坐⓫。太祖叱他道：「你何不視我？」士誠大聲答道：「天日照你不照我，視你何為？」太祖大怒，命人將士誠監禁，排駕回宮去了。士誠自思赧顏⓬，泣下如雨。至夜深以衣帶自縊而死。太祖敕令為姑蘇公，具衣冠葬於蘇城之下。這些高官厚祿之臣，聞知蘇州城破，或投降的，或逃走的，且有替我兵私通賣國的，更沒有一個死難⓭。後來唐伯虎有清江引詞，道：

皁羅辮兒錦札梢，頭戴方簷帽。穿領闊袖衫，坐個四人轎；又是張吳王米蟲兒來到了。

---

❿太祖便命丞相李善長遠出款接：吳王張士誠載記：「乙丑張吳王至建康自縊死。當未死時，在舟中閉目不食。及至龍江，堅臥不肯起。舁至中書省，相國李善長問之，不語。已而言不遜，善長怒罵之。朱吳王欲全之，張吳王曰：『吾不忍見此不義之人。』竟自縊。死時年四十七。」

⓫士誠也只低頭閉目二句：翦勝野聞：「偽周張士誠面縛見帝，瞋目，踞坐甚不恭，帝叱之曰：『盍視我？』對曰：『天日照爾不照我，視汝何為哉？』帝以弓弦縊殺之。」

⓬赧顏：因羞愧而面紅。

⓭這些高官厚祿之臣六句：歸田詩話：「張氏據有浙西富饒地，而好養士。凡不得志於前元者，爭趨附之。美官豐祿，富貴赫然。有為北樂府譏之曰：『皁羅辮兒錦札梢，頭戴方簷帽。穿領闊袖衫，坐個四人轎；又是張吳王米蟲兒來到了。』及城破，無一人死難者。武夫健將，惟束身賣降而已，詩意有所謂也。」

太祖次日早朝，將削平偽周諸將，一一陞賞有差。恰有徐達奏道：「臣等攻打蘇州，曾檄俞通海提兵到桃花塢蕩賊老營；身中流矢，因毒甚，送還京師。聞主公視幸第宅，問他死後囑咐何事，通海已不能語，主公揮淚而出。次日報身沒，車駕復臨慟哭，慘動三軍，莫能仰視。臣等身在遠方，聞此眷注⓮，不勝感激；又陣中丁德興，被刀折其左股而亡。茅成被火箭透心而喪。俱乞殿下褒封，以表忠節。又前者正月朔⓯日，臣夜夢姑蘇城隍與滁州城隍，同在帳中，恍惚言語，謂主公三年之間，混一大統；士誠不及一載，決至淪亡，但虎將不免殞傷。臣因求其保護，今皆保回首領而沒。全望主公勉賜褒崇，以表神爽；又今蘇城天王堂東廡⓰，土地神像，儼然⓱像聖容，三軍無不稱賀，亦望主公裁處。」太祖便說：「隨吾渡江精通水戰者，無如廖永安、俞通海。又丁德興、茅成俱是虎臣，今功成而身死，深為可惜！」因命有司塑像於功臣廟中致祭。永安向死於蘇州，可迎葬於鍾山之側。未知後事如何，且看下回分解。

⓮ 眷注：眷念關注。
⓯ 朔：陰曆每月初一日。
⓰ 廡：大堂下的小屋。
⓱ 儼然：形容莊嚴的神氣。

第六十回　啞鐘鳴瘋僧顛狂

且說太祖下命，著有司將廖永安等塑像於功臣祠，歲時祭祀；一邊迎永安靈柩葬於鍾山之側❶。又說：「滁州城隍與蘇州城隍，軍中顯靈，可同和州城隍，共敕封『承天監國司命靈護王』特賜褒崇。其敕書用錦標玉軸，與各處有異；至如天王堂東廡之土地神像，重建金殿遮蓋。」徐達領命出朝而去。

卻說當初唐時有個活佛出世，言無不靈應，甚是希罕，人都稱他做寶誌大和尚❷。後來白日升天，把這副凡胎，就葬在金陵。前者詔建宮殿，那禮、工二部官員，奏請卜基，恰好在寶誌長老塚邊。太祖著令遷去別所埋葬，以便建立。諸臣得令，次日白計鋤掘，堅不可動。太祖見工作難於下手，心中甚是不快。回到中宮，馬娘娘接問道：「聞誌公的塚甚是難遷，妾想此段因果，亦是不小，主上還宜命史官占卜妥當，才成萬年不拔之基。且誌公向來靈異，冥冥之中，豈不欲保全自己軀殼？殿下如卜得吉，宜

---

❶ 迎永安靈柩葬於鍾山之側：群雄事略：「七月，廖永安卒於姑蘇，張吳王投其屍於胥江。」

❷ 寶誌大和尚：碧里雜存：「寶誌公，蕭梁時神僧也。余嘗於雞鳴山塔中，睹其塑像，額高貌古筋骨皆露，儼如生人，非今之匠工所能為也。詢於故老，告余曰：『今之孝陵，即誌公瘞之所也。瘞旁原有八功德水，泉脈甘美。誠意伯奏改葬之，乃見二大缸對合，啟之，端坐於內，髮被體，指繞腰矣。瘞既遷，水亦隨往。聖甚異焉，勑建靈谷寺，賜之莊田甚廣，仍迎其像以歸，建塔居之。命太常歲祭，行搢笏之禮也。』」

擇善地，與他建造寺院，設立田土，只當替他代換一般，做下文書燒化，庶幾佛骨保佑，不知殿下主意何如？」太祖應道：「這說得極是。」次早，便與劉基占卜。卜得上好，就著諸工作不得亂掘。太祖自做下交易文書，燒化在誌公塚上。因命在鍾山之東，創造一座寺院，御名靈谷寺。遍植松柏，中間蓋無梁殿一座，左右設鐘鼓樓，樓上懸的是「景陽鐘」。又唐時鑄就銅鐘一口，欲為殿上所用。鑄成之日，任你敲擊，只是不響。那時便都叫道「啞鐘」。且有童謠說道：

若要撞得啞鐘鳴，除非靈谷寺中僧。殿造無梁後有塔，誌公長老耳邊聽。

殿成之日，寺僧因鐘鼓雖設，然殿內還須有副小樣鐘鼓，逐日做些功課，也得便當。正在商議，忽然有個頭陀❸上殿說：「那『啞鐘』不是好用的？何必多般商議。」這些僧人與那諸般工作，拍手大笑，道：「你既曉得『啞鐘』，用他怎麼？」那頭陀回說道：「而今用在這殿中，他就不啞了。」眾人也隨他說，更不睬他。那頭陀氣將起來，大叫道：「你們不信，貧僧也自由你。若我奏過朝廷，或依了我，懸掛起來，敲得旺旺的響，那時恐怕你們大眾得罪不小，自悔也遲。」便把衲襖整了一整，向長安街一路的往朝裡來。這些人也有的只說這頭陀想是瘋子，不來理他；也有的只說此鐘多年古物，實是不響，這頭陀枉自費心；也有的說我們且勸他轉來，倘或觸動聖怒，也在此自討煩惱。便一直趕來勸他。那頭陀說：「既是你們勸我，想你們從中也有肯依我的了，我又何苦與你們作對？」因也轉身到寺

❸ 頭陀：和尚的別稱。本梵語。

裡來。那些人因他到了，都不做聲，開著眼看他怎麼。那頭陀便向天打了一個信心，就向這鐘邊走了三五轉，口裡念了幾句真言，喝聲道：「起！」這鐘就地內平空立爭起來。這頭陀把鐘上泥，將帚拂拭淨了，看殿上鐘架恰好端正的，便以手指道：「你自飛懸架上去罷。」那鐘又平地裡走入殿來，端端正正掛在架子上。看的人堆千積萬，止不住喝采。頭陀便從袖中取出一條楊枝，與一個淨瓶來，將瓶中畫了道符，那瓶內忽然現一瓶淨水，便念動幾句梵語❹，將淨水向鐘上周圍洒了三遍，取一紙來焚化在鐘邊，把手四下裡一摸，只聽得鏗❺然有聲。他便取木植一株，輕輕撞將過來，那鐘聲真個又洪又亮，這千千萬萬人，齊聲道：「古怪！古怪！」合寺僧人，同那善男信女，納頭拜道：「有眼不識活佛，即請師父在此住持。」

那頭陀道：「我自幼出家，取名宗泐。去無蹤，來無跡，神通變化，那個所在能束伏我這幻軀？近聞大明天子將我師父誌公的法身遷移到此，且十分尊禮，我因顯這個小小的法兒，你們不須在此驚擾。」正在這邊指示大眾，誰想在那邊監造的內使，見他伎倆，飛馬走報太祖。太祖便同軍師劉基及丞相李善長一行人眾，齊到寺來。宗泐早已知道，向前說：「皇帝行駕到此，我宗泐有緣相遇。但今日也不必多言，如過年餘，還當再面。」在人叢中一撞，再不見了。太祖看殿已造完，便擇日遷起誌公肉身，猶然脂香肉膩，神色宛然如生。另造金棺銀槨藏貯。即發大願說：「借他一日，供養一日。」槨上建立浮圖❻，大十圍，高七層，工費百萬。再賜莊田三百六十所，日用一切之資，來給誌公供養。

❹ 梵語：印度語。
❺ 鏗：金石聲。
❻ 浮圖：寶塔。

天色將晚，太祖便同劉基等從朝天宮微服步行而回。忽見一婦人，穿著麻衣，在路旁大笑。太祖看他來得怪異，便問：「何故大笑？」婦人回說：「吾夫為國而死，為忠臣；吾子為父而死，為孝子。夫與子忠孝兩盡，吾所以大喜而笑。」太祖因問：「汝夫曾葬麼？」那婦人用手指道：「北去數十里，即吾夫葬所。」言訖不見。次早，著令有司往視，惟見黃土一堆，草木葱鬱，掘未數尺，則塚頭一碑，上鐫著：「晉卞壼之墓」五字。棺已朽腐，而面色如生。兩手指爪繞手六七寸。有司馳報，上念其忠孝，遂命仍舊掩覆，立廟祭祀。正傳詔令，恰好孝陵城西門之內，也掘出個碑來，是「吳大帝孫權之墓」。眾臣奏請毀掘行止，上微笑，說：「孫權亦是個漢子，便留著他守門也好；其餘墓墳，都要毀移。」

明日，正是仲冬。一日，李善長、劉基、徐達率文武百官上表，勸即皇帝寶位。太祖看了表章，對眾臣說：「我以布衣❼起兵，君臣相遇，得成大功。今雖擁有江南，然中原未定，正有事之日，豈可坐守一隅，竟忘遠慮。」不聽所奏。過了五日，李善長等早朝，奏說：「願陛下早正一統之位，以慰天下民心。」太祖又對朝臣說：「我思：功未服，德未孚，一統之勢未成，四方之途尚梗。昔笑偽漢，纔得一隅，妄自尊大，迨至滅亡，貽笑於人，豈得便自效之？果使天命有在，又何必汲汲❽乎！」善長等復請說：「昔漢高祖誅項氏，即登大位，以慰臣民。陛下功德協天，天命之所在，誠不可違。」太祖也不回覆，即下殿還宮，以手諭諸臣說：「始初勉從眾言，已即王位。今卿等復勸即帝位，恐德薄不足以當之，姑俟再計。」乃擲筆易便服，帶領二三校尉，竟出西門來訪民情。迅速走到一個坍敗的寺院，裡面

❼ 布衣：帝王時代稱無爵位的平民。
❽ 汲汲：急切的樣子。

更沒有一個僧人。但壁間墨跡未乾，畫著一布袋和尚，旁邊題一偈❾道：

大千世界浩茫茫，收入都將一袋裝。畢竟有收還有散，放些寬了又何妨。

太祖立定了腳，念了幾遍，說：「此詩是譏誚我的。」便命校尉從內亟索其人，毫無所得。太祖悵悵而歸。走到城隍廟邊，只是牆上又畫一個和尚，頂著一個禪冠；一個道士，頭髮蓬鬆，頂著十個道冠；一條斷橋，士民各左右分立，巴巴的望著渡船。太祖又立定了身，看了半晌，更參不透中間意思。因敕教坊師參究回報，次日坊司奏說：「僧頂一冠，有冠無髮也；道士頂十冠，冠多髮亂也；軍民立斷橋，望渡船，過不得也。」太祖於是稍寬法網。未知後事如何，且看下回分解。

❾偈：佛家的唱詞。

第六十一回　順天心位登大寶

話說太祖微行❶看了兩處畫壁❷，分明曉得是隱諷的，心中忽然儆❸醒，因諭中書省御史臺臣及刑部官定為律令，頒行四方，不許以意出入。次日視朝，李善長等復表勸進登皇帝大位❹。太祖又說：「中原未平，軍旅未息。且當初朱升來見，我問天下大計，朱升覆我說：『高築牆，廣積糧，緩稱王。』此三語，我時時念及，你等何為如此急急？此事關係極大，爾等須一一酌禮義而行，不可草草。」李善長等得蒙允奏，不勝之喜。便傳軍令著郭英領民兵三萬，於南郊築壇受禪❺，禮官議定擇來年戊申歲，正月四日乙亥即皇帝位。三日之前，壇已告成，一應禮儀俱備。禮官備將行儀申奏。太祖傳旨，著群臣齋

---

❶ 微行：出行不使人知道。

❷ 太祖微行看了兩處畫壁：翦勝野聞：「太祖嘗遊一廢寺，戈戟外衛，而內無一僧。壁間畫一布袋僧，墨痕猶新，旁題偈曰：『大千世界浩茫茫，收拾都將一袋藏。畢竟有收還有散，放寬些子又何妨。』蓋帝為政尚嚴猛，故以諷之，亟命索其人不得。」

❸ 儆：訓戒。

❹ 李善長等復表勸進登皇帝大位：明紀：「二十八年，太祖洪武元年也。春正月，乙亥，太祖祀天地於南郊，即皇帝位，定有天下之號曰明，建元洪武。立妃馬氏為皇后。」

❺ 受禪：受皇帝位。

戒沐浴❻，至期同赴南郊。鑾輿❼所過，遠近觀看的填街塞巷。不移時，駕到南郊。

當時公侯將相諸臣，扶擁太祖高皇帝登壇。壇上列著皇天后土，日月星辰，風雲雷雨，五嶽四瀆，名山大川之神，及伏羲三皇，少昊五帝，禹，湯三代聖君之位。壇下鼓樂齊鳴，作了三通。太祖行八拜禮。太史官弘文館學士劉基讀祭文道：

維大明洪武元年，歲次戊申，正月壬辰，朔，越四日乙亥，天下大元帥皇帝臣朱，敢昭告於皇天后土，日月星辰，風雲雷雨，天地神祇，歷代聖君之靈。道：天地之威，加於四海。日月之明，昭於八方。雲雷之勢，萬物咸生。雨露之恩，萬民咸仰。伏以上天生民，俾以司牧，是以聖賢相承，繼天立極，撫臨億兆。堯舜相禪，湯武弔伐，行雖不同，受物則一。今胡元亂世，宇宙洪荒，四海有蜂蠆之憂，八方有蛇蝎之禍。群雄並起，使山河瓜分；寇盜齊生，致乾坤鼎沸。臣生於淮甸，起自濠梁。提三尺以聚英雄，統一派而救困苦。託天之德，驅一隊以破肆毒之東吳，仗天之威，連千艘以誅梟雄之北漢。因蒼生無主，為群臣所推，臣承天之基，即帝之位，忝為天吏，以治萬民。今改元洪武，國號大明。仰仗明威，掃靜中原，肅清華夏，使乾坤一統，萬姓咸寧。沐浴虔誠，齋心仰告，專祈協贊，永克不承，尚饗。

❻ 齋戒沐浴：齋戒，戒絕嗜慾。沐浴，洗澡。齋戒沐浴，古人在祭祀等大事之前，必齋戒沐浴，以表示虔誠。

❼ 鑾輿：古時候稱帝王的車駕。

劉基讀了祭文，壇下音樂交奏。太祖合群臣設三十六拜。祭告之時，但見天宇澄清，風和景霽，氤氳❽香霧，上凝下靄，中星輝露，頓與連朝雨雪陰霾的氣色迥異。人人說是景運休徵。祀畢下壇，李善長率文武百官及都城父老，揚塵舞蹈，山呼萬歲，五拜三叩頭畢。太祖引世子及諸王子、文武群臣，奉四代神主回城，送入太廟。追尊高祖考德祖玄皇帝，高祖妣玄聖太皇后；曾祖考懿祖桓皇帝，曾祖妣懿聖皇太后；祖考熙祖裕皇帝，祖妣裕聖皇太后；考仁祖淳孝皇帝，妣淳聖睿慈皇太后。上玉璽❾寶冊，行追薦之禮。因對群臣說：「朕何蒙先德，慶及朕躬，今遵行令典，尊崇先代，奉主之時，若或見之矣。」言訖，登輦升殿，受群臣稱賀。命劉基奉寶冊，立妃馬氏為皇后；且說：「朕念皇后，偕起布衣，同甘共苦。常從朕在軍，自忍飢餓，懷糗以飼朕。又朕素為郭氏所疑，皇后從中百般調停，百計庇護，得免於患。家之良婦，猶國之良相，未忍忘之。」退朝回宮，因以語皇后。后回報說：「嘗聞夫婦相保易，君臣相保難。望陛下今日正位以後，時當兢惕❿，以保久安長治之業，是所願耳。」次日設朝，文武朝見畢，命立世子朱標為皇太子。贈李善長為銀青榮祿大夫、上柱國中書左丞相、太子太師宣國公。贈劉基右丞相、太子太傅安國公。

劉基再四懇辭不受，說：「臣賦命淺薄，若受大爵，必折壽命。」太祖見他懇切，乃授以弘文館大學士太史令。贈徐達上柱國中書右丞相、太子太保信國公。贈常遇春中書平章鄂國公。其李文忠、鄧愈、

❽ 氤氳：天地合成的瑞氣。

❾ 玉璽：古時候帝王用的印章。

❿ 兢惕：小心謹慎。

湯和、沐英、郭英、馮勝、廖永忠、吳禎、吳良、朱亮祖、傅友德、耿炳文、華雲龍等，封爵有差。群臣叩首拜謝。命改建康金陵府為南京應天府。布告天下，改元洪武。只見翰林學士王禕出班叩頭，上一篇報天下成大業，祈天永命的表章。中間要求減茶課，免軍需，輕田租，蠲邊郡稅糧，以順人心等語。太祖看了大喜，賜帛五疋。便宣大元帥徐達說：「朕思胡元未定，中原未收，又閩、廣、浙東、兩廣等處，尚未歸附，四海黎民未安，此心殊是歉然。卿宜與常遇春、馮勝、郭英、耿炳文、吳良、傅友德、華高、曹良臣、孫興祖、唐勝宗、陸仲亨、周德興、華雲龍、趙庸、康茂才、楊璟、胡美、江信、張興祖、張龍等，率兵十萬，北伐大元，以定天下。以湯和為元帥，領吳禎、費聚、鄭遇春、蔡遷、韓政、黃彬、陸聚、梅思祖等，率兵十萬，伐陳友定，取閩、廣之地。李文忠為元帥，領沐英、朱亮祖、趙永忠、阮德、王志、吳復、金朝興等，率兵十萬，伐方國珍，取浙東之地。鄧愈為元帥，領王弼、葉昇、李新、陳恆、胡海、張赫、譚成、張溫、譚興、周武、朱壽、胡德濟等，領兵五萬，取東西兩廣未附州郡。」四將領命出朝，專候擇日起兵前去。次早，徐達率領眾將，入朝請旨。太祖命禮官將興兵四討救民伐暴的情由，做了祭文，上告天地山川之神祇。復命眾將一一向前，吩咐：「決不許妄行殺害，荼毒生靈。」眾將拜命，陸續分兵往各路進發。

先說李文忠統了諸將軍馬，離卻金陵，望浙東而行。不一日，到溫州城南七里外安營。那方國珍得知兵到，便與兒子方明善欲計謀廝殺。那明善細思了半晌，對父國珍說：「朱兵雄勇難當，且李文忠所統將校，個個是足智多謀之士，若待圍城，必難取勝。不若乘其遠來疲困之時，先出兵衝殺，或可取勝。」國珍說：「我意亦欲如此。」即日便領兵一萬，至太平寨排開拒截。哨馬報入營來，文忠便率兵將對陣，卻見明善出馬。文忠在旗門之下：「今主上混一天下，指日可成，你們父子不思納款，而區區守一隅之地，以抗天兵，將復為陳、張二姓乎？」明善大怒，罵道：「你們貪心無厭，自來尋死耳，何用多言。」便縱馬殺來。恰有左哨上廖永忠掄刀向前迎敵，兩下喊殺，約有四十餘合。右哨朱亮祖恐難取勝，因從旁直向明善刺來；明善力怯而走。明兵乘勢趕殺，破了太平寨，追到城邊，那明善領著殘兵，急急進城，堅閉了城門不出。未知如何，且看下回分解。

第六十二回　方國珍遁入西洋

卻說明善領了殘兵，奔回城中，緊閉著城門不出。李文忠召諸將商議，說：「今日大敗，賊眾心膽俱寒，即宜四下攻打，決可拔城。」眾將得令。亮祖就遣指揮張俊、湯克明攻打西門，徐秀攻東門，柴虎率游兵接應。城下喊聲雷動。亮祖自統精銳，不避矢石，駕著雲梯逕從西門而上，捉了員外郎劉本善及部將百餘人。國珍看見城破，即便帶領家屬，出北門衝陣，逕往小路，直走海口，落了大洋，遂向黃巖上台州與弟方國瑛合兵一處。再圖恢復，不題。

那朱亮祖奉了元帥李文忠入城撫輯。即日把軍情申奏金陵，太祖看了表章大喜。便令承差到殿前，說：「那國珍遁入海洋，必向台州與弟國瑛合兵據守。事不宜遲，即著中書省寫敕專付朱亮祖，仍帶浙江行省參政職銜，率馬步舟師，向台州進發❶。」差官星夜火速諭知。亮祖拜命，遂進天台。那天台縣官湯槃聞知兵到，出二十八長亭迎降。亮祖在馬上安慰了黎庶，著湯槃仍領舊職，撫理本縣地方。自己帶了人馬兼程直到台州城下搦戰；一邊把令牌一面，邀廖永忠入帳，說如此而行。永忠得令去訖。再令

---

❶ 向台州進發：明史：「二十七年九月，太祖已破平江，命參政朱亮祖攻台州，國瑛迎戰敗走，進克溫州。平南將軍湯和以大軍長驅抵慶元，國珍率所部遁入海，追敗之盤嶼，其部將相次降。數令人示以順逆，國珍乃遣子關奉表乞降。」

阮德、王志、吳復、金朝興四將，領兵二千，前至白塔寺側，左右埋伏，夜來行事，不題。

那方國珍與弟國瑛及子明善三人商議，說：「這赤城形勢最是險阻，今我軍合兵一處迎敵，必然取勝。」便放了吊橋，出城對敵。未及十合，明善力不能支，轉馬而走。朱亮祖乘勢剿殺，力氣百倍。國珍父子三人，連忙驅眾入城。亮祖因吩咐四下圍住，只留東門聽其逃走。約莫初更，亮祖令軍中砍木伐薪，縛成三丈有餘的燔燎❷一般，立於城外。布起雲梯，縱鐵甲軍五千，從西右而上。城中見四下火光燭天，軍民沒做理會，驚得國珍兄弟父子，膽怯心寒，開了東門，逕尋小路，往海邊進發。此時已是三更有餘，誰想家眷帶了細軟什物，正好奔到白塔寺邊，計到海口僅離二里，只聽一聲炮響，左邊阮德、金朝興；右邊王志、吳復，兩下伏兵盡起，追殺而來。國珍等拚命登得海船，吩咐水手用力撐開，未及三五里之地，早有一帶兵船，齊齊攔住去路。馬上鳥嘴噴筒，如雨圍將過來。火光之下，卻有廖永忠緋袍、金甲，高叫道：「方將軍，你父子兄弟何不知時勢。我主上聖明英武，又是寬大仁德，胡不歸命來降，以圖富貴，何苦甘為海島之賊？況此去如將軍逞有雄威，占得一城、一邑，亦不過外中國而別親蠻夷。倘或不能為唐之虬髯，漢之天竺，則飄飄海上，將何底止？且將軍縱能殺出此島，前面湯將軍見受王令，遵海往討陳友定，舟師十萬，把守大洋，亦無去路。怕一朝勢敗，將軍悔無及矣，請自三思。」方國珍聽了說話，便對國瑛、明善說：「我巢已失，今朱兵莫當，便出投降，以保身家，亦是勝算。」因回覆道：「廖將軍言之有理。」即於船內奉表乞降。次早仍回城，見了朱亮祖；亮祖慰勞了一番，吩咐拔寨來會李文忠。此時浙東地面，處處平服。

❷ 燔燎：燃燒著的火把。

文忠便差官申奏金陵。一面與朱亮祖等計議，道：「今湯元帥進征福建，未聞報捷，我們不如乘便長驅延平，合攻陳友定，令渠彼此受敵，那怕友定不亡乎。」亮祖說：「主帥所見極妙。」便發兵即日起身。且說湯和統了吳禎、費聚等八員虎將，雄兵十萬，前取閩、廣，直到延平地面。拒守元將，正是陳友定。那元順帝以友定敗了朱將胡深，便命為福建行省平章政事。自此之後，友定益肆跋扈，遂有雄據福建之心，興兵取了諸郡，聲勢甚是張大。且命兒子陳海據守將樂，以樹犄角。元帥湯和屢次以書招諭，友定說：「我這八閩，憑山負海，為八州的上游；控番引夷❸，為東南的嶺表。進足以攻，退足以守，你朱兵奈何我不得。」因與參政文殊海牙等商議拒敵。湯和四次搦戰，友定只是堅壁固守，以老其師。恰好報說，李文忠同沐英、朱亮祖等，率陸兵七萬，前來接應。

且說廖永忠統領水師三萬人，依水列營，以分友定之勢。湯和得報，喜不自勝。便令哨兵傳令沐英、阮德、吳復領所部逕攻南門；朱亮祖、王志、金朝興統所部逕攻東門，李文忠統大隊為游兵，接應東南二處。原在將校鄭遇春、黃彬、陸聚統所部協攻北門；原在吳禎、費聚協同新到廖永忠，統領水軍逕攻水西門；自領蔡遷、韓政、梅思祖率水陸游兵，接應西北二處，晝夜攻擊。那友定在敵樓上看見明兵勇壯，不敢爭鋒。只見驍將蕭院，慌慌張張向前稟說：『朱兵日夜攻打，精力必疲，倘驅十分兵奮勇出戰，必可取勝，何苦坐視其危。」友定沉思不語者久之。未知後事如何，且看下回分解。

❸ 控番引夷：控制和牽挽沒有文化的異族。

第六十三回　征福建友定受戮

自古道：「疑人莫用；用人莫疑。」又說道：「三思而行；再思可矣。」誰想這友定聽了驍將蕭院的言語，存省了半晌，方才說道：「彼兵正銳，何謂疲竭？汝等那得亂惑❶軍心。」便叫階下群刀手，推出斬訖報來。不多時，那蕭院做了黃泉❷之鬼。自此之後，這些軍將，那個敢說一聲？便有許多乘夜越城出來投降的。明營軍中看他這等光景，四下裡攻打益急。早有朱亮祖率著部軍，攻破了東門，軍校爭呼而入。文殊海牙見勢頭不好，便也開水門出降。廖永忠率水軍鼓噪，直殺到官衙河畔。友定仰天歎息，退入後堂，正要服毒而死，恰被官兵縛住，解送到營。

次日湯和著令部將蔡玉鎮守延平。那友定兒子陳海，聞得父親被執，也服毒而死。湯和令軍中將友定送京❸，聽旨發落。即會同李文忠所部人馬，乘勢逕趨閩縣，奄至成都。鎮守元將乃郎中行省柏帖穆

❶ 惑：這裡當做迷罔解。

❷ 黃泉：比喻人死後入土。

❸ 湯和令軍中將友定送京：明史：「太祖既平方國珍，即發兵伐友定，湯和、廖永忠由明州海道取福州，李文忠由浦城取建寧。湯和等舟師抵福之五虎門，僉院柏帖木兒積薪樓下，殺妻妾及二女，縱火自焚死。湯和進攻延平。友定疑所部將叛，殺蕭院判，軍士多出降者。明師急攻城，友定仰藥死，所部爭開城門納明師。師入趨視之，猶未絕也。舁出水東門，適天大雷雨，友定復甦。械送京師，入見帝，詰之，友定厲聲曰：『國

爾。聞大兵到來，知城不可守，便引妻、妾上樓，說：「丈夫死國，婦人死夫，從來大義如此。今此城必陷，我亦旋亡，汝等能從之乎？」妻、妾相對而泣，盡皆縊死。只有一乳媼，抱幼子而立。穆爾熟視良久，歎道：「父死國；母死夫；惟汝半歲兒，於義何從？留爾存柏帖一脈可也。」使收拾金寶，囑咐乳媼說：「汝可抱兒逃匿民間，倘遇不測，當以金珠買命。」乳媼領命自去。有頃，大兵進城，穆爾從樓中放火，自焚而死。湯和聞知如此忠義，傳令於灰燼中覓取骸骨，備冠帶衣衾，葬於芙蓉山下。因將聖主恩德，馳諭省下郡邑，諸處俱各望風納款。恰好胡天瑞率兵攻取興化，那建陽守將賈俊疇、汀州守將陳國珍也都降順。於是泉州、漳州、潮州等處悉皆平定。湯和見福建安妥，仍會李文忠整旅回京。未及一月，諸將解甲韜胄，午門外朝見。太祖面加獎慰，賞賚有差。這方國珍反覆不常，梟首示眾；這陳友定賜與胡深之子胡禎，將渠臠取血肉，以祭父親。三軍為之稱快。

次日早朝，百官行禮方畢，走過中書左丞王溥出班奏說：「近奉敕督採黃木建造皇殿，卻是建昌蛇古巖採取，忽見巖上有一人，身著黃衣，口中歌道：

> 虎蟠龍踞勢岧蕘，赤帝重興勝六朝。八百餘年正氣復，重華從此繼唐、堯。

其聲如雷，萬眾聳聽，如此者三遭，歌畢忽然不見。乞付史館，以紀符瑞。」太祖聽了說：「此事

破家亡死耳，尚何言！』遂併其子海殺之。」

終屬誣罔❹，今後如此無憑信的虛聲，一切不可申奏。」因令工人在大內圖畫的四壁，俱採豳風七月之詩❺，及自己歷來戰陣艱難之事，繪圖以示後世。且說：「朕家本農桑，屢世以來，皆忠厚長者，積善餘慶，以及朕躬，乃荷皇天眷命，方有今日。特命爾為圖，凡有流離困苦之狀，悉無所諱❻，庶幾後世子孫，知王業之興極其艱難，庶有儆懼，毋自干淫，以思守成之道；爾等做官的，亦宜照朕立法，以警後來，方可保有富貴。」群臣皆呼萬歲。正及退朝，卻見有個內官，著了新靴，在雨中走過。

太祖大怒，道：「靴雖微物，然皆出自民財，且非旦夕可就，爾等何敢暴殄天物❼如此？朕嘗聞元世祖初年，見侍臣著有花靴，便杖責說：『汝將完好之皮，為此費物勞神之事。』此意極美。大抵嘗歷艱難，便自然節儉；稍習富貴，便自然奢華。爾等急宜改換。」隨發內旨，今後百官入朝，倘遇雨雪，皆許穿油衣雨服，定為常訓。明日天晴，太祖黎明臨朝，宣廖永忠、朱亮祖上殿，諭說：「兩廣之地，遠在南方，彼此割據，民困已久。定亂安民，正在今日。朕已令鄧愈等率師征取，久無捷音❽。爾平章廖永忠可為征南將軍，爾參政朱亮祖可為副將軍，率師由海道取廣東。然廣東要地，惟在廣州。廣州一下，則沿海州郡自可傳檄而定，海北以次招徠，務須留兵鎮守。其有歸款迎降的，爾可宣布德威，慎勿

❹ 誣罔：誣衊欺罔。
❺ 豳風七月之詩：詩經國風之一，講稼穡勤勞之事。
❻ 諱：這裡當做不用隱蔽講。
❼ 暴殄天物：耗費物品，無所愛惜。
❽ 捷音：勝利的消息。

亂自殺掠，阻彼向化之心。仍當與平章鄧愈等協心謀事。廣東一定，逕取廣西，肅清南服，在此一舉。」永忠與亮祖二人，受命出朝，擇日領兵前去，不題。

且說徐達引大兵已到山東。鎮守山東卻是元將擴廓帖木兒，原是察罕帖木兒之子。先是癸卯年元順帝曾著尹煥章將書幣通好於太祖，太祖因遣都事汪可答禮。汪可去至元營，細為探訪軍務。這擴廓帖木兒便起疑心，拘留住汪可，不令還朝。後來太祖連修書二封問討，那擴廓帖木兒倚著兵勢，不以為然。纔過一年，不意順帝削了他的兵權，使他鎮守山東，甲兵不上五萬。是日聞徐達兵過徐州，擴廓帖木兒甚是驚恐，登時聚眾商議。有平章竹貞說道：「元帥麾下，雖有數萬之兵，發散在山東、河南、山西等處，一時難聚。如今徐達智勇無雙，常遇春蓋世英雄，還有一個叫做朱亮祖，他能神運鬼輸，當年曾在鶴鳴山，劈石壓死陳友定許多軍馬，不知如今陣上，他來也不來？至如郭英、耿炳文、吳良、華雲龍、傅友德、康茂才等一班，俱是驍勇的虎將。元帥與他拒敵，只恐多輸少勝。莫若權棄山東，且往山西，再聚大兵，以圖恢復。」

擴廓帖木兒聽了竹貞許多言語，便說：「這話兒極講得有理。」急忙領兵，夜間潛回山西太原府而去。哨兵報知徐達。徐達對眾將說：「擴廓帖木兒算是元朝重臣，他今恐懼逃走，則各處守臣，必皆震惶無疑。料這山東、河南垂手可得；河北、燕京亦指日可定矣。」便領兵直至山東沂州駐紮軍馬。守將王宣聞知，即率各司官吏出城迎降。嶧州地方，也即投順。大兵逕到青州郡，青州守將恰是普顏不花❾。

❾ 普顏不花：元史：「大明兵壓境，普顏不花捍城力戰，城陷，而平章政事保保出降。普顏不花還告其母：『兒忠孝不能兩全，有二弟當為終養。』拜母趨官舍。主將素聞其賢，召之再三，不往；既而面縛之，不屈死。

這不花守禦地方，甚是了得，向來抵擋徐壽輝並陳友諒，前後拒戰三月有餘。固守城池，調遣軍馬，俱有方法，誓與此城共存亡，真個是赤心報國的忠臣。他見大軍壓境，便領了三千敢死之士，當先出戰。又分兵七千，為後哨埋伏。我這裡郭英出馬，對不花說：「守將，爾可知天命麼？」不花回說：「我等為臣的只曉得忠義為心。至於天命去留，付之命數，何必多說？」便揮刀直取郭英。兩人力戰良久，未分勝敗。忽聽一聲吶喊，那七千埋伏元兵，盡行併力殺來，把郭英困在核心，如鐵桶銅牆，更無出路。

郭英心中忖道：「從來聞這不花手段高強，今日方見他的力量。」便吩咐三軍，面不帶矢者斬。三軍抖擻精神，奮力的衝殺。恰好向南一彪人馬，為首的大將乃是常遇春，領了三萬人從外攻入。郭英又從內攻出，內外夾攻。不花見勢不好，便領著殘兵急走入城，堅閉不出。徐達因令前軍直至城下，四圍攻打。不花退入官衙，見了母親，說道：「此城危在旦夕，兒此身決以死報國，忠孝難以兩全，如何是好？」那母親回答道：「有兒如此，雖死何恨。況爾尚有二弟，我的老身，自可終養。」正在抱頭而哭，只見外面報道：「平章李保保開門投降，明兵已入城了。」不花即至省堂服鴆酒而死。其妾阿魯貞抱了幼子，攜了幼女，俱到後院池中投水而亡。徐達命將不花及殉節家小，備整齊棺衾，以禮殯葬。一面安輯人民，三軍不許混離隊伍。於是山東、濟寧、萊州、登州諸郡，望風歸順。未知後事如何，且看下回分解。

普顏不花二弟之妻各抱幼子及婢妾溺舍南井死。比普顏不花妻阿魯真欲下，而井填咽不可容，遂抱子投舍北井，其女及妾女、孫女皆隨溺焉。」

第六十四回　破元兵順取汴梁

卻說元帥徐達，既定了山東諸郡，便率兵向河南進發❶。不數日來到大梁，真實好個形勢。但見：

中華閫奧，九州咽喉。虎踞龍蟠，從古來稱為陸海；負河面洛，到今來人道天中。左孟門，右太行，沃野千里，描得上錦繡乾坤；東成皋，西澠池，平衍膏腴，讚不盡盤紆山水。中間有貝茨山、白雲山、黃花山、薊門山、王屋山、女几山、桐柏山，朗陵山、雲夢山簇簇堆堆，隱隱顯顯，都留下仙跡神蹤，又有那靈巖洞、華陽洞、山簾洞、王母洞、白鹿洞、達摩洞、空同洞、浮戈洞、靈源洞幽幽窈窈，折折彎彎，無非是罕見奇聞。鍾靈毓美，多少帝，多少主，多少豪傑，建都立國，控齊秦，誇燕趙，俯視荊吳。

唐時有韋蘇州詩說：

❶ 卻說元帥徐達三句：明紀：「徐達、常遇春自虎牢關進軍河南。元脫因帖木兒以兵五萬，陳於洛水北。遇春單騎突其陣，敵二十餘騎攢槊刺之，遇春一矢殪其前鋒，大呼馳入，麾下壯士從之，敵大潰，追奔五十里，逆圍河南，元梁王阿魯溫降。嵩、陝、陳、汝諸州以次略定。河南平。」

夾水蒼茫路向東，東南山豁大河通。寒樹依微遠天外，夕陽明滅亂流中。
孤村幾歲臨伊岸，一雁初晴下朔風。為報洛陽游宦侶，扁舟不繫與心同。

徐達領兵來到汴梁，與元將平章李景昌相持了二十餘日。那李景昌只是緊閉上城門，日夜提防，不敢出戰。副將軍常遇春向前，諫道：「元帥攻山東，一鼓而下。今到此日久，不能拔得一城，倘河南諸郡及元帝遣兵來援，反為不美。我思量洛陽俞勝、商嵩、虎林赤、關保這四個人，號為胡元智勇之士。可分兵五萬，隨裨將先取洛陽，便攻河南諸郡，則汴梁自不能守；汴梁既得，據有東西二京，形勢之地，雖有元兵來援，不足懼矣。」徐達大喜，說：「常公此言極妙。」遂令傅友德、康茂才、楊璟、任亮、耿炳文等，領兵五萬，隨遇春向西進發。是日天晚，兵便到了洛陽。就令在洛陽之北，列陣搦戰。那元將脫因帖木兒，恰同都統俞勝、商嵩、虎林赤、關保四人，率兵五萬，對陣迎敵。那虎林赤生得好條大漢，甚是醜惡難看。你道如何，真個好笑：

黑踢塔一張闊臉，狠粗疏兩道濃眉。尖著雷公嘴，好掛油瓶；彎著鸚鵡鼻，緊連腦髓。兩耳兜風，盡道賣田祖宗；膫腮鬍子，怕看刷掃髭鬚。睜開了一雙鬼眼，白多黑少，竟是那討命的無常；洒開了兩隻毛拳，肉少筋多，何異那催魂的鬼判。喝一聲，響索索，破鑼落地；走幾步，披離離，毒虺輕移。

他也不打話，竟對了常遇春直殺過來。常遇春心卜想道：「天生出這班毛鬼，也敢在世間無禮。」叱咤一聲道：「看箭！」這箭不高不低，正望著咽喉射去，那虎林赤應弦而倒。遇春便招動三軍，左有任亮、耿炳文；右有楊璟、傅友德；後軍又有康茂才，一齊殺奔前來。殺得元兵大敗虧輸，俘獲無算。那脫因帖木兒收了敗兵。逕走陝西去了。遇春入城安撫百姓，那百姓扶老攜幼，說道：「我等陷沒元塵，已經九十餘年，豈想到今朝還能復睹天日。」常遇春令三軍秋毫無犯。百姓歡聲動天。次日下令，著任亮往諭嵩州。那嵩州望風投款。遇春因令傅友德守洛陽，任亮守嵩州。自領兵攻取附近州郡，不題。

且說元朝知明兵攻取中原，乃招擴廓帖木兒為大元帥，經略山東等處，保守河北。李思齊為左元帥，張良弼為右元帥，會陝西八路的兵馬，出潼關恢復河南。又著丞相也速，領兵十萬，捍禦海口，以次恢復山東。那李思齊、張良弼，刻日東出潼關，過了閿鄉、靈寶等縣，逕到硤石山前屯紮。大兵一連布列數里地面。兩個商議道：「大明將士，頗善衝擊。今此地最為平坦，可以依著山崖築立排柵。兩旁現有樹木，豎立營寨，教他馳突不得，然後再議迎敵為是。」哨馬備將軍務報與徐達。徐達對眾將說：「今在此圍困汴梁，徒耽日月，久無利益。今洛陽、新安、澠池等處，雖見新附，然常將軍攻取潁州未還，倘他們元將仍來收復，占了形勢之地，於我反為不利矣。況李景昌苦守汴梁，全望河北、陝西兩處來援，我們不如且棄汴梁，將兵竟去破了李思齊，則汴梁不戰自服。」

諸將齊聲讚道：「此論極妙，元帥果是神算。」徐達便令三軍，即日解圍，向陝西進發。那李景昌在城，不知何故，也不敢來追趕。明兵不數日已到陝西，與李軍相近。徐達傳令離山二十里安營，謹防元軍衝突。三軍各自飽食而進，未及半路，果然元兵大至。李思齊當先出馬，明陣上郭英縱馬防敵。兩將交戰良久，思齊自己力量不加，轉馬逃回本陣而回。徐達即著馮勝紮駐大兵，親身便同郭英領了三千人馬，乘勢追殺。馮勝上前，說：「我聞元兵二十餘萬，駐在硤石山邊，元帥止帶三千士卒，倘有不測，何以支應？」徐達不聽，揮兵而行，約有六七里之地，那些元兵俱直登了硤石山。徐達吩咐便也追到山上，不得退步。早見山上木石如雨的打將下來，明兵不能抵擋，被他傷殘的約有二百餘眾。徐達把眼仔細看了山寨，便令奪路而回。恰聽一聲喊叫，四下伏兵殺將攏來，東有張良臣，西有趙琦，南有張德欽，北有薛穆飛，統了五萬人馬，截住去路。徐達喚令不許交戰，只是奔走，我軍又折了千餘，走得回營。

馮勝接著，道：「元帥今日孤軍深入賊營，竟受驚厄。」徐達回說：「此等小事，何憂之有。」急令帳中將奔回將士，重加犒賞，以慰勞力；如有傷殘的，速為調治。徐達到晚筵宴，談笑自若。馮勝等見他更不著意，便問：「元帥今日以輕身入虎穴，必有深思，偏裨愚才，敢問其略。」徐達道：「迎鋒對敵，豈能保得士卒不傷？然用兵者，全要按其寨之虛實。吾捨不得千人，何以破李思齊二十萬之眾？故我冒危前去，以探敵情。今見他倚樹立柵，左邊積糧草，右邊出軍卒，於兵法大是不合。若以火攻之，其破必矣。」馮勝等深為敬服。

次日，徐達向轅門外傳令各營將帥會齊，早入營前聽令。只見營前不緊不慢，打了三通鼓，裡面接應擊了三通雲板，吹了三聲畫角，這些將官，芸芸簇簇，整整齊齊，都站立在轅門之外，只等營門開了進來。徐達聽見外面打了報時鼓，已知眾將齊集，隨將五方旗牌，交付了旗牌官，跟隨著升了中軍寶帳。三聲銃響，鼓樂齊鳴，轅門外東西兩班的將官，魚貫而入，排在階下。五軍提點使，逐名點過，諸將應了本名，都立在兩旁聽令。徐達傳令吳良、華高二將，統領刀斧手三千，乘夜上硤石山東寨，砍倒樹柵，隨帶火器前進攻打，孫興祖率本部鐵甲軍五百接應；陸仲亨、張興祖二將，統領刀斧手三千，乘夜上硤石山西寨，砍倒樹柵，隨帶火器進內攻打，趙庸率本部鐵甲軍五百接應；周德興、華雲龍二將，統領刀斧手三千，上硤石山南寨，砍倒樹柵，帶著火器進內攻打，唐勝宗率本部鐵甲軍五百接應；薛顯、曹良臣二將，統領刀斧手三千，上硤石山砍倒北寨樹柵，帶著火器進內攻打，胡美率本部鐵甲軍五百接應；自領中軍鐵騎五千，張龍為左翼，郭英為右翼，自取李思齊中營；馮勝權守兵營；汪信率本部軍校為游兵，捕獲逃兵，左右來往報信：分撥已定，各將出營，整備行軍，只待夜間進發。未知後事如何，且看下回分解。

第六十五回　攻河北大梁納款

那李思齊見徐達追趕上山，四下裡將木石打將下來。徐達急令退走，又被張良臣等四路伏兵喊殺，殺傷明兵有一千餘人。這思齊不勝之喜，對了張良臣等，誇著大口說：「如此光景，那怕中原不復，王業不興。」即日大開筵宴稱賀，自午至夜，那些小兵卒，都也熟睡，東倒西歪。也不見有搖鈴擊柝的，也不見有查夜巡風的。約近二更光景，明兵啣枚疾走，各聽將令，分行直至硤石山腰。四邊一齊將樹柵砍開，火銃、火炮處處發作，須臾之間，五七處火焰沖天，金鼓大震。元朝的兵，都在睡中驚醒，刀鎗器械，俱被黑煙漲滿，那處去尋。只是四散奔潰，被火燒死的，到有大半。逃得下山，又被路上游兵捕捉投降的，也有七千餘眾。東寨張良臣，正要上馬接戰，撞著吳良殺到面前，一鎗中著面門而死。

那張德欽看見煙塵陡亂，望寨外飛跑，被薛顯大喊一聲，吃了一驚，竟從山坡上直跌下去，撞著周德興，手起刀落，砍做兩段。趙琦、薛穆飛二人保著李思齊逃走山下，恰好徐達大兵迎住，左翼張龍，右翼郭英，衝殺將來。元將無心戀戰，領著殘兵前往葫蘆灘而去❶。誰想馮勝在營，哨報明兵大勝，便令拔寨而行，已據葫蘆灘，進取華州，將兵逕向潼關。李思齊料知無可潛身，棄關逕往鳳翔去了。徐達

❶ 領著殘兵前往葫蘆灘而去：明紀：「元李思齊聞明師已取河南，乃解而西，與張思道據守潼關。會火焚思道營，思齊遽退軍葫蘆灘。都督同知馮勝進攻。守將宵遁，遂奪關，取華州。思齊奔鳳翔，思道奔鄜城。」

鳴金收軍，糧草、輜重、衣甲、頭盔、器械、金鼓，所獲不計其數。眾將稱賀，說：「元帥捨小敗成大功，真非諸人所及。」徐達回答道：「列位將軍，以為李思齊雄心頓輸。於我看來，今日雖勝，他此行必還聚三秦之士，為右脅之患，不可不防。」因令馮勝、唐勝宗、陸仲亨、曹良臣四將，領兵五萬，鎮守潼關，以擋思齊之兵。自家引了大隊，會齊常遇春兵馬，收取河南之地。馮勝等四將即日領了將令自去。

且說李景昌堅守汴梁，只道李思齊及擴廓帖木兒兩人駐紮太原，前來恢復河南，到如今聞得李思齊二十萬人馬，被徐達殺了八停；又聞擴廓帖木兒駐兵太原，公然不來接應，景昌十分畏懼，連夜引兵棄了汴梁，奔走河北地面。徐達正商攻城之策，恰有哨子報道：「汴梁黎民扶老攜幼，燒燭焚香，直至營前迎接入城。」徐達喚令納款民人，進營問了來由，便令十數騎官將，入城撫輯。路間湊巧，常遇春也平定了汝南一帶郡縣，撤兵而回，與徐達相見。徐達便寫了表章，差官前到金陵報捷。那官兒兼程而進，得到朝門，正值早朝時候。那個光景，有唐王維詩為證：

絳幘雞人報曉籌，尚衣方進翠雲裘。九天閶闔開宮殿，萬國衣冠拜冕旒。
日色纔臨仙掌動，香煙欲傍袞龍浮。朝罷須裁五色詔，珮聲歸向鳳池頭。

差官跟隨著一班申奏的使臣，上了表章。太祖看了，喜動顏色，便對李善長及合朝眾臣說：「朕今欲幸河南❷，肅清北土，激勵將士，共徐元帥謀取燕都，卿等以為何如？」善長等回奏說：「此乃陛下神明之見，有何不可？」太祖即令新回元帥湯和、李文忠，以及原在朝文臣劉基、宋濂等，整備擇日起行。留李善長等輔佐皇太子保守京師，且吩咐道：「鄧愈、朱亮祖、廖永忠，平定兩廣而回，可令鄧愈領本部兵士暫駐京師，朱亮祖、廖永忠二人，前至汴梁，候旨調用。」善長等叩首受命。次日，太祖領兵十萬，向北往汴梁進發，不數日駕到陳州郡。守將恰是元朝左君弼。當初左君弼因幫著呂珍與徐達戰於牛渚渡，被我師追趕，殺奔至廬州；我師攻逼廬州，君弼棄州而逃。徐達拘了他的母親與妻子來到金陵，太祖知君弼是個豪傑之士，因厚待其家屬，不期君弼降於胡元。元順帝使為陳州太守。太祖欲其來降，駕發之日，令軍中攜其家屬而行，及至陳州，遣人致書說：

大明皇帝，書付左將軍君弼：曩者朕師與足下為敵，不意足下竟舍親而之異國，是皆輕信他言，以至於此。今者足下奉異國之命，禦彼邊疆，與朕接壤，然得失成敗，自可量也。且朕之國，乃足下父母之國；合淝之城，乃足下邱隴桑梓之鄉，寧不思乎？天下興兵，豪傑並起，寧獨乘時以就功名哉！亦欲保親屬於亂世也。足下以身為質，而求仕異國，既已失察，且使垂白之母，糟糠之妻，天各一方，朝思暮想，以日為歲。足下縱不念妻子，何忍於老親哉？富貴可以再圖，親身不可復得。足下若能幡然而來，朕當待以故舊之禮，足下亦於天理人心，無不順也。特修書以表朕意。

❷朕今欲幸河南：明紀：「甲子，帝如汴梁，李善長、劉基居守。」

君弼得書，猶豫未決。太祖復將他的家屬給還君弼。君弼感泣，出城拜降❸，說：「下愚迷謬，誤抗天顏。今深荷仁恩，伏乞容宥！」太祖說：「昔雍齒歸劉❹，岑彭降漢❺，何嘗念及舊惡。」便封君弼廣西衛指揮僉事。太祖駕入陳州，撫輯百姓，仍留君弼把守。自率師前往汴梁。早有徐達率諸將出城迎接。太祖溫旨慰勞。恰好陝西哨子報道：「馮勝等殺入陝西，元將薛穆飛、張良弼陣亡，連取華陰、華州一帶地面。」太祖不勝之喜，對諸將說：「華陰等地，是潼關左股，今幸有此，可稍寬西顧之憂。」便令軍中將金帛百端，白金五十兩，黃金二十兩，齎發潼關賞賚馮勝等將。

次日正值孟秋朔日，太祖行駕，駐蹕❻汴梁，受百官朝賀。即遣徐達、常遇春、張興祖等，率兵攻取河北，併道而進，以克燕京。只留郭子興、王志、陸聚、費聚、黃彬、韓政、蔡遷、吳美八員護駕。徐達等拜受敕旨，當日領了二十萬軍馬，出汴梁，自中欒地方渡了黃河。便令薛顯、俞通源前攻衛輝、彰德、廣平等地，薛顯等得令，領兵到了衛輝。守將龍二，棄城而走。步將楊義卿，率有兵船八十五隻來降。彰德、廣平、順德及東路臨清、德州、滄州、長蘆，以至直沽，俱望風而附，勢如破竹。明兵逕到直沽海口，前面卻有元丞相也速領兵十萬，水陸結寨，把住海口。徐達聽了哨馬來報，便拘集海船，

---

❸ 君弼感泣二句：明紀：「汴梁左君弼、竹貞等降。」

❹ 雍齒歸劉：雍齒沛人，從劉邦起兵，旋叛去，已而復歸劉邦，從戰有功。然終為劉邦所不快。劉邦恐諸將怨望，從張良言，先封齒為什邡侯。於是諸君皆喜曰：「雍齒且侯，吾屬無患矣！」

❺ 岑彭降漢：岑彭韓陽人，字君然。王莽時眾推為本縣長，漢兵起，率眾附更始，封為歸德侯。

❻ 駐蹕：古時帝王出行時留宿。

先著顧時帶領水兵一萬，疏通一路壩閘，以通船隻。復著常遇春領騎將張興祖、吳良、周德興、薛顯、張龍、汪信、趙庸七員，率兵五萬，由左岸而行。郭英領騎將孫興祖、華雲龍、康茂才、金朝興、華高、鄭遇春、梅思祖七員，率兵五萬，由右岸而行。俞通源領水軍耿炳文、俞通淵、楊璟、吳禎、吳復、阮德六員，率舟師三萬，戰船二百隻，隨著顧時進發。李文忠率兵三萬，策應左岸。沐英率兵三萬，策應右岸。自同湯和率舟師從水上分岸哨探，以為游兵，支應不虞。只見海口地面，丞相也速將舟師擺開陣勢，專待廝殺。徐達傳令水陸三軍，一齊進戰，以防賊眾，彼此支持。那水師正是元平章俺普達朵兒。左邊岸寨，是知院哈喇孫。右邊岸寨，是省丞相顏普達。明營軍校得令，便各自準備廝殺，這一場真實希罕。未知如何，且看下回分解。

第六十六回　克廣西劍戟輝煌

卻說那三軍水陸鏖戰，彼此相持，在那直沽海口之上，真個好場廝殺。但見：

怒濤漲海，殺氣迷天。岸上旌旗倒映，水中波浪騰翻。浪裡蛟龍，船中金鼓間敲；陸上煙塵，岸邊驊騮奔逐。得志的橫衝直撞，似陸走蛟龍，水奔駿馬；失魂的東逃西竄，像龍遊淺水，虎入深林。高高原上鴿兒飛，你猜我，咱忌他，認道是伏兵的號帶；渺渺浪頭魚影躍，此耽驚，彼受怕，都恐是策應的艋船。初時綠水黃沙，忽變做骨堆血海；正是青天白日，倏然間風慘雲愁。

這三處正殺得熱鬧，尚未曾見得輸贏，誰想一聲炮響，後面翻江攪海的殺將來，恰是左翼朱亮祖、右翼廖永忠❶，各駕小船一百號，飛前奔殺救應。

原來朱、廖兩將，前領敕旨，幫著鄧愈等征攻兩廣。他二人宣力進兵，取了兩廣梧州，恰遇著顏帖

❶ 左翼朱亮祖、右翼廖永忠：明史：「洪武元年，朱亮祖副征南將軍廖永忠由海道取廣東，何真降，悉平粵地。進取廣西，克梧州，元尚書普賢帖木兒死戰，遂定鬱林、潯、貴諸郡。與平章楊璟會師攻克靖江，同廖永忠克南寧象州，廣西平，班師。」

木兒、張翔募兵，與明兵迎戰，亮祖設奇應敵，他便率軍千餘人前走鬱林。亮祖隨領兵追至鬱林，斬了張翔，餘眾降服，因而潯州、貴州、容州等處以次來附。亮祖遂出府江，克平樂，又進克了橫州，兵到南寧、士浪。屯田千戶何真，聞風降順。亮祖即令何真把守南寧。恰好元平章呵思蘭駐紮賓州等地，亮祖令指揮耿天璧追至賓州，勢不能支，也率所部詣軍門拜降。亮祖便同廖永忠等共收銀印三顆，銅印三十七顆，金牌五面，廣西悉平。

且聞鄧愈統兵，亦克隨州、信陽、舞陽、羅山、葉縣等處。因此朱亮祖、廖永忠二將先回，來至汴梁，朝見拜覆。太祖大喜，賞賚封爵有差。就於本日傳令二將，星馳分兵策應北伐諸將。二人兼程而進，逕至直沽海口。只見殺氣橫空，煙塵蓋野，便喊殺進來。那水師俺普達朵兒轉著船頭迎敵，正好撞著亮祖的小船，從上風頭溜來。亮祖趁勢一跳，竟跳在俺普達朵兒的船上，大喊一聲，把俺普達朵兒砍做兩段。那把梢的好員狠將，彎著弓射將過來。那亮祖左手持刀，右手輕輕的把來箭搶在手內，叫聲道：「你要怎的！」飛一般跑入後梢，把那員狠將緊緊抱了，道：「下去！」竟丟在水中去了。眾水軍見殺了頭腦兒，齊齊拜倒在船，都願歸附。廖永忠因與亮祖議，道：「我們便捨舟登陸，分兵殺上岸去如何？」亮祖道：「極是好！」招動水軍，兩邊各上了岸，一直逕去劫他老營，焰焰的放起火來。那元軍望見營中火起，急忙各自逃回。哈喇孫恰被吳良一劍斬折了左臂，翻身落馬。汪信趕上一鎗，結果了性命。那俺普達領著敗兵而逃。郭英勒馬追及百步之內，背後一箭，直透心窩，眾軍亂砍做十數段。丞相也速領了殘兵，奪路各自逃生，逕往遼東去了。俘有將校二百六十三人，水、陸散兵四萬七千餘眾，輜重器械三百五十六車，糧二萬八千六百餘石，馬三萬九千六百餘匹，船七百四十三隻，牛、羊之類，不計其數。

徐達傳令諸軍，陸續俱到濟寧會齊。各營拔寨起行，未及兩日，俱到中軍帳參見。徐達對朱亮祖、廖永忠道：「今日之捷，二位將軍為最。且二位新平百粵而旋，未及解衣，復星馳而來，又是勞精費力；所到成功，功莫大焉，勤莫殷焉，真是難得！」朱亮祖與廖永忠謙讓不勝。

當晚筵席間，徐達因問廣西形勝。朱亮祖應聲而起，說道：「這個廣西，上應軫翼之星，古為荊州之域，為府十一，為州有八，為長官司有二；襟五嶺，控南越，襟山帶江，西南都會。唐叫建陵，宋叫靜江，這是那桂林府，山水清曠，居嶺嶠之表，漢屬鬱林，晉叫象郡，唐叫龍城，這是那柳州府。江山峻險，為嶺南要地，在漢名交趾、日南，在唐叫粵州、龍水，這是那慶遠府。山極清，水極秀，為嶺表之咽喉，漢屬蒼梧，吳名始安，唐為昭州，周為白粵，這是那平樂府。地總百粵，山連五嶺，湖湘之襟帶，水陸之要衝，漢叫交州，宋叫梧鎮，這是那梧州府。山水奇秀，勢若游龍，梁叫桂平，唐叫潯江，這是那潯州府。內制廣源，外控交趾，南瀕海徼，西接溪岡，唐叫邕州，宋叫永寧，這是那南寧府。峻嶺、長江，接壤交趾，漢叫麗江，唐為羈縻州，宋立五南寨，這是那太平府。石山峻立，江水瀠洄❷，唐置上石，宋置下石，這是那思明府。山雄水繞，勢立形奇，這是那恩恩軍民府。峰高嶺峻，環帶左右，這是那鎮安府。若夫山明水秀，地僻林深，漢屬交趾，今叫泗城，則州之最首者也。山高水深，為利州之勝；山環水帶，是為奉議州之勝。龍蟠虎踞，嶺絕峰高，這是向武州。山嵬❸江險，威生不測，這是都康州。控南交為極邊之地，則為龍州。山林環秀，回顧有情，則為江州。諸峰簇秀，二水交流，則為

❷ 瀠洄：水迴旋狀。

❸ 山嵬：山高而不平。

思陵州。累峰據前，峻嶺峙後，那是上林長官司。群峰聳峙，澗水環流，那是安降長官司。」諸將把酒在手，盡皆稱獎，說：「朱平章真可謂指顧山川，盡在掌上，敬服！敬服！」

徐達又問：「何真以嶺表地方投降，今主上何以待之？不知當初何真何以據有此地？廖將軍必悉知底裡。」永忠對說：「他是廣州東莞人，英偉好書史，學劍術，出仕於元，後以嶺海騷動，棄官保障鄉里。卻有邑人❹王成❺搆亂，他糾集義兵，共除亂首。誰想王成築寨自衛，堅不可破，何真立榜於市，說：『有人縛得王成者，賞給黃金十斤。』不料，王成有奴縛之而出。何真大笑，對王成說：『公奈何養虎為害，此正自作之孽，天假手於奴耳。』便照數以金賞他，一面令人置湯鑊❻，駕於車輪之上，令將王成之奴，於鑊中烹之，使數人鳴鼓推車，號於眾說：『四境之內，無如奴縛主，以罹❼此刑也。』由是人人畏服，遂有嶺南。一方之民，果蒙保障。聞明師至潮州，何真上了印章，即籍所部郡縣戶口、兵馬、錢糧，奉冊歸附。主上特賜褒嘉，命其乘船入朝，宴賞甚厚。」說話之間，不覺軍中漏下二鼓，諸軍各回營安歇。次日，徐達備將軍情，差官到boundary京中奏，不題。

❹ 邑人：同縣的人。

❺ 王成：新元史：「至正十二年王成作亂於東莞，何真請於行省，舉義兵討之。成築寨自守。真募能生縛成者，賞鈔十千。既而成奴縛以獻，真釋之，引成坐，謂曰：『何養虎自貽患？』奴請賞，如數與之，而使人具湯鑊，駕轉輪車，置奴其上，督奴妻烹之，數人鳴鉦以號於眾，一號則眾應之曰：『四境之上有以奴縛主求榮利者，視此奴也。』由是眾心畏服。」

❻ 湯鑊：鑊，燒食的鍋子。湯鑊，古時烹人的酷刑。

❼ 罹：這裡當做遭遇講。

且說元順帝自從受了太尉哈麻女樂，宮中日夜歡娛，又有妹壻禿魯帖木兒等，攛哄做造魔天之舞，雕龍之船，晏安失德❽，四方戰爭的事，俱不奏聞。便略有些聲響，都被這些奸人遮糊過去；順帝也不留心。忽一夜間，順帝在宮中甚是睡不安穩，朦朧之中，見有一個大豬徘徊都中，逕入宮內，把身子直撲過來。順帝連忙逃走，躲在一個沙塵煙障去處。驚醒了，甚是憂悶。披衣而起，待得天明，正將視朝，忽有兩隻狐狸，黑齪齪的毛片，披披離離，若啼若哭，從內宮內殿，直跑上金交椅邊，咬了順帝的袍服，拖扯出去的一般。順帝如癡如醉，沒個理會。兩邊宮娥、內監，看了急來救應，那兩個狐狸，望外邊直走，頃間，更不知那裡去了。欲知後事如何，且看下回分解。

❽ 晏安失德：貪圖安逸，有失品德。

第六十七回　元宮中狐狸自獻

且說胡元滿朝臣子，且不行君臣之禮，只去尋捉狐狸，那知道兩個孽畜，一陣煙便不知那裡去了。倏忽間轉出一個官來，奏道：「臣司天使者，前日癸酉，都城中紅氣布滿，空中如火照人，自寅至巳，此氣方息，如此二日。昨者乙亥，又見黑氣瀰漫，十步之內，昏不見人，亦自辰至巳方消。占及天文，似主不吉。今夜又聞清夢不寧，朝來又有二狐啼哭，伏乞陛下修省，以正天變。且又聞得大明之兵，已至濟寧，此去甚近。倘或不備，都城恐難堅守。」元帝聽了，驚得魂不附體，因對眾將說：「前者脫脫為丞相，但有四方邊警，他便在孤家面前百計商量，調兵征剿，近來聞得他已沒了，此處更不見一人說及征戰之事。今聞大明攻取中原，已詔諭擴廓帖木兒掛帥，經略山東，據保河北。李思齊為左帥，張良弼為右帥，會陝西八路之兵，出潼關轉河南。丞相也速領兵十萬禦海口復山東。何以諸處不聞一些信耗，反又說大明兵至濟寧？眾卿有何妙計，為朕分憂？」只見諸臣面面相視，不能對答。元帝長歎一聲，悶悶排駕回宮。

且說徐達令諸將會集濟寧，一面差官到汴梁，申奏軍情，一面與眾將定取燕都之計。仍令朱亮祖同廖永忠集水寨俞通源等八將，選戰船六百隻，分為東西兩路，進攻閘河。前番分班進征的陸兵，俱合大部聽遣。又撥郭英領兵三萬為先鋒，吳復、周德興、薛顯、張興祖率兵一萬為左翼。華雲龍、孫興祖、康茂才、華高，率兵一萬為右翼。常遇春、李文忠領鐵甲兵五千，為右軍接應。湯和、沐英領鐵甲兵五千為左軍接應。徐達自己督領張龍、汪信、趙庸、金朝興、鄭遇春、梅思祖壓陣而行，分撥已定。此時正是夏去秋來，一向苦於無水，一應船隻，膠不可動。朱亮祖行了火牌❶，令濟寧知府方克勤，火速派撥民兵一萬，自己亦令舟師一萬，星夜開濬。民與兵各分東西，量定丈數疏通，稍自遲延，依軍法處斬。

克勤看了火牌，欲待開濬，苦於勞民；欲待不開，苦於違法。正在十分煩惱，那兒子叫方孝孺上前對父親說：「軍令開濬，豈宜有違？但非民力之所能為。我聞聖天子行事，自有神助。父親還當虔誠禱告於天，早賜甘霖❷，以濟行兵，以甦民苦，庶幾有濟，亦未可定。」克勤聽了兒子的話，也不差派民工開濬，只在府城中心，青衣素帶，率了耆老❸百姓，連日哀告天地，拜了二日。亮祖的水軍，依令疏通東邊，開有二十餘里，更不見方知府差一個人兒濬掘，亮祖也不知克勤如此情由，一時著惱起來，說道：「這是元帥軍令，約著水、陸兼程而行，那方知府何故敢於怠緩？即刻提他書吏各於軍前捆打三十大棍，押解下來，火速撥民疏濬。」

且說天有感應，夜來大雨如注。將及黎明，水深六七尺。舟師奮力而進，遂克了河西，竟去灣頭上岸。恰好郭先鋒人馬也抵通州。只見大霧迷江，數步之間，不見人面，郭英大喜。便對水師廖永忠、朱亮祖等十將說：「如今大霧迷江，不若乘此機會，公等十人，分著東、西，各帶兵五千埋伏道側，我自

❶ 火牌：古時候因公遠行，由本地官廳簽發的符信，經過州縣，均供給車馬、夫役、食宿。

❷ 甘霖：期待正殷的大雨。

❸ 耆老：六十歲或八十歲的老人。

領兵前進；只聽連珠炮響，公等張兩翼而出。」永忠等依計而行。郭英直至城下罵陣。拒守的正是元將五十八國公，從來號為萬夫不當之勇。每常聞說大明將校智勇，他只狠狠的對人說道：「只是不曾逢著敵手，天下那有常勝的。可恨我不曾與他們對手。」如今把守通州，他便摩拳擦掌，說道：「決不許朱兵駐足三十里之內。」誰想大霧瀰漫❹，直至朱軍攻城，方纔知覺，就同知院卜顏帖木兒率敢死士一萬，開城迎敵。郭英對敵多時，一來自覺力不能支；二來原欲詐敗誘他追趕，即便把馬緊加一鞭，奪路而走。

那五十八招動元兵，拚命的趕著。約將廿里之地，郭英把號帶一招，從軍便點起了連珠炮，轟天的振響。早有廖永忠、吳禎、吳復、阮德、楊璟領著精兵，從左邊殺來。朱亮祖、俞通源、俞通淵、耿炳文、顧時領著精兵從右邊殺來，把元兵截做兩處。楊璟一箭射去，那卜顏帖木兒應弦而倒。朱兵橫來直去，斬首七千餘級。五十八見勢不好，不敢進城，被亮祖、炳文兩將活捉過來，斬於馬下。將至三更，乘勢克了通州❺，捉了元宗室孛羅、梁王等十人。徐達大兵也到，遂令城外安營。次日進取燕京，不題。

且說元帝聞知兵到，因命丞相慶童把守宏文門，中丞滿川把守建德門，伯顏不花守安慶門，朴賽因不花守順承門，大禦署令趙弘毅守齊化門，待制王殷士守西寧門，樞密院黑廝宦守厚成門，左丞相失烈門守振武門，右丞相張康伯守天泰門，都總管郭允中率雄兵十萬，在城外十里駐紮，防禦朱兵近城攻打。左丞相於敬可率游兵五萬，近城五里外策應。淮王帖木兒不花領鐵甲兵十萬，在城上為游兵，相機禦敵，日夜戒嚴固守。恰有探子報說：「大明兵已駐通州，不日即至大都。」順帝甚是憂煩。群臣都說：「陛

---

❹ 瀰漫：滿布。

❺ 乘勢克了通州：明紀：「丙寅，進克通州。」

下且請寬心，倘或近逼都城，城中糧草，已有十數萬之積，還可堅壁而守。山、陝之間，必有勤王之師，前來救應。」順帝道：「到那地位，恐已遲了……」正說間，但聞殺氣動地，金鼓振天。順帝帶領群臣，上城細看，只見郭英當先，左邊吳良等四個翼著，右邊華雲龍等四個翼著，其後又有廖永忠、朱亮祖等十員大將，緊緊接應。未有五里，惟是茫茫蕩蕩，耀日的是刀鎗，飄颻的是旗幟，漫天蓋地而來，那裡算得出若干軍馬。順帝搥胸頓足，只是叫苦。忽聽得一聲炮響，兩陣對圓。一邊郭允中，一邊郭英，兩馬相交，戰上二十餘合。一個兒手高，一個兒眼快，一箭射來，恰中郭英冠上的紅纓，噹的一聲響。

郭英心中暗想道：「這元將也有這般伎倆❻。」趁他彎弓未放，將畫戟一轉，正中在允中左脅之上，騰空跌將下來，被亂軍踏做泥醬。便招動後軍，直砍過來。左丞相於敬可急令精兵策應，左邊周德興正好迎著。兩邊張翼向前，把於敬可圍在核心，更無出路。華高向前一刀砍死。這五萬兵，當不得個砍瓜切菜，且戰且進，直抵燕都城下。順帝驚得木呆，做不得聲。早有九門拒守將官，各將那火箭、石砲飛一般打將下來。郭英傳令三軍，且待後面大隊人馬齊到，另行攻取之計。頃間，徐達統率後軍，到城下安營❼。便著哨子在城外繞轉了一遍，看城中無甚動靜。因同湯和、沐英、常遇春、李文忠四人，率領鐵騎一千，自自在在，往城外逐步而行。看了形勢，復到營中，對眾將說：「這等高城深池，若僅平平

---

❻ 伎倆：手段。

❼ 徐達統率後軍二句：明紀：「八月庚午，徐達陳兵齊化門，填濠登城。元監國淮王帖木兒不花、左丞相慶童、平章迭兒必失、朴賽因不花、右丞張康伯、御史丞滿川等不降，斬之。其餘不戮一人，封府庫，禁士卒毋所侵暴。吏民安居，市不易肆。」

的照常攻打，他恃著積蓄，倉卒難破。我意當趁此大勝之勢，盛兵而前，使敵人心寒膽落；否則彼將老我之師，且外邊必有相救之兵，那時反難理料。不如連夜乘勢行事為妙。」未知如何，且看下回分解。

第六十八回　燕京破順帝出亡

卻說徐達細看了城池，回到營中，對眾將說：「只宜乘勢攻打纔是。」即下令：安慶門，吳良、張龍領兵一萬攻打；振武門，華雲龍、趙庸領兵一萬攻打；西寧門，康茂才、梅思祖領兵一萬攻打；順承門，朱亮祖、華高領兵一萬攻打；天泰門，耿炳文、張興祖領兵一萬攻打；宏文門，薛顯、吳復領兵一萬攻打；齊化門，俞通源、周朝興領兵一萬攻打；建德門，廖永忠、孫興祖領兵一萬攻打；厚成門，俞通淵、周德興領兵一萬攻打。再令沐英帶游兵一萬，在西城策應；李文忠帶游兵一萬，在南城策應；常遇春帶游兵一萬，在東城策應；湯和帶游兵一萬，在北城策應，截斷外邊來救軍馬。吳禎、楊璟、郭英、顧時分率鐵騎四萬，隨處相機布設雲梯，樹築高臺，與城一般相似，施放火器，使元兵城上站立不住。自領大隊壓陣。

鄭遇春、阮德分為左右二哨，各帶兵三千巡邏。調遣已定，諸將即刻分隊行事，都令各帶防牌，神鎗手攀城而上。外邊的或是雲梯，或是高臺，不住的將噴筒、鳥嘴、火銃、火箭，俱打將進去。順帝看見，知難固守，便集三宮后妃、太子、太孫，駕著飛輦，點勇敢拚死的軍士約有二萬人，三更之際，潛夜開了建德門，殺條血路而走。眾將死留不得。殆及天明，淮王帖木兒不花，被郭英火炮打死。中丞滿川把守厚成門，正在敵樓橫鎗而視。俞通淵看定一箭，正中咽喉而死。丞相慶童，聞知順帝脫逃，正不勝悲哭，薛顯飛刀砍來，把頭劈做兩塊。安慶城樓，被吳良火箭射來，左角上焰焰火著。那伯顏不花，急令軍卒打滅火焰，早被吳良、張龍派統卒，踰城直上，那伯顏不花撞著張龍，一鎗仆於地下，取了首級。耿炳文同著張興祖，攻打天泰門；那張康伯十分兇勇，朱兵上前不得。

耿炳文斬袍而誓，說：「不殺張康伯，俱各自願就死。」眾軍冒矢石先登，城上長鎗亂殺下來，炳文乘勢扭著長鎗，從空一躍而上，殺倒了守垛子的統卒十有餘人，叫聲道：「好了！」諸軍相繼登城。張康伯捨命來戰。恰被死屍絆倒，耿炳文向前結果了性命。黑廝宦把守建德門，誰想被廖永忠等領強兵一時撥掘，竟攻破了一角，三軍躡級前行，黑廝宦知事不濟，服鴆毒以死。王殷士在西寧城上，窺探朱兵，恰巧楊璟駕著飛天炮，直打過來，把頭頂打得粉碎。華雲龍、趙庸二將，發憤來攻振武門，恰好顧時築起高臺，便率眾登臺對殺，失烈門忽中流矢，平空的跌出城外來，被我軍亂刀砍死。

朴賽因不花領羸卒數千，把守順承門❶，預知必不能守，因對趙弘毅說：「國事如此，有死而已。」忽報元帝已走，正要自盡，被朱亮祖捉住，終不肯屈，復送軍前殺了。趙弘毅❷看四下軍兵撩亂，即下城與妻解氏及兒子趙恭與孫女官奴共入中堂，穿了公服，北面拜罷，一家懸樑自縊。在城軍將，俱開了

---

❶ 朴賽因不花領羸卒數千二句：新元史：「朴賽因不花以元官守順承門。其所領兵，僅數百羸卒而已。乃歎息謂左右曰：『國事至此，吾但知與此門同存亡也！』城陷被執，見主將，唯請速死，不少屈。主將命留營中，終不屈，乃殺之。」

❷ 趙弘毅：新元史：「趙弘毅為國史院編修官。明兵入京城，宏毅歎息曰：『忠臣不二君，烈女不二夫，古語也。我今力不能救社稷，但有一死報國耳。』乃與妻解氏皆自縊。子恭公服北向再拜，亦縊死。恭女官奴年十七，解衣帶自經。」

城門，四邊策應人馬，一齊殺入。徐達即令軍士，不許擾害良民，擅離隊伍。因是燕京人民安堵❸。徐達便入元宮❹，檢有玉印二顆，承宗玉印一顆。就封了府庫，鎖了宮門。財帛、婦女，一無所取。即差官持表到汴梁奏捷，說道：「洪武元年，歲次戊申，秋八月二十庚午，平定了燕京。」

太祖看了表章大喜。馳官賞賚封爵有差。改大都為北平府❺。即令都督馮勝移鎮汴梁。都統孫興祖領燕山、驍騎、虎賁、永清、龍驤、豹韜六衛的兵鎮守居庸關，以禦北平。原守潼關總督指揮使曹良臣移鎮通州，以禦遼東。取李文忠回汴梁，帶領錦衣刀手羽林等軍，護駕南還金陵。原任常遇春、湯和、沐英、朱亮祖、郭英、吳良、廖永忠、俞通源、俞通淵、耿炳文、吳禎、吳復、楊璟、阮德、顧時、華雲龍、華高、康茂才、周德興、薛顯、張興祖、張龍、趙庸、汪信、金朝興、梅思祖、鄭遇春二十七員，又新撤回傅友德，並汴梁護駕郭子興等八員。共三十六員大將，俱隨大元帥徐達攻取河北諸郡。

徐達拜受明旨，即日統兵二十萬前行。所過涿州、定興、保定、定州、易州、中山、河間等郡，不戰而附。直至真定府。守將正是洛陽的逃賊俞勝。徐達傳令常遇春、朱亮祖入營，附耳說了兩句說話，二將得令前去。因使趙庸、王志、韓政、黃彬各率精兵三千搦戰，俞勝料來孤城難守，竟領兵西出小北

---

❸ 安堵：安定如常。

❹ 徐達便入元宮：明書：「八月庚午，大將軍達取元大都。先二日，駐師城東招降，元淮王帖木兒不花率眾城守，達命攻齊化門，遂登城。將士入都，執淮王帖木兒不花及太尉慶童、平章迭兒必失、朴賽不花、右丞相張康伯等，戮之。併獲宣府鎮南諸子六人及玉印二、玉璽一。封其府庫、圖籍、寶物，封後宮殿門。令宦寺護視其妃主宮人。號令城內外士卒，毋侵暴，人民安堵。」

❺ 改大都為北平府：明書：「上幸北京，改元大都為北平府。」

門而去。未及數里，早有遇春在東邊，亮祖在西邊。截住去路。常遇春挺鎗直入陣去，活捉了俞勝到營。原來徐達諒他必走太原府，與擴廓帖木兒會兵，以圖後舉，故先著兩將截路，果然不出神機。軍前把俞勝斬首，揭之竿頭，一路號令去訖。次日便進攻山西。

且說駕返金陵，所過地方，備細訪問民間的利病，做官的賢愚。忽見江左途中，有個孩兒充作驛卒。太祖召問：「何以充此，今年幾歲？」那孩兒奏道：「今年七歲，為父親雖死，名尚未除，因而代役。」太祖當出一對道：「七歲孩兒當馬驛。」孩兒應聲道：「萬年天子坐龍廷。」龍顏大喜，即令蠲恤，那孩兒謝恩而去。

未及半里，遠望一簇人，抬著香燭，後面托一個盒盤隨著。太祖因也召問。只見盒盤中盛著一個殺死的小孩子，太祖驚說：「你們是何人，將此死兒何幹？」那人道：「小人輩都是江伯兒的親戚，這個江伯兒母病之時，割下自己脅肉煎湯，來救母親❻，未及痊好。他便懇禱於泰山神前，告訴母好之日，殺子以祭。如今他的母親病果脫體，他便殺這三歲的孩兒，為母體還願。小人們見他孝心感應，故也隨著他到廟燒香。」太祖聽了喝罵道：「父子是天倫極重的至情，古禮原為長子服三年之服。今忍殺其子，絕倫滅禮，慘毒莫此為甚！還認是孝子。」發令刑官把伯兒重杖一百，著南海充軍。這些親戚忍心不救，各杖三十。因命禮部今後旌表孝行，須合於情理者，不許有逆理亂行。

發放伯兒等纔去，只見兩個使臣，及一個百姓，帶一個女兒，到駕前跪說：「臣江西蘄州知州差來

❻ 割下自己脅肉煎湯二句：西樵野記：「洪武間人有隨母改嫁者，以繼父疾，割股愈之。有司以孝聞。上曰：『繼父，爾之讎家也；割父遺體以愈讎家，是不孝也。』乃置之法。睿斷如此，臣下固不識也。」

進竹簟❼的；臣浙江金華府知府，差來進香米的。」太祖笑對中書省官說：「方物之貢，古亦有之。但收了竹簟，在下必爭進奇異之物，朕聞所貢香米，俱於民間揀擇圓淨的，盛著黃絹囊中，封護而進。真是以口腹勞民！今後竹簟永不許獻，朕用米粒，也同秋糧一體，納在官倉，不必另貢。」使臣領旨自去。又問這些百姓領此女子來見何故？那人奏道：「此女年未及笄❽，頗諳❾詩律，特進宮中使用❿。」太祖怒說：「我取天下，豈以女色為心耶？可即選佳壻配之。你做父親，不令練習女工，反事末務！」發刑官杖六十而去。途中許多光景，不能盡說。來至金陵，太子率百官出郊迎見。次日設朝，不題。

那元帝自領親屬，逃脫燕京，退居應昌府，乃下勤王之詔。以擴廓帖木兒為大元帥，督山西十八州及雲中會寧之兵，攻取大都，恢復中原。他便集兵三十萬，出雁門關，取保定路，來攻居庸。徐達進攻山西，出了滹沱河，令前軍抄取迎路，直抵澤州城外，便命安營搦戰。未知後事如何，且看下回分解。

❼ 江西蘄州知州差來進竹簟：明紀：「蘄州進竹簟，卻之，命四方毋妄有所獻。」

❽ 笄：古時男女插髮的針，又古時女子十五歲加笄。

❾ 諳：知道；熟習。

❿ 此女年未及笄三句：明國初事蹟：「有男子進一女子，約二十歲，能作詩。太祖曰：『我取天下，豈以女色為心？』誅之以絕進獻。」

第六十九回　豁鼻馬裡應外合

卻說大明兵到澤州搦戰，那守將就是原任山東勸擴廓帖木兒奔走山西的平章竹貞；率兵五萬，由東門對陣。徐達見了竹貞，說道：「竹平章，今日之勢，元室不振可知，公何不順天而行？我主仁聖，亦不輕待。」竹貞應道：「南北中分，從古自定。今與元帥講和，我大元守陝西、山右、雲中、應昌等處；大明守江、浙、閩、廣、中原、河北、燕京等處，兩相和好何如？」徐達答說：「中原本人倫之地，被汝等混亂百年。今日我主，應天挺生，不數年間，滅漢殲吳，擒國珍，執友定，四海咸歸，寧容講和乎？」即令揮兵合戰。元兵久未操練，未及交鋒，奔潰而走。竹貞便棄了澤州。徐達進城，出了安民的榜文，便與眾將定取山西之策。眾將說：「今擴廓帖木兒進攻居庸，深恐北平難保，我兵宜先救心腹之憂，後除手足之患。」徐達說：「不然。彼率師遠出，其勢實孤，孫都督總六衛之師，自足捍禦。我等正宜乘其不備，直抵太原，傾彼巢穴。則彼進不利，退無所棲，此兵書所謂：『推穴搗虛之法』也。」諸將稱善，遂率兵前進。

太原守城的恰是都統賀宗哲，不敢出戰，遣人星夜上居庸關求救。擴廓帖木兒得知信息，即統元兵來迎。徐達便令傅友德、朱亮祖、郭英、薛顯領兵二千，分左右探聽虛實。四將分做四路前往，見元兵隊伍不整，旗號披離，因各回營報說：「元兵雖多而不嚴，雖銳而無備。我們步卒未至，然騎兵已集，不若乘夜劫營，賊眾一亂，主將可縛也。」徐達說：「我正有此意。」只見擴廓步將豁鼻馬❶使人求見。徐達令門上放他進來。那人向前稟說：「左部將豁鼻馬，特著小人納降，且為內應。」徐達細問了端的，因著郭英、傅友德領鐵騎一千，依照元兵裝扮，隨著使人，混入元營，半夜舉火為號。即令：朱亮祖帶部兵一萬，埋伏正南方，顧時、阮德為左右翼；康茂才率部兵一萬，埋伏東北方，趙庸、汪信為左右翼；常遇春率部兵一萬，埋伏西南方，張龍、陸聚為左右翼；湯和率部兵一萬，埋伏正東方，胡美、蔡遷為左右翼；楊璟率部兵一萬，埋伏正西方，費聚、黃彬為左右翼；華雲龍率部兵一萬，埋伏正北方，韓政、王志為左右翼；張興祖率部兵一萬，埋伏東南方，梅思祖、鄭遇春為左右翼；俞通源率部兵一萬，埋伏正北方，周德興、金朝興為左右翼；自同沐英、吳禎等八將，統領大軍，在後截殺。專候營中火起為號，眾將得令而行。那郭英、傅友德領兵隨了來使，混入元營。約至三更時分，郭英吹了一聲觱篥❷，朱軍將火器四下裡一齊舉放。頃刻間營中火焰沖天，喊聲動地，八面埋伏兵在外，也同聲而起。元兵大亂。擴廓帖木兒方燃燭獨坐帳中，聽得眾軍擾亂，急急披甲而出，看見兇險勢頭，馬也不及備鞍，腳也不及著靴，與十八個騎兵，衝陣向北而逃。元兵死者大半。豁鼻馬率餘眾來降。計得六萬六千七百餘人，馬亦如數，刀、鎗、劍、杖、牛、羊、輜重，不可勝計。

---

❶ 豁鼻馬：明紀：「擴廓至保安，萬騎突至，傅友德以五千騎卻之。常遇春言於達曰：『我騎雖集，步卒未至。驟與戰，必多殺傷，夜劫之，可得志。』達曰：『善。』會擴廓部將豁鼻馬潛約降，請為內應，乃選精騎夜銜枚往襲。擴廓方燃燭治軍書，倉卒不知所出，跣一足，以十八騎走大同。豁鼻馬降，得甲士四萬。」

❷ 觱篥：古時候羌人軍中吹奏的樂器。

此時天已大明，徐達即令前軍直逼太原城下安營，城中早有王保保領兵出陣相拒。常遇春當先迎敵，華高、吳復、沐英、廖永忠、吳禎等，相繼接應。他也勢大不怯。惟是郭英同著朱亮祖領二十餘騎，望平原高阜❸之處，縱馬而行。在那裡立定，看了半晌，方纔回營。王保保也高叫道：「日已將晡❹，各自收兵，明日再戰何如？」保保領兵回營自去。我們眾將，俱到大營，議道：「王保保這廝，名不虛傳。」徐達道：「我兵連夜攻打，精神固是困倦的。且到明日，再做計較。」恰有郭英、朱亮祖上前，說：「我二人方纔登高細望，敵營終是散漫。不如乘夜劫他的寨，是為上著。」

徐達說：「有理！有理！」便令耿炳文、廖永忠、吳良、郭子興四將，各帶鐵騎五千，近城埋伏，看見元兵追趕我軍，賺開城門；吳禎、吳復、薛顯、華高四將，各帶本部人馬，埋伏十里之外，以備我軍移營時元兵追趕的救應；朱亮祖、傅友德、常遇春、郭英、俞通海、康茂才、梅思祖、顧時八將，帶領二萬人馬，分為四處，近伏元營，若見他領兵追趕，即殺入他老營，四下放火燒他營寨；自率大隊人馬，乘此月光，急急退走，誘他追殺。軍令一下，我兵紛紛逐逐，鴉飛鵲亂的移營。恰有哨馬報與王保保知道。

那保保笑道：「我今日力敵十將，故知朱兵退怯，不如乘此追擊。」便令鐵騎三萬，隨著自己趕殺，其餘大隊，俱聽大將貊高約束，守著本營，不得亂動。吩咐已罷，便跨上了馬，如雲如電的殺來。朱軍只是倒戈而走。約及十里境界，黑林之中，兩邊殺出四員將軍。正是薛顯、華高、吳禎、吳復帶領伏兵

❸ 阜：土山。

❹ 晡：午後。

迎敵。大隊人馬，因而都勒轉馬頭，裹住元兵，廝殺不放。朱亮祖等八將，看見保保領兵追殺我軍，約有十里之遙，一聲炮響，四下伏兵俱殺入老營中來。貊高挺刀來戰，被傅友德一箭射中左臂，朱亮祖趕上刀砍死。其餘殺得屍橫血濺，投降的約有三萬餘眾。日間密紮紮了多少營壘，到夜來光蕩蕩一般白地。耿炳文、廖永忠、郭子興、吳良，黑暗裡帶了人馬，逕到城邊，叫道：「快開門！快開門！」鎮守的軍士，只道王保保回來，連忙放入。誰知恰是大明兵卒。賀知哲坐在官衙，著人探聽，朱兵早已殺到衙前。他便往後堂尋條小路，逃脫六盤山去了。可憐這王保保被我兵圍殺了一夜，三萬鐵騎，剩無十分之一。將及黎明，四下裡叫道：「元帥將令，著各將暫且收軍，聽王保保自去。」王保保衝開血路，竟向舊寨而走，誰知成了一塊白地。縱馬來到城邊，城上耀日迎風，都是大明旗幟。悶著一口氣，只得往定西而逃。

徐達鳴金收軍，但不見了朱亮祖、薛顯兩員大將，便令哨卒四下探望。半日之間，更沒一毫影響，因喚各軍之中，查原隨朱、薛兩部兵卒，這些人也都在那裡找尋。漸漸天色晚了，徐達垂著雙淚，對眾說：「朱平章、薛參使，勇智俱奇，若是被元兵殺了，也須有個骸骨；若是追殺元兵，也須帶本部軍兵。如此一日，查無下落，何以為情，日後又何以回覆聖主？」此時正是臘盡春初，當晚飄飄的下了一夜大雪，越覺悽慘，越覺更長。猛想著武當山有個煉真的道人，髭髯如戟，不論寒暑，止衣一件衲衣，或處窮寂，或遊市井，人問他吉凶，無不靈驗，號叫張三丰，又自號為邋遢張。人如有齋供他，或升或斗，無不立盡；若沒人供養他，半月一月，周年半載，也只如常。登山步嶺，其行如飛。隆冬臥倒雪中，也只齁齁❺的睡。近聞得棲於五台山上，此處離彼不遠，急喚請湯和、傅友德、華高、郭英四位，領馬軍

❺ 齁齁：睡著打呼的聲音。

五千，火速請來，叩問前事。比時軍中漏下，纔是一更時分。他們一來是軍令，一來念及同袍最好，便騎馬冒雪而行。抬頭一望，正好一派五台景色。只見：

左帶大河，右帶恆嶽。五峰高出於雲漢，清涼迥異於塵寰。月色橫空，疏淡的是半山松影；雪風飄漾，氤氳的是一陣梅香。初時天連山，山連雪，洒洒颺颺，還認得有雁門山、石樓山、中條山、太行山、姑射山、賀蘭山，都像玉攢銀砌；後來月滿山，山滿雪，層層密密，縱然有玉華峰、盤秀峰、砥柱峰、過雁峰、五老峰、桃花峰，更無凸凹嶔嵚。征雁嘹嚦斷人腸，封不定禪心枯寂；孤鶴翩躚驚客夢，拋不開佛子淒涼。向來說：文殊舍利，在上修行；誰知那，道骨仙風，從中磨煉。

孟浩然題禪房詩道：

義公習禪寂，結宇依空林。戶外一峰秀，堦前眾壑深。
夕陽連雨足，空翠落庭陰。看取蓮花淨，方知不染心。

四將一路上歎賞不已，不覺早到五台山。未知如何，且看下回分解。

第七十回　追元兵直出咸陽

四將乘夜冒雪而行。天色將明，已到五台山下，正要上山求見張三丰❶，恰有一個小童在門外掃雪，便對湯和說：「四位將軍，莫不是大明徐元帥差來，謁見三丰師父的麼？」湯和聽了這話，便道：「你師父真好靈異，原何得知我們到此？我四人正是來見三丰師父的，煩你指引。」這童子道：「我們師父昨日早間在庵中與天目使者周顛、鐵冠道人張景華、不壞天童張金箔三人，輪流對弈飲酒，杯中忽見火光兩道，直衝西北，便對他三位說：『今日大明之兵，以火攻取太原了，我們四人即可跨鶴下山，乘勢引著朱亮祖、薛顯追趕元兵，涉歷了潞州、汾州、崞州、忻州、朔州、代州、嵐州，使這些地面望風而降，庶幾三府十八州，都屬大明，以成一統之業；且救了多少生靈如何？』他三人應聲道：『好！』我師父跨鶴將行，吩咐我說：『明日黎明時候，有四位將軍，冒雪來此尋我，你可直以此言回覆，說我保護了朱、薛兩將軍，隨到揚州瓊花觀看花，叫他們旋師之日，到瓊花觀中，便知分曉。此書一封，可付與湯、郭、傅、華四公開看。又有書一封，即煩四公帶去，付與常遇春將軍收拆。』這書都在這裡。」四人聽了消息，便知朱、薛二將軍的事情，便帶笑拆開前書來看。只見上面寫詩一首，道：

❶ 張三丰：高坡異纂：「張三丰嘗遊揚州瓊花觀，有題瓊花詩曰：『瓊枝玉樹屬仙家，未識人間有此花。清氣不霑凡雨露，高標猶帶古煙霞。歷年既久何曾老，舉世無雙莫漫誇。便欲載回天上去，擬從博望借仙槎。』」

瓊枝玉樹屬仙家，未識人間有此花。清致不沾凡雨露，高標猶帶古煙霞。
歷年既久何曾老，舉世無雙莫漫誇。便欲載回天上去，擬從博望借靈槎。

右詠揚州瓊花觀一律，請致湯、郭、傅、華四位將軍麾下。

四人看罷，也不知其中之意，便將香燭禮儀，送在童子面前，說：「此是徐元帥的下情。今日不見師父道範，敬留此山，以表微忱。」那童子對四將收了，因請上山清齋供養。四將說：「軍情重大，不敢遲延。」即刻辭了童子，跨馬緊緊的走著。一路上雪霽天晴，風和日朗，處處是堪描堪畫的人世蓬萊❷，種種是難說難窮的幽奇景致。未及下午，已到營中，恰值常遇春也在座。四人將前事備細說了一遍。徐達說：「既如此，朱、薛兩將軍必有下落了。」四人又將書一封，遞與常遇春說：「此書是張三丰送與將軍開拆的。」常遇春急急開來看時，也是四句詩：

一世多英武，胸中虎豹藏。先於和裡貴，後向柳中亡。

常遇春見了驚得呆了半晌，因向眾位說：「這詩是當初老母生下不才之時，方纔三日，忽有一位老人，走到堂前說道：『你家新生令郎，大有好處，我有小詩一首，是他終身讖兆，你可收而留之。』言罷，便不見了老者。後來不才長大，老母就將此詩，置在錦囊之中，付我收留。不才承命外出，也帶之

❷蓬萊：神話中的仙山，在渤海中。

而行。今看此詩字跡，與前詩字跡毫無兩樣，因此心下驚奇。」一面說，一面就在左手佩帶中，取出紫囊內的詩來看，果然無差。眾人也都驚訝。恰好營前報道：「朱、薛兩將軍到來。」徐達連忙出帳接道：「兩位將軍那裡去來？我等在營中尋覓不見，十分焦燥。」朱亮祖、薛顯便說：「我二人同諸將追逐王保保之時，意下也要收兵，忽遇一個道人，將手指說：『兩位將軍，前面騎馬的不是王保保麼？你兩位趁此不捉了他，更待何時！』我們二人便縱馬去趕，那王保保飛煙也似去。我們兩馬也飛煙似的隨著他，及至天晚，已過了潞安等府。只聽路上人說：『真是神兵從天而降，那個敢不順服。』夜間也止不住馬頭，惟見一個頭陀，三個道士，駕鶴而行，便覺七八萬人，擁護在後邊隨著。因此潞州、汾州、朔州、忻州、崞州、代州、嵐州，所有山西地面，三府十八州，俱皆納款。今早旋馬而回，來見元帥。」徐達不勝之喜。此是洪武二年己酉春正月，平定了山西。便一面差官申奏金陵，一面設宴與朱、薛二位將軍稱賀。把酒之中，說起張三丰神異等事，各人神情竦然❸。

次日徐達便領兵下陝西。兵至潼關，與唐勝宗、陸仲亨相會，議取陝西諸郡。眾將俱說：「張思道之才，不如李思齊❹，且慶陽勢弱，易於臨洮。不如先取慶陽，後從隴西進取臨洮為是。」徐達說：「那

---

❸ 竦然：驚懼。

❹ 張思道之才二句：明紀：「徐達會諸將議所向，皆曰：『張思道之才，不如李思齊，而慶陽易於臨洮，請先取慶陽。』達曰：『不然。慶陽城險而兵精，猝未易拔也。臨洮北界河湟，西控羌戎，得之，其人足備戰鬥，物產足佐軍儲。蹙以大兵，思齊不走，則束手縛矣。臨洮既克，於旁郡何有！』遂度隴，克秦州，下伏羌、寧遠，入鞏昌。遷馮勝，偪臨洮。」

慶陽城險而兵悍，未易猝破。彼臨洮之地，西通隴右，北界河湟，得其人民，足以備戰鬥；得其地產，足以供軍儲。我以大軍蹙之，李思齊必然束手就降，臨洮既克，諸郡自下矣。」諸將悅服。遂進兵克了隴州、秦州及鞏昌地方。因集馬騎步卒，一齊直趨臨洮府正東五里紫蘭灘安營。徐達對諸將說：「我想思齊其勢已窮，得一人諭以利害，必來投順。」只見蔡遷欲往。徐達便令輕裝，直至城下，與思齊相見。蔡遷委委曲曲的勸他納款。思齊猶豫未決，又有養子趙琦相阻說：「如果不勝，尚有西番可連。」惟是諸將齊聲道：「還是早降，可免殺傷之厄；況今元兵百萬，且不能勝，縱連西番，亦無用武之地，不如降為上策。」思齊便隨蔡遷奉表乞降。徐達待以國士之禮。安撫了百姓，便起兵攻慶陽。

那城池是張思道同弟張良輔把守。朱軍陣上，郭英扣城搦戰。思道即欲率兵出迎。良輔向前說：「大明兵勢如山，李思齊尚且降伏，兄將何為！弟意不如假意獻城，圖個空隙，刺了徐達，以報元主，也顯得我們的忠心。不然，孤軍出戰，既無後援，棄城而走，又遺恥笑，兄請度之。」思道從計，遂開門出降。郭英引見了徐達。徐達留下部將，鎮守慶陽，令張思道等，隨軍中向西征平涼府。在路二日，軍至延陵地界，思道自恃兵精將悍，且有王保保為聲援，賀宗哲為羽翼，平章姚暉為爪牙，見徐達前軍已行，便隨後殺了軍卒數千人，截了糧草一半，逕向北而走。哨子報知徐達。徐達大驚，說：「真個是海枯就見底，人死不知心。不料思道兄弟，如此奸毒。」即令郭英、朱亮祖、傅友德，各帶兵馬三千，分著三路追趕。

且說思道同弟良輔，殺死朱兵三千有餘，搶得糧草數萬，心中甚是快樂，向北而行，恰到涇州地面。當先一軍，正是催糧騎將廖永忠，便勒馬橫鎗來問。良輔不知情由，便道：「吾乃張良輔同兄思道，近以慶陽降大明徐元帥，今奉軍令，上山西、河北催糧。」廖永忠心下思量：「我奉軍令催糧，豈有用他再催之理？況從來錢糧重事，元帥決無差託新降之將，且原何更無他人同催，逕用他兄弟兩個？」便大叫道：「你既催糧，何不向前行，反從北走？必是降而復叛之賊，劫我糧草的。」良輔被永忠說破，無以為應，便揮刀來敵。永忠奮力敵住他兄弟二人。戰未數合，恰好郭英、朱亮祖、傅友德三人趕至，兩下夾攻。良輔兄弟力不能支，遂逃入涇州。士卒死者過半。徐達便遣四將抄他出入之路，俞通源略其西，傅友德略其東，朱亮祖略其南，顧時略其北。良輔著人夜半縋城❺往寧夏求救，又被巡軍所拿，於是音信隔絕。城中乏食，只得煮人汁和泥食之。徐達四下者人布令，說：「反叛的只張良輔兄弟，其餘皆是良民。如有生擒來獻者，賞銀千兩；斬首來獻者，賞銀五百兩；開門投降者，賞銀一百兩。如終抗拒，城破之日，盡行誅戮。」良輔部下萬戶揮使姚暉與子姚平商議，詐稱西門城垣將傾，請良輔上西城審探修葺❻。良輔只道是真的，果然往到西門。他父子上前一刀砍死，乘勢開門納降。徐達統兵入城。張思道因挈妻正要投井，被軍士梟首來獻。徐達令將首級一路號令前去，出榜安民。於是陝西八府，悉皆平定。次日上表奏捷。差官出得城來，恰報得聖旨到來。未知何事，且看下回分解。

❺ 縋城：從緊閉著四門的城中，縋掛城牆而出。

❻ 葺：修補。

第七十一回　常遇春柳河棄世

卻說徐達見有聖旨到來，即忙整排香案，迎接到堂，三拜九叩首，山呼萬歲禮畢。使臣宣讀詔書道：

敕諭大元帥徐達：朕聞卿等屢次捷音，所向必克，此朕得所託也。不期元主，即令三路分兵，侵我邊鄙。以丞相也速為南路元帥，領兵十萬，從遼東侵薊州；以孔興同脫列伯為西路元帥，領兵十萬，從雲中攻雁門；以江文靖為中路元帥，領兵十萬，攻居庸；三處最急。特令李文忠前到軍中，副常遇春領兵十萬，以當三路之患。卿宜統率大兵，鎮守山西、陝西沿邊地方，以杜王保保入寇。特此詔示，望勿羈遲。

徐達得詔，即令常遇春為大元帥，李文忠為左元帥，郭英為右元帥，傅友德為前部先鋒，朱亮祖為左翼先鋒，吳禎為右翼先鋒，華高、薛顯、蔡遷、費聚、金朝興、梅思祖、黃彬、趙庸、韓政、顧時、汪信、王志、周德興、張龍，十四員大將，率本部軍校步兵十萬，隨行聽遣，即日出延安府進發。兵至潼關，常遇春對諸將說：「元兵三路來侵，乃虎護九谷之勢，我軍先救何處為是？」李文忠說：「孔興與脫列伯二人進侵山西，有徐元帥沿邊鎮禦，必無他患。今江文靖來攻居庸，那居庸是北平左輔，乃薊鎮所控，東至遼陽，西至宣府，約有一千餘里，中間古北口、石門寨、喜峰口、鎮邊城、黃花嶺、八達嶺，俱極衝要，誠為緊急。兼之他進攻遼東，以為恢復北平之計，使我兵東西受敵。元帥宜領兵逕抵居庸。若擒了江文靖，則餘兵自然落膽。」常遇春依計，便整肅隊伍，從薊州、河北一路來援居庸關，不題。

且說元丞相也速領兵過薊州、遵化、香河、寶坻，前至通州正東十里安營。我們總管曹良臣鎮守通州，聞知元兵大至，因與部將陳亨、張旭議道：「我兵止有三千，何以迎敵？還宜設計以破之。」因下令集民間驢、騾，不拘多少，身上縛草為人，穿戴衣甲，執著長鎗、大弓，依著樹木，插立鮮明旗號，於十里外高原之上屯紮下，用婦女三百，俱扮作男人，擂鼓鳴鑼，不住的吶喊。城頭之上，也一般裝扮把守。陳亨可率精銳一千，於大河左邊埋伏。張旭可率精銳一千，於大河右邊埋伏。只看林莽❶中高懸紅燈為號，一齊發伏追擊。曹良臣自率精兵二千，二十里外迎敵。再選居民壯丁五百，執著五色旗號，按方而列，駐在城外深池之旁，中間設立高臺，上縛草人，著了衣服，虛張聲勢。眾將得令，依法而行。恰好也速大兵已到，良臣奮力來迎，自未至申❷，天色漸漸將晚，良臣撥馬便走，那也速乘勢趕來。一路高原之上，但見軍馬搖旍吶喊，遠望竟有數十萬之眾，駐紮不動。也速正在疑心，早見綠林中一盞紅燈籠，朗然高掛，兩邊伏兵不知多少，橫衝直撞的來，真所謂：「兵在精而不在多，將在謀而不在勇。」左有陳亨，右有張旭，後有曹良臣，三千兵拚死攻擊，殺得元兵四散奔潰。也速只得領了敗兵，向遼東

❶ 林莽：草木深邃之處。

❷ 自未至申：午後一時至五時。

而走。曹良臣等，只是鼓噪趕來，直到薊州而還。恰有元兵江文靖領兵來攻居庸，也速幸得合兵一處。鎮守居庸的原是都督孫興祖，聞元兵合來侵犯，正是出兵迎敵，只見哨子報：「有常遇春領兵十萬，前來救應。」不勝之喜，次日，江文靖在錦州列陣搦戰，常遇春自挺鎗相迎。未及五六合，把也速一鎗刺死。江文靖捨命而逃。遇春驟馬追到，便活擒於馬上。元兵踏死者不計其數，斬首一萬六百七十餘級。常遇春對著孫興祖說：「都督可仍鎮此關，我們當提戈北往。」即日進發，克了大寧、興和、開定，竟至開平府十里外安營。

開平守將乃元驍將孫伯奴與平章王鼎。他二人便出城拒敵。常遇春令左翼朱亮祖，右翼吳禎三路分兵而進。郭英把王鼎活擒過來，送至軍前梟首號令。逃脫了孫伯奴，遇春既取開平府，遂進兵到柳河川安營。

當晚遇春獨坐營中，忽然得疾❸，精神甚是恍惚。帳中軍校，即時傳與各營，眾將都來問安。遇春說：「某與諸公數年共事，期享太平，不意今日在此地，與諸公永訣。」眾將驚問原故。遇春將生時老者的詩，與前者五台山張三丰送來詩的事情，重新說了一遍。因說：「『先於和裡貴，後向柳中亡。』我於和州得遇聖主，幸而所在成功，受了顯爵；今兵至柳川，其亡可知。且病體十分沉重，諸公可為我料理身後之事。」駐在營中，約莫半月，果然病篤，瞑目而逝。時年四十歲。李文忠下令諸將，且勿舉哀，

❸當晚遇春獨坐營中二句：明史：「常遇春師還，次柳河川，暴疾卒，年僅四十。太祖聞之，大震悼。喪至龍江，親出奠，賜葬鍾山，贈翊運推誠宣德靖遠功臣，開府儀同三司，上柱國、太保中書、右丞相，追封開平王，謚忠武，配享太廟，肖像功臣廟。二子茂、昇。茂以遇春功封鄭國公。」

將衣衾、棺木，備得齊整，殯殮了，即著金朝興領兵三千，保護靈柩而回。不一日來到龍江驛。太祖聞得信息大驚，御製祭文，親至驛中致祭，駕詣柩前，拈香、敬酒、焚楮，長揖痛哭而還。且命葬於鍾山草堂，追封翊運推誠宣德靖遠功臣，開府儀同三司，上柱國、太保中書、右丞相、開平王。諡曰：忠武。配享太廟。長子常茂襲鄭國公，次子常蓀襲開國公，三子常森襲武德侯。追贈祖考三代。

卻說孔興、脫列伯二人，聞知常遇春身故，進攻大同甚急。太祖傳旨：李文忠為大元帥，湯和補左元帥，其餘將佐，仍供舊職，來救大同。李文忠領兵過雲中出雁門，次❹馬邑地方，遇著元兵數千突至。文忠乘其不備，揮兵一鼓而敗之，捉了平章劉帖木兒及龍虎四大王。此時天大雨雪，文忠疑有伏兵，因令哨騎出入山谷，查視彼卒往來。卻見哨馬回報：「我軍前隊已去敵五十里之地屯駐。」文忠與諸將商議，說：「我軍去敵五十里之遙，分明示之以弱。」即傳令去敵五里，阻水為營，乘晚而進。一邊傳與原守大同將帥汪興祖得知，以便彼此攻殺。大兵駐紮方定，忽見黑雲一片，壓住營壘，宛如覆蓋。

文忠望了半晌，對諸將說：「有此雲氣，必主賊兵劫營。」傳令傅友德率前軍三萬，張龍、周德興二將接應，朱亮祖率後軍三萬，王志、汪信二將接應；吳禎率左軍三萬，顧時、韓政二將接應；郭英率右軍三萬，趙庸、黃彬二將接應。俱北退五十里，於白楊門四面埋伏。只候曉星將落，東日將昇，林中放震天雷為號，便發伏圍剿元兵。湯和統軍五萬，分作十營，如連珠相似，布列平坦地面，一路接應我軍。但只護行，不必相殺。自領大隊三萬，秣馬餉軍，安住營寨，堅立不動，只待元兵來劫，便向北且戰且走。眾將得令而去。將及三更，果然脫列伯領著元兵，竟從西營殺入。李文忠揮兵北走，脫列伯騎

❹ 次：這裡當動詞用，止宿的意思。

兵趕來，路上早有十營軍馬相繼救應。比及天明，前至白楊門，文忠大隊人馬，都投深林中去。只聽轟天一聲的炮響，四下伏兵一齊殺出，密密的把元兵圍住了廝殺。

文忠立馬於高原之上，著人高叫：「元兵中擒得脫列伯來降的，從重加賞，決不食言。」須臾之間，果有本部將士，縛著脫列伯來獻❺。文忠即令軍中取過白金五百兩、彩絹二十疋，重賞來將。投降士卒，計有二萬多人。輜重、馬匹，不計其數，孔興聞知信息，也解了大同之圍。綏德部將，乘機斬首，來到軍前納降。哨馬星飛報於元主。元主曉得事都不濟了，從此之後，越發的往北而行，無復南向之心矣。西北一帶地方，悉皆平定。李文忠便班師駐於汴梁，差官奏捷，太祖看表大喜。只見太史令劉基出班奏道：「臣觀北兵，今日勢衰，不如乘此銳兵，四路窮追剿滅，庶幾後無他患，古人說：『除惡務盡，樹德務滋。』伏惟陛下聖裁，以便諸將行事。」未知後事如何，且看下回分解。

---

❺ 須臾之間三句：明史：「大同圍急。進至白楊門，天雨雪，已駐營，文忠令移前五里，阻水自固。元兵乘夜來劫，文忠堅壁不動。質明，敵大至，以二營委之殊死戰。度敵疲，乃出精兵左右擊，大破之，擒其將脫列伯，俘斬萬餘人，窮追至莽哥倉而還。」

第七十二回　高麗國進表頌揚

且說那劉基奏稱「元兵既敗，正宜乘勢剿擊。」恰好鄧愈等向承欽命，征討廣東、廣西洞蠻，及唐州一帶地方，也得勝而回。太祖因對劉基說：「平定中原及征南諸將，尚未賞賚。朕欲賞賜之後，方議出師。」劉基回奏說：「陛下英明神武，所見極好。」即命庫內辦取賞賜紋銀，次日頒出：徐達白金五百兩，文幣五十表裡❶；李文忠、廖永忠各白銀二百五十兩，文幣二十五表裡；胡廷瑞、楊璟、康茂才各白銀二百五十兩，文幣十七表裡；傅友德、薛顯各白金二百兩，文幣十七表裡；馮勝、顧時、朱亮祖、郭興等各白金二百兩，文幣十五表裡；其餘將士俱各賞賜有差；諸臣頓首拜謝。當日設宴殿臣，文臣劉基等在左班，武臣徐達等在右班，一一賜坐。惟有丞相李善長以有病不與❷。

太祖因命劉基侍坐本席，附耳問道：「朕向欲易相，不意去年九月，參政陶安卒於江西，今年冬，中丞章溢又丁憂❸回鄉，誰人可以代之？」劉基對道：「國之有相，猶家之有棟樑，若未毀壞，不宜輕去；若無大木，不可輕易，今善長係陛下勳舊，且能和輯臣民❹。」太祖便笑說：「渠每每欲害汝，汝

❶ 表裡：即內外，轉為兩倍。
❷ 不與：這裡當作沒有參預講。
❸ 丁憂：遭父母喪，古時候稱做丁憂。

反為之保耶？楊憲可為相麼？」劉基應聲說：「憲有相才，無相量。嘗思為相的，宜持心若水，不得以己意衡之。今楊憲不然，恐致有敗。」又問：「汪廣洋、胡惟庸二人若何？」劉基搖著頭說：「廣洋懦❺不任事，且量又褊淺❻；胡惟庸小犢也，此人一用，必敗轅破犁❼。」太祖聽了言語，紅著聖顏說：「朕之相，當無如先生。」劉基即離席叩首，說：「臣福薄德淺，且多病憊。況性最剛狠，疾惡太深，又才短不堪煩劇，胡能當此？」言訖，赴本位而坐。當晚飲酒，極歡纔罷。

次日，御文華殿。卻有通政使司奏說：「高麗國❽遣使嗐哩嘛哈，以明日是洪武三年正月元旦，故奉表稱賀❾。」太祖將表章看了，因宣嗐哩嘛哈問彼國風俗。他便不煩檢點，口中念出一首詩道：

國比中原國，人同上古人。衣冠唐制度，禮樂漢君臣。
銀瓮儲新酒，金刀鱠錦鱗。年年二三月，桃李一般春。

❹和輯臣民：使官和民能融合和睦。
❺懦：柔弱無能。
❻褊淺：這裡是指氣量狹小。
❼敗轅破犁：轅，和車軸接連伸向前面的兩長木。犁，掘土絕草根的農具。敗轅破犁，比喻敗壞事情。
❽高麗國：朝鮮。
❾高麗國遣使嗐哩嘛哈三句：明國初事蹟：「太祖即位之後，高麗國王顓進表貢方物稱臣，太祖給以金印，封顓為高麗國王」。

太祖聽了，對朝臣道：「莫謂異地不生人才，只此一詩，亦覺可聽。」傳旨提督四夷賓館官，好生陪宴，不題。

隨有一個職官的內眷，滿身素裳，向前行禮畢⑩。太祖看他儀容閒整，因問：「老媼為誰？」那內眷跪奏道：「臣妾係原任江西中書省參政，陶安之妻。」太祖驚說：「是陶先生之嫂乎，說起陶先生，使人心懷愴然！」又說：「嫂有兒子麼？」老媼對說：「妾不肖子二人，近被事伏辜論死。家丁四十人，悉補軍伍。今以二丁病故，州司督妾就道補數。犬馬餘年，無足顧惜，惟望聖恩，念先學士安一日之勞，令得保首領，以入溝壑⑪，則妾幸矣！」太祖立召兵部官諭說：「朕渡江之初，陶先生首為輔佐，涉歷諸艱，功在鼎彝⑫。方爾形寂⑬，遽令子孫殘落，深可憐憫！爾可盡赦四十餘軍，還養老嫂。」再問老

---

⑩ 隨有一個職官的內眷三句：翦勝野聞：「陶學士安既沒，其子尋以事見戮；家人四十餘人，悉坐罪從軍，喪亡之餘。軍衛收完伍，而家無餘丁，安妻莫可控，乃裹素裳赴京師擊鼓，求見帝。帝異其儀容，問曰：『今媼為誰？』安妻頓首曰：『妾陶安之妻。』帝泫然曰：『是陶先生之嫂乎？言及陶先生，使人心懷愴然。』又曰：『嫂有子乎？』對曰：『妾不肖子二人，咸伏辜死。家人四十餘悉補軍伍。今以缺丁，州司督妾就道，犬馬餘年，無足顧惜，惟陛下念先學士安一日之勞，使得保領入溝壑。』帝唯之，立召兵部諭之曰：『朕渡江之初，陶先生首與先後蒙涉諸難，功在鼎彝，形神入土，子孫殘落，甚可憫念。今即赦四十餘軍，還養老嫂，其毋緩。』於是安妻辭謝而出。」

⑪ 溝壑：壑，坑谷或溝池。借指為死去。

⑫ 鼎彝：古代的彝器。上面刻有文字，用以表彰有功的人。

⑬ 形寂：形，形體。寂，寂滅。形寂，猶言人已死去。

嫗說：「你今家業何如？」那老嫗惟有血淚千行，愁腸一縷，那裡回報得出。太祖即令內庫將白金二千兩，布二百疋，賜與老嫗。又說：「原住舍宇，所在官司可為修葺。並記得朕前賜與門聯說：『國朝謀略無雙士，翰苑文章第一家。』可仍裝刻，以顯褒崇之意。」那夫人辭謝出朝。

翌朝，太祖因新年萬幾稍暇，命駕隨幸多寶寺。步入大殿，見幢幡⓮上，盡寫多寶如來佛號，因出對說：「寺名多寶，有許多多寶如來。」學士江懷素在側，進對道：「國號大明，無更大大明皇帝。」龍顏大喜，即刻擢⓯為吏部侍郎。

寺中盤桓半晌，又步至方丈之側，恰有綵箋，上書維揚陳君佐寓此。太祖因問住持說：「陳君佐非能醫者乎？」僧人跪對說：「能醫。」太祖道：「吾故友也，可即喚來相見。」陳君佐早到聖前，山呼拜舞畢。太祖帶笑問道：「你當初極喜滑稽，別來雖久，詼浪⓰如故乎？」陳君佐默然。太祖便問：「朕今既有天下，卿當比朕似前代何君？」君佐應聲說：「臣見陛下龍潛之日，飯糗茹草，及奮飛淮泗，每與士卒同受甘苦；臣謂酷似神農，不然何以嘗得百草。」太祖撫掌大笑，聯手而行，命駕下人，俱各遠避。止有劉三吾、陳君佐隨著，便入一小店微飲。奈無下酒之物，因出對道：「小村店，三杯五盞，無有東西。」君佐立對說：「大明君，一統萬歲，不分南北。」太祖對他說：「朕與卿一個官做如何？」君佐固辭不受。劉三吾將錢酬還了酒家。

⓮ 幢幡：圓筒形的旗幟。
⓯ 擢：提拔。
⓰ 詼浪：說笑話。

正要出店，只見一個監生進來⑰。太祖問道：「先生何處人，亦過酒家飲乎？」那人對道：「本貫四川。雅慕德化，背主遠來坐監，聊寄食耳。」太祖便與生對席同坐，即屬詞道：「千里為重，重水、重山、重慶府。」監生對道：「一人是大，大邦、大國、大明君。」太祖便將几上片木，遞與監生說：「方纔對語頗佳，先生可為我即木賦詩。」監生便吟道：

片木原從斧削成，每於低處立功名。他時若得臺端用，還向人間治不平。

太祖私心自喜，拱手別去。回宮，即令監中查本生名字，拜受禮部郎中。次早視朝，監生朝見，方知酒肆中見的是太祖。

劉基因奏：「春氣將和，乞命將四出，以犁邊廷⑱。」便調徐達為征元大將軍，帶領沐英、耿炳文、

---

⑰ 正要出店二句：翦勝野聞：「太祖嘗微行里市間，過國子監。監生某者入酒坊，帝揖而問之曰：『先生亦過酒家飲乎？』對曰：『旅次草草，聊寄食爾。』帝因與之入。時坐滿案，惟供司土神几尚餘空，帝攜之在地曰：『神姑讓我坐。』乃與生對席，問其鄉里，曰：『某四川重慶府人也。』帝因屬詞曰：『千里為重，重水重山重慶府。』生應聲曰：『一人成大，大邦人國大明君。』帝又舉翣几小木，命生賦詩，因喻己意，其詩曰：『寸木原從斧削成，每於低處立功名。他時若得臺端用，要向人間治不平。』帝私喜，因探錢償酒家，相別而去，生不知其為帝也。明日，忽移名召入謁，生茫然自失。既至，帝笑曰：『秀才憶昨與天子對席乎？』生惶謝。又曰：『汝欲登臺乎？』遂命除為按察使。秣陵民家至今供司土神於地，本此。」

⑱ 以犁邊廷：掃蕩邊疆。

華雲龍、郭英、周德興、梅思祖、王志、汪信八員虎將，並所部軍兵十萬，自潼關出西安以搗定西；李文忠為左副將軍，帶領傅友德、朱亮祖、廖永忠、趙庸、薛顯、黃彬、吳復、張旭八員虎將，並所部軍兵十萬，由北平經萬全進野狐嶺一帶地面北伐；湯和為右副將軍，帶領俞通源、俞通淵、胡廷瑞、蔡遷、鄭遇春、朱壽、張赫、謝成八員虎將，並所部軍兵十萬，出雁門關北伐；鄧愈為東路都總管，帶領吳良、吳禎、康茂才、唐勝宗、陸仲亨、楊國興、韓政、仇成八員虎將，並所部軍兵十萬，從遼東北伐，務在肅清，方許班師；再令中書省寫敕旨，令汪興祖、金朝興守大同，孫興祖守居庸，曹良臣守通州，郭子興、張龍守潼關，張溫守蘭州，俱是切近邊鄙地方，宜小心提防，操練軍將。又念偽夏據有西蜀，明昇尚幼，都為奸臣戴壽所惑，特令都督楊璟持書，諭以禍福，開其納款之門。葉昇、李新二將，輔翼同往。分遣已畢，諸將擇日取路，分路進發。那徐達引兵，前至定西界安營。早有元兵擴廓帖木兒與王保保互為犄角之勢，列著營柵，向前拒敵。徐達傳令沐英領兵三萬，敵住擴廓帖木兒，耿炳文、周德興分為左右二哨接應。郭英領兵三萬，敵住王保保，華雲龍、梅思祖分為左右二哨接應。自領王志、汪信壓後。兩邊一齊進發，殺得元兵大敗。所獲人馬、輜重無數。生擒元將嚴奉先及元公主以下，一百零七人，散卒六萬有餘。那擴廓帖木兒與王保保，竟望西北掙命的奔走去了。

且說李文忠統了將校，出居庸關，前至野狐嶺，只見嶺上突出一彪兵來，與我軍對敵。旂號上寫著：太尉蠻子佛思。未及戰得五合，被傅友德一鎗刺死。催動大兵，便至白海子、駱駝山駐紮。這個山離應昌府七十里之程，卻是應昌藩屏。元帝著太子愛猷識里達臘與丞相沙不丁及大將陳安禮、朵兒只八喇，率兵三十萬，據守此山。文忠便令於山南安營。次日，排開陣勢，在山下搦戰。未知勝敗如何，且看下回分解。

第七十三回　獲細作將計就計

卻說元太子知我軍山下搦戰，因與眾將商議，丞相沙不丁上前，奏說：「殿下且勿憂愁，這駱駝山勢若長城，險過華嶽。臣請率兵下山迎敵，勝則乘勢追殺，敗則列寨固守。大明兵將，如或登山，只須將炮石打下，必不能當。況糧草積有六七年之資，軍兵尚有三十萬之眾，彼南人不禁水草之苦，朔漠之寒，以臣計之，當保得勝。」太子道：「丞相雖然如此，勿視等閒。」沙不丁遂領兵一萬來戰❶。兩陣方交，元兵終是氣怯❷，奔潰而走。文忠便令薛顯率領鐵甲五百，乘勢上山攻打。那山上矢石，如雨飛來，朱軍傷死者七十餘人，薛顯只得收軍回陣。次日，李文忠會集傅友德、朱亮祖、廖永忠、薛顯等八將，細議說：「你們八人，可分兵四支，各帶馬兵三千，四下沿山，遠哨山中虛實，並峰巒夷險，回來做個計較。」各將分頭去訖。恰好軍前報說：「軍師劉基到來。」文忠慌忙迎入，且說駱駝山難克一事。劉基也沒個理會。將及半晌，四路哨軍回來，都說山勢甚是綿延險阻，元兵營寨，密密的駐紮。軍馬、錢糧，想都周實；況他只是堅壁不動，看來不易攻取。自此相持了二十餘日。

忽一日報有巡邏的捉得細作，在帳外聽元帥發落，劉基便附李文忠耳朵說：「如此，如此，何如？」

---

❶沙不丁遂領兵一萬來戰：明紀：「李文忠次駱駝山，走元平章沙不丁，進次開平。」

❷怯：膽小或懦弱。

文忠一面同劉基升帳，一面低頭說道：「甚好！甚好！」只見那細作跪在面前，劉基看了，反佯問他說：「你是本營小卒，前者差你去上駱駝山打聽，何故而今纔回？」那人見劉基錯認，也便奸詐，回說：「小人奉命打探元兵，山上把守極嚴，未可一時攻打。」劉基說：「正是。如此，奈何，奈何！」那人未見發落，尚跪在帳前，忽有一個官兒，口稱軍政司來說，軍糧已盡，只可應今日支用。劉基便假意對李文忠並合帳將校說：「糧儲大事，你這官所掌何事？且到沒了，方才報知，推出轅門斬訖報來。」那官兒十分哀告求生。

劉基便吩咐，著令轅門官捆打八十，就令三軍今夜密地拔寨而行，回到開平，待秋深再議攻取，切不可把元兵知覺，恐其乘勢追趕。因復發落那人說：「你可仍到元營細探下落。我在開平駐營，倘若他們把守稍懈，即來報知。」且叫軍中取三兩重的銀牌一面賞他，以酬勞苦，待回來之日，再行奏請陞職，那人領賞暗喜，逕回駱駝山見了太子，備言前事。且說：「賞我銀牌，如此僥倖。」太子聽了大喜。便令陳安禮領兵三萬為左哨，朵兒只八喇領兵三萬為右哨，即同沙不丁領兵五萬為中隊，連夜下山追擊。沙不丁說：「殿下且莫輕動，待臣同朵兒只八喇各領兵三萬，分左右追趕，殿下還宜同陳安禮把守老營。」太子說：「這也有理，依卿所奏。」元將整備夜來追殺，不題。

且說劉基把細作發付出營，便令哨子暗地隨他打探，回報今夜果來追趕。因密授傅友德、朱亮祖領兵四萬，分伏駱駝山左右，只聽本營的連珠炮響，便上山如此而行；趙庸、黃彬各領兵一萬，分左右接應；胡美、吳復各率本部兵馬五千，在營中乘暗迤邐而行，向開平原路走動，誘元兵追殺；廖永忠、薛顯各領兵三萬，在營兩邊深林裡埋伏，待元兵來劫營，以賽月明❸在空中放起為號，便兩脅夾攻而入；李文忠自同軍師劉基，領著大隊人馬，俱飽食帶甲而睡，營中並不許張點燈燭，只待元兵到來，一聲炮響，四下裡齊燃庭燎殺出，分撥已定。約莫二更時分，是夜月色朦朧，煙霧四起，果有兩員大將，領著兵馬，分左右趕殺出來，正到營前，不見文忠動靜。沙不丁傳令三軍，趁早上前追趕。未及說完，忽聽暗地營中一聲炮響，四下火光燭天，大隊人馬，東、西、南、北，處處殺將出來，早有賽月明不住的放到半空中明亮。

沙不丁大叫中了劉基的計了，可即取路而回。卻好廖永忠、薛顯，兩邊發動伏兵，奮力夾攻過來。那沙不丁被廖永忠一鎗，刺中咽喉而死。朵兒只八喇捨命而回，將到駱駝山，把眼一望，但見山上星羅的營寨，俱各火焰烘天，金鼓震地，滿山都是大明的旗幟。正欲沿山逃走，被接應的左哨趙庸，一鎚飛來，把腦蓋打得粉碎。原來傅友德、朱亮祖聽得老營炮響，明知元兵與我軍大戰，因乘機裝做元兵殺輸逃竄模樣，把馬直奔上山。那元兵黑夜中，只道是自家軍馬回來，也不提防，竟被朱兵殺入營寨。元太子慌忙上馬，僅有殘兵六七百騎相隨，連夜走應昌去了。元將陳安禮被亂軍中砍做數十段。真個殺得斗轉星移，屍山血海。天已大明，李文忠把大隊人馬，逕抵應昌城外安營❹。這正是劉軍師施的調虎離山

---

❸ 賽月明：照明的彈藥。

❹ 李文忠把大隊人馬二句：北平錄：「李文忠兵至應昌，元主前一月已殂。其太子愛猷識里達臘僅以數騎北奔，乃獲其皇孫買里八喇及其后、寶冊等物，悉送京師。六月捷至，中書官上言，宜獻俘太廟。上以帝皇之後，有所不忍，止令其具本俗服見。」

之計。

且說元太子領了殘兵，不上一千，逃入應昌城中來見元帝。元帝聞說大驚，向染痢疾，愈加沉重，四月二十八日，身入黃泉。太子便權葬在城中玄隱山下。李文忠知元帝已死，傳令眾將圍攻應昌。約定三日之間，決然要下。諸將四圍攻打，卻有元平章不花，看這勢頭破在旦夕，便對太子說：「何不棄此北去？」太子含淚，吩咐部將百家奴、胡天雄、楊鐵刀、花主帖木兒等，率領所有兵馬萬餘，開了北門，殺條血路而走。誰想東西兩彪人馬，煙塵陡亂起來，截住去路。哨馬探看，卻是湯和帶了俞通源等八將，統兵十萬，出雁門，一路蕩除未降元兵；鄧愈帶領吳良等八將，統兵十萬，從遼東一路蕩除未降元兵。恰好東、西合著混殺，元兵死者過半。百家奴等保著太子愛猷識里達臘，不上三千騎，落荒拼命逃去。李文忠率師入了應昌城，撫安百姓。獲有元太孫買里八喇並后妃、宮嬪、王子里的罕、國公荅失帖木兒，及宋、元所傳玉璽、玉冊、玉圭、玉斝、玉斧、玉圖書等物。元臣達魯化赤因也歸順。李文忠一概納降。當日三處統兵元帥，全會齊在應昌，開筵慶敘。

劉基說：「元太子北走，誠為後患。湯、鄧兩位元帥，可領本部屯紮此城。李元帥還當剿捕餘黨。」即日，劉基、李文忠等，進兵北追，在路三日，到麻歌嶺地面。時天氣暑熱，三軍一路煩渴，更無滴水可濟，沙塵噎人，死者竟至數千。李文忠便令三軍駐紮。自己下馬，便告天神，說：「如大明聖主有福北征，諸將不致滅亡，願天降甘霖，地開泉脈，以濟三軍之渴！」眾將虔誠一齊下拜。恰有文忠所乘青驄捕影的龍駒，向天長鳴，把身子周圍在軍前，雙足跑了三匝，向前跑在一個去處，爬開沙土，有五尺餘深，忽見甘泉湧流，涓涓不竭。軍士直如波羅蜜一般，個個死中復生。文忠便殺烏牛、白馬，祭答天地。至今麻歌嶺有馬跑泉勝跡。又行了四日，只見哨馬報說：「前是紅羅山，元太子在此屯紮。過此山後，但見茫茫白水，渺渺煙波，也沒有橋樑，也沒有舟楫，一望無際，更不知什麼結局，特此報知。」劉基聽了哨報，沉吟半晌，歎息道：「可見定數，再莫能逃。」文忠便問道：「軍師何出此言？想來必有原故，末將願聞其詳。」後事如何，且看下回分解。

第七十四回　現銅橋天賜奇祥

卻說軍師劉基聽了紅羅山三字，不勝歎息，被李文忠定要問個根底。劉基道：「敝處青田，也有紅羅山一座。不才當年未遇聖主之時，每愛此山幽僻，常在山中，行思坐想這道理。不期一日，見山岩中響亮一聲，開了一條石竇，不才挨身而入，果有些異見異聞。當日回家，夜來忽夢金甲神口吟詩句，叫不才緊記在心；還說：『是你一生之事。』那詩道：

南北紅羅一樣名，只將神變顯清聲。大明明大胡邊靖，妙玄玄娘匣中興。
卯金刀是角蛟精，未頭一角爾崢嶸。須念機關無盡洩，角端見處一身清。

不才時常思量，止有首句與末句，未有應驗。今日復遇有紅羅山，想此生結局，只如此了。」文忠歎息了一回，因商議攻取之計。劉基說：「必須先看山勢夷險如何，方可定策。」便令傅友德、廖永忠領兵三千，到前探望。但見林樹參天，陰翳滿地，密密營柵，甚是列得周匝。回來報知。文忠說：「既是這般，便有固守之意。然我兵遠來，只宜急攻，不宜緩取。我意今夜以火攻之，必然得勝。」劉基大笑道：「我心下亦欲如此。」就遣趙庸、黃彬、吳復、胡美四將，各領鐵甲五千，帶著斧鋸並火器，四面分頭，夜至紅羅山下埋伏。待半夜時候，炮響為號，一齊上山攻開樹柵，便各處放火。朱亮祖、薛顯領兵二萬接應。傅友德領兵一萬，直搗中營。廖永忠領兵四萬，山下截殺逃兵。李文忠自率大兵隨後。各將得令前去。待至二更左右，只聽得半空中一聲炮響，四將登時上山，砍開山柵，火銃、火炮、火箭處處發作。倏忽之間，火勢焰天，驚得元兵在夢中醒覺，自相殘殺，四散奔潰，掙命而逃。百家奴被傅友德砍死。胡天雄被薛顯一槍當心刺死。楊鐵刀恃著兇勇，保了元太子及些殘兵敗卒，約有二千餘眾，向北而馳，被朱亮祖同廖永忠趕上，朱亮祖一箭射去，正中楊鐵刀腦後，落於馬下。只有花主帖木兒緊隨太子北行。殆及天明，李文忠大兵駐在紅羅山上，埋鍋造飯❶。恰有一個老兒，皓首蒼髯，童顏鶴骨，來見李文忠，說：「某乃此地居民，有一札啟上。」李文忠看他言貌非常，將手接他札子看來，只見有詩四句，道：

兵過紅羅山，須知見甪端。倘然不相信，士卒必傷殘。

文忠看完時，抬頭來看，那老兒隨風冉冉的去了。即請劉基商議。劉基說：「我因前者夢中神人的詩，因查得甪端乃是神獸。既有此言，元帥不可不信。況茫茫沙漠之地，縱取來亦無益於朝廷。」文忠應道：「軍師之言有理，可即在此屯兵，未將當與傅、朱二先鋒領兵過去，追襲元太子，試看此老之言，果有靈驗否。」劉基說：「這也使得。但元帥此去，果見甪端，可速回兵。」文忠唯唯而行，遂率兵追過紅羅山。將及五十里地面，遙望元兵無食可飧，但從曠野中拔草為糧，看見我兵將到，驚慌逃避。傅友

❶李文忠大兵駐在紅羅山上二句：明史：「李文忠至紅羅山，又降陽思祖之眾六千人，獻捷京師。」

德、朱亮祖奮擊而前，斬獲二千餘級。止有三五百騎，隨了元太子前至烏龍江，渺渺茫茫，無船可渡。朱兵又追趕漸漸近來，那太子血淚包著雙珠，下馬跪在地上，望著青天禱告，說：「我世祖奄有中國已經百年，今大明追逐我們至此，無路可逃，全望蒼天不殄滅我等，曲賜全周！」三五百人個個嚎天呼地。忽然江中雪浪分開，狂波四裂，顯出一道長虹，橫截那千頃碧水上一條銅橋，待元兵一擁而渡。朱兵連忙追及，將欲上橋，誰想是空中一條白浪，何從得濟？

文忠看了半晌，歎息數聲，說道：「可知皇天不欲絕彼。」惆悵之間，只聽響亮一聲，看見紅羅山上有個東西，身高六尺，色若烏雲，頭上一角，碧色的一雙眼睛，如笙如簧的叫響。文忠對傅、朱兩人並所領士卒，說：「此必是甪端神獸了。」因高叫說：「甪端，甪端，爾乃天之神奇，物之靈異，必能識天地未來氣數，倘元人此後更不復生，爾可藏形不叫；若是元人復生，爾可叫一聲；若止南侵，不能進關，爾可叫兩聲；若復來犯邊，爾可叫三聲。」文忠吩咐方罷，那獸連叫三聲而去。

文忠心知天意，便引兵乘夜回紅羅山。天明到了本營，將銅橋渡元兵，及山上見甪端的事，一一對劉基說了一遍。劉基道：「真是奇異。」即日拔寨而起，回至應昌，與鄧愈、湯和等將相見了。文忠具言前事，諸將歎息不已，因留將鎮守應昌撫慰軍民，其餘兵卒，俱隨文忠、鄧愈、湯和等回京。恰好大將軍徐達與諸將西征土番❷，克了河州。那土番元帥何鎖南、普花兒等，皆納印請降。便將兵追元豫王至西黃河，直到黑松林殺了阿撒禿子。於是河州以西甘朵烏、思藏等部，來歸者甚眾。甘肅西北一帶數千里，不見一兵卒，因也收兵回京。太祖聞得勝旋師，乃率眾臣出勞於江上。

❷ 土番：元、明時的外藩。即現在的新疆、甘肅一帶地方。

次日，徐達等進平沙漠表章。太祖因對朝臣說：「爾等戮力王家，著有茂績，非有世賞，何以報功？朕已命大都督府及兵部官，錄諸將功績，吏部定勳爵，戶部備禮物，禮部定禮儀，工部造鐵券❸，翰林撰制誥❹。明日是仲冬丁酉之吉，諸臣各宜明聽朕言。」本日退朝。次日五鼓，太祖夙興❺，御奉天殿。皇太子及諸王、文武百官，朝見禮畢，排列在丹墀❻左右。太祖說：「今日定行封賞，非出一己之私，皆倣古來之典。向以征討未遑❼，故延至今日。如左丞相李善長，雖無汗馬之勞，然供給軍糧，更無缺乏；右丞相徐達，朕起兵時，即從征討，摧堅撫順，勞勳最多。二人進列公爵，宜封大國，以示褒嘉，餘悉照功加封。書經上說：『德懋懋官，功懋懋賞。』今日若爵不稱德，賞不酬功，卿等宜廷論之，毋得退後有言。」於是封徐達為開國輔運推誠宣力武臣，進光祿大夫左柱國太傅中書右丞相，進封魏國公，參軍國事，食祿五千石，賜誥命鐵券。因著中書宣券文，道：

朕聞自古帝王創業垂統，皆賴英傑之臣，削群雄，平暴亂；然非首將智勇，何能統率而成大功。如漢、唐初興，諸大名將是也。當時雖得中原，四夷未及賓服，以其宣謀效力之將比之，豈有過

❸ 鐵券：古時候頒給有功的人的一種證物。形狀如瓦，外面詳刻履歷、功績，中刻免罪、減死、俸祿的規章。字是用金嵌成的，分左右兩片；左頒給功臣，右藏在內府。有事故時，兩片合攏起來，作為憑證。

❹ 制誥：帝王時代敕封官職的文書。

❺ 夙興：早起。

❻ 丹墀：古時候宮殿前紅色的堦石。

❼ 未遑：未有閒暇。

我朝大將軍之功者乎？爾徐達起兵以來，為朕首將。十有六年，廓清江、漢、淮、楚，電拂兩浙，席捲中原，威名所振，直連塞外，其間降王縛將，不可勝數。頃令班師，星馳來赴。朕念爾勤既久，立功最大，天下已定，論功行賞，無以報爾，是用加爾爵祿，使爾之子孫，世世承襲，朕本疏虞，皆遵前代之典禮。茲與爾誓：除謀逆不宥，其餘若犯死罪，免爾二死，子免一死，以報爾功。嗚呼！高而不危，所以長守貴也；滿而不溢，所以長守富也。爾當慎守朕言，諭及子孫，世世為國之良臣，豈不偉歟？

宣讀已畢。那鐵券制度，宛如大瓦一片，面刻誥文，背鐫免罪減死俸祿之數，字畫俱用金嵌成。一片藏在內府，一片給與功臣。兩邊相合，因叫做鐵券。這規矩依照宋時賜錢鏐❽王的鐵券造成。太祖特令使臣到浙江台州錢王的子孫那裡，取樣鑄造的。要知後事如何，且看下回分解。

---

❽錢鏐：字具美，唐末杭州臨安人。時黃巢亂，鏐率鄉民破走之。劉漢宏反，復率八都兵破越州，歸董昌為裨將，累遷同中書門下平章事，封開國公。昌反，鏐執之。昭宗拜鏐鎮海鎮東軍節度，賜鐵券。

第七十五回　賜鐵券功臣受爵

卻說太祖賜券與徐達後，因封李善長太師守正文臣韓國公❶：食祿四千石。封常遇春子常茂鄭國公，李文忠曹國公，馮勝宋國公，鄧愈衛國公；食祿三千石。封湯和信國公，耿炳文長興侯，沐英西平侯，郭子興鞏昌侯，吳良江陰侯，廖永忠德慶侯，傅友德潁川侯，郭英武定侯，朱亮祖永嘉侯，吳禎靖海侯，顧時濟寧侯，趙庸南雄侯，唐勝宗延安侯，陸仲亨吉安侯，費聚平涼侯，周德興江夏侯，陳德臨江侯，華雲龍淮安侯，胡廷瑞豫章侯，俞通源南安侯，俞通淵巂越侯，韓政東平侯，康茂才蘄春侯，楊璟諭蜀

❶ 因封李善長太師守正文臣韓國公：北平錄：「封公者六人：宣國公李善長，進封韓國公，食祿四千石；信國公徐達，進封魏國公，食祿五千石；常遇春子常茂封鄭國公，馮國勝封宋國公，李文忠封曹國公，鄧愈封衛國公：並食祿三千石。封侯者二十八人：湯和封中山侯，唐勝宗封延安侯，陸仲亨封吉安侯，周德興封江夏侯，華雲龍封淮安侯，顧時封濟寧侯，耿炳文封長興侯，陳德封臨江侯，郭興封鞏昌侯，王志封六安侯，鄭遇春封滎陽侯，費聚封平涼侯，吳良封江陰侯，吳禎封靖海侯，趙庸封南雄侯，廖永忠封德慶侯，俞通源封南安侯，華高封廣德侯，楊璟封營陽侯，康鐸封蘄侯，朱亮祖封永嘉侯，傅友德封潁川侯，胡美封豫章侯，韓政封東平侯，黃彬封宜春侯，曹良臣封宣寧侯，梅思祖封汝南侯，陸聚封河南侯；食祿各有差。」損齋備忘錄：「永成侯薛顯，黔寧王沐英，濟國公丁德興，鄧國公馮國用，泗國公耿再成，蘄國公康茂才，燕山侯孫興祖。」

未還，遙封營陽侯：並食祿一千五百石。王志六安侯，鄭遇春滎陽侯，曹良臣宣寧侯，黃彬宜春侯，梅思祖汝南侯，陸聚河南侯：並食祿九百石。華高廣德侯：食祿六百石，並賜鐵券，子孫世襲。又封孫興祖燕山侯，張興祖東勝侯，薛顯永成侯，胡美臨川侯，金朝興宣德侯，謝成永平侯，吳復六安侯，張赫航海侯，王弼定遠侯，朱壽舳艫侯，蔡遷安遠侯，葉昇在蜀未回，封靖寧侯，仇成安襄侯，李新在蜀未回，封崇山侯，胡德濟東川侯。其餘諸將，各照功陞賞。又追封馮國用郢國公，俞通海虢國公，丁德興濟國公，加封耿再成泗國公。

止有劉基初封上柱國安國公，他再四拜辭不受，說：「臣命輕福薄，若今日受恩，必折壽算，伏乞陛下俯從臣請。」太祖因他力辭，改封為誠意伯：食祿二千四百石。當日筵宴而散。過了數日，楊璟率副將李新、葉昌朝見❷，太祖便問偽夏明昇的事勢。楊璟說：「那明昇年止一十四歲，其罪雖輕，但為丞相戴壽專權，蠹國殘民，生黎極苦；況是梁王所封，是元朝餘孽。前者臣受明命，將書曉諭禍福，那戴壽公然大言，說彼西川，北有陳倉之險，東有瞿塘之固，南有漢洋之隘，大明幸而得志中原，何敢輕我西夏？將聖諭丟棄在地，甚是無禮。伏望陛下大振神威，肅清巴蜀。」

太祖聽了大怒，便沉吟了一會，說：「西川山氣險阻，我軍未知道路，不利攻進。奈何，奈何！」楊璟即從袖中取出一個手卷，說：「臣前日行時，也慮及偽夏必然抗拒，因著畫工隨行，暗將地理夷險處，細細圖畫於此。他日進兵道路，儘可瞭然在目。」太祖含笑，就將手卷展開，果然山川形勢，盡可

❷ 楊璟率副將李新、葉昌朝見：平夏錄：「昇遣使來貢。太祖侍御史蔡哲報聘，因挾一畫吏同往，潛圖其山川險易。」

揣摩❸。便下令徐達，以兵鎮守山、陝等處；鄧愈以兵鎮守廣、浙等處；李文忠以兵鎮守山東、河南等處；湯和、傅友德二人，可率廖永忠、曹良臣、周德興、顧時、康茂才、郭英等十八員大將隨征，分道而進。因命太史擇日，祭告行師。太史奏說：「今洪武四年❹辛亥，三月初二日可祭告天地，初八日可出師西行。」至日，太祖乘鑾輿率文武群臣，直至南郊，設奠行禮。讀祝文，道：

大明洪武四年三月初二日，皇帝臣謹以牢醴致祭於皇天后土、太歲風雲雷雨、岳鎮海瀆、山川城隍、旗纛之神，曰：臣起布衣，率眾渡江，平漢吳，立國業，削群雄，定四方，於今十有七年。凡水陸征行，必昭告於神祇，受命於上蒼，賴神蔭佑，天下一統。惟西蜀戴壽，假幼主之權，恣行威福，據一隅之地，戕賊生民。聲教既有彼此之殊，封疆實宜中原所統。若恣其桀傲，必損我藩籬。特拜湯和為征西大將軍，率楊璟、廖永忠、周德興、曹良臣、康茂才、汪興祖、華雲龍、葉昇、趙庸，從瞿塘以攻重慶，傅友德為征西前將軍，率耿炳文、顧時、薛顯、郭英、李新、朱

❸ 揣摩：揣度人家的意思。

❹ 洪武四年：平夏錄：「洪武四年正月，上親祀上下神祇，告伐明昇。命湯和征西將軍，周德興為左副將軍，廖永忠為右副將軍，率京衛荊湘舟師，由瞿塘趨重慶。傅友德為征虜前將軍，顧時為左副將軍，率河南、陝西步騎，由秦隴趨成都。諭和等肅部伍，嚴紀律，懷降附，禁殺掠，以王文斌事為戒。閏三月，楊璟兵次夔州大溪口。先是，蜀人自謂瞿塘天險，遣莫仁壽守之，以鐵索橫斷關口；聞王師臨境，又遣戴壽、鄒興、飛天張益兵。為固守計，於鐵索外北倚羊角山，南倚南城寨鑿兩崖壁，引纜為飛橋三，平以木板，置炮以拒我師，璟等攻之弗克。」

壽、吳復、仇成從階、文以趨成都。二路分行，咸祈神佑。

祭告禮畢，駕回奉天殿。命湯和掛征西大元帥金印，廖永忠為左副帥，周德興為右副帥，康茂才為先鋒，率京衛荊湘舟師一萬，由瞿塘趨重慶，命傅友德掛前軍元帥金印，汪興祖為左副帥，耿炳文為右副帥，郭英為先鋒，率河南、陝西步騎十萬，由秦隴趨成都。因諭眾將道：「今天下惟巴蜀未平，特命卿等，率水陸之師，分道並進，首尾攻之，勢當必克。但行師之際，在嚴紀律，以率士卒；用恩信，以懷降附，無肆殺掠；王金斌之事，可以為戒，卿等慎之。」諸將拜辭。上復密諭傅友德道：「蜀人聞吾西伐，必悉其精銳，東守瞿塘，北拒金牛，以拒吾師。謂恃彼地險，我兵難至也。若出其不意，直搗階、文，門戶既隳，腹心自潰。兵貴神速，爾須留心。」友德復頓首聽命。是月八日，大兵分南、北二路前進。

且說湯和率楊璟、廖永忠等九將，從南路進發，先令趙庸分兵五千，合攻桑植芙蓉洞及覃垕茅岡寨，皆平之。因逼取龍伏隘，恰有僉事任文達迎敵。曹良臣奮馬而前，把文達斬於馬下，擒獲五千餘人，遂攻天門山。那山正是偽帥張應垣及小張僉事把守。周德興、華雲龍各領兵三千，分左右衝殺。他也分兩支接應。小張僉事，看了華雲龍兇勇，早已心寒，未及戰得兩合，被雲龍一鞭，把腰脊打斷，雲龍乘勢趕殺。看見張應垣與周德興兩馬交鋒，正是放潑，大叫道：「周將軍，偽賊的鎗桿都折了，不活捉他，再待何時？」那應垣聽得鎗桿折，只道果然，把頭回轉來看，被華雲龍一箭正中左眼，翻空落馬而死。朱兵大勝，便直至歸州城下安營。湯和對康茂才說：「歸州地面，去瞿塘不遠，必期破敵，以震蜀人之心。」茂才回說：「不必元帥勞心，末將自有方略。」即率兵三千搦戰。守歸州的乃蜀中虎將龔興，便出城對殺。茂才縱馬向前，如入無人之境，力氣百倍，喊殺震天。龔興那能抵擋，不敢進城，逕往瞿塘關去了。茂才殺入城中，便令哨馬報知湯和。撫安百姓。留參將張銓鎮守。

次日起行，來到大溪，離瞿塘二十里屯駐。湯和隨遣楊璟、汪興祖、康茂才，領游兵五千，探取虛實。他三個出營西去，前至瞿塘關，關前是金沙江。當初諸葛武侯於此江中樹立石樁鐵柱，約有千餘，便用鐵索週遭繞住，以拒東吳之師。後來蜀王孟昶，復於杜間築成關隘，名叫瞿塘關。此處正是夏丞相戴壽、元帥吳友仁、副將鄒興、樞密使莫仁壽，又有歸州逃來龔興在關把守。戴壽因看山勢，南有赤甲山，北有羊角山，彼此相望，便把兩山分開石竅，用鐵索子萬條相連，橫截關口。鐵索之上，鋪著大片木板號為飛橋，以通往來。橋上備著矢石、銃炮等物，以備攻擊，真所謂：「一夫當關，萬人莫敵。」橋下水勢瀰天，澎湃若立。盛夏雪消，水勢洶湧，直如萬馬奔騰，不敢行船。數里之間，石剜成穴，如箱子一般，因又名風箱峽。山高水深，峭壁萬仞，惟是日正午時，始見日色。三將細看了形勢，歎羨咨嗟❺。

只聽一聲炮響，早有吳友仁的虎將，一個叫做飛天張，一個叫做鐵頭張，兩邊帶領雄兵，夾擊而來，直取汪康楊三將。茂才見勢頭不美，揮戈迎敵。楊璟與興祖也躍馬相持，殺得偽兵大敗，倒戈曳甲，拚命的走過鐵索板橋。茂才同興祖飛兵來趕，誰想橋上的矢石、箭炮，橫沖過來，就如飛蝗猛雨一般，可

---

❺咨嗟：歎息聲。

惜茂才與興祖兩個英雄，竟被飛炮所中而死❻。楊璟急收兵退回，亦被滾木滾來，連人和馬撲入水中，幸得未受大傷，止害了坐下烏騅，只得步行，引著殘兵，收了兩將的屍首，來見湯和，具言失陷之事。湯和與眾將放聲大哭。具棺槨殯葬於大溪口山坡之麓。與廖永忠眾將商議，都道：「這等洶湧險峻，舟楫難施，且待秋後，方可攻打。」不題。

且說太祖以諸將伐蜀，未見捷報，因復命永嘉侯朱亮祖為征西右將軍，率兵往助，大會進征。亮祖得令，星夜馳發，至陝西西安府，恰好傅友德率大隊暫住西安。亮祖備言上旨，說久未見捷。傅友德說：「一來糧草未足，二來諸道兵馬未集，所以暫住於此。」亮祖聽了便對友德耳邊說道：「如此如此。」未知所說何事，且看下回分解。

---

❻「可惜茂才與興祖兩個英雄」二句：平夏錄：「至五里關，都督同知汪興祖躍馬直前，中飛石死。」明史：「康茂才征定西，取興元，還軍道卒。」

第七十六回　取西川劍閣兵降

卻說朱亮祖對著傅友德說：「今主將暫屯於此，齊集兵糧，不如乘機就機，一面聲言進取金牛，入棧道攻劍閣❶；一面暗使他人，觀青川、果陽地面虛實，以圖進取何如？」友德道：「極是妙見。」便即刻差人哨聽。不數日間，哨人打聽回來，報說：「青川、果陽守備空虛；階、文地面，雖有兵壘，而兵資單弱。」友德聽報，就拔寨直取陳倉。又令朱亮祖領精騎五千為先鋒，攀緣山谷，晝夜兼行，兩日夜竟抵階、文之地，離城五里安營，方纔整列隊伍。守階州的是偽夏平章丁世珍，正與虎將雙刀王、眾

---

❶ 一面聲言進取金牛二句：平夏錄：「友德集諸道兵，揚言出金牛，潛使入覘，知清州、來陽空虛；階、文雖有兵壘，而守備單弱。遂引兵趨陳倉，選精兵五千為前鋒，攀緣山谷，晝夜兼行，大軍繼之，直抵階州。蜀守將平章丁世珍率眾來拒，友德擊敗之，生擒其雙刀王等十八人。真遁去，遂克階州。進至文州。蜀人斷白龍江橋以阻我師。友德奮兵急攻破之，遂拔文州。五月，友德兵至漢江，不得渡。乃令軍中造船百餘艘。船成，將進兵，欲以軍事達湯和，而山川懸隔，適江水漲，乃以木牌數千，書克階、文、綿州月日，投江順流下。六月友德據漢州。初，夏人聞王師至，命戴壽、吳友仁悉眾守瞿塘，以扼三峽之險。乃聞階、文破，壽乃留鄒興、飛天張守瞿城，而自與友仁還援漢州以保成都。未至，而友德舟師已逼漢州。何大亨悉兵戰於成都，友德選驍騎擊敗之。既而壽等兵至，友德令諸將曰：『彼遠來，聞何大亨敗，眾已洶洶，可一戰克也。』乃迎擊壽兵，大敗之，遂拔漢州。」

多官長宴樂。席間說及朱兵，便道：「戴丞相同吳友仁等守著瞿塘，何大亨將十萬雄兵守著劍閣，我這階州，料他插翅也飛不來，且可安心把盞。」忽有哨子報道：「大明兵不知何處過來，現在城外五里紮營搦戰。」

世珍向眾將說：「他既遠來，必然勞困，即日便當點兵出城迎殺。」早有王子實上馬，領著精兵二萬，挺鎗殺過陣來。亮祖大怒，縱馬交兵，未及二合，手起一刀，那子實的頭骨碌碌滾下地去。世珍看勢頭不好，急命雙刀王接應。那雙刀王跳馬上前，說：「平章放心，待小將砍他首級，以報前仇。」亮祖見他來得奮勇，便放馬出陣，雙刀王把刀兒舞得飛輪似的殺來。亮祖看的眼清，便一隻手拏著刀，一隻手展開浪索，從空中洒開，叫聲：「著！」將雙刀王反縛的一般緊緊拴住，活捉過馬上。便扯腰間寶劍，剁下頭來。乘勢殺入偽夏陣內。丁世珍望風逃脫，到文州去了。友德大隊人馬，卻好也到，遂合兵至文州，離城二十里，行至白龍江邊。蜀軍把吊橋拆開，以阻朱軍。郭英同朱亮祖督兵乘夜將寨柵登時轉移，布成水橋，頃刻而渡，直至五里關下寨。世珍復集兵據險而戰。傅友德奮力急攻，偽兵大敗。世珍只帶得數騎往綿州而走。遂拔了文州，留將鎮守，便統大兵來攻綿州。明軍威勢大振，人人震恐，都棄城遁逃，不勞寸刃，又連取川、陽二城。

兵到綿州，丁世珍對著守將馬雄商議交鋒，馬雄說：「此何足慮。他們長驅得志，只是未逢敵手，且請平章同到陣前，看下官擊殺來將。」原來這馬雄身長不滿四尺，力敵萬人，手中舞一把五十觔重的鐵桿鋼叉，颼颼的渾如燈草。一向負著雄名，他也自誇著大口。世珍認是真正好漢，果然同出搦戰。朱亮祖看了馬雄，便飛也殺將出來。兩邊一聲鑼響，兩馬合做一處，未及三合，亮祖大叫一聲，把馬雄一刀砍於馬下。傅友德催兵湧殺，世珍大敗而走。將及城門，只見城上都是大明旗號。原來傅友德先令耿炳文、顧時、薛顯、陳德四將，帶著雄兵一萬，裝作蜀軍，賺開城門，復令郭英領兵五千，在城東埋伏。世珍看見城池已破，果然從東而走，當先一將，截住去路，世珍也舉刀來擋，恰被郭英手起一鎗，正中世珍的右眼，落馬而死。明軍駐於綿州城外。次早，便趨兵往漢陽江岸安營。友德要把取勝之事，報與湯和、廖永忠得知，以便彼此乘勢攻取，爭奈山川遙隔，無路可通，幸得一夕水勢漲大，便令軍中造成木牌數千，上面備將克取階、文等州年月寫明，浮於江面。那水順流直下，這也不題。

且說漢陽蜀屯兵在西岸，那員大將恰是何大亨。隔江對陣，彼此相看了五日，朱亮祖說：「今日之勢，更不可緩，元帥尊意何如？」傅友德說：「兵法上說：『察事而行。』今彼雄兵十萬，阻絕漢水，我師明渡，必不能勝，我正待蜀兵少懈，然後攻之。」便令軍中暗地造竹筏三百餘扇，令郭英、李新、朱壽、吳復，率領鐵甲兵二萬，將筏盡載火器前進，餘兵隨筏而行。待夜三鼓，順流而下，直抵漢陽江右。探那漢陽軍卒，果然熟睡無備，便令士卒，將火器齊發，喊聲震天，夏兵驚潰四散奔走。傅友德、朱亮祖率領大兵相殺，斬首二萬餘級，漢水為之咽流。何大亨潛夜匹馬投漢州去了。納降的軍馬，計有三萬七千之數。友德即督兵困住漢州。

那夏主明昇在重慶府設朝，聞報知大明軍將明進金牛，暗渡了階、文，三敗了丁世珍，又取了青陽、綿州，今因漢州最急，便大驚訝，道：「起初只聽得大明攻瞿塘，因遣丞相戴壽，統精兵相敵，不料他探穴搗虛，竟從西北而來，據取劍閣漢江之險，若再失了漢州，都城必不能保。」便差官星夜至瞿塘報戴壽得知，著他分兵來救漢州纔是。不只一日，戴壽探到信息，即對諸將商議，說：「此事不可遲緩，可留莫仁壽、鄒興、龔興、飛天張、鐵頭張五將，以三萬兵固守關口；我與吳友仁元帥，領兵七萬，去迎傅友德相殺。」

吳友仁說：「吾聞傅友德昔日曾輔先王，先王不用，便從了友諒。友諒待他甚薄，後方歸了大明。友德文武兼全，且今又聞得大明皇帝，因久征無功，復敕朱亮祖為副，此人更是智勇足備。當年曾在鶴鳴山設奇運石，壓死敵兵。今已入川，猶虎之入室也。我與丞相可分兵而進，丞相從西路，末將從東路，又約何大亨從南路，三處為犄角之勢，以拒友德，只待他糧完師老，必可得勝。」戴壽說：「此說亦是，但分兵則勢孤。今友德領著雄兵十萬，來困漢州，我等只得七萬，不如俱從西路進發為是。」

次日，到漢州城下正西安營。明兵聞他救兵已到，便撤圍在南向駐紮。城中何大亨即與黃龍、梁士達，領精銳三萬出城，與戴壽合兵列寨。傅友德整肅三軍，下令說：「戴壽領兵遠來，何大亨又一向怯弱，心中甚是慌張的，爾等各宜奮力，平蜀之功，只在今日。」便令朱亮祖統左軍，陳德、薛顯接應；顧時領右軍，趙庸、李新接應；自與郭英等統著中軍，向西南迎殺。兩陣對圓，那夏陣中吳友仁、何大亨、黃龍、梁士達、胡孔章五將，一齊分兵來戰。朱亮祖、郭英、顧時三路，也各尋著對頭相殺。郭英一鎗刺死了黃龍。顧時刀頭轉處，把梁士達砍在馬下。胡孔章被朱亮祖一箭射倒了坐馬，輪轉鎗來一鎗，倒在塵埃。那戴壽即要走去，傅友德早已料定，便縱馬趕來，一刀直砍過去，把金盔劈得粉碎。幸得馬快逃得性命，便與何大亨脫逃往成都走了。吳友仁也從亂軍中逃脫，往古城而去。

傅友德招動大兵，殺入漢州城，活捉了招討王隆、萬戶梁丞等一百餘人。連夜追至古城，又捉了宣諭趙秉珪及馬、騾五百餘匹。友仁復逃走保寧去了。大軍逕向成都。那余川、九龍山等寨，併平章俞思忠，率官屬、軍民三千餘人，獻良馬十匹，到軍前納降。且說夏王明昇，對廷臣數說：「這蜀中之地，號為四川，以成都為西川，潼關為東川，利州為北川，夔州為南川；中有六個大山：是峨嵋山、青城山、錦屏山、赤甲山、白鹽山、巫山，其間有金沙江、白龍江、漢陽江，極為江之險阻。又如瞿塘為第一關、劍閣為第二關、陽平為第三關、葭萌為第四關、石頭為第五關、百牢為第六關。從來說，秦資其富，漢用其財，今如此光景，險阻去其大半，奈何！奈何！」未知後事如何，且看下回分解。

第七十七回　練猢猻成都大戰

且說偽夏明昇，對著眾臣說：「巴蜀的險阻，已失去了一半，如何是好！」正在憂惱，恰有哨子來報：「大明兵將竟到成都府正東安營。」守成都的是戴壽、何大亨兩將，又有吳友仁，也從古城逃來。便商議道：「今日之事，若用人力必難取勝。此處城東七十里有座黑支山，極多猢猻，向來游手游食的人，都將他教成拖槍舞棒，扮演雜戲。我們不如下令，凡民家所養猢猻，盡行入宮，每猢猻十頭，出獄中死囚一人，率領在前廝殺，繼後便以大兵相隨。那猢猻隨高逐低，扳援林木，踰山越嶺，極是便利，朱兵料難抵擋，此計何如？」眾人應道：「大好，大好！」即刻拘集猢猻，接連在城中，令死囚演習了十餘日，只不開城迎敵。傅友德對眾將說：「他們何故如此遲延，若是待救兵來，則重慶地面是個孤城，他恐我分兵攻取，必不分兵來救。瞿塘地面，去此甚遠，且湯元帥等在彼攻打急迫，也難分兵來救；若要坐老我師，則內邊兵糧聞得積聚不多，不知何故如此？他們必有奸計，我等須要提防。」因而下令哨子，暗行打探，不題。

且說太祖一日視朝，通使奏說：「外有一人，自稱赤腳僧❶。從峨嵋山到此，求見陛下，言國祚的

❶ 赤腳僧：周顛仙人傳：「朕患熱症，幾將去世。俄赤腳僧至，言天目尊者及周顛仙人遣某送藥至，朕初又不欲見。少思之，既病，人以藥來，出與見。惠朕以藥，藥之名曰溫良藥。其用之方，金盆子盛著，背上磨著，

事。」太祖恐他出言惑眾，不令相見。次日，忽然龍體不安。太醫院官未敢造次進藥。卻又報道：「赤腳僧說，天目尊者著他轉送藥方。在午門外待旨，畢竟要求一見。」太祖因念當年師過五台，湯和等去訪張三丰，那道童備言天目尊者便是周顛。且今赤腳僧道從峨嵋山而來，大軍已征巴蜀，未知下落，便令一見也可。乃傳旨出去。那僧人見了太祖，袖中取出一件東西，說：「這是溫良石。須以金盤盛水，磨藥飲下，那病便好。」太祖看他來得奇異，即令內侍照方磨服，果然胸次即刻平安，倍覺精神。

那赤腳僧即大步從外面走進，太祖連忙向前問道：「周顛年來未見，恰在何方？且師父說從峨嵋山來，不知近來曉得征討偽夏的消息否？」那僧答道：「天目尊者在廬山與張金箔、謙牧、宗泐四人，輪番較棋，你可著人往問；若是巴蜀事務，七月中旬，可以稱賀。但此時傅、朱二元帥，陸路軍馬，大是憂疑。我此去可同冷謙一走，指與方略。」太祖便說：「冷謙我一向聞他善於仙術，至於卜課、樂律之伎，更是精工。他如今在此做官，師父既同他至軍中，不知幾時得有曉報哩？」那赤腳僧道：「這也容易，成都得勝，便著冷謙來見。」太祖允奏。他便同冷謙登雲而去。按下雲頭，正是匡廬山上。赤腳僧與周顛等三人相見，備說把藥醫治了太祖。並說太祖要巴蜀近日攻討的信息，因要冷謙同行。

冷謙道：「我一向在金陵做個太常協律郎，近來頗厭塵務，今日塵累將滿，我便同你巴蜀走遭去，報與大明之主也。」便同赤腳僧飛向成都而來。在雲頭一望，但見偽夏戴壽等，在城中演練猢猻，教他拖鎗舞棍，搶箭奪刀的把勢。看了一回，竟從朱、傅二元帥營前歇下。走到轅門，叫轅門軍校報知。傳

金盆子內喫一盆便好。朕遂服之，初服在未時間，至點燈時，周身肉內搐掣，此藥之應也。當夜疾癒，精神日強一日。」

友德、朱亮祖聽了，便著中軍官迎到寨中，分賓而坐。將偽夏閉門不戰，拖延時日，憂悶無處，細說把二人得知。赤腳僧道：「我們方纔看城中百般演習猢猻，元帥可謹慎提防。」冷謙又道：「細觀氣數，並按著干支，明日他決然出戰。這只是些逆畜，其類屬火，所以依山林、岩石而生。山林岩石，俱能生火。今在巴蜀，又為金方；火、金相剋。他們用此，雖是困苦無奈，其實也合此道理。明日行軍，俱可用赤旗、赤甲、赤馬、火炮、火銃、火箭等物，取以火勝火之義。朱元帥為前鋒，傅元帥當後陣，其餘將軍分翼而前，必然取勝。」

傅友德聽計，便令軍中旗甲、鞍馬，俱改做了赤色。但於號帶之間及旗巾之上，暗分隊伍，整備明日廝殺。待至天明，只聽一聲炮響，成都城中果然擁出許多猴子，並人馬衝突將來。朱亮祖即令前軍用標鎗、梛棍，間著火器，密密的排列在前，施放過去。那些猢猻聞了硫黃、硝焰之氣，又被殺傷，都轉頭望本陣而走，自相衝殺，明兵乘勢攻擊，夏兵踏死者有一大半。吳友仁回陣要走，被郭英大喊道：「你這賊慣會逃脫，今待那裡去！」一鎗直透前心而死。戴壽、何大亨領了殘兵，連忙進城不出，這也慢說。

只是明太祖接連三日，望著赤腳僧回報，也沒有響動，恰有管內帑的奏說：「臣把守內庫，時常檢點庫中銀兩，每有缺失，細覓蹤跡，更無可得。今日進庫，忽見一張憑引❷，失在地下，臣意庫中嚴密，那得有人進來？今金寶失去無蹤，反有憑引一紙，伏乞聖裁。」太祖便令五城兵馬司，照憑上姓名，拘拿到殿鞫審❸。不及半刻，那人拿到。太祖細行審問，那人道：「臣向與冷謙友善❹，渠憐臣親老家貧，

❷ 憑引：身分證。

❸ 鞫審：訊問囚犯。

❹ 臣向與冷謙友善：高坡異纂：「冷謙有故人，貧不能自存，知謙得異術，求濟於謙。謙曰：『女命薄。吾指

難以度日，即於臣寓所壁間，畫著庫門一座，白鶴一隻，因對臣說：「若要銀子時，可將畫門輕敲，其門自開，一進內便有銀兩，但無得多取。」微臣依法行事，果然開門，可以進取。昨日之間，臣見金銀滿庫，或多取也不妨，便恣意取之而出，不覺失下憑引。臣出無奈，實是冷謙所為。」

太祖笑道：「那冷謙前日方與赤腳僧前往巴蜀去了，你何得調謊弄舌？」那人道：「臣豈敢妄言？他方纔尚在家中。」太祖隨令御前校尉收取冷謙。校尉一到，便道：「冷謙，聖旨所在，不得遲延。」便隨校尉行至午門前，且對校尉說：「今日我死也。但是十分口渴，列位可將水一碗，略解吾渴，亦感盛情！」校尉看他哀訴，便汲水一碗，把他喝了。一眼但見冷謙一個身子，都在碗中，恁你拽扯，只是不起。倏然之間，連形連影一些也看不見，止有清水一甌。

校尉高聲的叫道：「冷謙，冷謙，你既如此，我們都要死了！」正要啼哭，那水碗中忽發聲響，說：「你們都莫憂慮，將水進御上前，你們必然無害；且我也有話正要奏聞。」那校尉只得收淚，把水盞進上，並他的言語一一申奏。太祖便說：「冷謙，可顯出來見朕，朕必不殺你。」那碗中便應道：「臣有罪決不敢出。」龍顏大惱，將盞擊碎於地，令內侍拾起，片片皆應。太祖因問巴蜀情由，他細把以火勝

汝一所，有贏金二錠，可以資助，但勿過取。不聽吾戒，吾與汝皆不利也。』乃於壁間畫一門，一鶴守之。令其人敲門，門忽自開。入其室，金玉爛然盈目。其人恣取以出，而不覺遺其引。他日，內庫失金，守藏吏獲引以聞。執其人訊之，詞及謙，因併逮謙。謙將至城門，謂逮者曰：『吾死矣，安得少水以救吾渴？』守門者以瓶汲水與之，謙遽以足插入瓶中，其身漸隱。守者懼罪，遂攜瓶至御前。上問之，輒於瓶中奏對。上曰：『汝出見朕，朕不殺汝。』謙自言臣有罪，不敢出。上怒碎其瓶，片片皆應，終不知所在。」

火的軍情，備說了一番，便說：「臣自此同周顛、謙牧、張金箔游於清宇之間；朝北海，暮蒼梧。惟願聖躬萬壽無疆，清寧多福，臣從此辭矣！」太祖聽其自匿。吩咐管庫官仍舊供職。那失憑引的，追出原盜金銀；然孝念可原，但行笞罪去訖。

且說湯和、廖永忠等，向因江水泛漲，駐兵大溪口。一日間，巡江邏卒報說：「金沙江口，得木牌數百面，牌面恰是潁川侯傅友德把由陳倉取階、文、青陽、綿州、漢州等日期，報與湯元帥得知的。」湯和便說：「既是如此，偽將俱必膽寒，我們正宜乘勢攻取。」廖永忠❺細籌了一會，道：「今舟師既不得進，可急密遣精銳千人，照像樹葉的青綠之色，做成簑衣，各帶糗糧❻、水筒，以禦飢渴，只揀山崖巉險草木茂密處，魚貫而前，且行且伏，踰山渡關，埋伏在上流。約定六月廿五日五更，在上流接應。水寨將士，可將鐵包裹船頭，盡置火器，在船備用。元帥可帶曹良臣、周德興、仇成、葉昇為左右哨，領陸兵六萬去攻龔興的陸寨；末將自帶華雲龍、楊璟為左右哨，領著水師，駕著小船，從黑葉渡攻鄒興的水寨。若水寨一破，便燒斷了鐵索，毀去了橋柵，一過瞿塘，自可直趨重慶。」湯和聽計。因遣精兵千人，扮成青綠色的衣裳先行，只待廿五日在上流行事。

那蜀兵見我們寨中向來毫無動靜，也便懈怠，不甚提防。至廿五日五更，湯和領了陸兵去攻陸寨。

---

❺ 廖永忠：逐鹿記：『廖永忠伐蜀瞿塘關。忠以山峻水急，而蜀人設鐵索飛橋，橫據關口，我舟不得進。乃密遣壯士數百人，舁小舟踰山度關，以出其上流，人持糗糧，帶水筒，以禦饑渴。蜀山多草木，命將士皆衣青簑，魚貫出崖石間，蜀人不之覺也。遂攻水寨，斬獲甚眾。飛天張、鐵頭張皆遁去。』

❻ 糗糧：乾糧。

廖永忠因令水師，奮力挽水而行，把火炮、火筒，一時發作，水將鄒興中著火箭而死。一邊廝殺，一邊炬火燒著鐵索，趁紅斬斷，遂焚毀了三橋。早見上流埋伏的精銳，揚旗鼓譟，迅速攻殺。蜀人上下抵擋不住，便活捉了有職的官員蔣達等八十餘人，斬首二千餘級，溺死者不計其數。莫仁壽卻被華雲龍一刀砍死。那陸兵飛天張、鐵頭張同龔興前來相迎。廖永忠在船頭望得眼清，那火箭射來，正中鐵頭張面門，落馬而死。龔興正要逃走，周德興趕來一刀兩斷。飛天張便脫了衣甲，混在眾軍中奔逃，被軍中縛了，解送軍前。湯和令同職官蔣達等斬首號令。水陸二路兵馬，直過了瞿塘關，仍合一處。湯和因與眾將說：「趁此前往，可保勢如破竹。廖永忠當率曹良臣、葉昇、仇成率本部兵，從北路而行。我當同華雲龍、周德興、楊璟率本部兵從南路而行。」即日拔寨而往，四方州郡，望風投附。

洪武四年，七月中旬丙申日，大兵逕抵了重慶府，離府十里正東銅羅峽安營。明昇聞報大懼。右丞相劉仁勸說：「且奔成都，再圖後舉……」未及說完，只見探子又報道：「大明傅、朱二元帥，把成都攻困甚急，來求救兵。」那明昇與劉仁面面相看，更無計較。其母彭氏，吞聲飲淚⑦，對著明昇道：「事已至此，不如早降，以免生靈之苦。」明昇從了母親的說話，便寫表著劉仁赴大明營中謁降。湯和便知

---

⑦ 其母彭氏二句：平夏錄：「永忠舟師抵重慶，次銅鑼峽，昇等大懼。或勸昇奔成都。昇母彭氏泣曰：『今勢成破竹，兵民皆已膽落，豈能效力？驅之拒守，死傷徒多，終亦不免，不如早降。』昇遂遣使詣永忠軍納款，永忠以湯和未至，辭不受。癸卯，湯和至，會永忠駐朝天門外。是日，昇面縛銜璧，與母彭氏及右丞劉仁等詣軍門降。和受璧，永忠解縛，承判撫慰，下令將士不得侵掠。撫諭戴壽、何大亨等家，令其子弟持書往成都招諭。遣指揮萬德送昇等並降表於京師。」

會廖永忠，陳兵於重慶府朝天門外。明昇帶了家屬，待罪軍門。那成都城中戴壽、何大亨，知本王已降，也將城出獻。傅、朱二元帥入城安民已畢。於是三巴地面，盡歸大明。三月出兵，七月平蜀，百日之間，底定了偽夏。湯和、傅友德、朱亮祖、廖永忠擇日班師回朝。在路早行暮止，於民間秋毫無犯。所得西蜀金寶、玉冊、銀印五十八顆，銅印六百四十顆。路府有七，元帥府有八，宣慰安撫司二十有五，州三十有七，縣六十有七所。俘官吏將士，與所獲牛、馬、輜重，俱以萬計。太祖臨朝，等第平蜀功績：傅友德第一，廖永忠第二，朱亮祖、湯和第三，各賜銀一千兩，彩緞五十疋；其餘俱各賞賚有差。明昇率家屬門外候罪。未知如何處理，且看下回分解。

第七十八回　皇帝廟祭祀先皇

那偽夏明昇率了家屬，在午門外待罪來降。太祖憐他年幼無知，因封為歸命侯，賜以居第，在南京城裡，隨廷臣行禮朝謁。若致君無道，暴虐烝民，俱是權臣戴壽。命將戴壽斬首，為權臣誤國之戒。其餘脅從❶，罪有大小，咸各赦除。且親制平蜀文，命官載入史籍，以彰諸臣勤勞王家之績。惟有曹良臣、華高，因領人馬追擊夏兵，馬陷坑穽，被鎗而死，太祖甚是痛惜，追封安國公。且說：「不意西征傷我康茂才、汪興祖、曹良臣、華高四員大將！」因令所在有司，建祠歲祭。

且與文臣宋濂等說：「從古歷代帝王，禮宜祭祀。卿等當訪舊制參酌奏行。」未數日間，禮官備將具奏，請每年一祀，每位帝王之前，進酒一爵。時值秋享，太祖躬臨祭獻。序至漢高祖前，笑道：「劉君，劉君，廟中諸公，當時皆有憑藉以得天下，惟我與公，不藉尺土，手提三尺，以登大寶，較之諸公，尤為難事，可供多飲二爵。」又到元世祖位前，只見面貌之間，忽成慘色。眼膛邊若淚痕兩條，直垂至腮。太祖笑道：「世祖，你好癡也！你已有天下幾及百年，亦是一個好漢。你子孫自為不道，豪傑四起，今日我到你廟宇之中，你之靈氣，亦覺有榮，反作兒女之態耶？」太祖慰諭纔罷，世祖面貌稍有光彩。至今對漢高祖進酒三爵，遂為定制。至如元世祖淚痕宛然尤存，亦是奇蹟，此話不題。

❶ 脅從：被迫而相從為惡的人。

且說太祖出廟，信步行至歷代功臣廟內。猛然回頭，看見殿外有一泥人，便問：「此是何人？」伯溫奏道：「這是三國時趙子龍。因逼國母，死於非命，抱了阿斗逃生。」太祖聽罷，說道：「那時正在亂軍之中，事出無奈，還該進殿纔是。」話未說完，只見殿外泥人，大步走進殿中。太祖又向前細看，只見一泥人站立，便問：「此是何人？」伯溫又道：「這是伍子胥。因鞭了平王的屍，雖係有功，實為不忠，故此只塑站像。」太祖聽罷，怒道：「雖然殺父之仇當報，為臣豈可辱君？本該逐出廟外。」只見廟內泥人，霎時走至外邊。隨臣盡道奇異。太祖又行至一泥人面前，問道：「此是何人？」伯溫奏道：「這是張良。」太祖聽畢，烈火生心，手指張良罵道：「朕想當日漢稱三傑，你何不直諫漢王，不使韓信封王，那躡足封信之時，你即有陰謀不軌，不能致君為堯、舜，又不能保救功臣，使彼死不瞑目，千載遺恨。你又棄職歸山，來何意去何意也？」太祖細細數說，只見張良連連點頭，腮邊弔下淚來。伯溫在旁，心內躊躕：「我與張良俱是扶助社稷之人，皇上如此留心，只恐將來禍及滿門，何不隱居山林，拋卻繁華，與那蒼松為伴，翠竹為鄰。閒觀麋鹿銜花，呢喃燕舞，任意遨遊，以消餘年。」籌畫已定，本日隨駕回朝。

且說太祖在龍輦中，遍望城外諸山❷，皆面面朝拱金陵，直是帝王建都去處。卻遠望牛首山並太平門外花山，獨無護衛之意。太祖悵然不樂，命刑部官，帶著刑具，將牛首山痛杖一百，仍於形像如牛首

---

❷太祖在龍輦中二句：明良記：「太祖既都金陵，觀山川形勝，勢皆內輔，惟牛首山外向，乃特定其罪，杖之百下，發令府編置。自此牛首稅絲，獲隸太平收納。鍾山西南一岡，勢若飛走，每視即與舊形不同。乃以銅釘數丈埋山下，築城於下，曰：『以城為索以繫之。』」

處穿石數孔，把鐵索鎖轉，令伊形勢向內，遂著隸屬宣州，不許入江寧管轄。花山既不朝拱鍾山，聽大學中這些頑皮學生，肆行樵採，令山上無一茅，不許翠微生色。且諭且行，不覺已進東華門殿間。正見畫工周玄素❸承旨繪天下江山圖於殿中通壁之上，其規模形勢，俱依御筆，揮洒所成，略加潤色。太祖便問道：「你曾畫牛首山與花山麼？」素秉筆跪覆說：「正在此臨摹。」太祖命把二山改削。玄素頓首道：「陛下山河已定，豈敢動移？」太祖微笑而罷。然聖衷終以二山無情，便有建都北平之意。

次日太祖設朝，劉基叩首奏道：「臣劉基今有辭表，冒犯天顏，允臣微鑒。」太祖覽表，說道：「先生苦心數載，疲勞萬狀，方今天下太平，君臣正好共樂富貴，何故推辭？」伯溫又奏道：「臣基犬馬微軀，身有暗病，乞放還田里，以盡天年，真是微臣儌倖，伏惟聖情諭允。」太祖不從。伯溫懇求再三，太祖方准其所奏。令長子劉連，襲封誠意伯。劉伯溫拜謝，辭出朝門，即日歸回，自在逍遙，不題。

太祖便問待制王禕等官道：「朕看北平地形，依山憑眺，俯視中原，天下之大勢，莫偉於此。況近接陝中堯、舜、周、文之脈，遠樹控制邊外之威，較之金陵更是雄壯。朕欲奠鼎彼處，卿等以為何如？」恰有修撰鮑頻奏說：「元主起自沙漠，故立國在燕。及今百年，地氣已盡。今南京是興王本基，且宮殿已成，何必改圖？古人說：『在德不在險。』望陛下察之。」太祖變色不語，看了王禕道：「還須斟酌。」王禕道：「前年鼎建宮闕，劉基原卜築前湖為正殿基址，已曾立樁水中，彼時主上嫌其逼窄，將

❸ 畫工周玄素：翦勝野聞：「太祖召畫工周玄素畫天下江山圖於殿壁。對曰：『臣未嘗遍跡九州，不敢奉詔。惟陛下草建規模，臣然後潤之。』帝即操筆，倏成大勢，令玄素加潤。玄素進曰：『陛下山河已定，豈可動搖？』帝笑而唯之。」

椿移立後邊。劉基奏說：『如此亦好，但後來不免有遷都之舉。』今日萌此聖念，或亦天數使然。但今四方雖是清寧，然尚有順帝之姪，把匝剌瓦爾密封授梁王，據有雲、貴等地，還是元朝子姪。以臣愚見，待剪滅此種之後，再議改建之事為是。」太祖道：「梁王自恃地險兵強，糧多道遠，因此不來款附，朕意欲草敕一道，諭以禍福，開其自新。一向難於奉使之人，所以未曾了此一段心事。」王禕便奏：「臣當不避艱難，前奉聖旨招降❹。」太祖大喜。即日著翰林官寫敕與王禕上道，律命參政吳雲❺，副禕而行。兩人在路上順覽風景，不題。

不一日前至雲南，見了梁王。將書敕開讀了，付與梁王爾密自家主張。梁王送王禕等在別館室，日日供飲。數日後，王禕諭說：「余奉命遠來，一以為朝廷，一以念雲南生靈，不欲罹於鋒鏑耳。公獨不聞元綱解紐，陳友諒據荊湖，張士誠據吳會，陳友定據閩廣，明玉珍據全蜀。天兵下征，不四五年，盡膏斧鉞。惟爾元君，北走而死，擴廓帖木兒輩或降或竄。此時先服的，賞以爵祿；抗違者，戮及子孫。

---

❹ 臣當不避艱難二句：明史：「五年正月，議招諭雲南，命王禕齎詔往，至則諭梁王亟宜奉版圖，歸職方，不然天討旦夕至。王不聽，館別室。他日又諭曰：『朝廷以雲南百萬生靈不欲毀於鋒刃，若恃險遠，抗明命，龍驤鷁艫，會戰昆明，悔無及矣。』梁王駭服，即為改館。會元遣脫脫徵餉，脅王以危言，必欲殺之。王不得已，出禕見之。脫脫欲屈服，禕叱曰：『天既訖汝元命，我朝實代之。汝爝火餘燼，敢與日月爭明邪？且我與汝皆使也，豈為汝屈？』禕顧王曰：『汝殺我，天兵繼至，汝禍不旋踵矣。』遂遇害。」

❺ 吳雲：明史：「洪武八年九月，太祖議再遣使招諭梁王，吳雲頓首請行。時梁王遣鐵知院輩二十餘人使漠北，為大將軍所獲，送京師，太祖釋之，令與雲偕行。既入境，鐵知院等謀曰：『吾等奉使被執，罪且死。』乃誘雲令詐為元使，改制書，共紿梁王，雲誓死不從，鐵知院等遂殺雲。」

公今自料勇悍強獷，比陳、張孰勝？土地甲兵，比中原孰勝？度德量力，比天朝孰勝？推亡固存，在天心孰勝？天之所廢，誰能興之？若是堅意不降，則我皇上臥榻之側，豈肯容他人酣睡？必龍驤百萬，會戰於昆明。公等如魚游釜中，不亡何待？」梁王君、臣聽了這些說話，都各心驚膽怯，乃有投降的念頭。誰想故元太子愛猷識里達臘仍集兵將立於沙漠，著侍郎雪雪從西番僻路而來，徵收雲、貴糧餉，且約連兵以拒大明，恰好來到。早有小卒把天使招降事情，說與雪雪得知。

雪雪因責梁王說：「國家顛覆而不能救，反欲降附他人，是何道理？」梁王看事勢瞞隱不下，因引王褘、吳雲與雪雪相見。雪雪也不交話，就把腰邊劍砍將過來。王褘大罵道：「你這不知進退的蠻奴，今日天亡汝元，我大明實代之。譬如爝火之餘燃，尚敢與日月爭光乎？我承命遠來，豈為汝屈，今日止有一死。但你一殺我，我大兵不日就到，將汝碎屍萬段，那時悔將不及。」梁王便也將軟言苦勸，雪雪不聽。王褘與吳雲遂被害。此時卻是洪武六年，冬盡的光景。梁王把匝刺瓦爾密心中暗想，惹起禍事，聲聲只是叫苦。因同丞相達里麻等商議，整備上好衣衾、棺槨，連夜送到地藏寺左側埋葬。又恐聲聞到大明地面來，便把那抬送安葬的人，盡行殺除，以滅其口。因此，後來更沒有曉得大明使臣的葬處，這也休題。

且說太祖登基，宏開一統，自從洪武六年，直到洪武十四年，這幾年間，也有時改築天地、日月、星辰、風雪、雷雨的壇宇，上答乾坤的生化；也有時創四代祖宗的大廟，並同堂異室的規模；也有時教民間栽種桑麻，開衣食的本原；也有時量天時，蠲免稅糧，溥無窮的惠澤；最急的設立學校，養育千人之英，萬人之傑；至緊的欽定律令，愛惜螻蟻微命，草木殘生。因北平沙漠之地，冰厚雪深，加給將士的衣襖；因倭番朝貢之便，梯山航海，曲致懷遠的恩威。樂奏九章：其一曰本太初，二曰仰大明，三曰民初生，四曰品物亨，五曰御六龍，六曰太階平，七曰君聽清，八曰聖道成，九曰樂清寧。命尚書詹同、陶凱，革去鄙陋的淫詞，雍雍和和，播出廣大寬平之趣。爵列九品，則有若：正一品與從一品，正二品與從二品，正三品與從三品，正四品與從四品，正五品與從五品，正六品與從六品，正七品與從七品，正八品與從八品，正九品與從九品，命學士宋濂等，分定尊卑的服制，冠冠冕冕，弘開聲名文物之觀。收羅天下英豪，有文、有武、有貢，並用三途。憐恤戰死家丁、老親、孤子、嬌妻，賜居存養。仁政多端，說不盡洪恩大惠，天地萬幾。

古詩說得好：

暑往寒來春復秋，夕陽西下水東流。將軍戰馬今何在？野草閒花滿地愁。

數年來，那些功臣，如文有劉基，雖然因病致仕回家，以前者論相，說胡惟庸是敗轅之犢，惟庸懷恨於心，轉倩醫人下毒而死。學士宋濂，以胡惟庸謀逆事泄，語侵宋濂，太祖竟欲殺他，以太后苦勸赦死，充發茂州，驚泣而亡。鄧愈在河南班師，路上得病而死。廖永忠以坐累而死。陳德從巴蜀回，以多飲火酒，病疽而死。吳禎以督海運，冒風寒而死。朱亮祖征蜀有功，隨因浙江、金華等處多賊難治，太祖特命兼程以往，鎮撫兩浙。亮祖纔到浙省，賊眾改行自新。未及一年，太祖又以廣東傜僮作叛，專命亮祖移鎮廣東。番禺知縣道同，恰是方孝孺門生；孝孺為前者父親方克勤，以河乾不濬，王師不能征進，被亮祖提他吏書責治，此恥未雪，因諭道同上疏奏其不法。太祖以其功多，且所以示信，但令罷戰歸京。亮祖憂憤，不久病死。太祖哀悼不休，仍以侯禮賜葬。吳良偶以痰病而死。華雲龍鎮守北平而死。陸仲亨也因胡惟庸事，許令致仕還家。他如徐達率李新、郭子興、周武三將，鎮守山、陝一帶邊關。薛顯督理屯田北平地面。李文忠鎮守山東。朱文正鎮守南昌。周德興鎮撫湖南五溪。馮勝鎮撫汴梁。湯和鎮撫兩廣。唐勝宗督理陝西二十二衛馬政。謝成鎮撫北平以訓練士卒。耿炳文訓練陝西軍士，兼理屯田。俞通源、俞通淵、戴守、張溫督理海運糧儲。楊璟訓練遼東士卒。陸聚鎮守徐州。胡廷瑞改名胡美，督造各王分封所在的宮殿，這也不題。

且說太祖每念王禕前去雲、貴招諭梁王來降，何以音信杳然，更無消息？忽一日，四川地面，把王禕、吳雲被害的聲息申報。太祖龍顏大怒，即刻令五軍都督府，及兵部官將，留京聽遣的將帥，一一備開點單奏聞，以便隨時任使。次日黎明，太祖駕御戟門。文武大臣朝見禮畢，五軍提點使，將花名手冊呈覽，以便點用。卻只有沐英、王弼、郭英、傅友德、仇成、張龍、吳復、費聚、陳桓、張赫、顧時、韓政、鄭遇春、梅思祖、王志、黃彬、葉昇一十八員大將。因命傅友德為征南大元帥，沐英為左副元帥，郭英為右副元帥，王弼為前部先鋒，張龍統前軍，陳桓、費聚為翼，吳復統後軍，顧時、韓政為翼；仇成統左軍，鄭遇春、梅思祖為翼；金朝興統右軍，葉昇、黃彬為翼；王志、張赫督理軍儲馬料。九月初七黃道良辰，發兵起行。太祖出餞於龍江。但見那：

旌旗蔽江，干戈映日。三十萬軍馬，浮舳艫而上，個個虎賁龍驤；五十號艘船，載精銳而前，人人忠心烈性。尾接頭，頭接尾，魚貫行來，那敢挨挨擠擠；後照前，前照後，雁行列去，無非濟濟蹌蹌。明月映蘆花，助我銀戈揮碧漢；秋霜染楓葉，使人赤膽逼丹霄。刁斗風寒，漫應漁棕輕響；軍營夜肅，頻看鶴翅橫空，白下遡潯陽，渺渺長江，盼不到楚天遙遠；荊南控滇水，茫茫圖宇，數不了大地山河。正是：山川擾擾戰爭時，渾似英雄一局棋。最好當機先一著，由他詐狠到頭輸。

太祖對諸將說：「雲南僻在遐荒，全在覷其山川形勢，以視進取。朕細覽輿圖，咨詢眾人，當自永寧地方，先遣驍將分兵一支，以向烏撤，然後以大軍從辰沅而入普定。分據要害，纔可進兵曲靖，以抗雲南之咽喉。彼必拼力以拒我師。審察形勢，出奇制勝，正在於此。既下了曲靖，便可分兵直向烏撤，以應永寧之師。大軍直搗雲南，彼此牽制，彼疲於奔命，破之必矣。雲南一失，可分兵逕走大理。軍聲一振，勢將瓦解。其餘部落，可遣人招諭，不必苦煩也。」諭旨已畢，鑾駕自回。諸軍奮迅而往。未知後事如何，且看下回分解。

第七十九回　唐之淳便殿見駕

且說傅友德領了大兵，一路由江面上，來至湖廣地方。友德對眾將軍商議，道：「皇上英明天縱，睿審性成。前日臨行所諭旨極稱神算，我等亦須依旨行師。我同郭元帥、王先鋒率費聚、顧時、黃彬、梅思祖，統兵十五萬入四川，從永寧路去攻烏撤；沐元帥可統大隊人馬，出辰沅路，入貴州、普定、普安、曲靖，共約在白石江會齊。」各將分兵前進。且說沐英望辰沅前至貴州，那土酋安贊領著士兵出城迎敵。沐英當先出陣，那蠻兵未經汗馬，一鼓成擒。士兵都四散逃竄。安贊上前叩頭，說：「元帥若饒了螻蟻的命，願將貴州一路盡行投降。」沐英看他出於真情，因饒他性命，便入貴州城，撫慰了百姓，仍留安贊守城。

次日起兵南行，三日內早至普安南五里安營。次早，沐英親至城下搦戰，守城的是梁王手下平章段世雄，甚是厲害。聽了哨馬的報，便著了虎皮袍，掛上獷猊鎧，跨上一匹黃彪馬，輪一把合扇刀，領著鐵騎五萬，橫刀直取沐英。沐英大怒，手提鋼鎚，飛一般打去，戰有二十餘合，把世雄一鎚打死於馬下，蠻兵大敗。沐英隨殺進普安城。這些人民俱各燒香燃燭，家家歸順。沐英留部將張銓鎮守，即刻起兵南至普定城池。羅鬼苗蠻子仡佬聞知天兵來到，率眾投順。明早正欲南行，恰見西角上一路兵馬衝來，沐英疑是蠻兵來敵，令眾急急迎敵，誰知傅元帥同郭副帥領兵攻破了永寧，將欲進取烏撤，因此統兵前到白石江相會❶。沐英大喜。兩下合兵，共取雲南，不題。

且說梁王把匝剌瓦爾密聞大明兵分兩路而來，心甚驚恐。遂遣大司徒達里麻為元帥，率兵十萬，把住著曲靖、白石江的南岸，以拒朱軍。大明軍馬離著白石江約有五十里地面，忽然一日，大霧從天而下，蔽塞四野，對面不辨形影。傅友德要待霧消進兵，沐英沉思一會，說：「彼方謂我師疲於深入，未必十分憂慮，趁其無備，必可敗之。況如此大霧，恰是皇天助我機會，正當乘霧進兵，蠻人一鼓可破矣。」傅友德道：「極是！極是！」便直抵江岸駐紮，與蠻兵對面安營。依山附水，十分停當。恰好霧氣開豁，蠻兵望見，報與達里麻知道，驚得舌吐頭搖，腳忙手亂，說：「大明兵分明從天而降，奈何，奈何！然事勢既已如此，也須迎敵廝殺。」便分兵列陣在南岸。

友德傳令，兵卒登舟過江攻取，沐英說：「我看蠻兵俱用長鎗、勁弩，排列江邊，若我師渡水，未必得利。元帥不如先令郭元帥英，王先鋒弼各領精兵五千，從下流分岸潛渡，繞出蠻兵之後，比及彼處，各把銅角吹動於山谷林木之間，高立旗幟，以為疑兵。再分兵吶喊搖旗，從後殺來，岸邊蠻兵，決然亂奔。我們舟中更把鐵銃之士，並善於泅沒者，長矛相向，中間再以防牌竹槅遮護前邊，我師方可安然渡

❶ 因此統兵前到白石江相會：明史：「沐英拜征南右副將軍，從傅友德取雲南。元梁王遣平章達里麻以兵十餘萬拒於曲靖。英乘霧趨白石江。霧霽，兩軍相望，達里麻大驚。友德欲渡江，英曰：『我兵罷，懼為所扼。』乃帥諸軍嚴陳，若將渡者。而奇兵從下流濟，出其陣後，張款幟山谷間，人吹一銅角，元兵驚擾。英急麾軍渡江，以善泅者先之，長刀斫其軍；軍卻，師畢濟。鏖戰良久，遂從鐵騎，遂大敗之，生擒達里麻。僵屍十餘里，長驅入雲南。梁王走死。」

江。若得上岸，就把矢石，銃炮一齊發作，復用鐵騎搗彼中堅，不愁蠻兵不破。」友德大笑，道：「足下神算，真出萬全！」因令郭、王二將，依計領兵先行，陳桓、顧時領兵三千接應，約定次日午時，彼此前進。再令沐英統率張龍、吳復、仇成、金朝興四將，各乘大船，領兵先渡。傅友德自領大隊隨後，相繼而行。吩咐已畢，各將整備前往。翌日辰刻，達里麻在岸邊，望見明兵大部要從舟而渡，將殺過江，因令沿岸一帶精勇，俱各長鎗、勁弩，與那火銃、火炮間花兒列著，拒著吾舟。真個是密密攢攢，我兵插翅也飛不上岸。蠻兵恰要施放火器，忽聽背後山林之中，一聲炮響，銅角齊鳴，不知多多少少人馬，都排立在山上。正是寒心，又見兩彪精勇，俱各搖旗吶喊，往後面殺將過來。達里麻欲待率兵轉身迎敵，又見江舟奮迅而前。傾刻之間，舟師俱上彼岸，便把火炮、火銃一齊施放。那蠻兵背面受敵，前後相攻。我師聲震林谷，水陸之師互為接應。蠻兵自相殘殺，屍堆似嶺，血濺成河。達里麻即欲逃脫，被郭英一鎗刺死。曲靖一帶地方，盡行降伏。友德下令，凡在投降者，各歸本業安生，前罪並不究治。夷人老老幼幼，個個頂禮拜謝，猶如時雨之至，喜其來，悲其晚。友德因對沐英說：「我當率師三萬，去擊烏撤，足下當領前兵竟走雲南。」沐英得令，即領神鎗、火炮、精銳一萬，兼程而往，不題。

且說先年翰林院有個應奉官，喚做唐肅❷。太祖每喜他的才華。一日侍膳，自己食罷，把兩手拿著筯兒，甚是恭敬。太祖問：「此是何禮？」答說：「臣幼習的俗禮。」上怒，說：「俗禮可施之天子乎？」坐不敬，謫戍濠州。」

❷ 唐肅：翦勝野聞：「翰林應奉唐肅初以失朝，坐免官歸。太祖重其才，再召入。嘗命侍膳。食訖，供筯，致茶。帝問曰：『此何禮也？』對曰：『臣少習俗禮。』帝怒曰：『俗禮可施之天子乎？』坐不敬，謫戍濠州。」

乎？」坐不敬，謫戍桂林。生子名叫之淳❸，文名亦重。今大兵征取貴州，傅友德聞之淳文學，因延至軍中，草為露布❹上奏。太祖看露布做得好，隨著使臣訪於友德；友德把轉延之淳草筆的事情，一一實報。太祖便令飛騎召之淳到京師。使者不將旨意明諭，之淳恐以文得罪，不能自保，悚懼特甚。到得京師，囑託姑娘，說：「聖威不測，姑娘可為我斂屍首。」使者急催進朝，行至東華門，門已關閉，守門的傳旨說：「可將之淳把布包裹，從屋上遞入。」守門官依旨奉行，把之淳如法從空累累遞進，直至便殿，奏說：「之淳到了。」

太祖命將布解開，之淳俯伏階下，望見殿上燈燭輝煌，龍睛閱書者久之，忽問說：「爾草露布耶？」之淳奏說：「臣昧死代草。」太祖命中官將几一張，放在之淳面前。几上列燭二臺，因說：「朕在此草

---

❸ 之淳：即唐之淳。翦勝野聞：「太祖之封十王也，親草冊文。適李韓公北征，唐之淳在軍中，曾為草露布。帝讀其文嘉之，問草者為誰，韓公以之淳對。帝令飛騎召之。使者不諭旨，械繫之淳，以父肅得罪，悚慄不自保。至京師，過其姑之門，告使者止，索其姑出，泣曰：『善為我斂屍。』姑乃大慟。行次東華門，已閉，守者曰：『有旨，令以布裹從屋上遞入。』纍纍傳易，數遞始至便殿，膏燈煌耀，帝坐閱書，之淳俯首庭下。帝問曰：『是汝草露布耶？』之淳對曰：『臣昧死草之。』良久，中侍以短几置之淳前，列燭。帝令膝坐，以封王冊文一篇授之曰：『少為弘潤之。』之淳叩首曰：『臣萬死不敢當。』帝曰：『即不敢，姑旁注之。』之淳如命。帝令中侍續報，定畢，乃上之。遙望燭影下，帝微微喜。次第下，凡十篇悉定之，每奏輒悅。奏畢時，夜未央，帝令明日朝謁如故。出至姑家，姑尚守門，見之淳相慶幸，具酒食沐具。及旦庭謁，帝問曰：『汝世官否？』對曰：『臣父翰林應奉唐肅。』即日命嗣父官。」

❹ 露布：古時候戰勝報捷的文書，不用封緘。

封王冊，你可膝坐，少為朕加潤色。」之淳叩頭奏，說：「龍草鳳篆，出自神明，臣萬死不敢。」太祖笑道：「爾即不敢，須為旁注之。」之淳如命。改定訖，上令中侍續報。遙望燭影之下，龍顏微喜，因次第下凡十篇。每改奏，俱嘉悅。此時夜猶未央，上命仍如法遞出。且著之淳明早朝謁。之淳到得姑娘家中，深相慶幸。

次早朝見，命嗣父親官職。因與說：「朕聞金華浦江有個鄭家，他的扁額是『天下第一人家』。卿可星夜召渠家長來問。」之淳得旨，不一日領鄭家家長前到金陵朝見。太祖問道：「爾何等人家，名為第一？」那人對說：「本郡太守，以臣合族已居八世，內外無有間言，因額臣家以勵風俗，實非臣所敢當。」上復問：「族人有幾？」對說：「一千有餘。」太祖亦高其義。忽太后從屏後奏說：「陛下以一人舉事有天下；彼既人眾，倘有異圖，不尤容易耶？」上深以為然。遂又問：「汝輩處家，亦有道乎？」那人再叩頭，道：「但大小事，不聽婦人言。」上大笑而遣去。

恰好河南進有香水梨，命賜二枚，此人叩謝，雙手把梨頂之趨出。太祖早著校尉尾其行事。見他至家，召合族置水二缸於堂，將梨碎投水中，合族各飲梨水一盃，仍向北叩頭拜謝。校尉還報，太祖因題為鄭義門，推作糧長。屢以事入覲，上必細詢近來風俗並年歲豐歉。誰想有人告他家與權臣通相販易，太祖將族長治罪，恰聞鄭濂鄭湜兄弟二人，爭先就吏就鞫，太祖可憐他道：「朕知義門，必無是事，殘人誣之耳。」且官鄭湜為福建參議。誣告者依律懲治。

發放纔罷，有一刑官奏說：「東華安街，張校尉妻被賣菜王二殺死，鄰右捉拿究罪，蒙旨將賣菜王二抵罪，及上法場，忽有一校尉出叫道：『張妻係我手殺，不得冤枉王二，甘心就刑。』待請聖裁。」

太祖聽了說：「此又是奇事了，快召來再審。」不移時，法官將願死的跪在殿前。太祖一一細問，那校尉說：「臣向與張校尉妻和姦，前日五更，瞰渠親夫出去，臣因而入門同寢，不意丈夫轉身回來，臣惶急中伏於床下，其婦問他，何以復回，他說：『天色甚寒，恐你熟睡，腳露被外，特回與你蓋被而去。』臣思其夫這般恩愛，此婦竟忍負情，一時忿怒，把佩刀殺死，即放步走出門外。不意賣菜王二，照常到彼賣菜，鄰人因而起疑，捉送到官。今日臨刑，人命關天，自作自受，臣豈敢妄累他人？故來就死。」太祖歎息了數聲，說：「殺一不義，生一無辜，爾亦義人也；張妻忍於背夫，罪當死。王二與你，俱各赦罪。鄰右妄累平民，更無實跡，法官可各笞五十。」這也不必多說。

且說梁王把匝刺瓦爾密聞達里麻兵敗身亡，茫然無措，早有刀斯郎、郎斯理二將上前叩頭，啟道：「臣等向受厚恩，且敵人雖是兇勇，臣等當矢志圖報。臣看殿前，現有虎賁❺之士五萬，可用大象百隻，尾上灌了焰硝、硫黃，頭上身中都各帶了利刃，驅到陣前，便把火來點著，那猛獸渾身火痛難當，必然奔潰，縱是強兵，豈能對敵？後便以虎士相繼而行，料來百戰百勝。」軍中設法得停停當當，只待大明兵到廝殺。本日恰好沐英統兵逕薄城邊。只見：

林藹間紅日西沉，林槨內震起清風。雉堞傍危巒，顯得嚴城高爽；風鈴應鐵馬，增添壯士淒涼。空濛河漢照天衢，滅滅明明，早催動城頭鼓角；隱曜雲霞澈清碧，層層密密，偏驚聞塞上笳聲。

❺ 虎賁：古代帝王左右的勇士。

沐英看那城邊，悄然無聲，便吩咐前軍，且莫驚動。只將部伍嚴整，待至天明，相機攻取。軍中得令，各各駐紮。沐英獨坐帳中，忽見一陣清風，轅門上報說：「鐵冠張道人要進帳相見。」沐英倒屣相迎，分賓而坐。沐英開口，敘了寒溫。便說：「今日攻取雲南，師父必有指教。」道人說：「我適與張三丰、宗泐及曇雲長老四人將一葦渡過西海，望見雲南梁王數將殄滅；但明日元帥出戰，恐軍士亦遭刀火之傷，特來相報。」沐英應聲說：「曇雲法師，不是先年護我聖主，後來在皇覺寺中坐化的麼？」道人說：「此老正是。」沐英聽有刀火之慘，便說道：「既有此厄，萬望神聖周旋！」道人口中不語，把手向袖中扯出一條如紙如鋼的東西來，約有三五寸闊，遞與沐英手中，說：「元帥可傳令軍中，連夜掘成土坑，長三百六十丈，深三丈六尺，闊四十九丈，上用竹簟蓋著浮土，以備蠻兵。若見畜類橫行，便將此物從空丟去，必然獲勝。」沐英說：「謹領教誨。」即令軍中連夜行事，不題。

卻說梁王在城中，哨子將大明兵情，火速報知。梁王便令驅象出城迎敵。將及天明，只見郎斯理領虎賁二萬，驅著猛象五十隻，從南門殺出來；刀斯郎領虎賁二萬，驅著猛象五十隻，從東門殺出來，明兵擂動戰鼓，正欲交兵，且見蠻兵將象尾燒著，那象滿身火起，痛疼難當，飛也似衝將過來。沐英看見勢頭兇猛，把那一條如紙的物件，從空撒去，早見鐵冠道人在雲中把劍一揮，蠻兵和象俱陷入土坑之內。像縛住一般，不能轉動。未知後事如何，且看下回分解。

第八十回　定山河慶賀封王

卻說刀斯郎領得殘兵二千，逃入城內。沐英下令，張龍、仇成率所領軍士，將坑內人畜擒獲。其餘將帥，乘勢追趕，刀斯郎正收兵殿後，沐英拽開勁弩，一箭飛去，正中咽喉而死。便要縱馬入城，忽聽一聲炮響，城門左右並那城頭上，飛磚走石，如驟雨打將下來。沐英大叫：「雲南之捷，在此一舉。大小三軍如有不帶殘傷者斬❶。」人人勇增百倍，展起神鎗，施發火炮，間著防牌短劍，一齊而入。那守東門的，緊把城門緊閉。軍中駕起火炮，一個打去，竟開了城門。明兵蜂擁蟻聚，殺入城中。梁王知事不濟❷，領了眷屬，走到滇池島中，先把妃子縊死，便服藥跳入水中而亡。後宮嬪妃，投水的亦難計數。城中父老，填街塞巷，在金馬山邊焚香拜迎。沐英出榜安諭士民，秋毫無犯。封鎖府庫，收得梁王金印並一應官吏符節，及戶口田地圖籍，遂定了雲南。止有金朝興被亂箭射死。實是洪武十四年十二月廿四

---

❶ 雲南之捷三句：明史：「二十二年思倫發復寇定邊，眾號三十萬，英選騎三萬馳救。蠻毆百象，被甲荷欄楯，左右挾大竹為筒，筒置標槍，銳甚。英令曰：『今日之事，有進無退。』因乘風大呼，弩礮並發，象皆反走，斬馘四萬餘人，生獲三十七象，餘象盡殪。賊渠帥各被百餘矢，伏象背以死。」

❷ 梁王知事不濟：明史：「梁王知事不可為，走普甯之忽納砦，焚其龍衣，驅妻子赴滇池死，遂與左丞達的、右丞驢兒夜入草舍，俱自經。」

日也。

次日升帳，正要具表申奏，恰好傅友德前者由曲靖過格孤山，合了永寧兵馬，正直搗烏撤。明軍鼓譟而登，元右丞實卜聞、胡升等俱各奔潰，因得了十星關。於是東川、烏蒙芒部諸蠻，皆來降服。傅友德也班師，還至雲南省城相會。沐英不勝之喜，令軍中排筵稱賀。鐵冠道人在筵頭，駕著祥雲一朵，對著諸將說：「道人從此相辭，煩寄語聖君，萬歲千秋，享有國祚。曇雲法師自元朝丁卯十二月廿四夜，與滁州城隍在天門邊看玉皇聖旨，吩咐金童玉女下世救民，到今一統山河，且喜亦是十二月廿四之日。靈爽不忒，惟聖主念之。張三丰並多致意。」吩咐已畢，清風一陣，將祥雲冉冉飛送而去。傅友德、沐英同諸將，不勝感慨歎說：「聖人天助，有開必先。我等須即旋軍，把神道變靈的事奏聞纔是。」因算自九月出師，至今十二月，未及百日，底定了滇、黔兩省，真是德威所播，萬國咸安。擇日起兵，離城望金陵進發。路途中好一派初春景色。但見：

桃杏爭妍，蕙蘭競馥。無數旌旗掩映，名香朵朵；多般盔甲照耀，芳英纍纍。奏凱的把畫鼓齊敲，一聲聲和著呢喃春燕；得勝處如大同遞奏，響嚨嚨應著百轉黃鸝。和風拂面，鞍馬起輕塵；靄日親人，征衣烘弱暖，潺潺流綠水，幾灣灣處漾清波；點點綴青山，高頂頂頭遮翠色。真個是：依依弱柳弄春晴，惹動關中萬里情。幸得功臣青鬢在，堪從宇內樂平生。

不一日，前至南京，駐軍於城外。次日，傅友德、沐英、郭英、王弼率諸將，入朝拜見，進了平定雲南的表。太祖看罷，隨降敕進封傅友德為潁國公，沐英為黔國公，其餘將帥，郭英、王弼、張龍、費聚、吳復、顧時、韓政、鄭遇春、梅思祖、葉昇、黃彬、仇成、王志、張赫，俱各論功陞賞有差。金朝興令所在有司，歲時致祭。

卻說太祖敕封已定，恰好徐達、子興二人，令裨將李興、周武署鎮山陜一帶邊關；馮勝令裨將胡海署守汴梁；周德興令裨將曹震署撫湖南；薛顯、謝成、楊璟三人，也令裨將盛庸、李堅、孫恪署領屯田訓練之職。從遼東、北平取路向金陵進發朝賀，路過山東，謁見李文忠。文忠說：「我與聖主分則君臣；恩原甥舅，三位在路少待。」因託都門胡顯署事，同日進京。比至徐州，恰好耿炳文、唐勝宗也將督理馬政、訓練士卒的職事，著張翌、濮璵代理，從陝西入京同在徐州支應。把守徐州的陸聚說：「我也同走一遭。」來至南京，在通政司報了朝見名姓。只見朱文正、湯和也從南昌兩廣來到。次日，正是洪武十六年，歲次癸亥，正月元旦。各功臣齊集午門，又遇著督理海邊的俞通源、俞通淵、朱壽、張溫並督造各王分封宮殿的胡美也趕著歲旦回京。都頂著朝冠，穿著朝服，履著朝靴，捧著朝笏，同征取雲南新回元帥傅友德、沐英等一十七員，整整齊齊，在門外伺候。

太祖視朝，受百官稱賀，禮畢，說道：「今日喜是元辰，更見國泰民安，元勳聚集。前曾作冊文，即日當分封諸子。因封長子為皇太子❸，次子秦王都關中❹，晉王都太原，成祖文王帝初封燕王，都北平，周王都開封，以上皆高太后誕生。楚王都武昌，齊王都青州，潭王國除，魯王都袞州，蜀王都成都，

❸ 因封長子為皇太子：明史：「太祖二十六子。高皇后生太子標、秦王樉。」

❹ 次子秦王都關中：明史：「秦愍王，太祖第二子，洪武三年封。」

湘王都荊州，代王都大同。肅王都甘肅，移簡州；遼王都廣寧，移荊州；慶王都寧夏；寧王都大寧，移南昌；岷王都雲南，移武岡；谷王都宣州，絕。韓王都平涼，瀋王都潞州，安王絕。唐王都南陽，郢王絕。伊王都洛陽，皆諸王妃所生。諸王頓首受命，當即擇日辭朝就國。再命將開國起兵時，御用盔甲，藏在內庫，鐵鎗藏在五鳳樓上，渡采石的龍船，覆於龍沙江，護著朱闌，示後來創業艱難光景。武當建天玄寶殿，以報神庥❺。至如歸德侯陳理，是友諒的嫡男；歸義侯明昇，是玉珍的嫡姪，留在中華彼還不快，用船送往高麗，聽其自樂；元太孫買的里八剌，以禮送歸塞北。遠方來賀臣僚，俱賜金帛燕賞。將及半月，太祖仍敕各公侯、將帥，分鎮原有地方。加敕沐英鎮雲南，去訖。自後：瑞氣常呈，禎祥累現。穀生三穗，年年社雨飽春膏；麥秀兩歧，處處村雲蒸夏澤。宅畔閒栽五柳，曾無小犬吠清霜；道旁縱有遺捨，羞見途人攖白日。文明丕顯於清廟，東壁映圖書之燦；豪傑挺生於盛世，泰階欣熙皞之年。是用渥沐皇床，謳歌頌美。然而天生聖人，豈徒一手足之烈；惟是從龍偉士，彙是楨幹之材。貞淑聚於滁和，清靜貽於海宇。仰瞻莫罄，用吐長歌：

當年造化闢神奇，真龍崛起淮泗湄。肇開宇宙還寧一，德威茂著天壤馳。
友諒士誠最叵測，潛借胡元為羽翼。西川東浙舉兵戈，鼎沸玄黃無霽色。
諸豪振振鬼神謀，談笑功名千百州。城上愁雲灑錦繡，湖邊春色潤笠篌。
從今清化滿冠裳，鱗在郊兮鳳在岡。太平無象誰能說，只有家家清酒香。

❺ 庥：蔭庇。

隋唐演義

褚人穫／著　嚴文儒／校注　劉本棟／校閱

《隋唐演義》以隋唐歷史為題材，內容繁富，人物眾多，將帝王后妃、達官貴人生活的奢靡與爭權奪利融入歷史事件中，組織巧妙，是部廣受讀者歡迎的歷史演義小說。《隋唐演義》以史為經、以人物事件為緯，使一般大眾可以藉小說認識歷史；性格化的語言，使人物形象鮮明。《隋唐演義》的藝術成就，值得讀者細細品味，一探究竟。

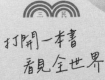

國家圖書館出版品預行編目資料

大明英烈傳／楊宗瑩校訂;繆天華校閱. －－三版一刷. －－臺北市：三民，2023
面；　公分－－（中國古典名著）

ISBN 978-957-14-7596-7（平裝）

857.456　　　　111021226

中國古典名著

大明英烈傳

校訂者｜楊宗瑩
校閱者｜繆天華

發行人｜劉振強
出版者｜三民書局股份有限公司
地　址｜臺北市復興北路 386 號 (復北門市)
　　　　臺北市重慶南路一段 61 號 (重南門市)
電　話｜(02)25006600
網　址｜三民網路書店 https://www.sanmin.com.tw

出版日期｜初版一刷 1989 年 9 月
　　　　　二版二刷 2018 年 10 月
　　　　　三版一刷 2023 年 6 月
書籍編號｜S851920
ＩＳＢＮ｜978-957-14-7596-7

三民書局